Mireille Calmel

Les Lionnes de Venise

Tome 2

Roman

XO ÉDITIONS

ISBN : 978-2-84563-964-5

Guerre d'Italie, capitulation de la ville d'Ulpian.
Palais de César Maggi
19 septembre 1555

Elle tremble devant ces uniformes, ces piques, ces haches. Acculée par les soldats qui ont envahi et dévasté son palais, assassiné froidement les domestiques, elle s'est réfugiée dans une encoignure. Elle cache son visage derrière ses paumes. Elle a peur. Une peur liquide qui lui coule entre les omoplates et l'empêche de respirer normalement.

Comme maman tout à l'heure. Elle se souvient. Elles ont accompagné papa dehors, l'ont regardé s'éloigner sur son cheval, vu les portes du jardin, empesté par les brûlots épars, se refermer.

Et soudain, les traits de maman se sont déformés. Elle lui a enroulé les épaules de son bras pour la ramener à l'intérieur, dans sa chambre.

Elle s'est accroupie devant elle.

Bouleversée. Déterminée.

— Ils vont venir, Bianca. Ils vont venir pour le grimoire. Je ne peux pas le leur donner, tu comprends ? Personne

ne doit le posséder. Sa magie est trop puissante. Qui veut le mal le répandrait. Je l'aurais pu. Je le pourrais encore. Mais il m'en aurait coûté ma lumière. Elle vaut tous les sacrifices, tu m'entends ? Protège ce savoir. Comme je l'ai fait. Et, quoi qu'il arrive, refuse l'appel des Ténèbres.

Bianca aurait voulu parler, juste une fois, dire qu'elle comprenait, oui, qu'elle connaissait la valeur de ce trésor. Mais comme toujours, lorsqu'elle avait ouvert la bouche, elle n'avait su produire qu'un son rauque, à peine audible. Cela avait pourtant suffi pour que maman la serre dans ses bras. Fort. Presque à l'étouffer.

— Si tu savais comme je t'aime, ma Bianca ! Une part de moi sera toujours là, au creux de toi.

C'est à cet instant qu'elle avait compris qu'elle ne la reverrait pas. Mais elle avait été courageuse, parce que sa maman l'était.

Il lui semble sentir encore sur sa joue le doux baiser que cette dernière y avait déposé avant de refermer le panneau sur elle et de le verrouiller par la magie.

— Comme ça, lui avait-elle dit, seul ton père pourra l'ouvrir à son retour.

Ils ne l'avaient pas ouvert, ces chiens de Français. Ils avaient cassé le mur autour. Avant de l'en arracher.

— Ça suffit ! On n'a pas la journée ! s'agace un des soldats.

Ses mains l'agrippent. Elle mord. Essuie une gifle. S'effondre. Pleure. Silencieusement.

Et puis soudain, les pieds bottés se dispersent pour céder la place à des souliers à boucle entachés de sang.

Un homme s'accroupit devant elle. Il ressemble à la face de la lune avec ses yeux globuleux et ses joues de poupon.

— Elle est terrorisée. Dehors. Tous ! ordonne-t-il sèchement.

Les soldats sortent. Lui, il sourit. Mais son sourire est un mensonge. Elle le lit dans ses yeux. Et sa peur se remet à couler. Sur ses joues. Dans son cœur. Dans son dos glacé.

— Tu es maintenant sous la protection de Claude de Guise, duc d'Aumale, le commandant de l'armée française. Tu n'as rien à craindre. Viens.

Elle ne veut pas.

Elle se renfonce dans l'angle du mur. Elle crie. Pour qu'aucun bruit ne perce le silence, qu'ils comprennent qu'ils n'obtiendront rien d'elle, qu'ils peuvent l'abandonner là. La laisser à son papa.

Elle voit se dessiner une grimace sur le visage de Face de Lune.

— Elle est bel et bien muette.

— Mais pas aveugle. Emmène-la, déclare un homme qui tient une hache maculée de sang.

Elle secoue la tête. L'homme aux souliers à boucle l'attrape. Elle se débat. Il la balance par-dessus son épaule et l'emporte. Au passage dans le salon d'apparat, elle accroche son propre reflet dans le grand miroir.

Elle a dix ans, mais elle en paraît mille, comme si toute la magie du grimoire s'était rétractée en elle, pour s'y cacher.

Et puis soudain, elle voit. Elle voit un corps sans tête à quelques pas de là.

Et l'homme à la hache ramasser un sac gonflé duquel s'échappent des cheveux couleur de lumière.

Les cheveux de sa maman.

En 1631, à Paris…

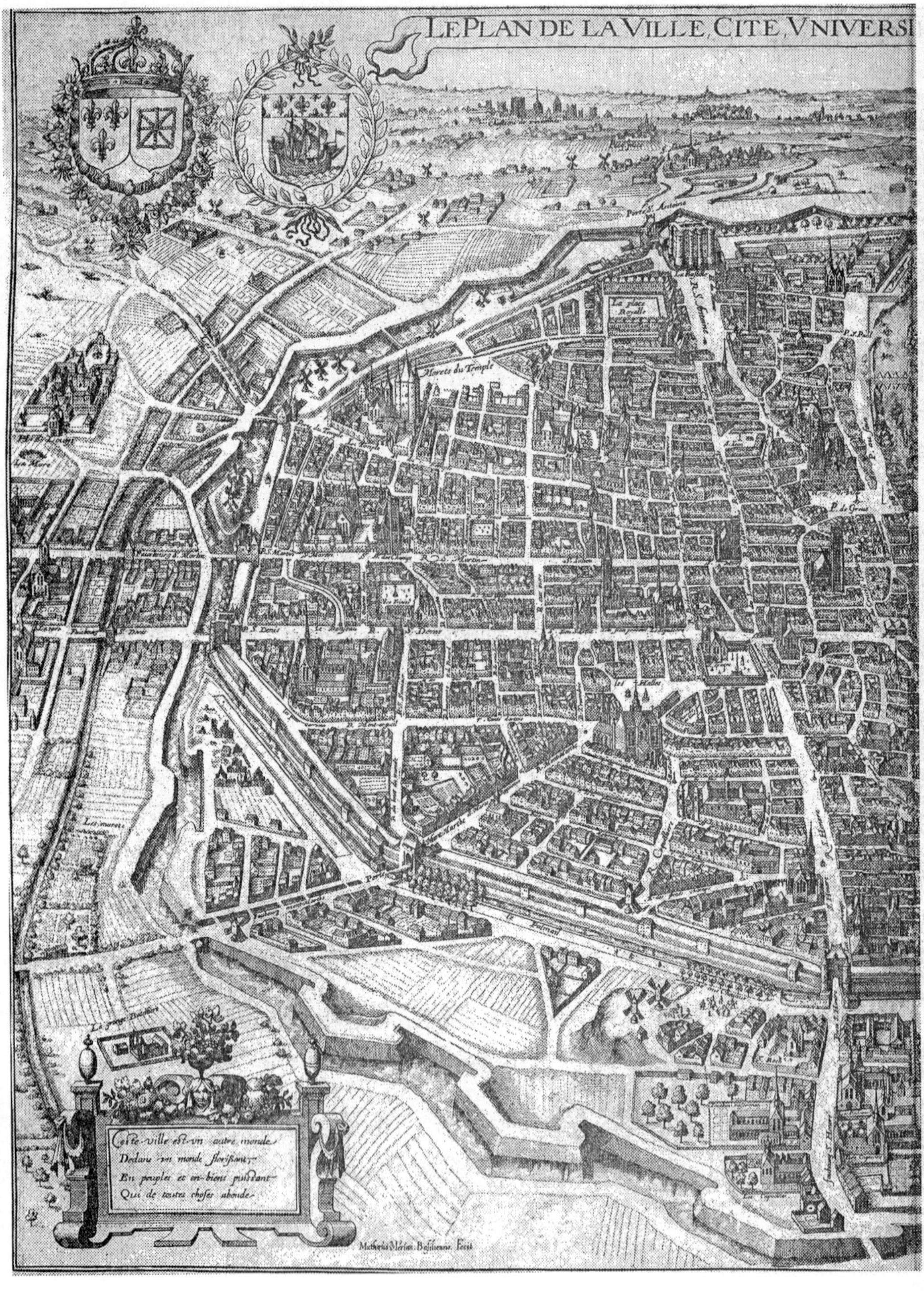

TEET FAVXBOVRGS DE PARIS AVEC LA DESCRIPTION DE SON ANTIQVITE
ET SINGVLARITES
LA RIVIERE DE SEINE

Nuit du 6 au 7 janvier

1.

Il lui sembla que sa chevelure allait tout entière rester dans la main de Marie tant celle-ci la tirait à elle, le souffle rauque, les yeux exorbités.

— Lâche-moi, chérie, tu me fais mal ! ordonna calmement Lucia, à la fois pour s'arracher à cette tenaille et pour extraire sa fille de sa terreur nocturne.

— Emporter… Tête… maman, ânonna la fillette, en s'agrippant plus encore à son crâne.

— Restez pas plantés là, vous deux ! Faites quelque chose, se désespéra Lucia, ne pouvant se dégager sans risquer de blesser l'enfant, alors qu'elle se trouvait à genoux par terre, penchée sur elle, dans la petite chambre du 12 de la rue de Paradis.

Un paradis qui depuis quelques jours avait pris les couleurs de l'enfer.

Semblant à leur tour sortir de ce cauchemar éveillé qui les maintenait près de l'encadrement de la porte, ils se précipitèrent.

Marco fit lâcher prise à Marie en pressant un point dans le creux de ses poignets, permettant à Lucia, échevelée, de se redresser enfin dans les bras de Giuseppe.

Assise sur son lit, son pouce dans la bouche, ses jolis traits poupons ravagés, Marie s'était mise à pleurer, comme vidée soudain de ce qui l'avait saisie, emportée dans ces limbes, de nuit en nuit plus noirs et plus profonds.

Son regard est redevenu le sien, nota Lucia, soulagée, avant de se jeter de nouveau près d'elle, acceptant cette fois ces petits bras, ces petites mains qui se tendaient pour se refermer autour de son cou.

— C'est fini, c'est fini ma chérie ! Tout va bien. Maman est là.

Elle la berça tendrement, dans ce silence oppressant que n'osaient briser les deux hommes, dépassés par les événements, puis coula un regard de reproche vers eux.

— Allez m'attendre en bas… Faut qu'on parle.

Dix minutes plus tard, Marie rendormie, elle descendait, crispée, les marches de l'escalier de bois.

La vaste pièce qui s'ouvrait à son pied était traversée au plafond par des poutres épaisses. D'un côté, tenant la largeur de la devanture, se trouvaient la presse, des tables supportant des caractères typographiques, des piles de feuillets, des rectangles de cuir, des aiguilles à coudre, de la colle, des étaux. De l'autre, l'accès à la cuisine, d'où son père revenait.

Un parfum de lait chaud et de cannelle lui remonta aux narines, la ramenant à ses souvenirs d'enfant. Ils s'effacèrent lorsqu'elle le vit grimacer sous le poids, pourtant faible, du plateau, garni de trois bols de terre cuite, qu'il portait.

Il a forcé pour m'aider à me relever, comprit-elle. *Et moi qui ne cesse d'insister pour qu'il se ménage quand il joue avec Marie !*

Avec la fillette, Giuseppe de Seva avait tendance à oublier la faiblesse de son épaule, causée par le tir du pistolet d'Henri Concini, à l'instant où le navire « La Mia Fortuna » les avait arrachés à Venise trois ans plus tôt.

Malgré la douceur du climat de l'île de Chypre où les avait déposés le capitaine Augusto Sforza, il avait mis de longs mois à se remettre, physiquement et psychologiquement. C'étaient finalement le mariage de Lucia avec Marco, l'arrivée de Marie puis leur décision commune de déchiffrer la gravure grâce aux informations contenues dans les Mémoires de Bianca Dandolo, qui lui avaient redonné le goût de la vie. Hélas, cette « carte » ne les avait amenés qu'à une cache vide, près de Salon-de-Provence, mettant fin à leur espoir de trouver le grimoire et de découvrir ce qu'il était vraiment advenu de Pierre de Seva.

Lors, ils avaient gagné Paris qui comptait de nombreux Italiens. Un Paris d'où Henri Concini avait été banni à la mort de ses parents. Assurés ainsi qu'il ne les y traquerait pas par esprit de vengeance, Lucia et les siens avaient choisi d'en terminer avec cette histoire, cette souffrance d'hier. De recommencer une nouvelle vie, loin de toute menace. Ils y avaient acheté cet atelier avec ce qu'il restait des deniers de Marco.

Retrouver son métier avait rendu son âme à Giuseppe. Il avait repris du poids, de l'allant, redorant la vieille enseigne avec son savoir et sa bonhomie. Il avait même adopté de nouveaux chats. Et tandis que Marco donnait des leçons d'escrime, regagnant lui aussi sa renommée perdue, Lucia s'était abandonnée au bonheur simple de ses rêves de petite fille. Élever la sienne. Et suppléer son père à l'imprimerie.

Jusqu'à ces jours derniers.

Fichus fantômes ! Ne nous laisseront-ils jamais en paix ! trembla-t-elle de colère, en se dirigeant vers Marco. Il venait de reposer le tisonnier près de l'imposante cheminée qu'il avait regarnie en l'attendant, adoucissant la température que cet hiver glacial avait fait chuter dans la bâtisse. Les flammes montaient, hautes, dressant un jeu dansant d'ombres et de lumières sur les murs et les visages.

Elle se planta devant les deux hommes.

— Ça ne peut plus durer, Marco.

— Je sais…

Il voulut l'attirer dans ses bras, mais elle se déroba.

— Tenter de me réconforter ne résoudra pas le problème.

Giuseppe poussa un soupir à fendre l'âme.

— Vous chamailler non plus.

— Il ne s'agit pas de ça, papa ! s'emporta-t-elle. Suis-je donc la seule à voir ce qui se passe ?

Marco la saisit fermement aux épaules, lui bloquant les bras contre le corps. Il soutint son regard.

— Jusque-là, ses cauchemars s'étaient bornés à te voir aux prises avec un « méchant ». Mais tu as raison, un cap a été franchi ce soir. J'ai clairement eu l'impression d'être transporté dans le journal de Bianca Dandolo. Comme si…

— … c'était à Marie que c'était arrivé, termina Giuseppe en frissonnant.

— Et si c'était vrai ? Si c'était ça l'explication ? murmura Lucia d'une voix tremblante. Si Marie était hantée par les pouvoirs de la mère de Bianca ?

— Tu sais bien que c'est impossible. Qu'elle est prisonnière de son crâne de cristal.

— Et puis, pourquoi maintenant ? Plus de trois ans après les événements ? ajouta Giuseppe.

Lucia se laissa tomber dans le fauteuil en face de lui, passa ses mains lasses sur son visage avant de repousser ses cheveux arrachés à leur tresse.

— Je ne sais pas, papa. Elle n'a que deux ans et demi. Peut-être était-elle trop jeune avant…

Marco s'assit sur l'accoudoir, l'attira à lui. Cette fois elle ne fuit pas, accepta le bol que son père lui tendait.

Quelques minutes durant, ils se réconfortèrent de la chaleur du breuvage, écoutant craquer la demeure sous les vents hurlants qui, descendant du conduit, agaçaient les flammes, augmentaient leur crépitement.

Puis Lucia essuya ses lèvres ourlées de crème.

— Vous ne pouvez imaginer à quel point je voudrais pouvoir rendre son héritage à Isabella ! Ce crâne, ces dessins, ces lettres ! Me débarrasser de tout ça ! À quel point je regrette qu'elle soit morte[1].

— En est-on certain ? demanda une fois de plus Giuseppe.

Un soupir sur les lèvres de Marco.

— Vous le savez bien. L'assassinat de Paolo abondait dans ce sens.

Lucia resta enfermée dans le silence. Il leur fit mal. Comme si à l'intérieur d'elle se cachait le désespoir de sa fille face à ces images, terribles.

— Ne pourrait-on les faire porter à Marie de Médicis ? Après tout, elles étaient parentes.

— Nous avons déjà eu cette conversation, Giuseppe, le coupa Marco. Nous avons rebâti une vie ici. Je refuse

1. Voir tome 1.

qu'elle soit mise en danger d'une manière ou d'une autre. C'était vrai hier, ça l'est d'autant plus aujourd'hui. Si cette entité peut se glisser dans la tête d'une fillette aussi pure et innocente que l'est Marie, imaginez quel pouvoir elle pourrait prendre dans celle d'une femme qui en détient autant…

Lucia faillit rétorquer qu'elle n'en avait cure, mais son père la devança.

— Ce ne sont plus nos affaires, Marco. D'autant que nous pourrions charger un inconnu du transport. Elle ne pourrait pas remonter jusqu'à nous…

— Mais l'entité oui. Il m'arrive de croiser la reine mère lorsque je me rends au Louvre pour donner mes leçons d'escrime. Imaginez ce qui se passera si Marie de Médicis découvre que nous connaissons l'existence du grimoire. Nous l'avons tous appris à nos dépens déjà. Non. C'est non.

— Devons-nous alors laisser notre fille à la merci de cette démone ? Je te l'ai dit, Marco, il faut que ça cesse ! s'emporta de nouveau Lucia, en bondissant de son siège pour lui faire face, comme si le simple fait d'y rester immobile, soumise, lui était soudain devenu insupportable.

Il soupira, résigné.

— D'accord. C'est d'accord, Lucia, il faut agir. Mais nous sommes tous les trois épuisés par ces nuits de veille. Accordons-nous le temps de trouver une vraie solution. D'autant que, jusqu'à présent, Marie ne s'est jamais souvenue de ses « visions ».

— Papa ? demanda Lucia en se tournant vers Giuseppe qui perdait son regard dans ce brasier, comme s'il imaginait toujours celui qui lui avait ravi son bien, à Venise.

Il hésita puis se prononça dans un souffle :

— Je me range à l'avis de Marco. La précipitation a toujours été mauvaise conseillère. Je n'aurai pas le cœur de tout rebâtir, une fois encore.

Marco se leva à son tour pour attirer Lucia, vaincue, dans ses bras. Elle ferma les yeux tandis qu'il déposait un baiser dans ses cheveux en bataille, au-dessus de son oreille.

— Montons nous coucher maintenant, murmura-t-il tendrement.

Elle se laissa entraîner, son père dans son pas.

Il avait raison. Elle était épuisée. Il fallait qu'elle dorme. S'accorde le temps de trouver une vraie solution.

Le petit jour dorerait bientôt les vitres de leur logis, y ramenant Jeanne, leur employée et désormais amie. Elle allait devoir ouvrir boutique, vaquer à leurs commandes. Tenir. Sans rien laisser paraître.

Tandis que Marie les précipiterait dans son tourbillon enfantin.

7 janvier

2.

— Pape ! Pape ! s'époumona Marie à mi-hauteur de l'escalier de bois.

Voyant la fillette s'appliquer à descendre les dernières marches, suivie de Lucia, attentive à ce qu'elle ne chute pas, Giuseppe de Seva s'arracha de l'imposante presse à levier que Marco venait d'actionner.

Il essuya ses mains tachées d'encre à son tablier puis tendit les bras vers la petiote.

— Vieni ! l'invita-t-il, au mépris du regard désapprobateur de Lucia.

Un élan emporta aussitôt Marie. Elle se jeta vers lui.

— Volare ! exigea-t-elle, radieuse, forçant Giuseppe à la faire tournoyer malgré son rhumatisme.

À l'image des jours précédents, elle n'avait gardé aucune trace de sa terreur nocturne.

C'est comme s'il ne s'était rien passé, nota Lucia sans savoir si elle devait s'en réjouir ou non.

Marco lui enlaça la taille, déposa un baiser dans son cou tandis que, bras écartés dans ceux de son grand-père, leur fille riait aux éclats.

— C'est si doux de la voir comme ça !

Si seulement il n'y avait pas cette menace ! ce fichu crâne !

Comme s'il avait lu dans ses pensées, Marco resserra son étreinte autour d'elle.

— Nous allons trouver une solution, amore, tu as ma promesse.

Lucia s'abandonna à la confiance inébranlable qu'elle avait en lui.

— Encore ! Encore pape ! insistait Marie, tête renversée en arrière, tandis que ses cheveux en cascade brassaient l'air autour d'elle.

Giuseppe la reposa pourtant à terre. Lucia le vit s'accroupir, appuyer un index sur le ventre de Marie tandis que cette dernière le suppliait de ses grands yeux noirs :

— N'est-ce pas Monsieur Gargouillis que j'entends ? Mais oui, mais oui. Il grogne. Quoi donc ? À manger ! À manger !

— À manzer ! À manzer ! répéta Marie, en forçant sa voix pour imiter son grand-père et entrer dans ce nouveau jeu.

À cet instant, la porte de l'imprimerie s'ouvrit à la volée et Jeanne parut, si emmitouflée dans sa grande écharpe qu'on ne lui voyait plus que les yeux. Elle posa son panier à terre, pour frapper l'une dans l'autre ses mains recouvertes de mitaines.

Le bout de ses doigts était aussi bleu que celui de son nez.

— Bon sang mes aïeux ! Il gèle ce matin ! Paraît même que par endroits la Seine est figée !

— Nanie, Nanie, cria l'enfant, se détournant aussitôt de son grand-père, qui s'empressa de lisser discrètement sa chevelure argentée puis les fils de sa barbiche à la française.

Si Marco, plus proche de l'entrée, n'avait déjà eu rejoint leur amie pour l'aider à quitter ses pelisses, il se serait précipité auprès d'elle. Lucia couvrit son père d'un œil redevenu tendre. Il aurait fallu être aveugle pour ne pas voir que cette quinquagénaire aux formes généreuses, à l'humeur joviale et au minois gourmand le troublait.

— Hep hep hep, demoiselle ! Le pain, c'est moi qui le coupe ! gronda-t-elle faussement devant la petite main qui soulevait le rabat de toile.

— Gargouillis a faim, plaida Marie à qui personne, sinon Marco, ne résistait longtemps.

Et encore devait-il se faire violence.

Jeanne ourla un regard faussement marri en direction de Giuseppe.

— Gargouillis a bon ventre et moi bon dos ! Allez, viens donc, j'imagine que tu n'es pas la seule à l'attendre, cette brioche !

— Avec la tonliture ?

— Et comment ! Baies de sureau, comme tu l'aimes. Et on ne dit pas « tonliture » mais confiture, la reprit Jeanne, n'obtenant qu'un « hummmm ! » gourmand en guise d'approbation.

La cloche de l'église Sainte-Marie-du-Temple, toute proche, sonna huit coups.

Marie enroula sa main à celle de sa mère, l'attira de l'avant en se frottant l'estomac de l'autre main, et Lucia songea qu'elle ne serait pas la dernière, elle non plus, à se mettre à table.

3.

La matinée s'écoula avec une lenteur désarmante. Tout en vaquant à son ménage, Jeanne surveillait Marie qui chantonnait. Marco, lui, était sorti aider leur voisin à décharger des barriques de vin d'une charrette. Légèrement plus âgé qu'eux, Benoît Guignoli avait perdu tant de poids depuis la mort de son épouse, le mois dernier, qu'il peinait, seul, à sa charge.

Lucia ajusta le dernier caractère d'imprimerie, un point d'exclamation, sur le métal, avant de tendre la composition de la feuille à son père.

Il essuya une marque d'encre sur sa joue. Malgré ce geste affectueux, elle ne fut pas dupe.

Il était aussi sombre qu'elle.

Décidant de crever l'abcès, elle murmura :

— J'ai peur, papa.

Il s'immobilisa, se mordit la joue avant de secouer son visage rond.

— Je sais, Lucia. Moi aussi. Mais j'essaie de faire confiance à Marie. Écoute-la…

On l'entendait rire à gorge déployée depuis la cuisine.

— … Elle dégage une telle lumière, que je ne peux croire que l'entité parviendrait à l'éteindre !

Lucia lui retourna son sourire. Elle récupéra la plaque, désormais prête pour l'impression, et se dirigea vers le bac d'encrage.

— Peut-être as-tu raison, mais je ne veux pas accepter un tel risque.

Giuseppe trottina derrière elle. Il lui aurait bien enlevé l'ouvrage des mains, mais, ajoutant à son effort de la nuit, il avait fait tournoyer la petite quelques secondes de trop. Elle forcissait, la chipie. Bientôt il devrait renoncer à leur rituel matinal et cette perspective le désolait.

Lucia ajusta la plaque sur le cadre au-dessus du baquet, la fit lentement descendre jusqu'à ce qu'elle disparaisse dans le bain d'encre, puis la remonta pour la laisser s'égoutter.

Giuseppe remarqua plus encore ses cernes lorsqu'elle se retourna, caressée par le jour filtrant au travers de la baie de leur devanture. Derrière, Marco discutait avec leur voisin, tous deux réchauffés par leur besogne.

Elle accepta le chiffon que lui tendit son père. Ils se le passaient de l'un à l'autre au fil de la journée. Celle-ci s'annonçait calme. Trop au regard de leur état d'esprit. Hormis cette impression, en trente exemplaires, d'une pièce de théâtre que leur avait payée son auteur, ils n'avaient pas d'autre commande.

Elle revint à la charge.

— Ce crâne, papa. D'os, il est devenu de cristal. Comment oublier un tel prodige ? La puissance de celle qui y est enfermée ? Comment m'y opposer si elle voulait, je ne sais pas, moi, s'emparer totalement de Marie, retrouver un corps pour son âme ?

— Si on ne peut le remettre à la Médicis, pourquoi ne le confierait-on pas aux autorités ecclésiastiques ?

— Et passer pour une sorcière ? Me retrouver sur un bûcher, en place de Grève ? J'y ai réfléchi toute la nuit.

Marco a raison. Nous ne pouvons courir le danger qu'il tombe entre de mauvaises mains. Cette entité m'a demandé de la délivrer de Serafina Cornaro[1], probablement pour cette raison. Qu'arriverait-il, demain, si je la trahissais ? Si je cessais de la protéger de la convoitise, de la folie des hommes ? Pis encore que les tourments de Marie ?

Giuseppe la serra contre lui. Dans cette colère rentrée, il percevait son désarroi, son impuissance. Il en avait lui-même éprouvé les affres tandis qu'il croupissait dans sa geôle vénitienne, les pieds affleurant l'eau à chaque marée, se demandant sans cesse où elle était, si l'on s'en était pris à elle aussi, si elle était captive, comme lui, ou même si elle était toujours en vie. Ne rien savoir, ne pouvoir agir face à l'inconnu, à l'arbitraire. Douter même de l'heure suivante, de son propre sursis. Il en portait encore secrètement la morsure, au point, oui, qu'il ne parvenait à se décider au bonheur. À envisager sérieusement de demander Jeanne en mariage. Comme si, à l'image de sa fille aujourd'hui, une part de lui persistait dans cette fragilité de l'instant.

La rassurer...

Il lui caressa les cheveux, embrassa ce front, qu'il sentit aussi chaud qu'autrefois, lorsqu'elle se trouvait, elle aussi, la proie de ses peurs.

Et soudain son cœur s'emballa.

— Et si nous avions tort ? Tous ?

— Que veux-tu dire ?

— Que Marie pourrait simplement avoir assisté à un crêpage de chignon en t'accompagnant au marché. Scène à laquelle tu n'auras, toi, prêté aucune attention, occupée

1. Voir tome 1 : abbesse de Santa Maria degli Angeli sur l'île de Murano qui, pour s'approprier le grimoire, n'a pas hésité à contraindre Isabella puis Lucia.

ailleurs. Il suffit de peu, tu sais, pour effrayer une enfant. Toi aussi tu faisais de nombreux cauchemars à son âge.

Elle n'avait pas envisagé cette possibilité. Au fond, quelle preuve avait-elle que le crâne en fût responsable ? Sa fille était née, avait grandi à quelques pas de lui sans avoir souffert jusque-là d'une quelconque influence. Et eux non plus d'ailleurs. Se pourrait-il qu'elle ait fait un amalgame ? rapproché à tort les propos de Marie du meurtre sauvage de la mère de Bianca Dandolo à Ulpian ?

Elle sentit ses épaules s'alléger.

— Oui. C'est possible… Surtout si l'on y ajoute la fin brutale d'Heursende Guignoli.

Renversée par une charrette, la pauvre femme laissait trois enfants en bas âge, dont le dernier était presque le jumeau de Marie.

— Cela ne nous interdit pas de chercher une solution pour le crâne, Lucia, mais si nous laissons la panique nous gagner, Marie le sentira et en sera perturbée plus encore.

— Ce qui ne manquera pas de nourrir son imagination, admit-elle.

Il sourit.

— Reconnais qu'elle l'a déjà fertile.

Pour preuve, jaillissant soudain de la cuisine, la fillette fondit sur eux en s'époumonant, un chiffon, noué aux quatre coins, en guise de chapeau, les joues colorées au jus de betterave. Dans ses mains devenues griffes, elle brandissait les pattes du poulet que Jeanne venait de couper au tranchoir.

Et l'angoisse de Lucia acheva de se perdre dans un grand éclat de rire.

4.

— Eh bien, quelle apparition ! Digne de la troupe de l'hôtel de Bourgogne ! s'écria soudain une voix inconnue derrière eux.

Lucia fit volte-face, tandis que ce petit monstre rugissant, chatouillé par son grand-père, appelait « Nanie » à la rescousse.

Marco venait de passer la porte en compagnie d'un homme aussi amusé que lui par la scène.

Lucia nota aussitôt son importance à la casaque courte et bleue, ornée de croix blanches, qu'il portait par-dessus son baudrier garni d'un mousquet et d'une rapière.

Elle s'inclina avec respect, tandis que Giuseppe, après un bref salut de la tête, se hâtait de ramener Marie vers la cuisine et de refermer la porte pour étouffer le rire de la fillette.

— Cette enfant, madame, me semble un bien joli rayon de soleil dans votre maison. Mais elle a de qui tenir, souligna leur visiteur en s'emparant de la main de Lucia.

Marco fronça les sourcils devant le sourire qu'ils échangèrent.

— Je me considère en effet fort chanceux, monsieur.

Comprenant qu'il veillait jalousement sur son territoire, le mousquetaire relâcha les doigts de Lucia, non sans ajouter, charmeur :

— Vous l'êtes, assurément. Permettez que je me présente, madame. Henri d'Aramitz, de la compagnie des mousquetaires du roi.

Amusée par cette joute à peine perceptible entre les deux hommes, Lucia ne put s'empêcher de relever que, si l'art de la séduction était une des qualités de M. d'Aramitz, il en avait les atouts.

Grand, altier, la moustache aussi bien taillée que le bouc, des boucles dorées à hauteur des épaules, un regard perçant, dans lequel frémissaient de gourmandise – qu'elle supposa permanente – deux prunelles dont la teinte automnale se pailletait d'or. Elle estima qu'il avait à peine dépassé la vingtaine d'années.

— C'est un honneur pour nous, monsieur d'Aramitz. En quoi notre enseigne peut-elle vous être utile ? demanda-t-elle.

— Elle m'a été recommandée par l'un de mes amis… dont je vois que vous traitez l'ouvrage, ajouta-t-il en pointant un index ganté vers la couverture de celui, pas encore terminé, de Pierre Corneille.

L'esprit de Lucia y fut aussitôt ramené.

— À ce propos, monsieur, permettez que je mette une de ses pages sous presse avant que l'encre ne sèche. Mon époux…

— Va s'en charger, la coupa Marco, car voyez-vous, monsieur d'Aramitz, si mon épouse est d'une habileté remarquable pour typographier n'importe quelle plume, elle est surtout bien plus douée que je ne le serai jamais pour entendre le souhait d'un client. Je vous en prie, les invita-t-il d'un geste à s'installer dans les fauteuils près du foyer, toujours ronflant.

— Eh bien, monsieur, de quoi s'agit-il ? demanda Lucia sitôt que le mousquetaire y fut assis.

— D'un sonnet, madame, répondit ce dernier en retirant un pli de son pourpoint.

Il le lui tendit.

— Il est de ma composition, comme vous vous en doutez, et destiné à une dame de la cour dont j'espère les faveurs.

— Pourquoi ne pas le lui remettre tel quel en ce cas ? Il n'en aurait que plus de valeur.

— Certes, mais Pierre Corneille m'a laissé entendre que vous veniez de Venise, ville où l'amour est célébré de toutes les manières.

— En effet. Et… ?

— Ah, les gravures d'Augustin Carrache ! soupira langoureusement le mousquetaire.

— Je vois, répondit Lucia, amusée. Vous aimeriez que je conjugue ce sonnet à un dessin… suggestif, comme le fit l'Arétin.

— Voilà… Bien entendu votre prix sera le mien, si vous me garantissez la plus grande discrétion.

— Elle va de soi, monsieur. Mais encore faut-il que vous me fournissiez la gravure. Sans elle, je ne peux rien.

Henri d'Aramitz se frotta la barbiche, le regard perdu dans les flammes. Il laissa s'installer un long silence, empli de sa réflexion et du mouvement de la presse sur le papier, dont Marco avait recouvert les caractères.

Plus un bruit dans la cuisine, nota Lucia.

La porte arrière s'ouvrait sur une petite cour intérieure flanquée d'un puits en son milieu. On pouvait s'en échapper par une poterne.

Ou y contenir les élans facétieux de Marie...

Lucia rapprocha ses mains de l'âtre, soudain ragaillardie. Cette pause lui faisait du bien, même si le souhait du mousquetaire avait ravivé le souvenir de sa dernière soirée à Santa Fosca. Henri Concini n'était encore que Luigi. Avant la fermeture, remplaçant son père penché sur la gravure, elle l'avait aidé à achever l'impression d'un exemplaire des sonnets licencieux de l'Arétin.

Éprouverait-elle autant de plaisir à traiter celui-ci qu'elle en avait eu alors, les sens embrasés par la proximité de Luigi, leur apprenti ? Parfois elle se demandait quand, si Isabella Rosselli n'était pas entrée dans l'atelier ce jour-là, il aurait fini par révéler sa véritable identité... Avant ou après qu'elle se serait offerte ? L'évidence de la réponse lui ramenait invariablement la nausée en bouche.

Le discret mouvement du mousquetaire lui fit lever le visage. Elle trouva son regard posé sur elle comme un papillon sur une fleur. Elle lui retourna aussitôt son sourire. Il était franc. Charmeur, mais franc.

La rumeur prétendait que les hommes de M. de Tréville[1] étaient plutôt délurés, mais elle fut soudain certaine que le sieur d'Aramitz mettait plus d'audace dans sa plume que dans ses manières. Auprès de lui, une femme n'aurait à souffrir que ce qu'elle désirait.

— Un de mes amis est plutôt habile au crayonné. Je pourrai lui demander un dessin et vous l'apporter en fin de journée, dit-il. Croyez-vous qu'à partir de là, votre époux... ?

— Lui non, mais mon père a la main sûre. Toutefois, je ne peux vous garantir le talent de graveur d'un Carrache.

1. Capitaine des mousquetaires du roi.

Henri d'Aramitz éclata d'un rire clair.

— Tant que la dame en question comprend mes intentions…

— Sur ce point, monsieur, je n'ai aucun doute. Elles sont on ne peut plus claires ! l'assura Lucia en reposant le sonnet pour, se levant à son tour, reconduire son auteur à la porte.

9 janvier

5.

Lucia s'était bien couverte. Outre l'épais manteau doublé de fourrure que lui avait offert Marco un an plus tôt, elle portait un chapeau de cuir, son écharpe autour du cou, et des bottes fourrées. Sous sa robe, elle sentait, malgré l'épaisseur de ses bas de laine, le froid de cette épée qui ne la quittait jamais.

Elle avait insisté pour se rendre elle-même chez Henri d'Aramitz qui habitait quelques rues plus bas. Besoin de prendre l'air. De se revigorer l'esprit et le corps, amolli par le manque de sommeil.

Car, si Marco s'était lui aussi rangé aux arguments de Giuseppe, les nuits de Marie étaient toujours ponctuées de cauchemars. Il avait même semblé à Lucia qu'ils étaient plus profonds, plus immatériels que les précédents. Alors, de nouveau, elle doutait. Elle avait relu les confessions de Bianca Dandolo, espérant y trouver une réponse, une certitude. Mais rien. Rien qui l'assure de quoi que ce soit. Elle s'était même renseignée dans le quartier pour savoir si une femme avait été battue. C'était si fréquent qu'un époux jaloux ou aviné lève la main qu'elle en avait compté plus qu'elle n'en aurait eu besoin.

Et puis le froid s'était durci encore. Un de leurs clients, né à Paris, avait assuré que c'était « pisse roide ». Une chienlit qui ne durerait que le temps de « geler un jet ». Elle voulait y croire, mais Marie toussait un peu, ce qui ajoutait à ses réveils nocturnes.

Elle s'était donc donné trois raisons de fuir son domicile ce jeudi :

Ce fameux sonnet à remettre en main propre.

Offrir une nouvelle ceinture à son père dont l'anniversaire approchait, puisque celle qu'il portait tous les jours était devenue trop courte. À tout dire, Giuseppe avait bien essayé de rentrer sa bedaine devant Jeanne pour paraître plus fringant, mais cette dernière lui avait fait remarquer que bon cuir valait mieux que cul pincé.

Et s'arrêter chez Adélie Donadieu.

Sa commande passée chez le baudroyer, Lucia tourna l'angle de la rue des Étuves, marqué par une bâtisse à l'encorbellement si prononcé qu'il ressemblait à un bec de lièvre. Une bouche narquoise aux dents acérées.

Trois portes plus loin, elle poussait celle de l'apothicaire, appuyant sa commande pour Marie d'un frisson :

— Je n'avais jamais vu tant de pampilles de glace. Certaines sont plus grosses que mon poing. De véritables lances ou épées…

La boutique était odorante, croulant sous les étagères emplies de bocaux, de tiroirs étiquetés aux noms savants. Aussi chaleureuse que sa propriétaire, une petite femme replète aux cheveux grisonnants et au tablier impeccable.

— Oh, pas de crainte qu'elles le deviennent ! Avec ce froid, même les malandrins renâclent à l'ouvrage !

lui répondit-elle avec un sourire entendu, en attrapant plusieurs sachets d'étamines.

Lucia la regarda peser ses simples sur une petite balance, l'esprit tourné vers le fief d'Alby.

La plus importante concentration de faux mendiants se trouvait à quelques rues seulement de son logis, sous les murailles de Charles V. Cinq mille familles s'étaient octroyé ce grand cul-de-sac qui partait de l'angle de la rue Saint-Sauveur, remontait celle des Petits-Carreaux pour arriver à la porte Saint-Denis. Aucun prévôt n'osait s'y aventurer, d'autant qu'elle était le siège du roi de la cour des Miracles. Tout juste, parfois, un sergent osait-il crocheter le col d'un cagou pris en flagrant délit de lascarderie, avant de le relâcher, sous la pression et les hurlements déchirants des autres éclopés.

Adélie Donadieu empocha ses sous en poussant un soupir à fendre l'âme.

— Que voulez-vous, madame Docciolini, j'ai beau savoir que le fruit est pourri, quand je les vois, ces petits, morveux et blanquinous, implorant tisanes d'une main tremblante, qui pour la mère, qui pour la sœur, qui pour eux-mêmes… Parfois la fièvre trahit leur sincérité, mais je ne suis pas sûre que, la plupart du temps, ils ne revendent pas ce que je leur donne !

— Vous pourriez les adresser à l'hôpital Saint-Julien. Il est à deux pas.

L'apothicaire haussa les épaules.

— Ils n'ont déjà pas assez de lits pour les bonnes gens ! Alors ceux-là, qui ne viennent même pas à l'église, qui ne font pas leurs Pâques ? Pfff… Enfin. J'y gagne ma tranquillité. L'autre jour que mon époux revenait, un peu trop tardivement, de son travail à la plâtrerie, il s'est vu saisi à la gorge par-derrière et menacé d'un couteau. Ah, il a bien cru que son heure était venue ! Il n'a pas hésité à détacher son aumônière. Est-ce à cause des herbes qu'il y jette pour tromper l'odeur âcre du cuir ? L'homme lui a demandé son nom.

— Et… ? s'enquit Lucia, déjà sur le pas de la porte.

Un franc sourire éclaira le visage aux traits ciselés par la bonté et les ans.

— Le voleur lui a rendu son escarcelle et a filé en s'excusant. À croire qu'il existe un code d'honneur chez ce grand Coësre !

Lucia hocha la tête, la remercia et rabattit l'huis derrière elle, saisie de nouveau par le contraste entre la tiédeur de la boutique et la froidure extérieure.

Elle se serait bien attardée davantage, mais elle avait déjà perdu beaucoup de temps chez le baudroyer à choisir la couleur et le dessin du cuir. Et puis, que dire de plus ? Elle savait bien, elle, qu'un bienfait n'était jamais perdu à la cour des Miracles.

Trois mois plus tôt, Marco avait secouru un jeune garçon, renversé dans l'indifférence générale par un carrosse qui se dirigeait vers la place Royale. Il l'avait ramené inconscient à la maison. Lucia avait aussitôt envoyé Jeanne quérir un médecin. Les heures suivantes, elle avait veillé et soigné le petit. À son réveil, le garçonnet, qui allait sur ses huit ans, s'était prétendu orphelin, vivant honnêtement de menus services. Marco avait proposé de lui en payer quelques-uns lorsqu'il serait remis. Au matin du troisième jour, la couche était vide. Le petit Fabien avait filé avant leur lever.

Ils avaient repris leurs activités, un peu tristement à l'idée qu'il soit retourné à la rue. Certes, il n'était pas le seul, mais Marie l'aimait bien et, l'espace d'une seconde, ils s'étaient dit…

Quelques heures plus tard, un homme imposant, défiguré par de profondes cicatrices, avait franchi le seuil.

Fabien lui tenait la main.

J'aurais cru voir moins de monde au marché par cette température, nota Lucia devant le flux des passants et des voitures à la perpendiculaire de la venelle déserte.

Elle enfouit son nez dans l'épaisseur de l'écharpe, hésita.

Traverser la foule des badauds et des marchands pour se rendre chez M. d'Aramitz lui prendrait moins de temps que de la contourner. Elle y gagnerait des parfums d'épices, de savon, de pomme d'amour ou de châtaignes grillées, verrait sans doute quelques singes armés de cymbales sur l'épaule de leur maître. Sans compter qu'elle pourrait y apercevoir Fabien, tendant sa sébile avec ses congénères devant l'hospice.

Le souvenir de sa frimousse joviale la décida.

Elle allongea le pas, laissant son esprit revenir à ce jour où Marie s'était précipitée vers le garçonnet en s'égosillant pour prévenir « Nanie » de son retour.

Elle retrouva le regard fier de ce géant dans le sien, impressionné par tant de cicatrices. Elle se souvint de la voix chaude qui les avait assurés de sa reconnaissance, avant d'ajouter qu'ils pourraient en user leur content.

Fabien était son unique fils et il l'avait cru perdu, jusqu'à ce qu'il lui revienne, à la cour des Miracles.

— J'en suis le roi, celui que l'on nomme le grand Coësre, s'était-il présenté en tendant la main à Marco.

Ce dernier l'avait saisie et serrée chaleureusement avant de les inviter, lui et son fils, à leur table.

Lucia avait aussitôt compris. Comme Marie, comme Giuseppe, comme Jeanne qui avait froissé, avec sa générosité coutumière, la chevelure brune et pouilleuse de Fabien.

Ce jour-là, ils avaient tous gagné deux amis.

6.

Les camelots pullulaient. Réduisant le passage par leurs étals, ils induisaient un goulet stagnant de voitures et de gens, qui, attirés par la nécessité de se nourrir, se chauffer ou se vêtir, y restaient englués.

Lucia se faufila entre les fiacres immobilisés, s'amusant des invectives des cochers. Si chacun ne songeait qu'à rentrer chez lui sitôt terminées ses emplettes, il flottait malgré tout dans l'air l'effervescence de ces attroupements qu'elle avait toujours aimés à Venise. La langue chantait moins, les Parisiens étaient moins hâbleurs, mais Lucia y trouvait son compte, les narines chatouillées par ce mélange d'épices et de rôt, que ne parvenait à réduire l'odeur du crottin des chevaux sur les pavés.

Elle ralentit le pas à hauteur de l'hôpital Saint-Julien. Quelques culs-de-jatte posés sur leur carriole, qu'elle savait à double-fond, tendaient leur sébile devant le parvis, à côté d'un bossu et d'un aveugle. Là où Venise jouait des masques de la commedia, ceux-là se dissimulaient sous les cicatrices. Mais elle ne vit pas d'enfants à leur côté. Sans doute le grand Coësre avait-il préféré les tenir à l'abri du froid dans l'un des vieux caveaux du cimetière de la Trinité.

Il leur avait avoué n'avoir rien trouvé de mieux pour préserver la santé de leurs progénitures, déjà affaiblies par la crasse et la malnutrition.

Les adultes, eux, entretenaient quelques feux à l'abri de la muraille, récupérant les chutes des menuisiers, ou du bois dans les faubourgs de Montmartre. Malgré tout, lorsque les températures descendaient trop et trop longtemps, seuls les plus costauds survivaient.

Lucia détourna le regard. Mieux valait qu'elle soit privée du sourire réjoui de Fabien à sa vue, que de le retrouver grelottant et bleui au milieu de ses semblables.

Le marché s'étalait presque jusqu'à la porte Saint-Martin. Fort heureusement, elle n'aurait pas à aller si loin. Henri d'Aramitz logeait dans une rue latérale. Il lui suffisait, pour l'atteindre, de gagner celle aux Ours, dont, au-delà de l'embouteillage, elle apercevait le croisement tenu aux angles par deux rôtisseurs.

J'y serai vite, se dit-elle, décidée déjà, avec sa paie, à rapporter une poularde et du pain d'épices, dont raffolait Marie, pour leur dîner.

Elle hâta le pas, pressée soudain de retrouver la légèreté de la fillette, son rire, ses bras autour de son cou.

Avant que la nuit et son mystère ne me la prennent et ne la fassent hurler de nouveau, se troubla-t-elle, rattrapée par les sanglots d'un enfant quelque part dans la foule.

Refusant de perdre le bénéfice de son échappée, elle traversa entre une bétaillère et un fiacre.

Devant elle, à une vingtaine de pas, une voiture venait brusquement de s'ouvrir. Elle ne lui aurait guère prêté plus d'attention qu'à une autre, si un accent vénitien ne s'était ajouté au ton colérique d'une femme apostrophant son cocher.

— Idiota ! À quoi me sers-tu donc si tu n'es même pas capable d'éviter un marché ?

Richement vêtue d'une cape doublée d'hermine, l'Italienne descendit le marchepied qu'elle venait seule de dérouler, tandis que l'homme s'excusait en français.

— Aaaah ! Je me mènerai plus vite toute seule ! répliqua-t-elle avec un mouvement agacé du poignet.

Lucia allait en rire, lorsque le vent, rabattant le capuchon de l'inconnue sur ses épaules, la força à pivoter vers elle pour le remettre.

Elle se figea, le cœur suspendu soudain dans sa poitrine.

Impossible !

Le temps qu'elle se ressaisisse, la femme s'était fait expliquer comment rallier la rue Cours-Villain, exigeant que l'homme l'y rejoigne une fois qu'il se serait arraché de ce bourbier.

Ce ton, ce regard, l'or de cette chevelure, ce visage aux traits parfaits..., détailla Lucia, aussi incrédule que fébrile.

Instinctivement, elle pressa le pas, mais avant même qu'elle ait atteint la voiture, l'Italienne s'était échappée dans la foule devant elle.

S'élancer à sa poursuite ? Elle aurait bonne mine si elle se trompait.

— Monsieur ! Monsieur ! apostropha-t-elle le cocher.

Il lui retourna un sourire édenté.

— Je suis en service commandé, ma p'tite dame. Toute façon avec...

— Non, non, ce n'est pas ce qui m'amène. J'ai cru reconnaître une de mes compatriotes vénitiennes, mais je crains de me tromper. Me donneriez-vous son nom ?

— Et même ma place, ma p'tite dame, pour ne plus souffrir ses hoquets. On donne pas rendez-vous dans ce quartier quand on est pressé !

— Son nom ? insista Lucia, contrainte de se plaquer à la roue du coche pour ne pas être bousculée.

— Isabella Rosselli, qu'elle s'appelle ! Mais j'serais vous, j'me hâterais d'l'oublier.

Isabella Rosselli. Vivante.

Une danse folle souleva la poitrine de Lucia. La courtisane avait survécu ! Comment ? Que faisait-elle à Paris ? Elle balaya ces questions, emportée par le soulagement.

Tout ! Elle allait lui remettre tout ce qu'elle avait récupéré chez Serafina Cornaro : le crâne, les dessins de Bianca Dandolo, et aussi cette lettre dans laquelle ils avaient découvert sa parenté avec Marie de Médicis, cette lettre qui prouvait que ses parents avaient été assassinés à cause du grimoire.

Elle allait enfin pouvoir se débarrasser de ce poids. S'affranchir de l'entité.

Libérer Marie.

Elle grimpa sur un montant de charrette, aperçut la courtisane qui, au croisement, délaissait la rue des Ours à sa gauche, pour remonter l'angle de l'église Saint-Julien.

Elle sauta, se fraya un passage en jouant des coudes, indifférente aux reproches.

Lorsqu'elle parvint enfin dans la ruelle, Isabella avait disparu.

Lucia ne s'en étonna pas vraiment. Il lui suffisait de se souvenir de sa seule et unique rencontre avec elle à Santa Fosca, pour deviner que sa beauté autant que l'insolence de son regard avaient immobilisé puis fait s'écarter respectueusement les passants. Sans compter l'incongruité de voir une dame si richement vêtue se promener seule dans ce quartier.

Elle reprit sa course, regrettant soudain le poids de ses vêtements. Pas question de la laisser filer. De perdre la chance de sauver sa fille !

La foule s'étiola au carrefour de la rue Trace-Nonnain. Lucia se précipita dans cette dernière. Enfin, elle aperçut Isabella qui obliquait à droite, presque au bout, à l'angle d'une fontaine prise dans le contrefort d'une bâtisse. Elle renonça à l'interpeller.

De nouveau, elle s'élança, enfila la venelle étroite.

Las, quand elle atteignit le porche sous lequel la courtisane s'était engouffrée, l'huis s'était refermé.

Elle trépigna quelques secondes devant, le souffle court, se demandant quoi faire, puis décida de tenter sa chance en toquant du marteau en forme de poing.

Un valet au front plissé par la contrariété ne tarda pas à lui ouvrir.

— Madame ? s'enquit-il d'un ton pincé.

— Pouvez-vous m'annoncer à la personne qui vient d'entrer, je vous prie ?

— Personne ne vient d'entrer, lui répondit-il avec aplomb.

Lucia gravit une marche supplémentaire.

— Isabella Rosselli est son nom, insista-t-elle comme un mot de passe, devinant qu'on avait dû donner des ordres.

— Non, vraiment, assura-t-il en lui rabattant la porte au nez.

Attendre ? Outre que la patience n'avait jamais été son fort, rester dans ce courant d'air, avec cette température… Quant à revenir après avoir vu M. d'Aramitz, hors de question ! Le risque était trop grand que l'ancienne courtisane s'en soit déjà retournée.

Elle hésita quelques secondes, examina les alentours. La ruelle était déserte. Elle remarqua une impasse qui bordait le bâtiment sur la gauche. Elle y pénétra.

Au moment où elle notait qu'un épais pied de glycine mangeait le mur, une fenêtre s'éclaira au deuxième étage, ramenant la silhouette d'Isabella dans son champ de vision.

Je vais te montrer, moi ! se décida-t-elle, comme un pied de nez au valet, s'imaginant déjà en train de toquer au carreau depuis cette échelle improvisée.

Une fois qu'elle aurait révélé à l'Italienne les raisons de son obstination, celle-ci ne songerait plus qu'à l'embrasser !

Elle se débarrassa de son manteau et de son chapeau, s'accrocha au tronc noueux et le tira de plusieurs coups secs en arrière pour en mesurer la solidité. La glycine ne bougea pas d'un pouce.

Enhardie, elle commença à grimper.

7.

Elle n'était pas arrivée à mi-hauteur qu'un bruit de pas en dessous d'elle lui fit baisser le menton. Trois hommes venaient de surgir dans l'impasse.

Elle reconnut aussitôt la cape rouge, le chapeau orné d'une plume.

Elle s'immobilisa.

Des gardes du Cardinal. Est-ce avec Richelieu qu'Isabella a rendez-vous ? Pourquoi ici, si loin du petit Luxembourg[1] *ou du Louvre ?*

Son cœur s'affola dans sa poitrine. C'était une chose de vouloir atteindre Isabella Rosselli, une autre de se mêler des affaires de Richelieu en personne. On en avait embastillé pour moins que ça.

Quant à ceux-là, la rumeur les disait aussi peu commodes que leur maître.

Est-ce le valet qui les a avertis ? M'a-t-on aperçue ? Non. La rue était vide. Sans doute viennent-ils s'assurer que cette entrevue demeurera secrète, qu'aucun miséreux

---

1. Offert au cardinal de Richelieu par Marie de Médicis du temps de leur concorde. Il se situe face au palais du Luxembourg toujours habité par la reine mère et a été construit sur l'ancien hôtel du Luxembourg.

n'est tapi ici. Suffit de ne pas bouger. D'attendre qu'ils repartent.

Elle se tassa en priant pour qu'ils ne lèvent pas la tête.

— Toi, grimpe, ordonna l'un d'entre eux, probablement leur chef, en désignant le tronc.

Fichue..., se durcit-elle à l'instant où ils avisaient ses effets à terre.

Trois regards noirs se tendirent vers elle en même temps que des mousquets.

— C'est bon, lança-t-elle aussitôt, craignant qu'ils ne tirent avant de parler.

Elle redescendit avec précaution, pour se donner le temps de réfléchir.

— Hâte-toi ! entendit-elle, les idées embrouillées par l'urgence.

Elle lança un coup d'œil en contrebas. Ils s'étaient resserrés, prêts à la cueillir. Mais visiblement point à entendre ses explications. S'ils avaient remisé leur pistolet à la ceinture, c'était pour se munir de leur lame.

Elle serait transpercée avant de toucher terre. Et le fait qu'ils aient eu la même idée qu'elle indiquait clairement qu'ils n'étaient pas là pour couvrir les arrières d'Isabella mais pour l'espionner.

Me voilà dans de beaux draps. Une idée, Lucia. Vite ! Que ferait Marco dans pareille situation ?

Son esprit balaya rapidement l'éventail des possibles.

Les surprendre. Oui. C'est cela.

Ils s'attendaient qu'elle continue de descendre lentement ? Elle prit une profonde inspiration et lâcha tout.

Comme Marco le lui avait appris, elle se reçut sur les pieds au centre du cercle qu'ils formaient, accroupie pour garder son aplomb, mais les forçant, dans un mouvement instinctif, à reculer. Lorsqu'elle se redressa, elle n'était plus seule et démunie. Son épée prolongeait sa main droite, sa dague la gauche.

— Je vous laisse le choix, messieurs. Me laisser filer ou mourir, leur lança-t-elle hardiment, gagnant ainsi la fraction de seconde nécessaire pour pouvoir se placer.

Ils s'élancèrent, tous trois en même temps.

Lucia ne s'en émut pas. Marco l'avait formée au long de ces trois dernières années, lui enseignant les meilleures feintes et attaques. Bien qu'acculée entre le tronc et le mur de la bâtisse, elle para chacune des leurs, avant de lancer sa propre offensive.

— Piètre compagnie. Trois contre une simple femme ! Je m'attendais à plus couillu de votre part, monsieur ! taquina-t-elle le meneur.

Comme elle l'espérait, son orgueil fut piqué au vif.

— Reculez ! ordonna-t-il à ses hommes.

Lucia le laissa fondre sur elle, esquiva et estoqua. L'homme eut un hoquet avant de s'effondrer face contre terre, percé en plein front.

Elle n'attendit pas que les deux autres se reprennent. Elle fonça sur eux, piqua le premier au cœur. Le second dévia son poignard mais trébucha sur une racine. Le derrière de son crâne frappa méchamment le mur. Il s'écroula au pied de la glycine.

C'est à cet instant seulement, devant ce parterre ensanglanté, que Lucia mesura vraiment la situation. Elle venait d'occire deux, voire trois, si le dernier ne se relevait pas, des gardes personnels de l'homme le plus puissant de France après le roi.

Mieux valait que personne ne la trouve là. Pas même Isabella Rosselli. Elle essuya le fil de sa lame sur la cape du meneur, récupéra ses effets et s'enfuit à toutes jambes.

Elle ne reprit son souffle qu'une fois revenue au cœur du marché. Ses jambes refusant soudain de la porter, elle se laissa glisser le long d'une maison. Aucun risque que quelqu'un s'intéresse à elle. Ainsi ramassée, serrant son bien contre sa poitrine, elle ressemblait à une mendiante.

Elle vit passer devant elle la voiture de la courtisane, baissa le front sur ses genoux repliés et l'y laissa, profitant de ce répit pour tenter de mettre de l'ordre dans ses idées.

Inutile de te leurrer, Lucia. Si celui qui a trébuché se remet, il donnera ton signalement, lequel sera inévitablement confirmé par cet imbécile de valet !

Placarderait-on son portrait dans les rues de Paris ?

Il va me falloir une solide défense pour éviter la potence, conclut-elle avec effroi.

Loin de s'apaiser, les battements désordonnés de son cœur redoublèrent.

Il y a toujours une solution...

Le visage d'Henri d'Aramitz s'imposa. Qui douterait du témoignage d'un mousquetaire, si ce dernier affirmait avoir passé l'heure en sa compagnie ?

Il me suffit de remettre de l'ordre dans ma toilette et de me présenter chez lui comme si de rien n'était.

Ragaillardie, elle se redressa, renoua sa tresse avant d'enfoncer son chapeau sur sa tête.

Elle allait traverser la rue Saint-Martin pour gagner celle aux Ours, lorsqu'une méchante intuition la fit porter la main à la poche intérieure de son manteau.

Le sonnet, se troubla-t-elle.

Elle fouilla encore et encore jusqu'à renoncer, catastrophée. Il avait dû tomber. Pendant sa fuite ? Ou au pied de la glycine ?

Impossible de se rendre chez M. d'Aramitz sans.

Nerveusement, elle fit marche arrière, l'œil rasant le sol entre les souliers, les roues et les sabots, se demandant comment ne pas être remarquée par le cocher d'Isabella, probablement arrêté devant la maison à présent.

Mais elle ne vit aucune voiture dans la rue lorsqu'elle se présenta à son angle.

Elle resta embusquée quelques secondes dans l'alcôve, contre la fontaine gelée. Aucun mouvement. Nulle part.

Isabella a dû repartir dans l'intervalle, en conclut-elle, entre le soulagement et le regret.

Lors, elle releva son col, rentra son visage dans son écharpe et remonta jusqu'au lieu de ses « exploits ».

Sitôt qu'elle fut engouffrée dans l'impasse, un sursaut de surprise ajouta à son angoisse.

Les corps avaient été emportés.

Comment ? Par qui en si peu de temps ? Avec le sonnet ?

Elle tendit l'oreille. Un bruit de roues et de sabots venait de crever le silence. Elle se hâta de faire le tour du cul-de-sac, craignant tout et son contraire, espérant que la voiture ressortirait à l'autre bout de la rue. Las, à peine décidait-elle de repartir bredouille, que l'attelage s'immobilisait devant la bâtisse.

Impossible de fuir.

Le souffle court, elle attendit que Richelieu lui-même s'en arrache. Mais le cocher resta à sa place.

Il vient prendre quelqu'un, comprit-elle en entendant s'ouvrir la porte que le valet lui avait interdite.

Elle arracha sa rapière de sa ceinture, prête, une fois encore, à se battre si sa vie en dépendait, puis attendit, tapie dans un coin, l'esprit galopant à toute allure.

Elle imagina le pire : elle avait été démasquée et déjà d'autres gardes du Cardinal étaient chez elle, à saisir son père et Marco pour les interroger.

Mais le pire est parfois plus audacieux que l'imagination.

Lucia le découvrit au moment où un homme jeune, au visage déterminé, s'apprêta à monter dans le fiacre.

Un coup de poing violent eût moins ravagé son estomac. Le temps qu'elle l'encaisse, les chevaux s'ébranlaient.

Elle sortit de l'impasse, regarda la voiture tourner l'angle nord de la rue, un sang mauvais battant ses veines.

C'est alors qu'elle mesura tout le sens des cauchemars de Marie. Comme un avertissement.

Henri Concini allait de nouveau frapper.

8.

Marco se figea en la voyant surgir, échevelée, débraillée, poussant la porte de l'atelier à la volée. Il se précipita vers elle en même temps que Giuseppe qui sortait de la cuisine.

— Que t'est-il arrivé ? s'affola-t-il tandis que, peinant à retrouver son souffle, elle s'adossait au battant refermé.

Elle arrêta le flot des questions d'une paume tendue en avant.

— Seconde, exigea-t-elle en luttant contre un vertige.

Ils ne la lui accordèrent pas, l'encadrèrent pour la soutenir jusqu'à l'un des fauteuils devant la cheminée.

— Marie ? Où est Marie ? bredouilla-t-elle en acceptant de s'y laisser tomber.

— Chez Benoît. Il est venu la chercher pour jouer avec Gabriel. Bon sang, Lucia, qu'est-ce qui se passe ?

Rassurée que sa fille ne puisse entendre, elle s'abandonna enfin à son récit, jusqu'à ce dernier point qui lui retournait encore le sang.

— Ce n'est pas tout. Henri Concini se trouvait là, lui aussi.

Elle posa sa main gantée sur le bras de son père qui, accroupi près d'elle, venait de perdre un regard chargé de haine dans les flammes.

— Papa ? s'inquiéta-t-elle devant la dureté soudaine et inhabituelle de son profil.

Il consentit à ramener son visage vers elle, à y profiler un sourire crispé.

— Ça va, Lucia. La priorité n'est ni ce chien ni Isabella. Nous nous occuperons d'eux et de ce qu'ils trafiquent ensemble après. La priorité, c'est de dissimuler ton implication dans cette affaire.

— Je suis d'accord sur ce point, affirma Marco en repoussant un sentiment de culpabilité à l'égard d'Isabella qu'il avait abandonnée à Venise derrière eux. Et en cela, tu as raison, Lucia. La parole de M. d'Aramitz prévaudra.

Giuseppe se releva vivement.

— Je vais effectuer un nouveau tirage. Change-toi, ordonna-t-il presque à sa fille.

Un frisson la parcourut tout entière. Il lui sembla soudain retrouver en cet homme déterminé, presque froid, celui qu'elle avait soigné à Chypre. Celui qui avait mis trois ans à regagner confiance, espoir et félicité.

Le cœur percé, elle le regarda se diriger d'un pas nerveux vers la table où se tenaient les caractères pour composer le texte.

Marco l'arracha à son constat en la prenant tendrement par les épaules.

— Ne te laisse pas gagner par la peur, la Luciole. Nous sommes plus forts aujourd'hui qu'hier.

Elle darda sur lui un œil troublé.

— Ce n'est pas de la peur, Marco. Me battre, je le sais. Défier l'adversité, je le sais. Je ne laisserai personne, pas même le Cardinal, m'arracher à ma famille. Quant à botter le train de Concini, et rendre son bien à Isabella, crois-moi, je ne demande que cela ! Je suis seulement aux aguets. À cause de Marie. Nous ne pouvons désormais plus douter de sa prescience. Plus douter que le crâne en soit responsable. Paris est immense. Combien de chances pour que je tombe sur ces deux-là, si intimement liés, l'un comme l'autre, au grimoire ? Précisément maintenant, à l'heure où notre fille fait ces cauchemars ? Combien, Marco ?

— Tu as raison. Je ne pense pas que ce soit un hasard.

— Henri et Isabella. Ensemble. Que crois-tu que veuille l'entité ? Nous forcer à les retrouver, les éliminer ? Leur offrir sa puissance pour qu'ils en usent à nos dépens ?

— Et si, tout simplement, elle s'était servie de l'esprit de Marie pour nous prévenir du danger et nous aider à le contrer ? Un moyen de nous remercier de l'avoir arrachée à la cupidité de Serafina Cornaro.

Elle sonda son regard, devina un écran de brume sur la lande sauvage de ces prunelles dans lesquelles elle aimait tant se perdre.

— N'essaie pas de me rassurer, Marco. Tout cela a un sens. Un sens que nous devons découvrir pour protéger notre fille. Je refuse d'écarter l'idée que l'âme de la sorcière d'Ulpian cherche à prendre possession d'elle. Que ce soit ou non pour rejoindre sa descendante !

— Évidemment. Je me charge de prévenir Jeanne de ce qui se passe tandis que tu files chez M. d'Aramitz.

— J'ai déjà réfléchi à ce que je lui dirai. Ma tenue parlera en ma faveur, ne t'inquiète pas.

Elle se perdit dans ses bras refermés autour d'elle, inspira son odeur, y puisa cette confiance qui les avait unis à Venise puis se précipita pour aider son père à imprimer la gravure licencieuse à côté du sonnet.

N'ayant rien perdu de leur échange, Giuseppe lui décocha un regard de biais, à peine radouci par sa précision à manier la presse, en dépit de l'urgence.

— Ne doute pas des capacités de Marie à se protéger elle-même, si petite soit-elle. Rien n'est fatalité, Lucia.

Refusant d'entrer dans ce débat, elle lui déposa un baiser sur la joue, se débarrassa de ses armes et fila, aussi vite que ses jambes le lui permettaient.

9.

Le mousquetaire du roi habitait le troisième étage d'une maison à colombages tenue par un couple aussi improbable que mal assorti. L'homme, bossu, s'appuyait sur une canne et offrit à Lucia un regard borgne depuis sa loge de concierge. La femme, qui balayait les marches d'un escalier vermoulu, possédait, elle, des formes avenantes. Elle ne devait pas dépasser la trentaine.

Elle planta sur Lucia un regard soupçonneux.

— Et qu'est-ce qu'elle lui veut à M. d'Aramitz, la gueuse ?

Du haut de sa mine rougeaude et débraillée, Lucia la foudroya d'un œil noir.

— Rien qui vous concerne. Faites-le prévenir que Lucia Docciolini le demande. Et hâtez-vous. Il m'attend.

L'œil d'azur se fit jaloux.

Une de ses maîtresses…, devina Lucia.

Le dragon prit le temps de la toiser de la tête aux pieds avant de grimper quelques marches et de cracher :

— Bazin ! Bazin ! Descends un peu pour voir !

Sans doute espère-t-elle qu'il fasse barrière, s'amusa Lucia.

Elle en fut convaincue devant la visible déception de la jeune femme lorsqu'il l'invita à le précéder dans l'escalier.

— Boute Dieu, madame Docciolini ! Que vous est-il arrivé ? s'exclama le mousquetaire, en bondissant du fauteuil dans lequel il lisait.

— Une bien méchante affaire, monsieur, se lamenta-t-elle en acceptant la paume qu'il lui tendit.

Dardant sur elle un regard inquiet, il la guida vers son siège près de l'âtre flamboyant.

Elle s'y laissa choir, la mine triste et embarrassée, toute à ce rôle qu'elle devait jouer.

— Un verre de liqueur, Bazin, exigea aussitôt le mousquetaire avant de lui tapoter la main avec délicatesse.

— Reprenez-vous, très chère.

— Me reprendre, me reprendre, monsieur… alors même que mon honneur est entaché…

— Votre honneur, madame ? s'étrangla-t-il.

— Pas celui auquel vous pensez, monsieur ! Dieu m'en garde et mon époux aussi. Non. Si vous me voyez si crottée et misérable, c'est qu'en venant chez vous j'ai été méchamment bousculée. Oh, je ne saurai dire par qui tant sa capuche recouvrait son front… Mais il était armé et m'a délestée de mon aumônière, dans laquelle je portais votre sonnet.

— Mon sonnet ? Comment ça, mon sonnet ? Voudriez-vous dire que… ?

Lucia se tordit les mains, l'œil désemparé.

— On me l'a pris, monsieur. Je ne sais si c'était intentionnel ou pas. Vous teniez à tant de discrétion que… ma réputation est perdue… Quant à la vôtre… Dieu seul sait ce que ce malandrin voudra en faire…

Un rictus ennuyé froissa un instant les traits délicats du mousquetaire, mais il se détendit aussitôt.

— Dans ce domaine, ma réputation est déjà acquise et autant qu'il me sied. Quant à la dame de mes pensées, rien ne permet de l'identifier. Chassez donc toute inquiétude, madame. Je serais de bien peu de valeur si je vous reprochais le forfait d'un autre.

Lucia avala un peu de cette liqueur d'orange que Bazin venait de lui tendre avant de reposer le gobelet d'étain sur le plateau et d'ouvrir sa besace.

— Je n'ai songé pourtant qu'à vous satisfaire. Je suis revenue en hâte chez moi, préférant user ces précieuses minutes à votre commande plutôt qu'à ma mise. Voici, dit-elle, en lui remettant le feuillet.

Il arrondit les yeux, avant que de les reposer sur elle, ravi.

— Votre diligence est exemplaire.

— Ne m'accablez pas de compliments, monsieur, c'était le moins que je pusse faire. Il me reste à vous dédommager, alors je vous le demande : prenez acte que mon époux comme moi-même sommes vos débiteurs. Pour quoi que ce soit, termina-t-elle en se redressant.

Refusant de la froisser par un refus, il allait la raccompagner lorsqu'une voix de stentor franchit la porte, ouverte à la volée :

— Aramitz, vieux brigand, faudra-t-il donc une fois de plus t'arracher à tes prouesses ?

L'homme qui parut dans un éclat de rire portait, comme les trois suivants, l'habit des cadets des gardes françaises. Sa forte corpulence ne l'empêcha pas d'ôter avec grâce son chapeau pour se fendre d'une révérence devant elle.

— Madame Docciolini, permettez-moi de vous présenter mes amis, annonça, ragaillardi, le sieur d'Aramitz. Ce joyeux compagnon au tour de taille trahissant la gourmandise se nomme Isaac de Portau. Ce bellâtre, sec comme un coup de trique, Armand de Sillègue d'Athos d'Autevielle.

— Athos, charmante dame, raccourcit ce dernier en lui baisant la main, comme si, à l'inverse de la concierge, il n'avait pas relevé le négligé de sa mise.

— Quant à moi, je suis Charles de Batz Castelmore, comte d'Artagnan. Pour vous servir, se présenta le dernier qui, comme les autres, ne devait pas dépasser la vingtaine d'années.

— Me voici ravie, messieurs, affirma Lucia qui voyait soudain trois personnes supplémentaires en mesure d'attester sa présence en cet endroit.

Elle le fut plus encore lorsque, reprenant un air grave pour répondre à la question muette d'Aramitz sur les raisons de leur visite, le sire d'Artagnan soupira :

— Une affaire urgente, mon ami. Et confidentielle.

Lors, jugeant qu'elle avait assez œuvré à sa cause pour risquer de se compromettre en entendant le récit de ses exploits, elle se hâta de prendre congé.

Nuit du 9 au 10 janvier

10.

La nuit roulait de l'est, au rythme de la tempête qui menaçait Paris.

Marie s'était pourtant endormie sans effort. À peine avait-elle entendu la fin d'une de ces histoires de princesses et de chevaliers dont elle était friande.

Lucia aurait aimé pouvoir en faire autant.

Bien que les caresses de Marco l'aient un instant distraite, sitôt qu'ils étaient retombés l'un et l'autre sur l'oreiller, les questions étaient revenues, pernicieuses, ulcérantes.

Tournant et retournant sur la couche, elle ne cessait de revivre la scène : Isabella qui descendait du carrosse, les propos du cocher assurant qu'elle avait un rendez-vous, l'apparition des gardes, leur volonté de grimper à la glycine, et finalement Henri. Elle cherchait à y déceler une logique. Mais elle n'en trouvait aucune.

Isabella avait au moins autant de raisons qu'eux de se défier d'Henri. Il avait trempé dans le complot visant à la faire assassiner à Venise.

Quant aux gardes, que voulaient-ils vraiment ?

Espionner ? Occire ? Qui ? Isabella ? ou Henri ? Lui a-t-elle tendu un piège ? Tout ça n'a aucun sens, s'agaça-t-elle en changeant une fois de plus de position pour se libérer de ces fers qui semblaient vouloir entraver ses chevilles, ses mains, comme dans ce couvent vénitien où elle avait subi le fouet de Serafina Cornaro. Si cette dernière était morte, qu'en était-il de son frère, Giorgio, l'amant d'Isabella ? Avant de fuir Venise, Lucia l'avait clairement entendu dire qu'il s'était débarrassé de sa maîtresse. Mensonge ? La courtisane était-elle retournée dans son giron ? Y était-elle encore ?

Un nouveau frisson la balaya.

Le fils du doge se trouvait-il lui aussi à Paris ?

À notre recherche ? À la recherche de la gravure ? du crâne ? de Marie ? s'emballa-t-elle tout en sachant que cette dernière hypothèse était absurde, comme si sa peur avait besoin de se cristalliser, de relier inévitablement sa fille au grimoire.

Elle sentit le corps de Marco se mouler au sien. Il referma ses bras sur elle, étouffa un bâillement.

— Cesse de t'agiter, la Luciole. Tu l'as dit toi-même. M. d'Aramitz a cru à ton histoire.

Elle soupira à fendre l'âme, avalée par l'obscurité qui régnait dans la pièce comme au fond d'elle.

— Certes, mais le sonnet porte l'estampille de l'imprimerie. Tôt ou tard, malgré son témoignage, un des gardes de Richelieu passera cette porte.

— Et il en conclura que l'homme qui t'a bousculée et volée est celui qui s'est dressé contre les gardes du Cardinal. Point.

— Il n'en reste pas moins que cela fera parler de nous à la cour. Peux-tu douter que ces ragots finiront par revenir aux oreilles d'Isabella, à celles d'Henri ? As-tu oublié qu'autrefois le Cardinal était proche de ses parents ?

— Les choses ont changé. Tu as pu t'en rendre compte à notre arrivée. Les Concini étaient haïs par le peuple autant que par les puissants. Le roi lui-même a ordonné leur exécution et l'exil d'Henri à Florence après son incarcération. Si ce dernier est ici, ce ne peut pas être officiel. Richelieu n'aurait pas pris le risque de mécontenter le monarque à l'heure où il vient tout juste d'être réaffirmé dans son affection[1].

Elle déposa un baiser dans le repli du coude de Marco, s'apaisa un peu.

— Tu as raison. D'autant que Richelieu a plus d'ennemis que d'amis depuis la déconfiture de la compagnie des Cent-Associés[2]. La plus acharnée est sans doute Marie de Médicis.

— C'est probablement elle qui a rappelé Henri à Paris, Lucia. Pour servir des intérêts qui n'ont rien à voir avec les nôtres. Je ne suis pas certain que nous devions nous en mêler.

Malgré l'étau réconfortant de ses bras, elle sursauta.

— Henri Concini s'entretient en secret avec Isabella Rosselli, Marco ! Comment cela pourrait-il ne pas nous concerner ?

— Ne peux-tu t'être trompée ? Tu ne l'as vue qu'une fois, après tout.

---

1. Après avoir mis les protestants de La Rochelle au pas, Richelieu s'est allié à ceux d'Allemagne, suscitant l'incompréhension et la méfiance autour de lui. Proche de sa belle-fille Anne d'Autriche, catholique comme elle, Marie de Médicis décide de faire valoir l'inconstance du Cardinal et le danger qu'il représente pour la diplomatie, mais Richelieu retourne la situation en sa faveur au cours de la journée dite « des Dupes ».

2. Compagnie créée à l'initiative de Richelieu pour favoriser le commerce des peaux en Nouvelle-France (Québec), qui attira de nombreux investisseurs. Ils ont tout perdu quand les Anglais ont saisi non seulement les navires avec leur chargement, mais aussi les forts et leurs occupants, réclamant de fortes rançons pour leur libération.

— Non. Son cocher lui-même m'a confirmé son identité.

Il nicha la tête dans son cou, vint chercher dans sa paume le discret arrondi de son ventre pour y diffuser sa chaleur, et puiser dans la sienne de quoi alléger son propre tourment.

— Sa réapparition me trouble autant que toi, Lucia. Je ne demanderais qu'à avoir des réponses, mais je refuse, pour les obtenir, de mettre en péril ce bonheur que nous avons reconquis.

— Mais notre bonheur est déjà menacé, Marco ! N'as-tu pas remarqué la tête de papa ce soir ? Le seul fait de savoir Henri rôdant à quelques rues d'ici a éteint cette joie de vivre qu'il venait à peine de regagner ! Il a peur pour moi. Pour sa petite-fille ! Je le lis dans ses yeux. Avec cette haine que j'aurais voulu ne jamais y retrouver.

Il augmenta sa pression sur son ventre qu'il sentait se durcir, se tordre sous ses doigts. Elle s'y accrocha, cherchant à refouler sa propre colère, tenta d'adoucir son ton pour que sa voix ne traverse pas la cloison.

— Je ne veux pas qu'on m'arrache à lui, à toi, à Marie. Mais c'est ce que notre fille voit, chaque nuit, depuis des semaines : un « méchant » qui m'agresse. Comment douter que ce soit lui ? Henri ? Nous ne pouvons pas faire comme si rien ne s'était passé aujourd'hui.

Il la serra plus fort contre lui.

— D'accord. Demain vous vous occuperez des commandes avec ton père. Moi j'irai demander au grand Coësre de surveiller la maison dans laquelle tu as vu Henri et Isabella. Puisqu'elle leur sert de lieu de rendez-vous, nous ne tarderons pas à découvrir ce qu'ils manigancent. Si nous en sommes menacés, nous agirons. Mais seulement dans ce cas. Cela vous convient-il, madame Docciolini ?

— Oui. J'ai confiance en toi, Marco. Plus encore qu'hier. Et je t'aime. Mais ce qui bat en moi, c'est cette rage qui battait au cœur de mon père il y a trois ans. Ce qui le ronge de nouveau aujourd'hui. Et je suis prête à mordre, à déchiqueter en pièces quiconque, d'une manière ou d'une autre, essaierait d'atteindre Marie.

Il embrassa la masse soyeuse de sa chevelure.

— J'aime quand tu rugis. Une vraie lionne... À dompter...

— Nous ne sommes plus à Venise, Marco, rit-elle, adoucie enfin.

— Et je n'ai rien d'un saint.

Elle roula des fesses contre son vit, durci.

— Prouve-le.

— Encore ?

— Toujours, gémit-elle en le sentant pénétrer en elle.

10 janvier

11.

Isabella Rosselli entrouvrit un œil, pour aussitôt rabattre sa paupière sur le voile coloré qui adoucissait les contours de la pièce.

L'aube. Déjà.

Elle se retourna sur la couche, s'accola au corps chaud qui lui tournait le dos. Sa main s'égara dans la maigre toison ornant la poitrine, avant de descendre vers l'autre, plus fournie, sur laquelle reposait mollement la hampe.

Aussi endormi que toi, mon bel amour…, regretta-t-elle.

Elle hésita quelques secondes à les réveiller tous deux, puis, jugeant que leur nuit, torride, avait été courte quand la journée à venir serait longue, elle s'écarta de lui.

À peine levée, le froid la rattrapa.

Elle ramassa une couverture, s'en enveloppa et, sans un bruit, se glissa, pieds nus sur le parquet, jusqu'à la porte qui séparait la chambre du reste de l'appartement. Un ronflement la cueillit sitôt qu'elle l'eut ouverte. Elle avança jusqu'au valet, recroquevillé en boule sous son édredon, lui secoua l'épaule.

— Quoi ? Quoi ? se dressa-t-il aussitôt avant que ses lèvres ne soient barrées par un index impérieux.

Il hocha aussitôt la tête.

— Regarnis le feu. Ensuite tu iras chercher du pain, du lait et du beurre, murmura Isabella avant de regagner la chambre.

La pluie avait cessé. Ne restait plus qu'un ciel de traîne dont les vapeurs cendrées se mêlaient au rose poudré des frimas hivernaux. Devant la croisée à meneaux, elle réprima un frisson, resserra les pans de la couverture autour d'elle, mais ne renonça pas au spectacle des toits de Paris dessinés en contre-jour, du long déroulé de la Seine sur lequel déjà glissaient les embarcations.

Comme chaque matin, la même émotion lui noua le ventre.

Venise.

L'espace d'une seconde, ce fut elle, sa cité, son Canal Grande qui, masquant Paris, se dessina devant ses yeux. Combien de fois avait-elle regretté les événements de cette dernière nuit là-bas ? les bras de Paolo ?

Le bruit de la déflagration lui avait crevé le cœur, comme le sourire satisfait de Giorgio lorsque, se détachant de la fenêtre de cette chambre dans laquelle elle avait espéré récupérer la gravure, il avait ramené son arme, encore fumante, vers elle.

« Ton amant n'ira plus bien loin », avait-il ricané avant de l'enfermer dans un réduit aveugle. Aujourd'hui encore elle ignorait si le jeune pêcheur avait survécu. Quant à elle, les de Seva ayant emporté la gravure dans leur fuite, Giorgio n'avait plus eu aucune raison de la livrer à Claude de Mesmes, l'ambassadeur de France. Isabella avait été emmenée puis gardée au secret à

Florence, jusqu'à ce que, à la fin décembre de l'année 1627, Giorgio s'attaque physiquement à Renier Zen, l'homme qui avait obtenu la dissolution du conseil des Dix[1]. Hélas pour lui, Zen était coriace. Il avait survécu, ce qui avait contraint Giorgio à quitter Venise.

Elle avait pensé qu'il la rejoindrait à Florence puisque désormais ils étaient tous deux recherchés, qu'il cesserait de la retenir prisonnière. Mais il avait disparu du jour au lendemain, laissant ses geôliers sans solde, au point qu'ils avaient fini par déserter leur poste. Elle en avait conclu qu'il était mort. Peu importait où, de quelle manière. Elle l'avait pleuré. Un relent des sentiments contradictoires qu'elle nourrissait à son égard. Il avait tiré sur Paolo par jalousie, l'avait écartée de Venise, mais somme toute, par amour pour elle. Puis elle s'était reprise devant l'urgence, la mise sous scellés de la maison où elle était recluse. Privée de toit et de fortune, elle avait dû survivre. Comme elle l'avait toujours fait.

Lors, reprenant le nom de Médicis pour mieux tuer celui de Rosselli, elle avait demandé protection au duc de Toscane, son grand-père. Prouver qu'elle était la fille d'Antonio de Médicis et Maria Dandolo avait été plus facile qu'elle ne s'y était attendue. Elle ressemblait tant à sa grand-mère que le duc en avait été saisi.

Dès cet instant, refusant de se cacher, elle avait reconquis sa place à la cour de Florence.

Quelques mois plus tard, Henri Concini l'y avait reconnue et approchée. Il s'était présenté à elle, embarrassé, avant de réclamer de pouvoir lui parler en privé.

---

1. Le doge Giovanni Cornaro avait octroyé à ses enfants des privilèges en contradiction avec les lois de la République, forçant Renier Zen à s'indigner et à obtenir la dissolution du Conseil.

Elle avait hésité, puis cédé devant son regard de chien battu. Il avait tout perdu. Enfin presque tout. Il lui restait Marie de Médicis à laquelle il était profondément attaché depuis l'enfance, mais, par la faute du Cardinal, sa protection ne vaudrait bientôt plus rien. Il devait agir. Sauver la reine mère de la disgrâce en abattant Richelieu. Et pour cela, lui avait-il expliqué, il ne voyait qu'un seul moyen : récupérer les dossiers que son père, Concino Concini, avait patiemment constitués sur les puissants de France. Même sous la torture, sa mère n'en avait pas révélé la cache. Tous s'étaient essayés à les retrouver, finissant par admettre qu'ils n'étaient que légende, avait-il conclu, la mine sombre.

Isabella l'aurait bien laissé se débrouiller s'il n'avait ranimé soudain cet espoir que Giorgio s'était employé à détruire : l'un de ces dossiers faisait référence au grimoire d'Ulpian et l'aiderait peut-être à découvrir le nom de l'assassin de ses parents.

Un mouvement près d'elle. Isabella s'arracha à sa contemplation pensive pour se tourner vers le lit. Son amant venait d'ouvrir un œil, agacé de ne rencontrer qu'une place vide sous ses doigts.

Elle fit glisser le drap de laine de ses épaules, puis, parfaite dans sa nudité, le défia d'un œil ardent.

Un sourire illumina aussitôt les traits du Gascon.

— Où est Planchet ?

— Au ravitaillement…

D'un geste impérial il rejeta le drap sur le côté.

— Alors ne tardons plus. Mettons ma lame à votre service, madame !

Isabella éclata de rire. Prestigieuse lame. Déjà. M. de Tréville ne jurait que par son devenir. Elle aussi qui avait eu la chance de la voir croiser contre des malandrins à hauteur de Chartres huit mois plus tôt.

Dédaignant l'invite, trop protocolaire à son goût, elle posa un genou sur le lit, s'arma d'une langue gourmande et avança, féline, jusqu'à lui, Charles de Batz de Castelmore, comte d'Artagnan.

L'homme qu'elle aimait.

12.

Un peu avant midi, le carrosse d'Isabella la déposa dans la cour d'honneur du palais du Luxembourg, devant l'entrée surmontée d'un élégant dôme et encadrée par les deux bâtiments, identiques, du corps de logis. Une façade de pierres blanches, à laquelle refends et bossages conféraient une allure singulière dans le décor parisien.

— Une inspiration libre du palais Pitti, lui avait expliqué Marie de Médicis, lorsqu'elle l'avait reçue la première fois.

Mais lors de cette rencontre, la conversation s'était vite détournée des détails architecturaux ou de la somptuosité des décorations de l'édifice.

Marie de Médicis avait parcouru la lettre d'introduction du duc de Toscane puis avait serré Isabella dans ses bras, assurant qu'elle l'avait crue morte de la peste en même temps que ses parents. Essuyant une larme, elle lui avait rappelé combien elle aimait tendrement son demi-frère. À quel point tous deux étaient proches et complices.

S'entendre appeler nièce, écouter la reine mère, si austère depuis la mort de son époux[1], chanter avec

1. Henri IV.

emphase les louanges des siens disparus, avait mis du baume au cœur d'Isabella.

Très vite pourtant, il lui avait fallu expliquer les raisons de son séjour à Paris.

— Henri Concini, Majesté, lui avait-elle servi dans un sourire, avant d'ajouter : Et le moyen de vous débarrasser de Richelieu.

Elle avait vu le regard de la reine mère s'embraser.

À partir de cet instant, leur échange s'était fait complot.

Vive d'esprit face à de tels enjeux, Marie de Médicis s'était empressée de lui recommander, puisque Claude de Mesmes était toujours à Venise, de reprendre le nom de Rosselli. Une précaution particulièrement indiquée compte tenu de l'isolement dans lequel son désaccord avec Richelieu l'avait placée.

— Vous voici ma Providence, ma chère, chère, chère petite, avait-elle conclu ce jour-là, avant de la confier à Anne d'Autriche[1], laquelle, ayant au moins autant de raisons qu'elle de haïr le Cardinal, n'avait pas tardé à en faire l'une de ses favorites.

Il n'avait pas fallu plus de quelques semaines pour qu'Isabella devienne une figure incontestable des concerts ou des fêtes organisées par le roi Louis le treizième. Depuis, elle s'était appliquée à ce qu'elle faisait le mieux : espionner.

Ce 10 janvier, Isabella était enfin prête à offrir à la reine mère ce qu'elle espérait. Elle n'attendit que quelques secondes à la porte de son boudoir avant que le valet l'y introduise.

1. Reine de France, épouse de Louis XIII.

Marie de Médicis lui tournait le dos, admirant ces jardins saisis par l'hiver depuis les carreaux dont elle avait essuyé la buée. Silhouette noire, fraisée, épaissie par les années et la bonne chère. Seules les mains, d'une délicatesse extrême, trahissaient cette fragilité d'âme qu'elle avait combattue plus que de raison.

— Approchez, ma nièce, l'invita-t-elle sans pour autant se détourner de sa contemplation.

Elle attendit que la courtisane se fende d'une révérence, à quelques pouces d'elle, pour lui accorder un sourire.

— Oubliez, une fois pour toutes, le protocole, mon enfant. Vous venez me sauver. C'est moi qui devrais m'incliner devant vous. Quelles nouvelles ?

— Henri est arrivé hier. Il aurait aimé pouvoir vous embrasser, mais il a entendu votre réserve à ce sujet. Il m'a donné ceci, ajouta-t-elle en lui tendant un billet.

Les traits lourds de la reine mère s'illuminèrent.

— Le cher enfant.

— Un homme, Votre Majesté.

Marie de Médicis pencha la tête de côté, l'œil illuminé de tendresse.

— Un enfant. Toujours. Je l'ai vu naître, grandir. Souffrir le meurtre sauvage de son père, la condamnation et l'exécution injuste de sa mère, puis son emprisonnement, cinq années durant, au château de Nantes. Il avait à peine dix-sept ans lorsque j'ai pu l'en arracher. L'exil était ce qu'il y avait de mieux pour lui. Mais cela m'a coûté, croyez-le. Enfin… Il comprend que cela me soit aussi difficile qu'à lui de le maintenir dans l'ombre, se désola-t-elle une fois l'élégante écriture parcourue.

— Je crains qu'il n'y soit déjà plus.

Répondant à son froncement de sourcils, Isabella soupira.

— Des gardes du Cardinal ont été tués hier.

— Voudriez-vous que je le déplore ?

— Ils me suivaient.

Marie de Médicis se raidit.

— Ils étaient trois. Décousus par de fines lames. Détail révélé par l'unique survivant, mais qui, sans doute à cause de mes accointances avec d'Artagnan et ses amis, a fait porter les soupçons du Cardinal sur eux. M. de Tréville s'est empressé de les disculper. À l'heure de l'échauffourée ils se tenaient près de lui, mais l'affaire ne va pas en rester là.

— Vous… ?

— Non, Votre Majesté. J'aurais usé de rouerie plutôt que de m'y frotter. Quant à Henri, seul, il n'aurait pas eu le dessus.

— Alors qui ?

— Je l'ignore. D'Artagnan mène l'enquête. Je lui ai promis de redoubler de prudence. J'ai dépêché Planchet auprès d'Henri pour lui conseiller de faire de même, mais ce dernier, refusant de perdre un seul instant à votre service, avait déjà pris la route pour le château de Lésigny. Il espère trouver dans cette ancienne demeure de ses parents les dossiers dissimulés par son père.

Marie de Médicis hocha la tête, blanche sous son fard.

— En ce cas il n'y a plus qu'à attendre…

— Oui, Votre Majesté.

L'œil de la reine mère captura à nouveau le jardin pris sous la glace. L'eau des fontaines, suspendue depuis quelques jours par le gel, semblait refléter la menace, à nouveau palpable, du ciel dans ce silence qu'Isabella n'osait briser.

Marie de Médicis s'y décida enfin.

— Il y a une chose que vous devez savoir, mon enfant. À propos des dossiers de Concino Concini. Ce ne sont pas uniquement les secrets des puissants, et ceux de Richelieu en particulier, que j'espère en arracher, mais un autre…

Un frisson détestable parcourut Isabella, malgré cette cheminée qui crépitait dans son dos.

Inutile de se demander lequel…

N'ayant pas remarqué son trouble, la reine mère poursuivait, l'œil brûlant :

— Leur vie durant, les Concini furent obsédés par un grimoire très ancien. Un grimoire qui conférait, outre la vie éternelle, une puissance absolue à qui le détenait. Une personne au moins, à part moi, était au fait de son existence. Leur confesseur…

Le sang d'Isabella s'enflamma d'un coup.

Concino Concini et la Galigaï[1] avaient été éliminés quelques mois seulement avant ses parents. Coïncidence ?

Marie de Médicis en tua la possibilité d'un nom.

— … Ce cher Richelieu… Alors qui que soient ceux qui ont défait ses hommes, soyez certaine de ceci. S'il vous a fait suivre, c'est qu'il sait.

1. Eleonora Dori, dite la Galigaï, était la sœur de lait de Marie de Médicis. Elle a épousé Concino Concini, ouvrant à ce dernier les arcanes du pouvoir.

13.

Le château de Lésigny était inscrit dans les souvenirs d'Henri Concini comme un lieu joyeux où ses parents séjournaient peu mais dans lequel ils aimaient vaquer à leurs occupations secrètes. La demeure, constituée d'un corps de bâtiment flanqué de deux petites ailes, était désormais propriété de la famille de Luynes. Si cette dernière y venait souvent, Isabella lui avait assuré que pour l'heure la place était vide de ses propriétaires.

Abandonnant sa monture dans une clairière, Henri retrouva sans peine les sentiers, entretenus par les maîtres veneurs, qu'il parcourait autrefois. Il ne put s'empêcher de regretter ces parfums de bruyère et de tourbe, endormis par l'hiver, que sa mémoire conservait. Il avança d'un pas pressé, les yeux vers la ramure nue des chênes. Lorsque la toiture grise et luisante de givre du logis s'en détacha, il ne put retenir un pincement au cœur. L'espace d'une seconde, il lui sembla entendre le rire de sa mère dans le vent, celui de sa sœur, emportée par la maladie quelques mois seulement avant ses parents. La douleur l'immobilisa un instant, le forçant à s'adosser à un tronc moussu, qu'il reconnut comme celui dans lequel, s'adonnant à l'arc, il plantait ses flèches.

— Ressaisis-toi, se fustigea-t-il.

Il obliqua sur la droite à hauteur d'une fontaine, la première qui marquait l'ouverture des jardins, tout en prenant soin de rester à la lisière des arbres, pour ne pas courir le risque d'être aperçu par un domestique zélé.

Mais une vingtaine de bosquets ruisselants de pampilles plus loin, la vue de l'orangerie le plomba de nouveau. C'était un bâtiment long, détaché du château, dont les façades étaient presque entièrement pourvues de fenêtres en arcade. Sa mère y avait autrefois fait venir des citronniers, des orangers, et même des pêchers depuis Florence. Combien de fois l'avait-elle saisi, enfant, pour qu'il décroche lui-même un fruit pulpeux ? Il n'en avait jamais retrouvé la saveur délicate. Seulement celle du chagrin, de l'injustice et de la colère. Vaille que vaille, il s'en était guéri. En construisant un autre lui-même.

Cet autre avait volé en éclats trois ans plus tôt. Lorsque Isabella avait franchi le seuil de l'imprimerie de Seva avec la gravure. Lorsqu'il avait vu briller de l'envie dans le regard de Giuseppe de Seva. Une convoitise telle qu'elle s'était imprimée avec la marque de sa chaussure sur son derrière et dans son cœur, détruisant tout. Tout ce qu'il avait tenté de reconstruire. Il ne l'avait pas supporté.

Ce jour-là, il aurait pu révéler la vérité. Seulement la vérité. Mais elle n'aurait servi qu'à les séparer, Lucia et lui. Alors il avait choisi une autre solution. Il l'avait crue meilleure. Ce fut la pire.

Retrouver Isabella Rosselli, obtenir son pardon avait ensuite été une bénédiction. À défaut de bonheur, il avait de nouveau un but. Maintenir Marie de Médicis, qui ne l'avait jamais abandonné même au plus fort de ses tempêtes, à la place qui était la sienne.

La porte de l'orangerie n'était pas bouclée.

Henri longea les longues allées d'arbres en pot dont les racines et les branches étaient soigneusement protégées.

Presque quatorze années s'étaient écoulées depuis la mort de ses parents. Selon Isabella, le duc de Luynes avait procédé à de nombreuses modifications dans le château. Avait-il pour autant découvert la crypte secrète ? se demanda-t-il le cœur battant au rythme de ses pas discrets.

Il se dirigea vers le puits pris dans un renfoncement du mur de tête, ferma les yeux, se remémora les gestes de sa mère, puis enfonça plusieurs moellons devant lui, selon un ordre précis. Il dut s'y prendre à plusieurs fois avant d'obtenir que le mécanisme, trop longtemps inusité, s'active dans un bruit de siphon.

Lorsqu'il enjamba la margelle, l'eau s'était retirée, permettant l'ouverture d'un passage dans la paroi moussue. Il enfila ses gants puis descendit, lentement, dans une puanteur de moisissure, en s'accrochant aux barreaux rouillés d'une échelle.

Sitôt parvenu dans le boyau latéral, il décrocha une lanterne, récupéra la fiole d'huile qu'il avait emportée, battit son briquet, puis avança jusqu'à trouver une volée de marches qui descendaient plus bas, dans ce que sa mère appelait « son atelier ». Une crypte aux épaules voûtées, aux piliers de soutènement massifs, aux longues tables mystérieusement agencées.

Il promena sa lampe sur les cornues recouvertes de poussière, les alambics reliés par d'immondes toiles d'araignées. Le long des murs, les étagères supportaient encore des pots de vif-argent, d'antimoine, et des ouvrages par dizaines, dont le cuir comme les pages avaient été rongés.

« Ce n'est pas de la sorcellerie, lui avait appris sa mère la première fois qu'elle l'y avait mené. C'est de l'alchimie. »

À nouveau l'émotion le gagna au souvenir de son visage enflammé, de ses mains qui battaient l'air, à l'italienne, pour traduire son effervescence. Elle avait passé de longues minutes à lui expliquer la différence entre ces deux sciences, la transmutation des métaux, la recherche de la pierre philosophale. C'était là, pour la première fois, que son père avait évoqué le grimoire d'Ulpian, l'étrangeté de ses dessins, la puissance de sa langue, indéchiffrable.

Longtemps il avait cru que cette quête de la vie éternelle, du pouvoir absolu, suprême, leur était venue de la maladie de sa mère, qui par moments la laissait incapable seulement de se lever, de parler, de bouger, tordue par d'effroyables douleurs.

Mais en 1624, sept ans après leur mort, Marie de Médicis, revenue en grâce auprès de son fils, avait permis qu'on lui rende certains de leurs effets. Et ses illusions s'étaient envolées. Il était orphelin et banni, uniquement parce que son « cher » père n'avait jamais supporté de ne pas être Dieu ! Ce jour-là, en quittant Florence pour Venise, empli d'amertume, il s'était juré de ne jamais lui ressembler.

Il avait échoué.

Il se dirigea vers un coffret d'argent. C'était là que son père rangeait ses dossiers. Du moins l'avait-il vu les y mettre. Il déchira la toile d'araignée qui le recouvrait, souleva le couvercle, le cœur battant.

Vide.

Sa déception se peignit sur ses traits. Il ne lui laissa pas le temps de se changer en colère. Il existait une cache dans la bibliothèque. Ils pouvaient encore s'y trouver.

Il emprunta l'étroit escalier, pris entre deux murs de pierres maçonnées, qui remontait vers le château, se félicitant que sa mère ait eu la présence d'esprit de concevoir cette crypte avec deux entrées. Donc, deux échappatoires possibles.

Parvenu sur le palier, il colla son oreille au bois vermoulu qui barrait le passage. Par chance, nul n'avait souhaité déplacer cette étagère. Aucun bruit, aucun son de voix ne trahit de présence dans la pièce. Il manœuvra le mécanisme. Moins abîmé que le précédent, il réagit aussitôt.

Henri repoussa le battant.

Cette fois, il se retrouva ramené puissamment en arrière. L'odeur de cire était telle qu'en son souvenir. Du sol au plafond, les rayonnages croulaient sous le poids des livres. Seul le bureau, pompeux, avait remplacé celui, élégant, de son père, au centre d'un tapis d'Orient. La porte qui donnait sur un petit salon était fermée.

Refusant à nouveau cette émotion qui lui broyait le cœur, il se dirigea vers une plinthe, s'accroupit puis la fit jouer. Il en ressortit un écrin de tissu qu'il reconnut aussitôt ainsi que la vingtaine de bijoux précieux qu'il contenait.

Mais pas de dossiers.

Agacé, il se redressa vivement.

C'est à cet instant que son œil accrocha par la fenêtre une silhouette à la lisière des arbres. Il revint dessus, s'y attarda.

Il s'agissait bien d'un cavalier.

Que fait-il là ?

L'homme était entièrement vêtu de noir, de la cape qui lui recouvrait les épaules jusqu'au chapeau rabattu sur une longue-vue.

Le temps qu'Henri comprenne qu'il en balayait la façade et se rejette en arrière, alerté par son instinct, l'œil espion s'arrêtait sur la fenêtre.

Ce ne pouvait être une coïncidence. Il avait été suivi.

Qui ? Pourquoi ?

Son sang se mit à pulser à ses tempes.

Avait-il été repéré ?

Il osa un nouveau regard furtif.

Personne. Je n'ai pourtant pas rêvé !

Prendre le risque d'ouvrir les battants, de s'y pencher pour reprendre l'inconnu dans son champ de vision, anticiper ses intentions ?

Mieux vaut rester discret. Disparaître avant qu'il ne s'invite dans la place et ne demande des comptes s'il en a le pouvoir.

Il revint au passage, s'y engouffra et redescendit l'escalier, hésitant sur la conduite à tenir. Si cet individu connaissait l'existence de la crypte ou du passage dans le puits, il y serait déjà. D'autre part, il n'avait guère pris le temps, lui, de les explorer en détail. Son père avait tout aussi bien pu changer de cachette.

Il embrassa la pièce du regard, chassa cet étrange sentiment de mélancolie et de colère mêlées qui obscurcissait son jugement puis se mit au travail.

Lorsqu'il ressortit de nombreuses heures plus tard, il avait épuisé sa patience sur des notes alchimiques rongées par les souris. Refusant de retourner à la clairière pour ne pas tomber dans une embuscade, il gagna l'écurie, prêt à régler son compte au garçon d'un coup de crosse derrière la nuque. Mais, aux gémissements langoureux qui provenaient du grenier à foin, il conclut que le bougre avait mieux à faire que s'inquiéter de lui. Il évalua silencieusement les chevaux, en trouva un qui lui sembla avoir de belles ressources dans les jambes, le sella, puis, avant seulement que le valet ait remonté ses braies, quitta la place.

Il s'élança sur la grand-route et galopa à bride abattue en jetant de fréquents coups d'œil derrière lui. Une seule idée en tête : prévenir au plus vite Isabella Rosselli.

14.

Isabella filait un sang mauvais depuis qu'elle avait quitté Marie de Médicis. Préférant jouer la discrétion après l'attaque de la veille sous ses fenêtres, elle était rentrée chez eux, dans cet appartement qu'ils avaient choisi de partager, d'Artagnan et elle. Accolé à la muraille du petit châtelet, pris entre le Petit-Pont et le pont Saint-Michel, il leur offrait une vue imprenable sur la flèche de la Sainte-Chapelle et les bords de Seine que les pêcheurs colonisaient.

Inutile d'espérer se distraire en les contemplant ! Surtout sous ces bourrasques désormais glaciales et pluvieuses.

Richelieu.

« Il sait », lui avait assené la reine mère. Pour le grimoire, c'était une évidence désormais. Mais quid de l'assassinat de ses parents ? Était-il cet homme, cet assassin qu'elle recherchait depuis toujours ? Il en avait la carrure, malgré la robe. Cette idée avait fini par la hanter suffisamment pour qu'elle se précipite sur ses lames à peine son manteau ôté, forçant Planchet à accrocher un ballot aux solives de l'appartement pour qu'elle y décharge sa colère. C'était la première fois de sa vie qu'elle pouvait lui donner un visage. Et entendait bien le défigurer.

Elle n'avait réussi qu'à éventrer le cuir et répandre le sable sur le parquet, amenant une lueur de désolation dans les yeux du valet tandis qu'elle se laissait choir, en sueur, sur une chaise.

— Laisse, avait-elle aboyé comme il se précipitait sur un balai et une pelle. Je vais le faire.

— Vous, madame ? s'était-il étranglé de surprise.

Elle l'avait couvert d'un regard noir.

— Quoi ? M'en crois-tu incapable ?

— Oh, moi… je ne crois rien…

— Sinon ce qui t'arrange, l'avait-elle piqué sans raison.

Elle ne s'était pas excusée. Il suffisait bien qu'elle répare son excès de fureur, cette rage devant le manque de preuves qui lui avait interdit de fondre chez le ministre pour le pourfendre.

Elle venait de reposer le balai lorsque d'Artagnan passa le seuil de la porte, jetant son chapeau et son baudrier à Planchet immédiatement levé de ce siège qu'il s'était permis de tenir tandis qu'elle œuvrait.

Isabella se retrouva dans ses bras sitôt qu'il eut parcouru la distance qui les séparait.

— Ma belle au logis ? C'est plutôt rare !

— Attends que je t'en aie donné la raison et tu déchanteras, crois-moi, le refroidit-elle, le forçant à s'écarter.

— Un verre de vin, Planchet… Non… Deux, rectifia le mousquetaire devant l'œil furibond de sa belle.

Elle attendit à peine que le valet, empressé, les ait servis pour lui raconter.

— Une raison de plus pour faire tomber Richelieu, en conclut d'Artagnan, effectivement assombri après son récit.

— Je ne m'en satisferai pas, Charles. S'il est vraiment le commanditaire de l'assassinat de mes parents, il sait qui je suis, l'intérêt que je porte au grimoire et la menace que je représente. Je ne le laisserai pas m'abattre. Ni vivre.

D'Artagnan ne releva pas. Il comprenait. Il se contenta de reposer son gobelet sur la table.

— Des nouvelles d'Henri ?

— Toujours pas. Mais il se rangera à ma décision.

Elle recouvrit sa main de la sienne, sonda son regard franc.

— Et toi ? Je sais à quel point cette situation est dangereuse pour ta carrière. Voire pour ta vie si tu es compromis. Et nos amis aussi.

Il ne se déroba pas.

— Je ne m'opposerai pas à ta vengeance, Isabella. Mais elle te contraindra à fuir Paris pour éviter la fureur du roi. Quant à moi…

Elle déglutit, baissa les yeux.

— Je ne te demanderai pas de me suivre en exil.

Il lui releva le menton, perça la tristesse de son regard.

— J'ai prêté serment en m'engageant dans les cadets des gardes françaises. Servir le roi, quoi qu'il m'en coûte. Si Richelieu est indigne de sa confiance, alors il m'appartient de le révéler au grand jour. De le mettre hors d'état de nuire. Avec plus de plaisir encore s'il devient une menace pour toi. Voilà pourquoi j'ai accepté de te suivre dans cette aventure. Voilà pourquoi mes amis nous ont rejoints. Pour le reste, nous verrons lorsque les preuves se présenteront. Ne te laisse pas ronger par tes suppositions. La seule certitude que tu aies, c'est qu'il s'intéresse au grimoire au moins autant que Marie de Médicis. De par votre parenté, elle pouvait potentiellement connaître les secrets de ta mère. Bien plus en tous les cas que le Cardinal.

Elle tiqua, piquée au vif.

— Sous-entendrais-tu qu'elle ait été sa complice, voire la seule responsable de la mort de mes parents, de son propre frère ?

— Je souligne juste l'étendue du champ des possibilités. Tenons-nous-en à ce que nous avons décidé. Récupérer ces dossiers et faire la lumière sur cette affaire. D'accord ?

Elle céda devant l'ardeur de ses prunelles.

— Dans ce cas, raconte-moi. Qu'as-tu appris de ton côté ?

Il se rejeta en arrière, allongea son bras vers la bouteille tandis que Planchet, ayant allumé les chandelles pour briser la pénombre qui grandissait, fermait les volets.

— Pas grand-chose, commença-t-il en les resservant.

Ils ignoraient toujours qui avait défait les hommes du Cardinal. Quant à obtenir davantage de détails... Richelieu s'était borné à affirmer qu'un de ses espions avait eu vent d'un complot contre le roi. Il avait envoyé ses hommes à l'endroit indiqué. Un seul était revenu, avec une bosse à la tête. Aramitz l'avait interrogé, sans rien obtenir de plus que la veille : ses agresseurs étaient masqués. Il avait chargé les cadavres de ses compagnons sur leurs chevaux laissés à l'angle de l'impasse et était reparti sans voir quiconque. Ni le nom d'Isabella ni celui d'Henri n'avait été prononcé.

Planchet ayant garni la table de pain et de rôt, ils prirent leur repas en silence.

Puis, s'accordant à l'idée que la journée à venir serait plus éprouvante encore que celle qui venait de s'écouler, ils se couchèrent.

Mais minuit sonnait aux clochers de la cité qu'Isabella n'était toujours pas calmée, ajoutant angoisse à son désir de vengeance.

Henri aurait dû se manifester depuis longtemps déjà. Avec ou sans les dossiers.

Nuit du 10 au 11 janvier

15.

Lorsque Planchet les éveilla, un pli urgent à la main, elle s'arrachait juste d'une embuscade imaginaire avec des diables grimaçants. Des perles de sueur au front, le cœur peinant à retrouver un rythme régulier, elle décacheta le message d'une main fébrile.

— C'est Henri. Il me demande de le rejoindre d'urgence rue des Francs-Bourgeois ! s'exclama-t-elle, à moitié soulagée qu'il ait changé d'auberge.

Avant même qu'elle ait rejeté les couvertures, d'Artagnan, les cheveux en bataille, avait sauté du lit.

— Hors de question que tu t'y rendes seule.

Elle ne put s'empêcher de sourire. D'Artagnan n'était pas de ces hommes que l'on repousse dès lors qu'ils se sentent dans leur devoir. À plus forte raison après leur dernière conversation.

Elle n'objecta pas et, tandis qu'il réclamait de Planchet qu'il selle un cheval, enfila des vêtements d'homme puis noua sa longue chevelure d'or en arrière.

La nuit était aussi profonde que glaciale et les gardes du petit Châtelet peu enclins à l'amabilité. Ils allaient leur compter péage lorsque d'Artagnan écarta son pluvial à la lueur de leurs lanterneaux.

— Service du roi ! ajouta-t-il comme si sa casaque grise marquée d'une croix n'y suffisait.

Les soldats n'en réclamèrent pas davantage pour retourner s'abriter derrière les hauts murs de la porte et remonter la grille qui barrait le passage vers l'île de la Cité.

Ils traversèrent cette dernière presque à l'aveugle. Isabella suivait le trot léger du cheval de d'Artagnan, les épaules courbées sous le grésil, la vue brouillée par cette pluie épaisse qui dégoulinait depuis les bords de son chapeau enfoncé jusqu'aux sourcils.

Ce torrent cinglant s'apaisa comme ils contournaient l'échafaud de la place de Grève, avalé par la masse plus sombre encore de l'Hôtel de Ville. Cela la rassura. Certes Venise l'avait habituée à de telles intempéries, mais elle redoutait que le vacarme de ces précipitations ne masque le pas d'autres chevaux, dissimulant l'approche des hommes du Cardinal si ce dernier persistait à la faire surveiller. À plusieurs reprises elle jeta un œil par-dessus son épaule, mais les bâtiments comme le tracé des ruelles étaient avalés par l'obscurité. Elle n'aperçut même pas un de ces malfaisants de la cour des Miracles.

Ils mirent pied à terre avec soulagement devant l'écurie de l'Auberge des Quatre-Vents dont l'enseigne, battue par les bourrasques, se balançait avec un odieux crissement.

L'aubergiste, un homme replet aux sourcils presque inexistants, leur désigna d'un bâillement un vieil escalier pris dans la muraille. Ils l'empruntèrent, longèrent un corridor à peine éclairé, puis Isabella, la gorge nouée autant d'appréhension que d'impatience, toqua à la porte indiquée en prenant soin d'utiliser le code qu'Henri lui avait donné.

Il ne fut pas long à ouvrir. Il portait encore sa tenue de voyage.

Comme s'il craignait de devoir fuir par la fenêtre, comprit Isabella avant de lui présenter d'Artagnan qu'il toisait avec méfiance.

— Pardonnez ma mise, se relâcha-t-il enfin en lisant un sursaut de morgue dans l'œil du mousquetaire, depuis mon retour de Lésigny, je suis sur mes gardes.

— Que s'est-il passé ? s'affola Isabella.

Il entreprit de leur raconter son aventure.

— Pensez-vous que cet homme en noir puisse avoir décousu les gardes de Richelieu ? conclut-il, perplexe, une fois mis au fait des événements de la veille.

Il enrageait de n'avoir rien remarqué en quittant la bâtisse de la rue Cours-Villain, ni soldats ni, à vrai dire, l'impasse en question où tout s'était joué.

— Difficile à affirmer, mais que serait-il venu chercher à Lésigny sinon ces fameux dossiers ? Les avez-vous ? s'enquit enfin Isabella, agacée de ne savoir qui incriminer dans cette affaire, Richelieu ou un autre.

— Non. Je ne les ai pas, grinça-t-il.

Depuis quelques minutes, il tournait en rond dans cette pièce exiguë dont il avait payé la discrétion à prix d'or, malgré le mobilier succinct et poussiéreux. D'Artagnan en faisait d'ailleurs les frais, qui venait d'éternuer d'avoir, en s'asseyant sur le lit, laissé l'un des rideaux à demi décroché du baldaquin pendre tristement sur son épaule.

Le manège nerveux de Concini donnait le tournis à Isabella. Le perçut-il ?

Il finit par lui faire face.

— Je ne les ai pas et j'ai passé des heures à compulser des vieilleries sans obtenir rien d'autre que cette odeur de pisse de rat dont je ne parviens à me défaire. Peut-être mon père déplaçait-il ses dossiers à chaque voyage ? Je ne me souviens pourtant pas de les avoir vus dans l'hôtel où nous vivions, et qu'il s'était fait bâtir à l'arrière de la petite galerie du Louvre.

— On les aurait découverts lors de sa destruction. Il ne nous reste donc plus que l'hôtel de Tournon, hasarda Isabella qui s'était soigneusement enquise des anciennes possessions de la famille Concini à son arrivée.

— C'est possible, en effet. Ma mère y avait aussi un laboratoire. Une idée de l'identité de son actuel propriétaire ? Les descendants de ce chien, là aussi ? s'agaça-t-il comme la veille, lorsque Isabella lui avait appris qui détenait le domaine de Lésigny.

Il refusait d'oublier que c'était le duc de Luynes, mort depuis, qui avait fait arrêter et exécuter sa mère, avant de se voir offrir tous les biens familiaux.

Elle reconnut ce sentiment d'avoir été dépossédé de tout, y compris de sa vengeance. Elle s'adoucit pour lui permettre d'en faire autant. Ils avaient tous deux besoin de garder l'esprit clair.

— Propriété du roi. Il l'utilise pour la réception d'ambassades. Pour l'heure il est inhabité, sinon par les domestiques, ajouta-t-elle en recouvrant sa main qu'il avait crispée sur le pommeau de sa lame.

Piqué par une pointe de jalousie, d'Artagnan bondit de son siège.

— Alors ne tardons pas. Si vous y pensez, ce mystérieux homme en noir y songe aussi.

— Maintenant ? s'étrangla Henri.

— Avez-vous mieux à faire, monsieur, que de servir la reine ? Pour votre gouverne, je suis au service du roi. Autant dire que tout ceci risque fort de me valoir ma carrière.

Henri le toisa avec une once de mépris.

— Je ne vous retiens pas.

— Fi ! messieurs, tempéra Isabella dans un soupir et un geste agacés. Nous avons tous le même intérêt. Si Marie de Médicis est écartée de la cour, ce ne sera plus le roi qui gouvernera la France mais son ministre. Dieu seul sait ce que sa folle ambition en fera. Quant à la reine Anne d'Autriche, elle espère tout autant sa disgrâce. Alors plus vite nous mettrons la main sur ces dossiers secrets, plus vite nous sauverons nos têtes et abattrons celle de nos ennemis.

— Si je ne savais quel dessein personnel vous pousse, je penserais presque que vous vous êtes entichée de ces dames, la piqua Henri, à peine calmé.

Isabella se contenta de hausser les épaules avant de moucher la chandelle.

Mieux valait qu'on ne les voie pas quitter l'auberge.

Par chance, songea-t-elle en passant devant le comptoir, son propriétaire dormait dans son fauteuil, la tête renversée en arrière et la bouche ouverte.

16.

L'hôtel particulier des Concini se situait de l'autre côté de la Seine, au 10 de la ruc de Tournon et à quelques pas du domaine du Luxembourg. Tandis qu'un fiacre les y menait, Henri leur avait décrit le long corps de bâtiment flanqué de deux ailes dont les retours fermaient une large cour intérieure.

Une fois descendus devant le portail, ils toquèrent à l'imposante porte, ramenant à eux un garde aussi blasé qu'ensommeillé.

L'instant suivant, forts de la prérogative concédée aux hommes de M. de Tréville, ils pénétraient dans l'enceinte pavée que l'ombre des bâtiments écrasait plus encore. La pluie s'était remise à tomber sur leurs manteaux. Drue, glaciale, entrecoupée de grésil, elle faisait vaciller la lampe-tempête que le gardien venait de leur remettre.

Henri les dirigea vers un porche, situé dans l'aile gauche. Loin des salles de réception et des appartements. C'était là, dans une vaste pièce qui donnait sur la rue, que sa mère se livrait à ses extravagances, en partie pour satisfaire aux désirs de Marie de Médicis. Ici, se rappelait Henri, il l'avait vue concevoir des parfums suffisamment capiteux pour étouffer les méchantes odeurs corporelles des courtisans de la reine. Ici, aussi, il avait vu naître des médications pour ces jours sombres où sa mère hurlait telle une damnée, suppliant Dieu ou diable de la prendre, pourvu que sa souffrance physique cédât. Ici, il l'avait vue chercher un remède contre la variole pour sauver cette enfant chérie, sa sœur, à peine âgée de dix ans lorsque la mort l'avait emportée. Un signe, avait hurlé sa mère. Un signe qui annonçait la fin de tout. Quelques mois plus tard, elle montait sur l'échafaud et offrait, en priant pour lui, sa tête au bourreau.

Ils gravirent un escalier étroit sans rencontrer âme qui vive, trouvèrent une porte à la serrure pendante. Isabella vit le visage d'Henri se fermer devant la salle vide. Il savait pourtant que le roi avait fait bombance. Tout l'attirail de sa mère avait été saisi pour concourir à son accusation de sorcellerie.

Quatorze années.

Le temps semblait figé, enraciné dans une aura diabolique. La dégradation des volets intérieurs et des stucs, le tain, fané, d'un miroir oublié au mur, l'épaisse couche de poussière sur le parquet. Tout indiquait que personne, pas même les domestiques, n'était entré là depuis.

— Inutile de s'attarder, grinça Henri, laissant pour la première fois percer la souffrance, réelle, profonde, que cette quête réveillait en lui.

Il emprunta la lanterne puis se dirigea d'un pas vif vers le mur de tête.

Isabella sentit la main de d'Artagnan se poser sur son bras, ses lèvres affleurer son oreille.

— Une cache, ici, dans la pierre ? douta-t-il face à la surface trop lisse.

Elle ne releva pas. Elle en avait vu d'autres à Venise. Henri, d'ailleurs, venait de glisser la pointe de sa dague dans une fente, libérant les contours d'une excavation derrière le parement.

Vide.

Elle sentit ses épaules s'alourdir.

— Notre dernière chance…

L'espace de quelques secondes, ils restèrent là, abattus.

Henri se ressaisit le premier.

— Ce n'est pas normal. Il devrait au moins y avoir le résultat des dernières recherches de ma mère. Quelqu'un s'en est emparé. Forcément.

— Qui, en dehors de vous, aurait pu connaître cet emplacement ? demanda d'Artagnan.

— Hormis la Médicis, personne.

De nouveau, Isabella refusa l'idée que sa tante pût lui avoir menti, être impliquée d'une manière ou d'une autre dans l'assassinat de ses parents. D'autant que, si elle avait possédé un quelconque moyen de pression contre le Cardinal, elle s'en serait déjà servie.

Elle trancha.

— Nous savons que ce n'est pas elle. Richelieu ?

— Non. Ma mère n'avait confiance qu'en la reine. Ses travaux étaient trop précieux. Quant à mon père, il prenait grand soin de ses dossiers, convaincu de leur valeur pour sauver notre tête. Il avait seulement oublié que, contre le roi et sa détestation, il ne pouvait rien, soupira-t-il amèrement.

— Alors tout est joué, se désespéra Isabella.

Henri se frotta le menton, dubitatif, avant de ramener sur elle un œil repris d'espoir.

— Peut-être pas. Après la mort de ma sœur, mon père avait bien senti que le vent tournait. Il se disait prêt à rentrer en Italie. Mais ma mère refusait de quitter la reine. Elles étaient inséparables depuis l'enfance. Partir c'était la trahir, je crois. Bref, deux ans plus tôt, Marie de Médicis avait acheté l'hôtel particulier d'un pair de France, M. de Luxembourg, pour en faire un domaine. Mon père se chargea de superviser l'avancement des travaux, d'autant qu'il en faisait ici.

Isabella fronça les sourcils.

— Où voulez-vous en venir ?

— Le projet de Marie de Médicis n'était pas achevé à la mort de mes parents, mais je sais que père entendait pouvoir naviguer à sa guise et sans être vu de cet hôtel à celui de la reine.

— Vous voulez dire qu'il aurait fait creuser un souterrain ?

— J'ignore l'emplacement exact de son départ et de son embouchure, mais je suis sûr d'une chose, poursuivit-il avec une flamme nouvelle dans la voix. Il commence ici. Le 24 avril 1617, mon père allait au rendez-vous fixé par le roi. Croyez-moi, c'est une date que je n'ai pas oubliée, pas plus que son visage creusé. Je ne l'avais jamais vu avoir peur avant ce jour-là. Comme s'il savait.

— Il aurait déplacé les dossiers ? Dans le souterrain ? tenta de comprendre Isabella. À l'insu de votre mère ?

— Ce qui expliquerait que ses bourreaux n'aient pas réussi à lui en arracher la cache, conclut Henri, le timbre altéré par ces horribles souvenirs.

Le silence qui s'installa, lourd de réflexion, ne dura que le temps d'un juron dans la bouche de d'Artagnan.

Ils se figèrent, le regard braqué sur lui. Le sien se perdait entre les interstices des persiennes qui donnaient sur la rue.

17.

— Mouchez la chandelle, ordonna-t-il tandis qu'ils s'approchaient fébrilement de lui.

Il décrocha le volet.

Dans la pénombre retombée, ils virent une lueur feutrée se déplacer en contrebas. Autour d'elle voletaient de fines particules neigeuses.

Six cavaliers, compta Isabella, le souffle retenu.

— C'est lui. En noir. Lui qui m'espionnait à Lésigny, tomba discrètement la voix d'Henri entre eux.

Les autres portaient l'uniforme des gardes du Cardinal.

Le sang d'Isabella ne fit qu'un tour. L'inconnu venait de lever sa lanterne vers la fenêtre. Ils se rejetèrent en arrière. Pas assez vite pourtant pour lui masquer leur mouvement.

— Saisissez-les. Vivants !

Ils entendirent claquer les sabots des chevaux sur le pavé.

— Une autre sortie ? demanda d'Artagnan à Henri.

— Aucune qui nous permette de quitter la place, mais l'hôtel offre de nombreuses caches.

— Ils nous chercheront, bousculeront les domestiques. Nous n'avons pas besoin de cette presse. Ici nous serons à notre avantage.

— L'homme en noir vient de tourner le coin de la rue. Il s'éloigne, s'étonna Isabella, revenue aux carreaux. *Qui peut-il bien être pour en imposer aux gardes du Cardinal sans se joindre à eux ?*

— J'imagine que vous savez vous battre, Concini..., ajouta son amant dans son dos.

— Aussi bien que vous, comte d'Artagnan.

— En ce cas... À nos lames...

À l'instant où les hommes du Cardinal poussèrent la porte, Henri, plaqué derrière, était prêt à les prendre à revers. Il piqua le dernier dans le dos, entre les omoplates. Il n'eut pas le temps de lui enlever sa lanterne. Elle se renversa en touchant le sol. S'emparant de l'huile qui s'en échappa, la flamme grandit jusqu'à devenir une traînée, illuminant la pièce. Henri ne prit pas la peine de l'éteindre. Alors que le garde hoquetait, le nez dans la poussière, à quelques pouces de cet incendie minuscule, trois de ses compères battaient déjà les fers d'Isabella et de d'Artagnan quand le quatrième, averti par les hoquets de son comparse, s'était retourné pour le menacer.

Henri se lança dans la mêlée.

Bien vite, à l'odeur de cire et d'huile fondues se mêla celle du sang. Chauffée par son exercice de la veille, Isabella excellait. L'homme qui lui faisait face était trapu, brutal, quand elle se déplaçait avec finesse, enchaînant voltes et estocades. Elle avait un avantage certain : elle voulait l'occire quand lui, au regard des ordres qu'il avait visiblement reçus, ne pouvait se le permettre. À ses côtés, d'Artagnan semblait s'amuser. Tantôt il chassait l'épée de l'un, tantôt il repoussait celle de l'autre, invitant, reculant pour mieux fondre entre les deux et les forcer à pivoter d'un bloc pour ne pas être embrochés.

Il ne leur fallut que quelques minutes pour ajouter cinq nouveaux cadavres au chapelet du Cardinal.

Isabella étouffa les flammes sous la cape humide de l'un d'eux. Seul le parquet avait souffert de leur morsure, aucune tenture, aucun meuble n'ayant pu les relayer.

— Filons, dit-elle.

— Et le souterrain ?

— Nous nous ferions prendre à le chercher maintenant. Mieux vaut nous assurer qu'il existe toujours, déclara-t-elle.

Henri n'insista pas. Leur combat n'était certainement pas passé inaperçu.

Ils dévalèrent l'escalier, trouvèrent au bas le garde qui montait, alerté par le bruit. Henri hésita moins longtemps à le transpercer que d'Artagnan.

— Il vous avait vu, s'en justifia-t-il, le rappelant à l'honneur de sa charge.

Ils filèrent à toutes jambes, marquant de leur empreinte la fine couche de neige qui recouvrait la chaussée.

Isabella sentait son cœur battre comme un tambour dans sa poitrine. La main de d'Artagnan s'était spontanément nouée à la sienne, comme s'il craignait soudain d'entendre retentir derrière eux le galop du cavalier noir.

Ils rejoignirent les bords de la Seine, empruntèrent le pont piéton qui l'enjambait, longèrent le palais des Tuileries puis, jouant de nouveau de la prérogative de d'Artagnan, obtinrent, malgré le couvre-feu, de passer la porte Saint-Honoré.

Bien qu'ils aient ralenti depuis longtemps l'allure, les poumons d'Isabella semblaient vouloir se déchirer sous la morsure du froid, de ces flocons qui descendaient d'un ciel bas en volutes de plus en plus concentrées. Les rues désertes se ressemblaient toutes. Pourtant Henri semblait n'en avoir oublié aucune, comme si ce passé, qui lui sautait à la gorge jusqu'à l'étrangler, voulait à toute force conquérir le présent, effacer l'absence, l'exil. Il tournait à droite, obliquait à gauche. Isabella lui faisait confiance. Il avait grandi entre ces murailles, quand elle n'y promenait ses espoirs que depuis quelques mois. Et encore, guidée par le pas tranquille des chevaux d'une voiture confortable.

Il y avait bien longtemps qu'elle n'avait bravé les éléments, ruinant le cuir de ses bottes dans la neige.

Rue de Paradis, saisie d'un vertige, elle dut s'appuyer contre la devanture d'une échoppe.

— Ne restons pas là. Une fenêtre vient de s'allumer, l'en arracha d'Artagnan.

Machinalement, Isabella leva les yeux, vit une silhouette féminine passer devant les carreaux. Son œil accrocha une enseigne.

« Imprimerie Docciolini ».

Il lui sembla soudain que ce nom réveillait un souvenir dans sa mémoire. Mais, l'entraînant dans cette bourrasque qui avait déjà avalé la carrure d'Henri, d'Artagnan le renvoya à l'oubli.

L'auberge était tout près.

18.

À l'imprimerie, la journée avait été longue. La pièce que Pierre Corneille donnait au théâtre réjouissant le Tout-Paris, ses livrets se vendaient à tour de bras. Outre qu'il avait fallu en imprimer de nouveaux, cela leur avait amené une dizaine de clients pour la seule après-midi.

Au soir tombé, Lucia avait bouclé sa porte, fourbue.

De son côté, Marco n'avait rien appris de rassurant. Les mendiants s'étaient relayés près de la maison où Isabella et Henri avaient été aperçus la veille, puis avaient été chassés par une escouade. Un homme vêtu de cuir noir, chapeau sur les yeux, les traits peu amènes et le regard perçant la menait. Les sujets du grand Coësre s'étaient dispersés en tendant l'oreille, mais ils n'avaient pu entendre ni le nom de cet individu ni ce qu'il venait chercher. Quant à le suivre, peine perdue. Il s'était esquivé au grand galop, précipitant, pour l'éviter, une bonne femme dans les bras d'un curé et un bourgeois dans du crottin.

Lucia ne savait ce qu'elle devait en penser. Elle n'avait pas eu de nouvelles de M. d'Aramitz, ce qui en soi était de bon augure, lui avait fait remarquer Marco. Mais pour autant, elle ne parvenait à retrouver sa sérénité. Une part d'elle, comme Marie, sentait le danger rôder.

Au point qu'avant même d'entendre sa fille hurler elle s'était dressée dans le lit, persuadée qu'on se précipitait sous sa fenêtre. Elle s'était fait violence pour ne pas regarder dehors, se convainquant que la chute de neige aurait, de toute manière, étouffé tout bruit, toute présence, et que son imagination galopait. Elle était en sueur, rattrapée dans son sommeil par le souvenir de cette nuit infernale à Venise où elle n'avait cessé de se battre contre tout, les hommes comme les éléments déchaînés.

La seconde suivante, entendant la détresse de Marie, Marco ouvrait un œil et, l'invitant à le refermer, elle se levait.

À peine eut-elle passé le seuil de la chambre que la petiote remit son pouce en bouche et, tuant sa frayeur, rabattit ses paupières. Lucia s'installa pourtant à côté d'elle pour lui caresser le front. Elle entendit sa respiration se réguler peu à peu et s'efforça d'y caler la sienne.

Elle avait beau la combattre, une rage sourde remontait lentement en elle, une Acqua Alta dont elle devinait la puissance dévastatrice. Elle ne voulait pas y céder. Marie avait besoin de sérénité, d'amour, de confiance, d'attention, pas d'une mère en proie à ses propres démons. Elle les avait enterrés. Grâce à Marco. Et ce soir encore, lorsqu'il l'avait faite sienne, épuisant sa fougue puis sa tendresse.

— Rien, personne, aussi longtemps que je vivrai, ne m'empêchera de t'aimer, avait-il murmuré, son regard dans le sien, bouleversé de plaisir.

Elle ne voulait plus de cette haine qui lui avait rongé le cœur des mois durant après qu'elle eut découvert qui était Henri et de quoi il était capable. Elle ne voulait plus éprouver ce sentiment-là, cette détresse palpable, cet instinct oppressant de survie.

Elle ferma les yeux, inspira une bouffée de l'air que rejetait paisiblement sa fille. Il portait un parfum de lait chaud et de cannelle.

Épuiser la rancœur. Ne pas s'en laisser souiller.

C'est à l'instant où il lui sembla y être parvenue que la voix supplia dans sa tête :

Délivre-moi.

Elle se cabra, piquée au vif.

Non, ça n'en finira jamais !

Elle sentit la lame de fond remonter. Consciente qu'aucune digue ne pourrait cette fois la retenir, elle quitta la chambre, les poings serrés, la rage cavalant dans ses veines à la vitesse d'un cheval au galop.

— Foutu grimoire !

Elle traversa le couloir jusqu'à son bureau, se jeta sur un coffre comme une lionne sur sa proie et en arracha le crâne. Elle plongea son regard dans les orbites vides, triste reflet de ce qui avait poussé Livia Vernazza à sauter de leur barque trois ans plus tôt.

— Va au diable et restes-y ! maudit-elle cette tête humaine devenue cristal, avant de la lancer violemment contre le mur de moellons qui lui faisait face.

Elle avait espéré la fracasser, elle n'obtint que de la séparer de l'épaisseur de verre qu'on avait coulée autour. Une lumière blanche, insoutenable, émergea, inondant la pièce. Lucia n'eut que le temps de fermer les yeux pour s'en protéger. La douleur, fulgurante, la fit tomber à genoux.

Elle hurla, précipitant aussitôt auprès d'elle Marco et Giuseppe arrachés du sommeil.

Elle ne s'aperçut pas de leur présence. Elle avait plaqué les mains contre ses oreilles pour tenter d'atténuer ce cri inhumain qui lui vrillait les tympans. En vain. C'était comme si son sang s'était mis à bouillir à l'intérieur d'elle.

Le voyant s'écouler de son nez, de ses oreilles, Marco et Giuseppe échangèrent un regard aussi effrayé qu'entendu.

Tandis que l'un se saisissait d'un drap de laine, l'entortillait autour du crâne puis l'enfouissait dans le coffre, l'autre soulevait Lucia, hébétée mais redevenue elle-même, et la soutenait jusqu'à sa chambre.

Revenant vers elle, Marco fut arrêté dans son élan au seuil de la chambre de sa fille.

Marie était assise sur son lit.

Les yeux exorbités, elle se balançait d'avant en arrière en ânonnant des phrases sans suite ni sens. Comme privée d'elle-même.

Une lame de glace courut le long de son échine, avant de le poignarder d'un sentiment d'impuissance.

Pour la première fois, il se prit, lui aussi, à craindre ce que Lucia venait de libérer.

19.

Isabella referma avec un soulagement évident la porte de la chambre louée par Henri. Elle se laissa choir sur le lit, trempée.

Sa seule satisfaction en cet instant fut que l'aubergiste ronflait toujours dans son fauteuil, les mains croisées sur son ventre dodu.

— Voulez-vous un peu d'eau ? s'enquit Henri qui venait de s'en servir, essoufflé lui aussi par leur course folle.

— J'en ai pris assez dans la bouche et le nez. C'est de grappa que j'aurais besoin, râla-t-elle.

Avec la fougue et l'énergie de ses vingt ans, d'Artagnan disparut derrière la porte.

— Où court-il donc ? grommela Henri en l'entendant dévaler l'escalier.

— À mon caprice, s'attendrit Isabella dans un sourire. Ne faites pas cette tête-là, mon cher. D'Artagnan n'est pas de ces hommes que l'amour rend stupides. Prendre soin de moi, c'est s'assurer des heures de sensuelle félicité.

Henri s'enferma dans un cliché mesquin. Une fille de joie restait une fille de joie. Quels que soient ses atours ou sa naissance, elle n'était pas de celles qu'un gentilhomme pouvait envisager d'épouser.

Preuve que, malgré ses titres de noblesse, ce d'Artagnan n'en est pas un, conclut-il, jaloux en vérité, refusant d'entendre qu'il aurait voulu se trouver lui aussi auprès de celle qu'il aimait quand elle était perdue à jamais.

Comme Isabella, il laissa s'étirer le silence jusqu'à voir le mousquetaire reparaître, muni d'une bouteille de liqueur et de trois gobelets en étain.

— L'arrière-cuisine ravirait ce cher Porthos, lança-t-il en les emplissant à ras bord.

Henri, que l'allusion laissa indifférent, vida le sien d'un trait.

— Et maintenant ? demanda-t-il.

— Je doute qu'on nous ait suivis jusqu'ici. Le mieux serait que vous y restiez jusqu'à ce que je découvre qui est cet homme en noir. N'y voyez pas un ordre, précisa d'Artagnan en le sentant tiquer, mais votre intérêt autant que le nôtre.

— De mon côté, je vais m'enquérir du souterrain auprès de Marie de Médicis. S'il existe, elle en a forcément entendu parler. Une fois ces informations acquises, nous agirons, ajouta Isabella après avoir, savoureusement, fait rouler le breuvage en bouche.

— Bien, consentit Henri qui n'avait rien de mieux à proposer.

Il se leva pour les inviter à faire de même.

Ces émotions, cette échappée, il n'aspirait plus soudain qu'à se retrouver seul avec ses souvenirs et à boire, puisque le cadet des gardes françaises lui en avait offert l'occasion, pour les oublier.

À peine Isabella eut-elle franchi le seuil de l'auberge que la morsure du froid la rattrapa. Elle resta blottie sous le porche en attendant que d'Artagnan revienne de l'écurie avec leur monture. Il dégagea le pied de son étrier pour qu'elle y pose le sien, lui tendit le bras pour qu'elle s'y enroule. Un élan. Elle se retrouva en croupe derrière lui. Elle se plaqua à son dos, rabattit son chapeau sur ses yeux et les ferma tout le temps du trajet, rêvant déjà de la chaleur du feu dans la cheminée, de leur couche douillette et de ses couvertures.

Las, dès qu'ils entrèrent, couverts de neige, Planchet se précipita vers eux en se tordant les mains.

Athos, Porthos et Aramitz étaient passés en leur absence.

— Le roi a eu vent d'un complot contre le Cardinal, récita-t-il. M. de Tréville a demandé après vous avant d'ordonner à ses mousquetaires de rester à l'écart de toute échauffourée. Mieux vaut que vous soyez demain à ses ordres.

Trop tard, songèrent-ils d'un regard entendu avant de se retrouver plongés dans la même perplexité.

Henri n'était à Paris que depuis vingt-quatre heures. Comment et par qui avaient-ils pu être joués ?

11 janvier

20.

Sitôt la douleur disparue sous son crâne, Lucia était tombée dans un sommeil profond. À son réveil, une lumière laiteuse inondait la chambre. Elle s'assit sur le lit, incapable, de longues minutes durant, de comprendre pourquoi Marco n'était pas à ses côtés, pourquoi Marie riait aux éclats en bas de l'escalier. Comme si on lui avait volé des heures, ces heures précieuses, rituelles où elle gérait sa maisonnée, du premier baiser à Marco au lever de sa fille.

Elle fouilla dans ses souvenirs, ne retrouva qu'une sensation diffuse de danger, aussitôt gommée, comme si tout en elle n'aspirait plus qu'à la sérénité.

Étrange. Pourquoi ai-je l'impression d'être « ailleurs » ?

Au-delà du rempart des carreaux, la neige tombait, silencieuse, étouffant les bruits extérieurs sous son manteau que Lucia devina déjà opaque.

Une conséquence du temps, supposa-t-elle en s'étirant voluptueusement, sans parvenir ni à culpabiliser d'avoir abandonné les hommes à une charge de travail aussi importante, ni d'avoir failli à son rôle de mère.

Ce détachement ne lui ressemblait guère.

Elle finit par décider de se lever, mais cela lui demanda un tel effort qu'elle en conclut à trop de fatigue accumulée. De fait, ses jambes lui parurent si lourdes à déplacer jusqu'au bord du lit qu'elle les crut un instant incapables de la porter plus loin. Il lui fallut se mettre debout, faire quelques pas, les découvrir presque dansants pour en être détrompée.

Curieux matin, s'en amusa-t-elle en emplissant d'eau la bassine.

Les minutes qui suivirent ne firent qu'ajouter à son étrangeté. Elle fit sa toilette, puis s'habilla, imprégnée du sentiment tenace qu'elle accomplissait ces gestes familiers d'une manière nouvelle.

Comme si je ne m'appartenais pas.

Elle se planta devant le miroir pour le vérifier, grimaça, se mit à rire de sa bêtise puis tourna les talons pour gagner l'escalier.

Ce ne fut qu'au bas, aux regards inquiets de son père et de Marco, précipités vers elle, qu'elle comprit enfin qu'ils savaient ce qui, en elle, n'allait pas.

— Je ne me souviens de rien, se désola-t-elle après qu'ils lui eurent raconté les événements de la nuit.

Pis encore, non seulement sa mémoire récente semblait s'être envolée, mais son tourment aussi. L'angoisse de Marco, son impuissance, des heures durant, à arracher Marie à sa litanie, la laissaient désormais indifférente. Elle attribua cette étonnante sérénité au fait que l'enfant s'était jetée à son cou, facétieuse comme à l'accoutumée, visiblement dépourvue de séquelles de sa « possession ». Préférant l'éloigner de cette discussion, Jeanne venait de l'emmener voir le nouveau-né de sa sœur.

Tout semble à sa place, normal. Moi seule ne le suis pas.

Giuseppe pressa ses mains, le front barré par une ride soucieuse, tandis que Marco garnissait le feu d'une bûche supplémentaire.

Comme s'il craignait que j'aie froid. Ne voit-il pas qu'au contraire j'étouffe ?

En baissant les yeux sur les doigts de son père, elle découvrit les siens bleuis, la chair de poule à ses avant-bras dont elle avait, machinalement, relevé les manches.

Pourquoi mon corps exprime-t-il l'inverse de ce que je ressens ?

— Je ne comprends pas, répéta-t-elle une fois de plus pour s'alarmer, sans y parvenir.

Marco attira un tabouret devant elle.

— Nous non plus, Lucia. Mais je t'interdis de retoucher au crâne de cristal. Visiblement on ne l'avait pas enfermé dans cet enclos de verre pour rien. Il est dangereux.

— Ce n'est pas ce que tu disais jusque-là.

— Parce que aucun des cauchemars de Marie ne permettait d'être certain de son influence. Mais cette fois, c'est différent. Je suis resté auprès d'elle jusqu'à ce qu'elle s'écroule d'épuisement dans mes bras. Et je peux t'assurer que si ce qu'elle disait semblait cohérent tant les phrases coulaient, j'ai été incapable d'en comprendre un mot. Cette langue m'cst inconnue.

— Le berceau des étoiles, murmura Lucia.

Marco et Giuseppe échangèrent le même regard perplexe.

— Qu'est-ce que ça signifie ? demanda son père.

Lucia chercha dans ses souvenirs immédiats, mais cette fois encore elle ne sut que bredouiller :

— Je ne sais pas. Cela m'est venu comme ça. Une sorte d'évidence.

— Bon, récapitulons. Que savons-nous au juste de cette sorcière ? s'agaça Giuseppe.

— Ce que nous en avons lu dans les Mémoires de Bianca Dandolo. C'est-à-dire pas grand-chose. Elle était l'épouse de César Maggi, le gouverneur de la cité d'Ulpian. Cité assiégée en 1555 au moment des guerres d'Italie, par le duc d'Aumale qui recherchait le grimoire. Elle a été torturée puis décapitée, lorsque les hommes qui fouillaient le palais ont découvert la cachette de sa fille Bianca, récita Lucia.

— Et ensuite ? insista Marco, espérant un élément nouveau qui lui permette de comprendre l'impact réel de l'entité sur sa femme comme sur sa fille.

Lucia soupira. Elle porta une main à sa tempe sous laquelle la veine s'était mise à fibriller.

— Bianca Dandolo a vu le duc d'Aumale mettre la tête de sa mère dans un sac, sac qu'il a rapporté avec Bianca à la cour de France. Ensuite le journal ne livre que l'histoire de Bianca. Sa rencontre avec Catherine de Médicis, furieuse du meurtre et de l'enlèvement, commis, aux dires du duc d'Aumale, en son nom pour satisfaire à sa passion pour les sciences occultes. L'adoption de la petite Bianca par l'ambassadeur de Venise en France, Matteo Dandolo. Elle mentionne aussi évidemment son amitié avec Michel Nostradamus à qui elle confia en secret le grimoire. Nous avons remonté cette piste qui, une fois la gravure décryptée, nous a menés sur les coteaux d'Aix-en-Provence, pour mieux nous rendre compte que le grimoire ne s'y trouvait plus.

— Nous savons déjà tout cela, Lucia, s'impatienta Marco, lassé de son ton monocorde. Y compris comment elle a retrouvé le crâne de sa mère avant de le dissimuler au couvent de Santa Maria degli Angeli lorsqu'elle a pris le voile, crâne qu'elle a vu peu à peu, sous l'influence de l'esprit qui l'habitait encore et de la magie du grimoire, se changer en cristal. N'y a-t-il rien de plus ?

Lucia leva vers lui un regard navré.

— Le chaos précède toujours la naissance d'une étoile, s'entendit-elle lui répondre avant de soupirer : Ne me demande pas ce que cela signifie.

Radouci en voyant sa femme soudain si désemparée, il déposa un baiser sur son front.

— D'accord. Restons-en là. Pour aujourd'hui… Te sens-tu capable de tenir l'imprimerie avec ton père ?

— Je peux m'acquitter de cette tâche seul, intervint Giuseppe.

— Non, papa. Je vais bien. Je suis juste fatiguée et inexplicablement « détachée ». Un peu comme si la sorcière d'Ulpian avait voulu me protéger de mes peurs, pour me rendre plus « efficace ». Reste à savoir dans quel but… Ça ira.

Marco s'était redressé. Elle leva les yeux vers lui.

— Je suppose que tu retournes auprès du grand Coësre.

— Je suis resté vague sur toute cette histoire. Je lui ai simplement demandé qu'on me prévienne en cas de va-et-vient dans cette maison. Mais si nous voulons avoir une chance de comprendre ce qui se passe et de nous libérer de ce fardeau, il est temps de lui révéler que nous recherchons Isabella et Henri.

— Sois prudent.

Il hocha la tête, enleva son manteau sur le dossier d'une chaise et l'enfila.

— Ne veux-tu rien manger ? demanda Giuseppe en contemplant les traits tirés de sa fille.

Lucia secoua la tête. Marco venait d'ouvrir la boutique, révélant dans l'encadrement de la porte deux clients qui trépignaient dans la bourrasque. Impossible de les laisser dehors plus longtemps.

Elle se leva pour les accueillir. S'étonnant à peine d'entendre la voix ajouter, mystérieuse :

Toute nourriture a son dessein.

21.

D'ordinaire, la cour des Miracles n'offrait aux regards qu'une rue étroite prise entre les contreforts de la muraille crénelée de Philippe Auguste et le dos des habitations à colombage de la rue des Petits-Carreaux. Une rue tout entière chapeautée par des draps huilés comme autant de toits d'infortune pour protéger les faux mendiants des caprices du temps. Ils y évoluaient tel un serpent mouvant, parfois à ciel ouvert, lorsque les feux épars grignotaient les étoiles, parfois cantonnés entre deux courtines pour se garder de la promiscuité. On s'y devait faufiler à pas mesurés pour ne gêner personne, tout en se méfiant de tout. Des chiens comme des hommes, des rires comme des larmes, des prédicateurs comme des femmes sans âge qui vous saisissaient la main pour vous lire la bonne aventure.

Une explosion de couleurs dans sa misère.

Cette fois, le blanc mangeait tout et chacun, du sol au plafond bas encore, même si la tempête avait cessé.

Marco se faufila sous cette voûte inversée, si empesée de neige qu'elle menaçait par endroits de crever. Répondant à ses saluts par de brefs hochements de tête, vieillards et malades le regardèrent avancer sans hostilité. Ici l'on savait qui il était, la valeur de sa parole donnée, de ses gestes. On le respectait, mieux qu'un prince l'aurait été.

C'était réciproque. Beaucoup malgré leur mauvaise mine et leurs larcins valaient mieux que certains bourgeois sans scrupule ni honneur qu'il côtoyait.

Il parvint ainsi devant une petite place créée par le mur aveugle d'une maison en renfoncement. C'était là que le grand Coësre siégeait, depuis un trône de bois juché sur une estrade. Sur ses cheveux courts et naturellement bouclés, son bonnet à grelots aurait pu sembler ridicule, si le port de tête, les griffures sur son visage et la bienveillante autorité qu'il dégageait n'avaient repoussé les quolibets.

Ce matin du 11 janvier, Marco le trouva occupé à répartir dans la cité ses sujets bien portants affublés de leurs déguisements d'estropiés.

— La morsure du froid va retenir les bonnes gens chez eux. Ils seront moins nombreux à circuler, mais auront davantage pitié. À vos sébiles, conclut-il devant ce parterre silencieux.

Marco attendit en retrait qu'ils se dispersent tous, que ce soit en direction des églises, du parvis de Notre-Dame ou des commerces, lieux incontournables de la vie parisienne, puis s'avança vers cet homme qui, l'ayant aperçu, venait de sauter de son siège pour lui donner l'accolade.

Un masque grave plomba les traits burinés du roi des fous lorsque Marco, sans évoquer l'existence du grimoire, eut expliqué que Lucia avait dû se défendre contre les gardes du Cardinal après avoir surpris Isabella, une de leurs connaissances vénitiennes, en compagnie de leur ennemi d'hier.

Ils étaient assis face à face, sur d'épais coussins de sol, disposés sur un tapis élimé. Ici, à l'abri de cette épaisse courtine qu'il avait rabattue derrière eux, protégés par un dais et l'alcôve que formaient les trois murs aveugles des habitations, le grand Coësre était chez lui.

— S'il ressemble toujours physiquement à son père, Henri Concini ne sera pas difficile à retrouver pour mes gueux, laissa-t-il tomber en se délestant de son bonnet.

Marco souleva un sourcil.

— Que sais-tu que j'ignore, mon ami ?

— À peu près tout ce qu'il y a à savoir sur ce couple de maudits. Concino Concini était tant haï du bas peuple que ce dernier ne s'est pas contenté de fêter sa mort. Ils ont déterré son corps, l'ont traîné par les rues de la ville jusqu'à le démembrer et en faire un feu de joie devant son hôtel particulier, rue de Tournon.

Un frisson parcourut l'échine de Marco.

— Quant à son épouse, la Galigaï, difficile de savoir si elle était ou non une sorcière. On l'a décapitée en place de Grève, avant de la livrer elle aussi aux flammes, sur un immense bûcher. Certains racontent qu'ils n'ont vu brûler que son corps. Pas sa tête…

Un second crâne de cristal dans lequel l'âme de la Galigaï pourrait errer ? s'alarma Marco.

Serait-ce lui qu'Henri chercherait à reprendre aux bourreaux de sa mère ? Cela expliquerait qu'Isabella ait choisi de l'aider. Après tout, elle est la descendante de la sorcière d'Ulpian, la petite-fille de Bianca Dandolo. Henri aurait-il pu le lui révéler ?

— … Quoi qu'il en soit, le retour d'un Concini à Paris n'est pas de bon augure. Surtout si ses manigances risquent de perdre les tiens. Mes gueux vont se mettre en chasse. Je n'aurai guère besoin de les motiver. Leur ancienne haine parlera pour moi. Rentre chez toi, mon ami. Je te préviendrai sitôt que nous l'aurons retrouvé, ajouta le grand Coësre en se levant.

Marco saisit la poigne qu'il lui tendit, se retrouva hissé avec une telle puissance que la surprise se peignit sur ses traits, éclairant d'un sourire généreux le visage de son ami.

— Survivre nécessite force et courage. Goûter à tous les métiers aussi. Avant d'être roi je fus acrobate. Mais ce n'est que l'un de mes nombreux secrets. Je te promets de te les révéler, mon ami. Plus tard. Lorsqu'ils rejoindront les tiens, ajouta-t-il mystérieusement avant de le raccompagner en lisière de son royaume.

Marco n'en demanda pas davantage. La neige s'était remise à tomber en abondance. Sitôt revenu chez lui, avec ce qu'avait rapporté l'impression des livrets du sieur Corneille, il ferait livrer du pain, du lait et des couvertures pour les enfants.

Le grand Coësre ne permettrait pas davantage. Plus encore que le roi de France, celui de la cour des Miracles avait sa fierté.

22.

Chaque fois qu'Isabella s'apprêtait à pénétrer dans les appartements d'Anne d'Autriche au Louvre, elle ne pouvait s'empêcher de ressentir un pincement au cœur. Ce vieux palais, chargé de siècles d'histoire, davantage remanié par les reines successives que par les rois, portait tout le poids d'une France poussiéreuse. Les ors ici n'avaient pas l'éclat de ceux de Venise. Les tapisseries manquaient de relief et même si les plus grands artistes s'étaient succédé pour rendre cette demeure fastueuse, elle comprenait – ô combien ! – comment Marie de Médicis avait pu la détester au point de faire bâtir son domaine du Luxembourg.

Tentures pesantes marquées d'une fleur de lys, mobilier bas surchargé de bibelots au luxe si ostentatoire qu'il en devenait grossier, tout, dans ce boudoir, sinon le joli minois et les boucles brunes de la reine qui venait de la recevoir, lui faisait regretter la légèreté et le goût subtil des palais vénitiens.

Anne d'Autriche dodelina de la tête, croisa et décroisa ses mains sur son corsage comme si elle manquait d'air.

Si Marie de Médicis avait fait Richelieu avant d'en être embarrassée, la reine avait toujours éprouvé pour ce prélat trop ambitieux une haine tenace. C'était à lui qu'elle devait d'avoir été privée du seul homme qu'elle avait jamais aimé, le duc de Buckingham. À lui encore qu'elle devait la méfiance du roi. Et tant et tant d'autres faits, regards, phrases mesquines, assassines, habilement conçues pour détourner d'elle l'affection du roi et mieux se l'approprier.

— Un complot contre Richelieu ? s'était-elle exclamée quelques jours plus tôt quand Isabella l'avait évoqué devant elle. Vite, ma chère, révélez-moi ce qui me permettrait d'en être !

Sachant à quel point ce cri était sincère, Isabella s'était empressée d'obtempérer. Depuis, Anne d'Autriche attendait avec impatience les nouvelles de ce « délicieux projet ». Mais certainement pas d'y voir associer le nom d'Henri Concini que sa visiteuse venait de prononcer.

La reine se mit à caresser son chat avec la délicatesse d'une ogresse, au point que, à chaque passage, la pauvre bête, docile, s'enfonçait presque jusqu'à disparaître dans la profondeur du coussin.

— Je peux vous assurer, Majesté, qu'Henri Concini n'a d'autre ambition et volonté que de rendre à sa bienfaitrice ce qu'elle lui a donné. Il regagnera Florence sitôt les dossiers de son père récupérés, insista à nouveau Isabella, certaine de son fait.

L'accent espagnol dont la reine n'était jamais parvenue à se défaire roula dans sa voix :

— Tant de désintéressement de la part d'un Concini ? Permettez, ma chère, que j'aie peine à le croire. Enfin, ai-je d'autre choix ? Hier encore, devant tous, le Cardinal soulignait ma mine terne et mon époux l'applaudissait en surenchérissant, me rendant plus fade encore aux yeux de mes gens ! Comme s'il ignorait combien ce froid me fait regretter l'Espagne ! Comme s'il espérait, cet infâme, que je congèle pour mieux me rompre ! Non, non, non, s'embrasa-t-elle, faisant fuir cette fois l'animal, aucun fantôme, fût-il celui de la Galigaï et de son détestable époux, ne pourrait m'interdire de le vouloir piétiné, vilipendé, rejeté, honni ! Si ces deux-là ont découvert quoi que ce soit qui ait pu lui permettre de devenir ce qu'il est, en s'offrant davantage au diable qu'à Dieu, je louerai celui qui m'en apportera la preuve. Fût-il le fils du diable lui-même ! Donc donc donc… Un souterrain dites-vous…

Isabella retint un sourire. Ainsi était la reine. Un bouillonnement permanent. Pas étonnant qu'elle ait répondu avec flamme aux ardeurs amoureuses du duc de Buckingham, songea-t-elle. D'autant que le roi passait pour peu empressé dans sa couche, lui préférant quelques jolis et valeureux garçons.

Regardant Anne d'Autriche ventiler son fard d'un battement fébrile de la main, elle hocha la tête.

— Oui, Votre Majesté. D'après les souvenirs d'Henri, il reliait l'hôtel de Tournon à l'ancien palais du Luxembourg dans lequel réside aujourd'hui le Cardinal. Hélas, Marie de Médicis a fait mander son architecte, et vérifier les plans des modifications dans l'heure. Rien n'y figure. Mais le fait que Son Éminence se soit introduite dans les appartements royaux, le 10 novembre[1] dernier…

— … prouve son existence… Je ne peux moi-même la nier, avoua la reine en laissant échapper un soupir.

1. Journée des Dupes.

Jouant de l'intimité de ce petit boudoir aux tentures mordorées et aux peintures légères, Isabella glissa sur la banquette pour se rapprocher d'elle.

Ajoutant à cette ébauche de complicité, elle baissa la voix.

— Gardez vos secrets, Votre Majesté. Un emplacement me suffira.

— Las, je l'ignore. Connaissez-vous Marie Aimée de Rohan ?

— De renom.

— Mon amie la plus fidèle. Et par conséquent, la plus détestée du roi et de son ministre. Il est vrai qu'elle a souvent comploté contre eux et ce pour me plaire, quand elle aurait dû se contenter d'être l'épouse de ce M. de Luynes tant prisé par mon époux.

À ses joues de nouveau embrasées, Isabella comprit que la mort du favori du roi n'avait rien effacé.

— Donc donc donc, s'agita de nouveau la reine. Comme tous les biens des Concini, l'hôtel de Tournon échut au duc de Luynes. Et Marie Aimée y a séjourné avant d'en être dessaisie par son veuvage et offerte à ce vieux barbon de Claude de Lorraine[1].

La reine se leva dans un froissement de soie. Dressée à son tour, Isabella la vit se diriger vers un secrétaire accolé au mur de façade. Par-delà la fenêtre, les jardins du Louvre disparaissaient sous la neige.

— Désormais duchesse de Chevreuse, Marie Aimée vit exilée de la cour, dans son domaine de Dampierre. Présentez-vous à elle de ma part…, énonça la reine en relevant élégamment le couvercle d'un encrier. Elle vous apprendra ce que je me refuse à dévoiler ici…

1. Duc de Chevreuse.

Isabella entendit la plume crisser sur le papier. Bien que l'élégance naturelle de la reine la maintienne droite, elle ne put s'empêcher de noter l'inflexion de sa voix, le discret tombant de ses épaules.

Lorsque de nouveau Anne d'Autriche se tourna vers elle, un sourire fané alourdissait la beauté de ses traits.

— Aimez-vous, mademoiselle Rosselli ?

— Oui, Votre Majesté, avoua-t-elle en acceptant le pli qu'elle lui tendit.

— Alors bénissez chaque instant. Car si vous échouez, le ministre de mon époux vous prendra tout. Pas la vie, non, ce diable-là sert Dieu en la faisant respecter, mais ce qui en fait le goût et la félicité. Pour vous punir, il vous dessèchera. Comme il m'a desséchée.

Isabella fronça les sourcils, mais, devant le geste élégant de la reine en direction de la porte, n'osa insister.

Elle la salua d'une révérence et sortit, la gorge nouée sur un doute. Le duc de Buckingham avait été assassiné en 1628 à Portsmouth alors qu'il s'apprêtait à lancer une seconde offensive pour libérer La Rochelle et l'île de Ré[1].

Son assassin, un de ses lieutenants[2], était un puritain fanatique. Aurait-il pu, aussi, être la main de Richelieu ?

1. Le siège de La Rochelle avait été mené par Richelieu en 1627, interdisant le ravitaillement par mer des protestants qui y étaient retranchés, forçant la flotte anglaise, menée par le duc de Buckingham, à reculer.

2. John Felton.

23.

La matinée durant, Lucia n'avait cessé de s'activer à la presse, soulageant Giuseppe du flot de commandes. Elle avait à peine eu le temps de s'occuper de Marie et de demander à Marco, revenu de la cour des Miracles, ce que le grand Coësre avait décidé.

Pour autant, ce n'était pas pour lui déplaire. Au contraire. Se plonger dans le travail lui apportait un répit bénéfique. Cela lui épargnait de s'attarder sur l'air bougon et préoccupé de son père, et de s'appesantir sur la ride soucieuse qui plissait le front de son époux. Ride qui avait même résisté aux facéties joyeuses de leur fille.

Elle s'était même surprise à chantonner, ce qui ne lui était pas arrivé depuis longtemps, pendant que les livrets de Pierre Corneille achevaient de sécher. Marque, une nouvelle fois, l'avait-elle compris au regard inquiet de son père, d'une désinvolture anormale.

Elle avait donc fini par prendre en compte ce que leur silence pesant suggérait. L'entité avait été libérée et pesait sur ses réactions. D'une manière ou d'une autre. Elle eût voulu s'en inquiéter. Mais elle n'y parvenait pas. Pis. Il lui semblait qu'elle était là, tapie dans un recoin de sa tête, comme une petite fille qui se serait cachée en espérant qu'on la trouverait, mais pas trop vite. Et contre toute attente, peut-être parce qu'elle avait passé des mois sur les Mémoires de Bianca Dandolo, cette perspective lui plaisait.

Perdu dans ses pensées, Marco enfilait son manteau pour se rendre à sa leçon d'escrime lorsque la porte de l'atelier s'ouvrit sur M. d'Aramitz.

La mine sombre du mousquetaire, son salut austère, suscitèrent immédiatement en elle un sentiment suspect.

Preuve que l'entité n'affecte pas tout en moi !

D'un pas rapide, elle s'avança vers lui.

— Qu'est-ce qui nous vaut l'honneur de votre visite, monsieur ? Un nouveau sonnet ? s'enquérait déjà son époux.

Elle reçut le salut embarrassé du mousquetaire avec circonspection.

— Las, c'est celui que vous m'avez livré, madame, qui me tourmente…

— Livré ?… ou perdu ? s'alarma cette fois Lucia.

Henri d'Aramitz refusa d'un geste le siège que lui présentait Marco.

— Livré, livré, insista le mousquetaire.

— La dame ne l'a-t-elle pas aimé ?

— Il eût fallu pour cela qu'elle l'ouvre elle-même. Or, je venais à peine de le lui remettre, comme un délicieux secret, lorsque le Cardinal a surgi, le lui arrachant presque des mains, au prétexte qu'un complot se trame contre lui.

— J'imagine sans peine sa surprise devant le contenu, sourit Lucia, rassurée.

Loin de se détendre, M. d'Aramitz tira sur son col comme s'il manquait d'air.

— Son teint verdit, certes, avant de se confondre avec le rouge de sa soutane. Je l'ai cru choqué par l'estampe, mais il fut saisi d'une de ses fureurs soudaines, exigeant de connaître le nom… du nouvel amant de la reine.

Lucia s'étrangla :

— Voulez-vous dire que… la reine et vous… ?

Henri d'Aramitz se tendit comme un arc.

— Palsembleu, madame ! Je ne suis ni Lancelot, ni Tristan. Si licencieuses soient-elles, mes pensées vont à Mme de Motteville. Mais nous nous trouvions devant les portes de Sa Majesté et la méprise…

— Je vois, intervint Marco, l'air soucieux.

— Bien que m'ayant entendu à ce propos, le Cardinal reste persuadé que Mme de Motteville et moi ne servons que d'intermédiaires à de nouvelles amours illicites.

— Pouvez-vous m'assurer, monsieur, que la reine est étrangère à cette affaire ? insista Lucia qui craignait d'attirer l'attention sur eux à l'heure où prudence était de mise.

Charles d'Aramitz porta la main à sa poitrine.

— Sur mon honneur.

— En ce cas, que pouvons-nous pour vous ?

— Vous avez imprimé ce billet. Vous pourrez donc affirmer que j'en suis le commanditaire. Le Cardinal souhaiterait entendre votre témoignage. Cela ne sera pas long, je puis vous l'assurer.

Elle échangea un bref regard avec Marco. Y lut la même pensée. Et si l'esclandre de Richelieu auprès de Mme de Motteville n'était qu'une mise en scène ? Si le rescapé de l'échauffourée avait remis au Cardinal le premier tirage qu'elle avait perdu dans la ruelle, assorti du compte rendu de leur combat ? Ne risquait-elle pas de tomber dans un piège destiné à la démasquer ?

M. d'Aramitz s'empara de sa paume, soudain moite.

— Croyez bien, madame, que, si ce n'était pour sauver la reine, jamais je n'aurais usé de la promesse que vous m'avez faite l'autre jour.

Marco ne lui laissa pas le temps de répondre. Sa main se posa, impérieuse, sur l'avant-bras du mousquetaire, le forçant à se tourner vers lui.

— Le Cardinal ? Accorder crédit à une femme ? J'en doute, monsieur. En revanche, avant que d'assister mon épouse, je suis maître d'armes. Auprès de plusieurs proches de Sa Majesté dont Claude de Rouvroy de Saint-Simon[1], son favori je crois…

L'œil d'Henri d'Aramitz s'illumina.

— Diable ! Je l'ignorais, monsieur. Et je m'en trouve ravi.

— En ce cas n'attendons plus. Je me rendais justement au Louvre. Je me porterai garant de vous et de mon épouse qui, outre le fait de vous avoir si bien servi, vous a remis ce livret en main propre, lui assura Marco avec un sourire confiant.

Lucia sentit de nouveau son esprit s'alléger.

— La meilleure preuve en sera la gravure que mon père a réalisée à partir du dessin que vous lui avez confié, de même que vos propres mots manuscrits. Si avec cela le Cardinal doute encore, vous n'aurez qu'à réclamer que l'on confonde votre écriture, ajouta-t-elle.

— Il n'ira pas jusque-là, madame, assura le mousquetaire en lui baisant les doigts.

1. Gouverneur de Blaye, et des châteaux de Saint-Germain et de Versailles depuis 1630.

Giuseppe, resté en retrait, se précipita pour lui remettre la plaque, emballée avec les notes, tandis que Marco s'emparait de son baudrier.

Lucia vit le sourcil du mousquetaire se soulever de curiosité.

— Lame de Tolède ?

— Florentine, rectifia Marco en bouclant le ceinturon sous son manteau.

— Rappelez-moi de la croiser un jour, pour le plaisir…

Lucia les regarda franchir le seuil comme deux nouveaux amis. Un discret pincement au cœur toutefois.

Pourvu que ce ne soit jamais par nécessité.

24.

— Je n'aime pas la tournure que prennent les événements, entendit-elle grommeler son père à peine furent-ils seuls.

Elle pivota pour lui faire face. Il avait repris le visage grave que la présence du mousquetaire l'avait contraint à abandonner. Lucia le vit enfoncer ses mains dans ses poches, un rictus de contrariété aux lèvres qu'il ponctua d'un soupir.

Il lui sembla soudain retrouver l'homme brisé par la perte de leur vie vénitienne. Un élan de tendresse la parcourut tout entière. L'atelier s'était vidé de ses clients, Jeanne et Marie s'activaient dans la cuisine, ramenant une odeur de miel chaud dans la pièce.

Elle vint se blottir contre sa poitrine, telle l'enfant d'hier, mais avec le sentiment que c'était à elle cette fois de le réchauffer.

— Tu ne devrais pas t'inquiéter, mon petit papa.

Il la serra dans ses bras, lui laissant mesurer à quel point son cœur s'était emballé dans sa poitrine. Sa voix trembla contre son oreille.

— J'ai peur, Lucia. J'ai peur parce que cette peur justement, je ne la lis plus dans tes yeux. J'ai peur parce que je retrouve ma Lucia d'avant, celle qui riait de tout, se moquait de tout à Venise. Je n'ai cessé de l'attendre depuis notre exil, je l'ai chérie dans Marie. Je devrais donc sauter de joie. Au contraire, je suis terrifié. Je sais, cela n'a pas de sens, mais… Tu sembles toi, Lucia, plus que jamais. Pourtant, depuis ce matin, je ne te reconnais pas…

Lucia resserra son étreinte. N'était-elle pas arrivée au même constat au fil des heures ?

— Tu as raison. L'entité est en moi. Je ne saurais dire de quelle manière, ni ce qu'elle attend, mais je sens qu'elle influe sur mon comportement, mes attitudes, comme si elle m'imposait de lâcher prise, comme si ma survie, celle de notre famille, passait par là. Je ne la crois pas maléfique. Au contraire. C'est un peu comme une chaleur douce au cœur de l'hiver. Un sentiment de confiance.

Pour me préparer au pire et le surmonter, faillit-elle ajouter avant de s'en garder.

Giuseppe la repoussa délicatement. Il rajusta une mèche échappée de sa tresse, songea un instant à ses cheveux coupés à la garçonne au cours de leur dernière nuit à Venise. Malgré les paroles rassurantes de sa fille, un sourire triste lui balaya le visage.

— Je sais à quel point tu espérais récupérer le grimoire, à quel point tu voulais comprendre pourquoi il obsédait ton grand-père, qui m'a même abandonné en chemin pour lui… Je l'ai souhaité aussi, Lucia, de toutes mes forces, mais plus maintenant. Non… plus maintenant…

Elle s'attendit que l'esprit de la sorcière d'Ulpian se réjouisse de ses choix d'hier, de son ardeur à retrouver le grimoire. Curieusement ce ne fut pas le cas.

Elle se sentit gagnée par un autre sentiment, qui lui fit cueillir l'ovale pesant du visage devant elle, en caresser la peau rugueuse et marquée :

— C'est fini, papa. Je te l'ai dit. J'ai compris la leçon. J'entends bien me débarrasser du crâne et de tout le reste. Sitôt que nous aurons découvert où habite Isabella, je les lui ferai porter. Qu'Henri et elle en fassent ce qu'ils veulent. Je ne laisserai ni ma soif de vengeance ni le grimoire causer notre perte. Rien ne vaut ce que nous possédons aujourd'hui, ce que nous avons reconstruit.

Elle lut le soulagement dans ses prunelles, déposa un baiser sur sa joue.

— Cesse de t'inquiéter, mon petit papa. Je suis toujours là. Peut-être plus et mieux que jamais.

Il allait l'étreindre à nouveau, apaisé, lorsque la porte de l'atelier s'ouvrit une nouvelle fois, poussée à la volée par l'un des garnements de la cour des Miracles.

— Madame Lucia ! Madame Lucia ! l'interpella-t-il sans prendre la peine de refermer derrière lui, provoquant aussitôt un regain de flambée dans l'âtre.

Avant même qu'ils ne se soient inquiétés de cette intrusion intempestive, les joues rougies par sa course, il ajoutait :

— Henri Concini ! Vite ! Vite ! Venez ! Il s'apprête à filer !

Lucia ne se posa pas davantage de questions. Le temps que Giuseppe l'exhorte à la prudence, elle avait récupéré ses lames et les avait ajustées à sa ceinture.

Saisir Henri, c'était remonter jusqu'à Isabella. En finir avec ce passé douloureux. En finir, tout court.

Elle ne laisserait pas passer cette chance-là.

À peine eut-elle quitté le cocon douillet de l'imprimerie, qu'un vent mauvais lui rabattit le capuchon sur la tête et la força à courber l'échine. Elle se concentra sur les petites traces de pas, imprimées dans la neige devant elle. Bien que voilée par les fins cristaux soulevés en rafale, la lumière restait aveuglante. Comme si, malgré l'étroitesse de la venelle, le bâti imposant des vieilles maisons, ciel et terre ne faisaient plus qu'un. Elle releva la tête, plissa les yeux. La frêle silhouette obliqua pour enfiler la rue des Enfants-Rouges. Il n'avait qu'une cinquantaine de pas d'avance sur elle. Elle entendait le sol crisser sous sa foulée, comme un écho à la sienne, à son cœur qui cognait, mal oxygéné.

Elle se pressa pour ne pas le perdre dans le flux des passants, même si tout semblait étrangement figé autour d'elle. Elle tourna l'angle de l'hôtel de Guise. Elle n'avait pas fait cent pas qu'elle vit quatre silhouettes surgir de l'ombre des façades, et se déplier tel un éventail, pour lui bloquer le passage.

Les gardes du Cardinal, comprit-elle en se figeant.

Elle aperçut l'enfant se faufiler entre eux, récupérant une bourse à la volée.

Un piège.

Refusant d'y tomber, elle fit volte-face, pour se retrouver presque nez à nez avec quatre autres.

— Cette fois, la belle, tu ne vas pas t'en tirer par une pirouette, grommela l'un d'entre eux, l'air mauvais.

Le rescapé de la rue Cours-Villain.

Le sang de Lucia se mit à pulser dans ses veines.

Marco...

Il n'était pourtant parti que depuis quelques minutes. Avait-on anticipé qu'il se rendrait au palais à sa place ?

Si ceux-là la guettaient, nul doute que Richelieu le saisirait aussi, s'affola-t-elle.

Le prévenir... Mais comment ?

Elle avisa le portail de la chapelle sur sa gauche. Le battant n'en était jamais clos. Elle repoussa l'idée. Richelieu était partout chez lui. Là plus qu'ailleurs. Ses gardes la tireraient comme un garenne, dussent-ils ensanglanter les marches. Trois avaient sorti leurs mousquets et la visaient, les autres avaient dégainé leurs rapières. Quant à percer leurs lignes ! Déjà ils se resserraient, formant un cercle autour d'elle.

Marie... papa... Hors de question qu'on s'en prenne à eux aussi.

— Rends-toi ! grinça l'homme qu'elle avait humilié dans la rue Cours-Villain.

C'était en effet la seule chose sensée à faire.

L'image de la potence, des corps qui se balançaient au bout des cordes, langue pendante, visage bleui, lui déchira le cœur. Jamais. Non, jamais elle ne finirait comme ça. Jamais elle ne permettrait que le dernier regard de sa fille sur elle soit celui-là.

Aide-moi, offre-moi ta puissance, supplia-t-elle l'entité.

Elle n'obtint pas de réponse, ne sentit aucun pouvoir « magique » venir renforcer son bras.

Seulement ce sentiment d'insoumission, de refus de la fatalité qui avait toujours fait sa force et qu'avec sa peur l'entité venait de lui rendre.

Lors, elle arracha son épée et engagea le combat.

25.

Louis le treizième avait été un enfant triste, écarté du trône par les amis trop influents de sa mère, conscient de n'avoir pas été aimé quand son cadet l'était trop. Il en avait gardé cette hantise du paraître, de la lumière, de cette effusion « à l'italienne » des gestes, des complots, de cette commedia permanente dans laquelle excellaient Concino Concini et la Galigaï. Il les avait fait taire, avait rajusté sa couronne sur sa tête, mis sa mère, puis son épouse au pas, s'était garanti l'affection et le sens de l'État de Richelieu. Mais il ne goûtait un semblant de bonheur qu'à la chasse, à la guerre, ou auprès de ses favoris successifs, dont le dernier, ce jeune duc de Saint-Simon, troublait ses sens autant que son esprit.

C'était par lui, au Louvre, alors qu'il venait de terminer sa leçon, que Marco avait été présenté pour la première fois au souverain. Louis le treizième lui avait accordé un vif intérêt avant de noter son accent florentin et de se fermer de nouveau. Si Saint-Simon n'avait été si prolixe de compliments à l'égard de son maître d'armes, sans doute Marco aurait-il perdu le plus doué de ses élèves.

Ce jour-là, avant de prendre congé, confia-t-il à Aramitz, il avait finalement arraché un sourire décrispé au roi, en évoquant son goût pour le violon.

— J'ignorais alors qu'il en possédait cent, dans ces murs mêmes, et que notre sire composait pour eux, acheva-t-il de lui raconter dans l'antichambre où Richelieu les faisait patienter depuis une quinzaine de minutes.

— Les avez-vous entendus jouer ? C'est sublime…

— Point encore, rétorqua Marco. Mais M. de Saint-Simon m'a assuré qu'il me ferait porter une invitation pour le prochain concert. De ce que j'ai pu voir en traversant le palais, l'on s'y prépare.

Et je compte bien en profiter pour épingler Isabella…, pensa Marco en retenant sa langue.

Il eût bien posé quelques questions à son sujet au mousquetaire, mais, ignorant véritablement quel jeu elle jouait et auprès de qui, en ces heures où tout pouvait basculer pour eux, il lui sembla plus avisé de rester prudent.

Henri d'Aramitz reporta son œil vers la fenêtre. La cour du vieux château venait de s'égayer à l'arrivée du carrosse royal.

— Vérifiez-le par vous-même, mon cher…

À son tour, Marco essuya la buée d'un revers de manche et plaqua son œil au vitrage. Au-dessous d'eux, dans cette blancheur presque virginale, les ors de la voiture rutilaient. Le marchepied avait été déplié. Des valets achevaient de dérouler le tapis pour préserver les souliers royaux de la neige. La jambe gainée de soie apparut, aussitôt recouverte par un épais manteau de zibeline.

— Sa Majesté revient de son pavillon de chasse à Versailles pour, justement, accorder ses violons.

— La chasse ? Par ce temps ? Le gibier est rare, s'étonna Marco.

— C'est ce qui en fait la valeur, sourit le mousquetaire en désignant Saint-Simon qui venait, à son tour, de quitter le carrosse.

Un regard entendu. Marco le lui rendit.

— Ne devriez-vous pas être à leurs côtés ?

— Mes amis le sont. Voyez.

Il désigna les cadets qui mettaient pied à terre pour escorter le monarque à l'intérieur :

— Athos, Porthos, d'Artagnan et M. de Tréville. Quant à moi…

Il ne termina pas sa phrase. Un valet venait d'écarter le battant pour les inviter à entrer.

Marco fut frappé par la sobriété de la pièce. La seule portion de mur qui ne supportait pas d'imposantes bibliothèques, ou la percée de deux étroites fenêtres, était tendue d'une tapisserie mordorée, sans relief, pour mettre en valeur le portrait d'un vieil homme dont les traits évoquaient ceux du ministre.

Son père…, comprit-il.

Le Cardinal semblait subir cette visite plutôt que de l'attendre. Assis derrière un imposant bureau en chêne, éclairé par des bougies piquées sur un candélabre, il courbait le front au-dessus du vélin qu'il griffait d'une main agile.

Il ne consentit à leur accorder son attention qu'une fois sa missive signée.

Et encore, pensa Marco en remarquant ces mains que Richelieu croisa devant lui, comme s'il entendait ne leur consacrer que le temps que mettrait son encre à sécher.

— Voici, Éminence, Marco Docciolini…

— Je sais qui est Marco Docciolini, tonna une voix grave.

Henri d'Aramitz ne se laissa pas démonter.

— En sa qualité de maître d'armes, certes, puisque rien de ce qui se passe au Louvre ne vous est inconnu, mais sans doute pas en tant qu'imprimeur.

Richelieu leva un sourcil. Sa main s'envola pour lisser sa barbiche. Il planta un œil d'acier dans celui de Marco, espérant sans doute lui faire baisser le regard.

Marco ne cilla pas. Au contraire. Il avait côtoyé suffisamment d'hommes comme lui pour savoir qu'il fallait à la fois se montrer ferme, audacieux et respectueux. Un sourire discret étira ses traits.

— Mon épouse tient cet atelier avec son père. Elle est souffrante, ce qui explique que je me présente devant vous à sa place. D'autant plus que j'étais à ses côtés lorsque M. d'Aramitz nous a confié ses vers à imprimer pour sa maîtresse, Mme de Motteville. En voici d'ailleurs les preuves…

D'un geste agacé, Richelieu s'interdit de les prendre.

— Ainsi donc vous confirmez ses dires…

— Sur mon honneur, monsieur.

— En ce cas… je ne vous retiens ni l'un ni l'autre…, déclara-t-il en baissant à nouveau le regard sur sa feuille.

Ils tournaient les talons qu'il avait déjà entrepris de la plier pour la cacheter.

Trop facile, songea Marco, saisi d'un détestable sentiment.

Il préféra attendre d'être à l'abri de toute indiscrétion pour le partager avec le mousquetaire. Point ne fut besoin. Au détour d'un couloir, ce dernier lui saisit le bras et se planta devant lui, la mine grave.

— Si je ne connaissais si bien le Cardinal…

— Nous sommes d'accord, l'interrompit Marco à voix basse.

Henri d'Aramitz hocha la tête.

— Prenez soin de vous, recommanda-t-il.

— Et vous de vos arrières. Si besoin, vous me trouverez toujours à vos côtés, monsieur. Avec ou sans ma lame.

Henri d'Aramitz lui pressa l'épaule.

— Rendez-vous à votre leçon, comme si de rien n'était. L'amitié de M. de Saint-Simon est votre meilleur atout, car je vous ai impliqué malgré moi. Je vous informerai de ce qu'il trame sitôt que je l'aurai découvert. Sans doute une réponse à cette rumeur de complot contre lui.

Marco opina du menton. Il se détourna du mousquetaire pour rejoindre la salle d'armes où déjà devait l'attendre le favori du roi.

Sa main se crispa sur la garde de sa rapière. Son pas, botté, résonna plus hardiment sur le parquet ciré.

L'œil que Richelieu avait posé sur lui avait été éloquent. S'il ignorait peut-être encore l'implication de Lucia dans la mort de ses hommes, il savait sur lui tout ce qu'il y avait à savoir. Y compris ce que les Médicis n'avaient jamais révélé sur les véritables circonstances de la mort de don Giovanni[1].

Par qui, sinon par Henri Concini ?

1. Voir tome 1. Officiellement mort de la petite vérole alors qu'il s'est jeté sur Marco l'épée au poing dans un accès de folie après avoir découvert sa femme, Livia Vernazza, énucléée sur sa couche. Le croyant coupable de ce crime, Marco ne l'a pas épargné.

26.

Ballottée dans une voiture, les mains liées dans le dos, Lucia suffoquait sous la cagoule dont les gardes du Cardinal l'avaient recouverte. Elle tentait de contenir son angoisse et de réfléchir posément.

Elle avait vite compris que, malgré la menace insistante des pistolets, on la voulait vivante. Elle s'était déchaînée plus encore, voltant, piquant, fendant, esquivant. Elle avait réussi à en blesser deux avant que tous, d'un même élan, ne l'acculent contre le mur d'enceinte de l'hôtel de Guise. Six lames sous sa gorge. Elle avait voulu s'y empaler pour mourir dignement. Transmettre cet héritage à sa fille. Mais son instinct de survie avait été le plus fort.

À moins que ce ne soit l'entité qui ait décidé à ma place, se troubla-t-elle.

Quoi qu'il en soit, ses doigts s'étaient ouverts et sa rapière avait chu dans la neige.

Depuis, elle ne doutait plus de se retrouver devant le cardinal de Richelieu. Voire devant Henri, qui était visiblement parvenu à retourner l'un des enfants de la cour des Miracles contre elle.

Par quel prodige, elle se le demandait encore. *Certainement pas avec l'aval du grand Coësre.*

Elle tenta d'évaluer la situation comme elle avait appris à le faire auprès de Marco à Venise. Après tout, elle avait déjà trouvé le moyen de confondre ses adversaires. Giorgio et Serafina Cornaro, Claude de Mesmes, Valaresso…

Leur puissance égalait celle du Cardinal à une époque où j'étais bien moins aguerrie.

Mais elle ne parvint pas à trouver de solution. Comme si une part d'elle était engourdie, prise dans de la glace. Elle avait soudain l'impression de lutter contre elle-même alors qu'elle aurait dû déployer toute son énergie contre ces hommes autour d'elle dans l'habitacle. À lui seul, leur silence était une menace. Prémices d'un sort que les cauchemars de Marie avaient dessiné en boucle.

Or l'entité était derrière ces derniers, elle n'en doutait pas davantage qu'elle ne doutait désormais de sa présence en elle. Plus seulement au travers de ces phrases qu'elle entendait parfois, comme un échange entre le crâne et elle. Non, elle la sentait. Physiquement. Pouvait-elle influer sur les événements comme sur ses émotions ?

Oui. Elle l'a fait à Venise pour me guider jusqu'au crâne. Je suis sûre qu'elle pourrait délier ces liens, me rendre toute-puissante !

Mais rien ne vint. Elle s'enragea.

À quoi me sers-tu donc ? Qu'attends-tu de moi ?

La réponse fusa, immuable.

Bianca Lucia.

Pour la première fois, ce lui fut insupportable.

Hors de question que je laisse un fantôme régir plus longtemps ma volonté. Je dois m'arracher de là ! Pour Marie.

Le hurlement qui déchira l'intérieur de son crâne balaya tout avant qu'elle ait pu esquisser le moindre geste. Elle sentit son corps se liquéfier, ses pensées, ses souvenirs fondre. Elle sombra dans une torpeur oppressante et aveugle, la bouche emplie d'un goût de fer, les narines d'une odeur de sang quand elle peinait déjà à respirer.

Il lui sembla voir se dessiner devant ses yeux la couverture de cuir du grimoire. Un cuir tanné, habité en son centre par un crâne ricanant.

Qu'est-ce que tout ça veut dire ?

Lorsque la voiture s'immobilisa, elle était prête au pire. Parce que le pire, soudain, c'était cela. Être emmurée dans son propre esprit, à la merci des sursauts du diable.

Elle se sentit arrachée du fiacre par une poigne solide, jetée sur une épaule tel un vulgaire ballot. Elle s'agita, ne réussit qu'à obtenir d'être maintenue plus fermement.

Bien vite, l'air vif céda place à un autre, dont elle fut incapable de déterminer la nuance. Il faisait plus doux, mais elle ne perçut, depuis la cagoule qui lui recouvrait le visage, aucun de ces parfums capiteux qui régnaient dans les palais ou les hôtels particuliers. Seulement celui du cuir contre lequel le tissu, sur sa joue, frottait. Elle comprit qu'ils descendaient des marches, puis sentit peu à peu le mordant de l'humidité.

Où m'emmènent-ils ? s'alarma-t-elle plus encore. Elle avait entendu battre un briquet, devinait qu'une torche guidait ces hommes, mais elle n'en percevait pas même la lueur. Un instant elle craignit d'être devenue aveugle. De nouveau pourtant elle sentit son angoisse se lisser d'elle-même.

Pourquoi ? Pourquoi me fais-tu cela ? Je n'ai voulu que protéger ma famille comme toi la tienne ! Laisse-moi réfléchir, me sortir de là ! supplia-t-elle l'entité, au moment où, soulevée de l'épaule qui la portait, elle trouva sans ménagement le contact du sol.

On l'assit sans plus d'égards en lui arrachant sa cagoule.

Une peur panique coula enfin en elle. Comme si l'entité elle-même s'y abandonnait. Ses yeux roulèrent de l'homme qu'elle avait blessé dans la rue Cours-Villain, aux griffures inégales de la pierre autour d'elle, que la lueur dc la lanterne dessinait. Elle se trouvait dans une grotte d'où de nombreux boyaux partaient.

Elle déglutit. Il s'accroupit, piqua son poignard devant elle et croisa les poings sur le manche.

— Que croyais-tu ? Que j'allais me vanter de tes exploits devant le Cardinal ?

Il agit de son propre chef.

Il lui sembla soudain que ses facultés se réveillaient en bloc.

Elle reprit aussitôt contenance.

— Tu aurais très bien pu obtenir réparation devant ma rue. Si tu m'as emmenée là, c'est pour une autre raison. Que veux-tu ?

L'œil se fit noir. Pourtant Lucia jura y déceler une pointe d'admiration.

— Un complot se trame contre le Cardinal. Nous étions chargés de le déjouer. Or, ta présence autant que ta brillante démonstration nous en ont empêchés. Fort heureusement, ma jolie, tu as laissé échapper ceci…

Il lui brandit le sonnet d'Aramitz sous le nez. Elle ne cilla pas. Haussa les épaules.

— Je ne sais rien à propos de ce complot.

Elle sentit sa lèvre exploser, ses vertèbres craquer sous l'impact de la gifle.

— Mauvaise réponse, maugréa-t-il en rajustant sa chevalière.

Un semblant de vérité lui vaudrait peut-être sa clémence. Elle se devait d'essayer.

— J'étais sur les traces d'une femme que j'ai suivie et vue entrer dans cette maison.

Un sourcil se releva.

— Une femme ? Quelle femme ?

— Isabella Rosselli. Une courtisane, très prisée à Venise, d'où je viens. J'ai été surprise de la voir ici. Ma curiosité naturelle a pris le dessus, c'est tout.

— C'est tout ?

— Oui, c'est tout, affirma-t-elle en capturant son œil de fouine.

Un rire mauvais déforma le visage du garde, l'assurant qu'il ferait tout pour lui en arracher davantage. Sans doute dans l'espoir de plaire au Cardinal. Ensuite, vraisemblablement, il la tuerait.

Elle s'efforça de ne pas céder à la panique. L'homme leva la main. Elle se tétanisa pour mieux encaisser le coup tout en gardant sa dignité. Mais il nc vint pas.

— Deux Vénitiennes. L'une qui intrigue contre le Cardinal, l'autre qui défait ses gardes… Et tu espères me faire croire à une coïncidence ? Qui t'a appris à te battre ?

— Mon époux, Marco Docciolini. Il est en ce moment même au Louvre, auprès de M. de Saint-Simon dont il est le maître d'armes. Renseigne-toi.

Elle le vit vaciller sur ses certitudes. Elle insista :

— Je n'ai fait que me défendre quand toi et tes hommes vous vouliez m'occire. J'étais dans mon droit. Tu n'as pas celui de me retenir ici. D'autant moins que mon époux fera jouer ses relations pour me retrouver. Ce qui implique que le Cardinal remontera jusqu'à toi.

Il se déplia et elle crut avoir gagné. Elle appuya.

— Tu n'as aucune envie que mes « exploits » s'ébruitent et je tiens à ma tête. Restons-en là…

Le coup de pied qu'il lui décocha dans le ventre la plia en deux en la privant de souffle.

— Il faudrait pour cela que je te croie. Or, tu oublies un détail, ma jolie. Ce traîne-misère que mes hommes ont alpagué devant la rue Cours-Villain. Vif quant à ses propres intérêts. Il avait un nom en bouche. Celui pour qui tu t'es précipitée dans mes bras… Henri Concini. Un grand ami du roi lui aussi ? ricana-t-il.

Lucia cracha un filet de sang. Inutile d'en dire davantage. Il retournerait chaque argument contre elle. Et elle ne pouvait rien espérer de la part des cinq autres dont le sourire cynique traduisait bien leur satisfaction de voir venger la mort de leurs collègues. Elle se sentit agrippée par les cheveux, tirée en arrière. Elle étouffa un cri de douleur.

— Tu n'aimerais pas qu'il arrive méchant sort à ta fille, n'est-ce pas ?

Sa vue, son esprit se troublèrent. Elle se retrouva soudain projetée dans celui de la sorcière d'Ulpian, en 1555, quelques minutes avant que ses bourreaux ne la décapitent. Lucia ressentit de plein fouet son effroi à l'idée qu'ils découvrent et violentent Bianca, en même temps que la terreur de penser Marie entre leurs mains lui bloquait le souffle. Une fureur sans nom la submergea.

Elle se débattit, s'arrachant presque les cheveux pour échapper à cette autre main qui lui écrasait le visage, voulait l'étouffer sous sa pression. Elle en mordit la paume, suppliant l'entité de la libérer de ses liens, de terrasser ces chiens. Elle ne reçut que coups de pied et de poing.

— Aide-moi ! hurla-t-elle, les saisissant, ahuris, un instant.

Durant cette accalmie, Lucia vit cette femme recroquevillée, les doigts tendus, suppliants, vers des souliers à boucle, mais refusant d'appeler la magie noire à son secours. C'est à cet instant qu'elle comprit le sens véritable de ces mots martelés jusque-là.

Bianca Lucia. Lumière blanche. Elle en était la gardienne à présent.

Mourir... pour sauver Marie.

Alors elle se recroquevilla et les laissa frapper, frapper, jusqu'à ce qu'elle n'entende et ne voie plus rien.

27.

Pour la énième fois, l'œil de Giuseppe accrocha la pendule. Cela faisait plus de deux heures que Lucia s'était élancée à la suite du petit. Il commençait à trouver le temps long. D'autant qu'il s'était imaginé qu'elle ramènerait Henri Concini à l'atelier. Ah, tenir ce scélérat en face de lui ! Si, à Venise, il s'était désolé de lui avoir botté les fesses devant Isabella Rosselli, il jubilait à l'idée de recommencer. Cette fois à juste titre !

Il soupira bruyamment devant l'âtre qu'il venait de regarnir. À présent, il se doutait que Lucia avait dû le conduire à la cour des Miracles, où la discrétion était de mise.

Elle pourrait au moins m'envoyer un émissaire ! se languit-il en essuyant ses mains à son tablier.

— Un souci, Giuseppe ?

Jeanne venait de passer sa tête ronde dans l'entrebâillement de la porte de la cuisine. Il rougit, comme chaque fois qu'elle le prenait en flagrant délit de gourmandise ou de laisser-aller.

— Non, non…

Le sourire de Jeanne s'élargit, alourdissant ses joues pouponnes. Elle s'avança vers lui d'un pas décidé.

Coincé par la proximité de l'âtre et l'angle du fauteuil, il ne put reculer et resta là, stupide, à chercher une contenance.

— Eh bien quoi ? Je ne vais pas vous manger ! se moqua-t-elle en se plantant devant lui, les poings sur les hanches, si près qu'il s'embrasa plus encore que le foyer.

Il chercha une repartie intelligente, mais le temps qu'il se racle la gorge, trouve le courage d'affronter ces lèvres frémissantes, ce regard empli d'autant d'espoir que de promesses, Marie poussait un tel hurlement que Jeanne pivotait pour courir en direction de l'escalier.

Aussitôt, se reprochant une fois de plus sa couardise, il fonça lui aussi jusqu'à la chambre de l'enfant.

Jeanne s'était déjà agenouillée auprès de Marie, arrachée de sa sieste par un cauchemar, comprit-il en voyant les sanglots qui agitaient la petite poitrine. C'était la première fois qu'un mauvais rêve survenait dans la journée. Une réminiscence des événements de la nuit ? L'influence de l'entité ? Jusqu'à quel point en était-elle affectée ? Autant que Lucia ?

Retenant un nouveau soupir, il s'appuya, impuissant, contre le montant de la fenêtre.

— Là, là, c'est fini. C'est fini, voulut la calmer Jeanne en la prenant dans ses bras.

Mais Marie la repoussa violemment, les yeux soudain exorbités en direction de son grand-père.

— Patir. Ite ! Ite !

Comme ils restaient saisis, elle sauta du lit, d'une main alla s'accrocher au linteau, de l'autre au gilet de Giuseppe.

— Ga'de ! Pape ! Gaa'de ! Ite !

Giuseppe écarta les battants pour les refermer immédiatement, livide.

— Quoi ? Quoi ? bredouilla Jeanne, défaite, tandis que Marie, vive comme l'éclair, lui tendait ses souliers qu'elle venait de ramasser.

— Des gardes du Cardinal. Une dizaine. Accompagnés d'un homme en noir. Ils viennent de tourner la rue.

— Ite ! Ite, insistait Marie en trépignant, épouvantée.

N'attendant pas qu'on la chausse, Giuseppe l'enleva dans ses bras.

— Emportez une couverture ! ordonna-t-il à Jeanne en s'élançant dans l'escalier.

Mais Jeanne, qui avait fourré les petits souliers dans sa poche, s'en était déjà emparée. À peine parvenaient-ils en bas qu'on tambourinait violemment à la porte.

— Une chance que je l'aie bouclée pour travailler en paix, murmura Giuseppe en se glissant dans la cuisine.

— Vous croyez que cela va les dissuader ? trembla Jeanne en enveloppant Marie dans le drap de laine.

— J'en doute. Filons.

Il refermait la porte de la cour intérieure derrière lui que celle de devant s'ouvrait, enfoncée.

Refusant de regarder en arrière, le souffle court de Marie dans son cou, Giuseppe laissa Jeanne déverrouiller en hâte le portillon et sortit derrière elle dans la rue voisine. Il manqua glisser sur la neige tassée par les rares voitures qui circulaient, hagard soudain devant ce miroir étincelant.

Le crâne. J'ai laissé le crâne..., s'affola-t-il en songeant aux possibles conséquences pour Marie et Lucia.

Quelles chances pour qu'ils fouillent la maison s'ils étaient seulement venus arrêter Lucia pour l'incident de la rue Cours-Villain ?

Aucune, se rassura-t-il.

— Restez pas planté là, le houspilla Jeanne en le prenant au coude.

La remarque le fouetta plus que ce vent qui cinglait. Il la suivit aussi vite que sa charge le lui permettait. Rue Sainte-Croix-de-la-Bretonnerie, Jeanne s'immobilisa au milieu du flux des passants. Giuseppe la bénit de l'avoir entraîné dans cette direction. Quel que soit le temps, cette artère qui débouchait sur les halles était toujours encombrée. Elle se posta devant lui, rajusta la couverture autour de Marie qui, comme eux, les lèvres bleuies, grelottait.

— Il faut prévenir Lucia. Aller à la cour des Miracles, dit-il, la voix hachée par l'effort.

— Croyez-vous donc qu'ils n'ont pas déjà cerné le quartier ? Retourner en arrière nous jetterait dans leurs pattes. De plus, nous ne tiendrions guère là-bas en si pauvre tenue, et Marie moins encore. Allons chez ma sœur. Ce n'est pas à côté, mais plus sage… J'enverrai mon neveu auprès de Lucia.

Un tonnelier les invectiva depuis sa charrette à bras. Ils se décalèrent pour lui céder passage. Leurs doigts se frôlèrent. Cette fois l'œil de Giuseppe ne dévia pas. Il captura celui de cette femme qui l'avait troublé au premier regard.

— Je crains de vous avoir attiré dans de sombres ennuis, Jeanne. Et sans même un manteau.

Elle sourit.

— Bah, avec un peu de courage, vous m'en ferez un de vos bras… Pour le reste, on s'arrangera. Marchons, ou nous allons geler sur place.

Se promettant de ne plus surseoir à l'appel de ses sentiments pour elle, il hocha la tête. Elle se colla à lui pour qu'ils se nourrissent mutuellement de leur chaleur, puis, devenus bloc, ils se fondirent à la foule.

28.

Le craquement soudain, ajouté à la violente bascule de la voiture, arracha un cri de surprise et de douleur à Isabella. Elle frotta son épaule endolorie par le choc contre le montant de la porte et l'ouvrit péniblement. Aussitôt une bourrasque blanche lui fouetta le visage, ajoutant à son agacement. Jusque-là, toute à ses pensées, elle n'avait pas mesuré à quel point les chutes de neige s'étaient intensifiées.

Il ne manquait plus que ça ! se renfrogna-t-elle en apercevant le cocher, silhouette épaisse sous le cuir huilé de son pluvial, déjà penché sur la roue avant-gauche.

Resserrant les pans de son manteau de fourrure autour d'elle, elle sauta dans l'épais tapis qui recouvrait la route.

— Réparable ? demanda-t-elle en arrivant à sa hauteur.

L'homme se redressa. Dans ce décor aux blancheurs irréelles, son nez ressemblait plus encore au bec d'un corbeau.

— Pas dans ces conditions. L'ornière est trop profonde, je n'ai rien pour faire levier, répondit-il d'une voix aussi sombre que nasillarde.

Isabella retint un soupir.

— Un relais à proximité ?

— Faudrait déjà que je sache où on est ! Par ce temps, tout ce dont je suis sûr, c'est du chemin ! Et encore parce qu'il est bordé de peupliers ! bougonna-t-il.

— De toute manière nous n'avons pas le choix. Dételez les chevaux.

Il hocha la tête et s'y appliqua tandis qu'elle récupérait quelques effets dans le fiacre. S'ils ne trouvaient pas un refuge au plus tôt, ils seraient vite morts de froid.

Sans avoir seulement pu embrasser d'Artagnan, songea-t-elle avant de chasser cette sombre pensée.

Elle avait chargé Planchet de l'avertir qu'elle se rendait à Dampierre chez Mme de Chevreuse, seule capable de lui révéler l'emplacement du souterrain dans lequel Henri Concini espérait retrouver les dossiers de son père. Sans ces intempéries, elle aurait pu être revenue de là-bas au milieu de la nuit.

Au lieu de cela !

Elle ne devait pourtant s'en prendre qu'à elle-même. Le cocher l'avait avertie que le mauvais temps s'intensifiait, que la route deviendrait malaisée, voire impraticable, qu'en conséquence un cheval vaudrait mieux qu'une voiture. Elle avait refusé de prendre froid. Faute de quoi ils avaient roulé au pas et étaient désormais bloqués.

Elle se présenta devant la jument qu'il lui destinait, furieuse contre elle-même. À cause de son entêtement, d'Artagnan allait s'inquiéter pour elle.

— Je n'ai pas de selle à vous offrir, madame.

— Je suis déjà montée à cru.

Elle haussa les épaules devant son air sceptique.

— Pas en vêtements de femme, je vous le concède. Mais si vous croyez que relever mes jupons m'indispose, vous me connaissez mal !

Elle empoigna le licol, accepta le creux de ses paumes en guise de marchepied. Elle se retrouva aussitôt propulsée sur le dos de l'animal.

Elle venait à peine de rajuster sa posture qu'un hurlement sauvage déchira le silence laiteux. Comme sa jument, les deux chevaux encore en attelage s'agitèrent, roulant des yeux fous.

Alors qu'elle était déjà prête à détaler, elle vit le cocher se précipiter pour les détacher.

— Je les laisserai pas se faire dévorer sur place ! se justifia-t-il.

— Je ne vous le demande pas, mais pressez-vous !

Elle hésita à s'élancer sans lui. Incapable de se repérer, aveuglée par le grésil, elle serait vite égarée. À la merci des loups.

Un second hurlement, plus proche, fit trépigner sa monture. Craignant de la voir se cabrer, elle resserra davantage son emprise.

— Hâtez-vous !

L'homme n'eut pas besoin de claquer le cul de ses bêtes. Sitôt libérées de leurs entraves, elles filèrent au grand galop. Isabella eut toutes les peines du monde à retenir la sienne, attirée par le mouvement.

— Holà ! Ho ! la calma le cocher avant de détacher celle qu'il s'était réservée, de lui empoigner la crinière et de se hisser sur sa croupe.

— Collez à moi. Quoi qu'il arrive ! lui recommanda-t-il.

Elle s'élança derrière lui, une seule idée en tête. Distancer cette meute affamée qui se rapprochait.

Elle ne relâcha sa tension qu'en apercevant la lueur d'une de ces lampes-tempête que les aubergistes accrochaient au bout d'une pique devant leur enclos. Elle aurait été incapable de dire depuis combien de temps elle chevauchait, ni quelle distance ils avaient parcourue. À certains endroits, l'épaisseur de neige avait contraint les chevaux à ralentir d'eux-mêmes.

Lorsque, le portail bouclé derrière elle, elle mit pied à terre, ses jambes tétanisées tremblaient autant que celles de sa monture. Elle était fourbue et glacée.

— Qu'est-ce donc que vous y avez fait à ces pauv' bêtes ? s'inquiéta le garçon d'écurie précipité devant leurs naseaux écumants.

— Prenez soin d'elles, lança-t-elle pour toute réponse, en même temps qu'une pièce puisée dans la bourse qu'elle portait à la ceinture.

Elle se tourna vers le cocher, prêt déjà à trouver un coin de paille pour s'y laisser tomber.

— Vous venez ?

— Dans l'auberge ? s'étrangla-t-il.

Isabella haussa les épaules.

— Vous m'avez sauvé la vie. Ça mérite un bon repas et un lit. Et ne faites pas cette tête ! Il m'arrive aussi d'être de bonne compagnie.

Il tordit la bouche, la défroissa devant le sourire franc qu'elle lui retourna et lui emboîta le pas.

29.

Ils arrivèrent transis chez la sœur de Jeanne. Bien que douillettement maintenue dans la double chaleur du corps de son grand-père et de la couverture qu'il resserrait autour d'elle, Marie se mit pitoyablement à tousser à peine la porte se fut-elle refermée sur eux.

Comme si elle avait attendu d'être à l'abri pour se laisser aller, pensa Giuseppe.

— Bon sang, d'où venez-vous en pareille tenue ? Par ce froid ! s'affola Constance en la lui prenant des bras.

— C'est une longue histoire, nous te la raconterons au souper si tu veux bien nous héberger quelques heures, chevrota Jeanne entre deux claquements de dents.

— Évidemment. Vous êtes ici chez vous. Quant à cette petiote, rassurez-vous, monsieur de Seva. Elle n'a pas de fièvre, affirma-t-elle après lui avoir tâté le front.

— Ze tousse. Et z'ai froid. Là ! indiqua Marie en portant la main à sa poitrine.

Constance échangea un regard entendu avec Jeanne qui venait d'entraîner Giuseppe devant l'âtre flamboyant.

— Tu veux que je te frictionne ?

Marie leva vers cette brune avenante un regard chargé d'évidence.

— Ben vi. Il est où le bébé ?

— Il dort. Alors chut !

Marie hocha la tête, courba la nuque en avant et s'abandonna aux mains savantes qui, déjà, lui pétrissaient les épaules.

— Quelle chipie ! Je ne l'ai pas vue une seule fois ici manquer de réclamer l'un des massages de ma sœur. Dût-elle s'inventer un mal imaginaire, chuchota Jeanne tandis que la chaleur commençait à rayonner dans leur dos.

Elle avait espéré dérider Giuseppe, mais il garda les lèvres pincées.

— Tout va bien ?

Il accepta enfin de se tourner vers elle.

— Je ne serai tranquille que lorsque Lucia sera en sécurité. Je file au fief d'Alby. Je ne serai pas long.

Il ne put faire un pas. S'arrachant brutalement des bras de Constance, Marie vint s'agripper à ses jambes.

— Non non non non ! se remit-elle à hurler, paniquée.

Désemparé, il chercha de l'aide.

Constance s'en fut ouvrir une porte d'où jaillit une bouffée d'air froid.

— Élias ! Viens donc par là, appela-t-elle avant de se tourner vers l'imprimeur, auquel Marie s'agrippait toujours.

— Mon fils sait où trouver ces chenapans. Je l'ai déjà envoyé leur porter des hardes. Cessez de vous inquiéter, monsieur de Seva. Occupez-vous de la petiote. La soupe est chaude et mon mari ne va pas tarder.

— Te plaît, pape !

Il hésita devant son regard suppliant, céda en reconnaissant le gaillard roux âgé d'une quinzaine d'années qui refermait le battant de la remise. Il était déjà venu plusieurs fois chez eux dans le sillage de Jeanne.

— On a besoin de toi, mon garçon. C'est urgent, lui assena sa mère d'un ton grave.

— Très bien. Monsieur de Seva, le salua-t-il chaleureusement avant de froisser les boucles de Marie d'une main affectueuse.

Giuseppe le remercia puis lui donna ses consignes pendant que Marie le regardait enfiler sa pelisse.

— T'inquiète plus, Chouquette ! Je m'occupe de tout !

Il lui lança un clin d'œil complice, puis rabattit la porte de la rue sur lui.

— Viens, maintenant, je vais te servir un peu de soupe dans la cuisine, l'entraîna Jeanne.

— Vi. Gargouillis a faim.

— Eh bien, de toi à moi, il n'est pas le seul !

— Vous devriez vous détendre, Giuseppe, lui conseilla Constance, lorsqu'il se retrouva seul avec elle au milieu de la pièce.

Il dodelina d'un pied sur l'autre.

Comment lui dire l'angoisse qui le tenait de savoir sa fille en danger ? Non qu'il regrettât d'avoir accompagné Jeanne, encore moins d'être là pour cette enfant qu'il chérissait. Mais en quelques minutes, son agression vénitienne, le saccage de son imprimerie… Ce souvenir avait explosé dans son cœur, ravivant sa peur d'alors, sa peur qu'ils s'attaquent aussi à Lucia.

Un cauchemar qui reprenait corps dans leur réalité.

Oui, comment lui expliquer ?

Il n'en eut pas besoin.

Devant son regard perdu, ses bras ballants, Constance ouvrit un buffet en bois de merisier.

— Les assiettes sont là… vous trouverez les couverts dans le tiroir.

Il resta quelques minutes de plus immobile, stupide, tandis qu'elle filait en cuisine. Puis, jugeant qu'il n'y avait, finalement, rien d'indécent sinon l'usage, pour un homme, à mettre le couvert, il s'occupa les mains à défaut de la tête.

Ainsi que, adroitement, Constance venait de le lui suggérer.

30.

Un convoi ayant versé ses ballots en plein milieu de la rue Saint-Honoré, Marco avait dû la contourner par des ruelles recouvertes d'une neige durcie et, à plusieurs reprises, s'accrocher aux murs des habitations pour éviter de chuter. Finalement, il s'était arrêté chez un ferronnier qui invitait le chaland à essayer ses « grippe-glace », sortes de plaques hérissées de pointes qu'il avait solidement liées à ses semelles par des sangles de cuir.

Depuis, s'il marchait d'un pas plus sûr en direction de la rue de Paradis, son esprit restait préoccupé.

Sa leçon avait été interrompue à deux reprises par le roi, contrarié par ses violons. À la première incursion royale, il avait trouvé cela légitime, M. de Saint-Simon ayant l'art de l'apaiser d'un simple rire. À la seconde, il avait tiqué. D'autant plus que Louis le treizième s'était saisi d'une rapière et l'avait invité à tester son jeu. Marco s'y était prêté, laissant Sa Majesté emporter la joute, tel que de coutume.

Loin de l'effet escompté, il n'en avait retiré qu'un rictus méprisant :

— Je vous imaginais plus vaillant, monsieur. À moins que vous ne soyez comme tous les Italiens, habile à ne pas déplaire. Dommage, l'avait-il toisé avant de tourner les talons.

— Contrairement à ce qu'il prétend, il ne supporte pas d'être pris en défaut. Vous avez bien fait de ménager sa susceptibilité, l'avait rassuré M. de Saint-Simon sitôt la porte de la salle d'armes refermée.

Mais Marco en avait gardé une certaine amertume.

Il avait enseigné quelques passes supplémentaires à son élève, l'avait félicité de ses progrès puis s'était retiré, traversant des salles froides, sinistres malgré leurs dorures et les somptueux tableaux des peintres italiens qui les ornaient.

La plupart du temps, quand Louis le treizième donnait des fêtes, c'était pour saluer ses violons. Quant aux courtisans, il les exécrait et en admettait peu. L'inverse de ce que Marco avait connu dans les palais vénitiens. Même si, ici, la ronde des masques était la même. On se travestissait sous la poudre et le fard.

Il parvint devant l'imprimerie à la tombée de la nuit et fut aussitôt saisi d'inquiétude devant les volets ouverts, l'obscurité qui avalait l'intérieur au travers des vitres de la devanture.

Il arracha sa rapière, poussa du pied la porte qui bâillait légèrement, visiblement forcée.

Son angoisse monta d'un cran. Il héla les siens.

Un silence glacial recouvrait la demeure.

Le courant d'air ranima quelques braises dans l'âtre, éclairant faiblement le désordre. Il avança avec précaution jusqu'à l'emplacement d'une lampe, la rapporta, le cœur battant toujours la chamade, devant les brandons pour en enflammer la mèche. Tenaillé par la peur de découvrir sa famille passée par le fil d'une épée, il promena sa lampe, appela de nouveau.

Rien en bas. Tout avait été renversé, crevé, jusqu'aux piles, prêtes à la livraison, du livret de M. Corneille. Il grimpa les marches de l'escalier quatre à quatre, écorchant méchamment le bois sous la morsure de ses semelles cloutées, manquant choir, mais refusant de prendre le temps de les enlever. À mi-hauteur, son œil tomba sur une des chaussures de Marie. Il lui sembla que son cœur explosait dans sa poitrine. Il s'engouffra comme un fou dans les chambres.

Vides.

Dans le bureau de Lucia, il trouva le même désordre qu'ailleurs. Le coffre avait été ouvert. Le crâne autant que le journal de Bianca Dandolo avaient disparu.

Une rage sourde lui fit écraser le poing contre le mur.

Douleur contre douleur.

Pourquoi s'emparer des siens puisqu'ils avaient trouvé ce qu'ils étaient venus chercher ?

Mâchoires serrées, il redescendit l'escalier, hésita quelques secondes à interroger son voisin. Qu'apprendrait-il qu'il ne savait déjà ?

Il sortit sans prendre la peine de refermer derrière lui. Son seul trésor était cette famille qu'on venait de lui ravir. Et ce « on » avait un nom plus que jamais abhorré :

Henri Concini.

Un seul pouvait l'aider à le trouver, si ce n'était déjà fait.

31.

Le couvert mis, Giuseppe avait parcouru du regard la pièce, impeccablement cirée du plancher au plafond marqué de solives imposantes. Entre les poutres, les murs blanchis à la chaux devaient renvoyer la lumière des fenêtres à meneaux qui s'ouvraient en façade. Quant au mobilier patiné amoureusement, il reflétait l'atmosphère chaleureuse et cossue du lieu.

Il avait finalement remarqué un chat tigré, couché sur l'un des coussins d'assise, mais lorsqu'il avait voulu le caresser, l'animal, solitaire, l'en avait dissuadé d'une morsure légère.

Impuissant, obsédé par ces fantômes du passé qui menaçaient de nouveau sa famille, il s'était laissé choir sur une autre chaise, refusant d'entrer dans la cuisine pour ne pas communiquer son angoisse à Marie. Il l'entendait rire par intermittence aux dernières facéties des enfants de la maison que Constance rapportait à Jeanne.

Finalement, las de regarder la pendule égrener les secondes, il avait fini par se ronger consciencieusement les ongles.

— Bel exemple pour Marie ! s'indigna Jeanne en se plantant devant lui, inquiète de ne pas le voir les rejoindre.

— Que voulez-vous donc que je fasse d'autre ?

— Vous changer par exemple, s'adoucit-elle devant son œil douloureux.

Il haussa les épaules.

— Je suis sec.

Constance venait d'apparaître à son tour, Marie dans son sillage.

— Alors aidez-moi à coucher la petite. Elle ne veut que vous.

— Vi. Ien pape, insista-t-elle en lui tendant les bras.

Il la souleva et monta l'escalier.

Trois histoires plus tard, Marie dormait enfin.

Au bas des marches, il se trouva nez à nez avec Jean, le mari de Constance, revenu de son atelier de peausserie contigu au logis. Un géant roux aux yeux rieurs, qui lui broya la main avant de l'inviter à passer à table, où Constance venait de déposer la soupière.

Lors, entre deux louchées, et après les avoir remerciés tous deux de leur accueil et de leur discrétion, il raconta l'essentiel : l'échauffourée de Lucia dans la rue Cours-Villain, l'aide que leur avait promise le grand Coësre et finalement ces gardes qui les avaient contraints à fuir.

Il venait à peine d'évoquer Richelieu qu'il vit Jean bondir de son siège en bout de table. D'un mouvement d'humeur, le maître de céans planta son couteau sur le bois du plateau.

— Ce Cardinal n'est qu'une charogne ! Je lui frotterai volontiers le cuir jusqu'à ce qu'il soit bon à ébouillanter !

— Calme-toi, le reprit Constance, en lui tapotant le dessus de la main, avant de se tourner vers l'imprimeur.

— Excusez-le, monsieur de Seva.

— Cré bon sang ! Et de quoi m'excuserait-il ? s'emporta le colosse.

Indifférent au soupir navré de son épouse, qui, le comprit Giuseppe, s'inquiétait surtout de voir sa colère réveiller les enfants, il battit de l'index.

— C'est à ses arguments que je dois d'avoir investi dans la compagnie des Cent-Associés. Ah, des fourrures, il en a promis ! Par centaines ! Et des navires chargés à déborder des cales par-ci ! Et des fortunes à engranger par-là ! Tu parles ! Avant même que ça rapporte un sou, tout était confisqué, les bateaux coulés ! Décimée par la flotte anglaise en Nouvelle-France, la compagnie de M. de Richelieu ! Et vous savez pourquoi, Giuseppe ?

En vérité, ce dernier s'était peu penché sur la question. Mais son sourire embarrassé ne troubla pas Jean, emporté par la rancune. Il se rinça la gorge d'un peu de vin, reposa le gobelet avec aussi peu de délicatesse que son poignard, ajoutant une tache au trou qu'il venait de faire dans la table.

— À cause du siège de La Rochelle !

— Tu t'égares, Jean, tenta une nouvelle fois de l'apaiser Constance.

Mais il n'entendit rien.

— La Rochelle, parfaitement ! Fallait bien qu'ils se vengent d'avoir été repoussés ! Notez, Giuseppe, que je comprends la vengeance ! Mais ça remplit pas les gamelles. C'est en vivant chichement que j'ai réussi à éviter la ruine ! Oui, chichement ! répéta-t-il avec une pointe d'amertume qui fit tomber le nez de Giuseppe dans son assiette, regrettant soudain d'imposer sa présence.

Comme s'il avait pu lire dans ses pensées, Jean la lui fit relever d'une grande claque sur l'omoplate.

— Tout ça pour dire que c'est pas demain qu'on laissera mourir de faim et de froid des ennemis du Cardinal. Mange, mon ami ! Chaque goulée, c'est une déculottée que tu me permets de lui donner !

Et pour faire bonne mesure, il lui tendit un gobelet d'étain empli d'une eau-de-vie.

— Je la distille moi-même ! Peau de serpent ! Une merveille ! ajouta-t-il gaillardement.

La gorge en feu, Giuseppe faillit s'étrangler.

Plus encore lorsque la porte s'ouvrit sur Élias, les joues rouges d'avoir couru.

— J'ai fait aussi vite que j'ai pu. Ils n'ont pas vu Mme Lucia là-bas, annonça-t-il, le souffle court.

Un silence tomba sur la demeure, plombant le cœur suspendu de Giuseppe.

— T'es sûr, garnement ?

— Sûr, pa ! Je suis passé par l'imprimerie au retour, à tout hasard. Le battant pendait. J'ai appelé Marco. Personne ne m'a répondu, alors j'ai pas osé entrer.

Bouleversé d'angoisse, Giuseppe se dressa.

— Marco termine en général assez tardivement avec M. de Saint-Simon. Hors de question qu'il tombe dans une embuscade. J'y vais.

— Et risquer de te faire prendre ?

— C'est ma fille, Jean ! objecta-t-il dans un sursaut d'humeur.

— Raison de plus ! Elle ne voudrait certainement pas qu'il t'arrive malheur si l'occasion t'est donnée de l'éviter. Personne ne me connaît, mieux vaut que j'y aille !

De nouveau Giuseppe vacilla sur ses certitudes. D'un côté, il n'en pouvait plus de ne rien faire. De l'autre, son nouvel ami avait raison. Pris, il n'aiderait personne.

Jean mit le temps de son hésitation pour allonger son pas jusqu'à une patère.

— Tu as bien dit que le grand Coësre était votre ami ?

— Oui, se résigna Giuseppe en se rappelant la réaction de Marie une heure plus tôt.

La nuit était tombée. Mieux vaudrait qu'il soit là, auprès d'elle, lorsqu'un de ces terribles cauchemars surviendrait. Eux ou le comportement étrange que l'entité lui avait dicté la veille. Qui pouvait savoir cette fois ce que cette possession engendrerait ?

— Je vais aller le trouver. Nous ne serons pas trop de plusieurs pour éliminer les hommes du Cardinal et les faire disparaître, expliquait Jean en enfilant son manteau.

Giuseppe tiqua.

— Entrer dans la cour des Miracles est une chose. Parvenir jusqu'à lui une autre.

— Y a bien un moyen, non ?

Giuseppe réfléchit quelques secondes puis hocha la tête.

— Oui. Fabien.

Nuit du 11 au 12 janvier

32.

L'obscurité régnait lorsque Marco déboula à la cour des Miracles.

Une atmosphère lourde et oppressante avait envahi la ruelle, comme si soudain la misère avait cédé place au vice et à la cruauté. Tout, jusqu'à la mouvance des feux contre les murs noirs, rappelait un enfer latent, la porte d'un monde qu'il valait mieux ne pas déranger.

On s'y préparait à guetter les imprudents pour les délester d'une bourse, parfois même de la vie, si un quidam avait payé le prix fort pour être débarrassé discrètement d'un ennemi. D'ordinaire Marco s'en moquait. Pas cette nuit. Cette nuit, c'était sa chair qu'on avait marquée au fer rouge. Sa chair qu'on avait poignardée et chacun de ces individus, que l'ombre autant que les grimaces enlaidissaient, retournait le couteau dans sa plaie béante. Comme autant de complices à son malheur.

Il rejoignit le grand Coësre devant un gigantesque brasier accolé au mur d'enceinte de la vieille ville. Des centaines de gueux s'y pressaient, cherchant à survivre dans ce repaire ouvert aux quatre vents. Vieux, jeunes ou malades. Marco évita de les regarder, de les entendre tousser, cracher. Il ne songeait qu'aux siens, égoïste soudain dans cette haine, ce sentiment d'urgence qu'Henri Concini avait réveillé.

— Marco ! Approche ! l'apostropha le grand Coësre depuis son trône, obligeant ceux qui les séparaient à lui ouvrir le passage.

La neige s'était remise à tomber, fine, froide sur ses épaules, sur ces têtes encapuchonnées, sur ce bonnet garni de grelots que chaque mouvement faisait tinter. Il grimpa les marches de l'estrade, plus agile avec ses semelles depuis que le poids de sa colère les alourdissait.

— Mes hommes étaient justement au rapport. Rien jusque-là concernant Concini, mais je m'apprêtais à entendre le dernier, lui indiqua le roi des mendiants dès qu'il fut à ses côtés.

— Alors qu'il s'exprime ! Vite !

— Que se passe-t-il ? s'inquiéta aussitôt le grand Coësre, alerté par son impatience et ses traits rongés d'angoisse.

— Les miens ont disparu. L'imprimerie a été saccagée. Quelqu'un ici a forcément vu quelque chose.

Le grand Coësre balaya cette foule recroquevillée, avalée par l'ombre et le jeu des flammes, d'un regard qui avait l'habitude d'en percer les rets.

— Toi, dit-il en désignant de l'index une frêle silhouette qui venait, discrètement, de se détacher des autres.

N'écoutant que son instinct, Marco sauta au bas de l'estrade à l'instant où l'interpellé prenait ses jambes à son cou, et où tombait l'ordre de le saisir. Il n'eut pas le temps de s'élancer à son tour, qu'une poigne musclée le retenait sur place. Il tourna la tête. Le grand Coësre l'avait suivi dans son élan.

Ma précipitation porte atteinte à son autorité, comprit-il en hochant la tête pour s'excuser.

Il reporta son attention sur le fuyard.

Quatorze, quinze ans ? À peine.

Deux géants à la mine patibulaire venaient de l'attraper par les épaules. Il s'agitait désespérément entre leurs pognes mais ne parvenait qu'à écarter la foule pour les laisser passer.

Malgré lui, Marco sentit son cœur se serrer. Méritait-il un tel traitement ? Un coup d'œil en direction de son ami tua ses doutes. Les mâchoires du grand Coësre s'étaient crispées, preuve que ce bougre, si jeune soit-il, avait déjà dû se faire méchamment remarquer.

— Parle ! exigea le roi des mendiants, lorsqu'il fut devant lui.

— Pardon, pardon ! commença-t-il, confirmant l'analyse de Marco, ravivant sa rage.

Il la contint, néanmoins, en voyant celle qui déformait les traits déjà marqués de cicatrices de son ami.

— Parle, répéta le roi, d'une voix aussi glaciale que ces flocons qui s'épaississaient autour d'eux et étouffaient les flammes.

— Je faisais le guet dans Cours-Villain. Ils m'ont pris. J'ai pas eu le choix. Ils m'auraient tranché la gorge, ahana le garçonnet, livide.

— Qui, ils ? Concini ? le foudroya Marco du regard.

— Des gardes du Cardinal. Ils voulaient votre dame, et vous veniez juste de partir. Je l'ai menée à eux. Ils l'ont saisie et jetée dans une voiture. Je sais pas pour l'imprimerie. Je le jure.

Il cracha par terre pour entériner son serment.

— Où l'ont-ils conduite ?

— Sûrement au Cardinal.

— Sitôt lâché, tu es revenu ici cacher ton butin alors que tu aurais dû suivre cette voiture, appeler tes frères à la rescousse, me faire ton rapport…

Le grand Coësre le souleva par le col jusqu'à ce que ses pieds ne touchent plus terre. Il se plaqua à lui, effleura son oreille.

— C'est la troisième fois que tu violes la règle, petit. Tu connais la sentence.

— Pitié. Pitié, trembla la petite voix.

Elle s'éteignit dans un hoquet. Marco vit ressortir une lame de son flanc. Une lame teintée de sang.

— Ce n'était qu'un enfant, se crispa-t-il tandis qu'on l'emportait et que les conversations reprenaient comme si rien ne s'était passé.

Le roi des mendiants avait déjà essuyé son poignard.

— Ne te fie pas aux apparences. Depuis quelque temps ses choix menaçaient notre communauté. J'ai fait ce que je devais. Pas de gaieté de cœur, si c'est ce que tu crois.

Marco ne répondit pas. Il n'avait pas à juger. Même s'il trouvait la manière trop expéditive.

Le grand Coësre se tourna vers le dernier de ses gueux qui attendait toujours de pouvoir faire son rapport.

— En sais-tu davantage ?

— Non. J'ai retrouvé la trace de Concini dans une auberge mais il l'a quittée hier peu de temps après y être descendu. Ses affaires sont toujours dans sa chambre. Je les ai fouillées, sans rien y découvrir d'important. On nous préviendra quand il reviendra.

Un homme aussi échevelé qu'édenté se détacha de l'ombre.

— Moi. Moi, j'ai peut-être quelque chose. Je traînais dans la rue du Temple y a deux heures de ça. J'ai vu passer des mousquetaires du Cardinal, menés par un homme en noir.

Le cœur de Marco se remit à cogner contre sa poitrine.

— Et… ? insista le grand Coësre.

— Et rien. Ils ont pris la rue de Paradis, mais comme ils sont pas repassés devant moi, j'ai juste pensé qu'ils coupaient par là pour gagner le Louvre.

Marco se frotta le menton, une chape de plomb autour du cœur.

— Deux heures. C'était donc une seconde escouade. Sans doute destinée cette fois à saisir Giuseppe et Marie.

La désinvolture affichée du Cardinal lui revint en mémoire.

Ce chien a bien manœuvré, profitant de ma leçon pour frapper.

Il enragea plus encore.

Lucia ! Mon amour ! Où es-tu ? Avec notre fille ? Ton père ? Jeanne ?

Il frissonna sous sa pelisse, sentit ses épaules s'alourdir du poids d'une main, tourna la tête et trouva le regard d'acier du grand Coësre.

— Il y a mieux à faire que ruminer, souffla ce dernier en affirmant sa pression. Viens.

33.

La journée durant, tournant en rond comme un lion en cage dans sa chambre, n'en sortant que le temps d'un repas dans la salle bondée de l'auberge, Henri Concini avait usé, si c'était encore possible, les lattes du vieux parquet. À plusieurs reprises, il avait dû se faire violence pour ne pas retourner à l'hôtel de Tournon et chercher par lui-même ce fichu souterrain.

S'ils n'y avaient pas laissé de cadavres ! S'il avait seulement pu mettre un nom sur ce cavalier noir ! ne cessait-il de se répéter. En vain.

Chaque fois, à l'instant de franchir cette porte derrière laquelle Isabella et d'Artagnan l'avaient exhorté à la patience, il s'était repris, raisonné. Être arrêté n'arrangerait ni ses affaires ni celles de Marie de Médicis.

Il s'était finalement couché par dépit plus que par fatigue. La nuit avait étouffé la blancheur indécente de la neige qui tombait par intermittence, avalant d'heure en heure les limites de l'encadrement de sa fenêtre. Trop froid pour ouvrir. Trop de bouillonnement intérieur pour laisser fermé.

Il s'était finalement endormi sans moucher la chandelle, comme si ce semblant de lumière avait le pouvoir de chasser les fantômes de son passé.

C'était à eux qu'il rêvait, à ces minutes oppressantes qui avaient suivi l'annonce de la mort de son père. Aussi écarquilla-t-il les yeux d'angoisse autant que de surprise sous le poids d'une main contre sa bouche.

— Chut ! ordonna une voix féminine au-dessus de lui.

Il ne reconnut pas celle d'Isabella mais fut soulagé de retrouver son souffle et l'usage de la parole pour rugir :

— En voilà des manières ! Qui êtes-vous ?

La main s'envola de nouveau pour le faire taire. Il la bloqua d'un mouvement plus vif encore, le temps de récupérer son poignard sous son oreiller et de le piquer au cou de l'intruse.

— Je répète : qui êtes-vous ?

— Françoise de Motteville, une amie de la reine, entendit-il une voix d'homme répondre à la place de celle-ci, tétanisée.

— D'Artagnan ?

— Palsembleu ! voulez-vous donc rengainer cette lame ? Vous allez l'embrocher si elle tourne de l'œil, tonna le mousquetaire en se précipitant pour la saisir aux épaules et la lui arracher des mains.

Tandis qu'elle se remettait de sa frayeur, Henri sauta de la couche pour s'emparer d'une chemise sur un portant voisin.

— Vous auriez été mieux avisé de venir par vous-même, grommela-t-il. On n'éveille pas de cette manière un homme à l'affût.

— Je vous présente mes excuses, monsieur, j'ai cru bien faire, bredouilla Mme de Motteville en frottant son poignet endolori d'une main qui tremblait encore.

Henri s'adoucit.

— Acceptez plutôt les miennes.

— Trêve de politesses. Le temps nous est compté ! Finissez de vous habiller tandis que je retourne faire le guet devant la porte. Et baissez d'un ton, Concini, si vous ne voulez pas que vos secrets soient éventés avant le petit jour ! Les murs ont l'épaisseur d'un feuillet ici ! maugréa en sourdine le mousquetaire avant de sortir.

Resté seul avec sa visiteuse, Henri acheva de se vêtir pour lui permettre de relever les yeux sur lui.

— Donnez…, dit-il en se plantant devant elle.

— Quoi ?

— Votre poignet.

Un fard monta aux joues de la favorite.

— C'est inutile…

— Donnez, vous dis-je.

Le sourire engageant qu'il lui adressa emporta la réserve de la jeune femme. Elle se laissa déganter avec délicatesse, troublée par la beauté de cet homme dont l'ascendance lui avait laissé imaginer le pire. Un instant elle l'avait cru conforme à la réputation de ses parents. Mais la pression de ses doigts sur sa peau faisait merveille et elle baissa les yeux sous un nouveau fard.

— À quoi dois-je votre hardiesse ? demanda-t-il, surpris lui aussi par le soudain plaisir de cette peau nue sous la sienne.

Rappelée à sa mission, elle reprit sa main un peu trop vivement. La bouche pulpeuse et les boucles dorées qui encadraient un minois à la carnation parfaite le renvoyèrent à un sentiment discret de frustration.

— Marie de Médicis vous réclame. De toute urgence.

— Que ne le disiez-vous plus tôt ? gronda-t-il, douché, en pivotant pour saisir son manteau.

Françoise de Motteville piqua ses poings ragaillardis sur ses hanches.

— Ah çà, monsieur, je vous trouve bien goujat et inconstant dans vos manières !

En deux pas, il fut devant elle, la bascula en arrière et, avant même qu'elle ait eu le temps de s'en défendre, lui volait le plus voluptueux des baisers.

Lorsqu'il la laissa enfin reprendre souffle, étourdie mais nullement fâchée, il lui murmura dans le creux de l'oreille :

— Serais-je pardonné, si, pour faire bonne mesure, je vous avouais que la reine fut une mère pour moi et que je désespérais de ne plus jamais l'embrasser ?

Elle lissa les pans de sa robe pour reprendre une contenance. Mais le tremblement de ses mains trahissait son émoi.

— À sa place, je désespérerais de même…

— Mais vous y êtes, très chère. Car je doute fort que l'on m'autorise plus de temps à Paris que celui de remplir la mission que je me suis donnée, assura-t-il en lui ouvrant galamment la porte.

Elle retint un soupir. Lui non. Pressé d'en terminer, d'Artagnan était déjà dans l'escalier.

34.

L'esprit de Marco cavalait, incapable encore de se décider à trancher sur l'incongruité de la situation.

Devant lui, le grand Coësre chuchotait à l'oreille d'un valet. Il vit ce dernier hocher la tête puis se précipiter derrière la porte qu'il gardait.

Servile. Trop.

Une part infime de lui se demanda s'il ne devait pas s'attendre à une trahison de son ami. Après tout, que savait-il vraiment de lui ?

— Je vais te rendre les tiens. Mais pour ça, je dois changer d'allure, lui avait-il assuré tantôt avant de passer derrière la tenture qui séparait son logis de fortune de la rue.

— Comment ? s'était étonné Marco en lui emboîtant le pas.

— Je ne peux rien t'en dire ici. Fais-moi confiance, c'est tout.

Le roi des mendiants avait ôté ses guenilles malgré la morsure du froid, puis avait ouvert un coffre pour en arracher de riches effets.

Lorsqu'il s'était tourné vers Marco pour les enfiler, ce dernier n'avait pu s'empêcher de tiquer devant les trois sillons qui, continuant les cicatrices de son visage, marbraient sauvagement son torse. La chemise les avait effacées, puis le pourpoint.

— Il semble que tes blessures soient aussi profondes que les miennes, n'avait pu s'empêcher de murmurer Marco.

— Comme je te l'ai déjà dit, j'ai eu de nombreuses vies. Bientôt tu en connaîtras le secret, mais pour l'heure, prends ceci, lui avait-il lancé en même temps qu'un jeu de clefs.

— Qu'ouvrent-elles ?

— Paris…

Force lui avait été de constater qu'il disait vrai. Rue du Ponceau, il avait déverrouillé une porte basse. De là, ils avaient suivi le réseau souterrain qui alimentait les puits de la cité en eau potable. Après une longue marche, ils étaient ressortis par un second battant.

Dans l'ombre d'un escalier.

— Où sommes-nous ? avait demandé Marco en le rejoignant dans un couloir richement orné de tapisseries d'Aubusson.

Relevant la lanterne à hauteur de leurs visages, le grand Coësre lui avait offert un sourire amusé.

Il l'affichait encore tandis que, ressortant de la pièce dont il gardait la porte à leur arrivée, le valet les invitait avec obséquiosité à y entrer.

Marco resserra ostensiblement sa main sur le pommeau de sa lame, mais cela ne sembla pas émouvoir l'homme, revenu à son poste.

— Reste dans l'ombre et laisse-moi parler, lui recommanda le grand Coësre.

Lors, prêt à toute éventualité, Marco pénétra dans la chambre de Richelieu.

Le Cardinal s'était déplacé de son lit à un fauteuil tourné vers l'âtre. Il avait enlevé son bonnet de nuit et jeté une couverture sur ses jambes. Fidèle à ce que Marco avait déjà pu voir de lui, il ne daigna pas se tourner vers eux.

— Que veux-tu cette fois qui ne puisse attendre l'aube ? demanda-t-il, visiblement agacé, en tendant ses paumes vers le foyer regarni.

Le grand Coësre s'avança jusqu'à s'adosser au montant de la cheminée, défiant les flammes grandissantes dans son dos, pour contraindre son hôte à le regarder en face.

Ajoutant à la surprise de Marco, il défia le Cardinal d'un air cynique.

— Rien que vous ne puissiez régler dans l'heure, Éminence.

Richelieu se renfrogna contre le dossier rembourré.

— Hâte-toi. J'ai sommeil.

— Une simple signature et je vous laisse dormir.

— Un de tes chenapans à sauver du bourreau ?

— Une amie. Chère. Que vous fîtes saisir cette après-midi avec le reste de sa famille. Vous connaissez son époux : Marco Docciolini. Vous l'avez reçu au Louvre tandis que vos hommes s'appliquaient à vous plaire, grinça le grand Coësre.

Richelieu se tendit sur son siège, oppressant soudain le rembourrage des accoudoirs de ses mains osseuses. Le timbre se fit tranchant :

— Je n'ai jamais donné un tel ordre.

Le sang de Marco se mit à bouillir dans ses veines. Il dut se faire violence pour rester dans l'ombre. Le grand Coësre, lui, avait froncé les sourcils. Dans le silence qui s'installa, pesant, uniquement troublé par ce souffle que Marco tentait dc contrôler et le crépitement des flammes, les deux hommes s'affrontèrent du regard. La main baguée de Richelieu finit par s'envoler pour venir presser l'une de ses tempes.

— Soit. Tu ne m'aurais pas dérangé sans être sûr de ton fait. Mais je te le répète, je ne suis pour rien dans cette arrestation. Pour quel motif d'ailleurs ? Un doute à l'égard de l'auteur de ce sonnet qu'elle aurait imprimé ? Je croyais vous avoir convaincu de me l'avoir ôté, monsieur Docciolini.

Encouragé par le discret mouvement du menton du grand Coësre, Marco s'avança d'un pas.

— Si ce n'est vous, monseigneur, qui ? Ces hommes, des mousquetaires, portaient votre livrée. Des témoins sont formels.

— Une livrée se copie quand on y met le prix. Et vous n'ignorez pas que l'on veut ma perte. De là à savoir pourquoi on y joint la vôtre !

Un instant Marco fut tenté d'évoquer le grimoire, de prononcer le nom d'Henri Concini. Son silence dut être éloquent, car le Cardinal se tourna brusquement pour le foudroyer d'un œil suspicieux.

— Bien entendu, comme Philippe de L'Hôpital, vous n'avez pas la moindre idée de qui a défait mes gardes dans la rue Cours-Villain…

Repris déjà, Marco haussa les épaules.

— Je ne m'occupe pas des affaires des autres. Quant à mes ennemis, je n'ai hélas pas vos espions pour me les désigner.

Richelieu bondit.

— Mes espions comme vous dites ne protègent que le roi ! Demandez plutôt l'aide de vos amis mousquetaires qui semblent, eux, bien moins à cette mission !

Il fondit en direction de son secrétaire.

— Donne-moi de la lumière, Blandin !

Marco vit le grand Coësre s'emparer d'une bougie et l'enflammer à l'âtre. C'était la première fois qu'il l'entendait appeler ainsi.

— Le prénom de votre épouse, Docciolini !

Il s'approcha à son tour de l'écritoire sur laquelle le ministre de Louis XIII s'était penché.

— Lucia.

La plume courut sur le vélin, agressive. La signature emplit le bas de page, imposante, racée. Richelieu releva la tête. Dédaignant Marco, interdit, il tendit la feuille au grand Coësre.

— Parfait, approuva ce dernier avant de la lui rendre.

Laissant Richelieu la cacheter, il adressa un signe de tête rassurant à Marco.

— Puis-je espérer, en retour, des informations qui serviraient mes intérêts ? demanda Richelieu tandis que le grand Coësre empochait le pli.

— Si elles ne desservent pas les miens ou ceux de mes amis…

— Méfie-toi, Blandin. Je pourrais me lasser.

— Vous en auriez les moyens, Éminence, que ce serait déjà fait, le salua le grand Coësre, poussant Marco dans son sillage, vers la porte.

Ils la passèrent sans que Richelieu ait bougé.

35.

Trois heures venaient de s'écouler. Jean n'était toujours pas rentré.

Accroissant l'angoisse de Giuseppe, Marie, éveillée en sursaut, pleurait à chaudes larmes en réclamant sa mère.

— Là ! là ! C'est fini ! insista Jeanne dans les bras de laquelle l'enfant s'était jetée.

— Ma… man… Ma… man, hoquetait-elle dans son cou, resserrant ce nœud qui étranglait le ventre de Giuseppe.

— Elle ne va plus tarder maintenant, essaya-t-il.

Il reçut le désarroi de ces yeux inondés comme un coup de poignard en plein cœur. Marie secoua la tête avant de sangloter de plus belle.

— A pu. A… pu… maman… A pu…

Une vision ? De Lucia ? Non, non, ce ne peut, en refusa-t-il le sinistre augure à l'instant même où le regard de Jeanne dans le sien accusait lui aussi le doute.

— Vous croyez…

Jeanne ne le laissa pas terminer. Sa main se posa, apaisante, sur son bras aux poils soudain hérissés de panique.

— Je ne crois rien, Giuseppe. Sinon qu'elle doit se calmer et que vous ne l'aidez pas. Descendez. Mais je vous en conjure, ne filez pas en douce ! Vous ajouteriez à sa détresse.

Giuseppe hocha la tête, la mort dans l'âme.

Il franchit la porte en prenant soin de la refermer derrière lui. Les trois enfants de la maisonnée dormaient ensemble dans la chambre voisine. Il avait été entendu que Jeanne partagerait le lit de sa sœur avec Marie tandis que Jean et lui se contenteraient d'une paillasse dans le séjour. Il descendit pesamment l'escalier de bois, à peine éclairé par la chandelle qui brûlait sur la table en bas.

Constance y était assise, trompant son attente dans des travaux de couture. Giuseppe vint se poser lourdement devant elle, l'invitant à relever le nez de son ouvrage.

— Voulez-vous encore un peu d'eau-de-vie ? demanda-t-elle, se forçant à sourire.

Mais Giuseppe ne fut pas dupe. Tous deux transpiraient la même angoisse.

— Non, merci. Vous avez fait bien assez déjà. Si Jean venait à…

Il ne termina pas sa phrase, happé, comme elle, par le mouvement de la porte d'entrée. L'imposante stature du peaussier s'encadra sur le seuil. Un instant emballé, le cœur de Giuseppe se suspendit dans sa poitrine. La silhouette qui le suivait n'était pas celle de Lucia, mais du petit Fabien. Et, comme Jean, le garçonnet affichait une triste mine.

— Enlevée ! Lucia enlevée ! Enlevée…

Giuseppe avait beau le répéter, il ne parvenait à l'accepter. Plus encore que tout à l'heure, dans cette angoisse qui n'avait cessé d'enfler, il lui semblait revivre Venise.

Il laissa tomber sa tête entre ses mains, secoué par un frisson interminable.

— T'inquiète pas, pape. Marco est avec mon père. Ils sont partis la reprendre à ce chien de Cardinal, tenta de le rassurer Fabien en lui posant une main sur le bras.

— Quand nous sommes arrivés au campement, ils venaient juste de le quitter. Nous avons essayé de les rejoindre, mais peine perdue. C'était comme s'ils s'étaient volatilisés. Il est courageux ce petiot, il n'a rien voulu lâcher, ajouta Jean.

À peine réconforté par l'idée que Marco était le mieux à même de sauver Lucia, Giuseppe soupira lourdement. Il devait réagir. Lutter contre ce froid intérieur. Froid qu'il n'avait plus ressenti depuis que Valaresso l'avait jeté dans ce sordide pozzo, trois ans plus tôt.

Il tendit la main de lui-même vers la bouteille que Constance venait de poser sur la table.

— Qu'est-ce que c'est ? s'enquit aussitôt Fabien tandis que Giuseppe s'en versait une rasade.

— Boisson d'homme.

— Alors j'en veux !

Le rire clair de Jean creva la chape de plomb qui pesait sur la pièce.

— Constance ! Un gobelet pour Monsieur, s'écria le peaussier à sa femme.

Mais Fabien s'était déjà emparé de celui de Giuseppe et avait mussé son nez dedans. Le breuvage lui arracha une suée, enflammant ses joues que le froid avait marbrées. Il l'avala pourtant d'un trait, forçant l'admiration des deux hommes, avant de se frotter les lèvres d'un revers de manche et de tendre l'oreille en direction de l'escalier.

— C'est Marie qui pleure ? demanda-t-il, la voix discrètement éraillée par la brûlure de l'alcool.

— Elle réclame sa mère.

Sans demander la permission, Fabien s'élança dans l'escalier.

— Sacré bonhomme ! siffla Jean en reposant son gobelet, vide.

— Il est à bonne école, confirma Giuseppe en se levant.

Craignant que la nouvelle de l'enlèvement de Lucia ne fasse qu'accentuer le désespoir de Marie, il se hâta d'emboîter le pas au garçonnet. À sa grande surprise pourtant, sa petite-fille cessa de pleurer alors qu'il parvenait à peine au palier.

Il trouva Jeanne adossée au mur, les mains recroquevillées sur sa poitrine et le visage ruisselant de larmes. Elle barra ses lèvres tremblantes pour lui intimer le silence. Il s'approcha discrètement, jeta un œil par la porte entrebâillée. Marie avait noué ses bras autour du cou de Fabien, livide. Ils se serraient mutuellement à s'étouffer.

Anormalement.

Giuseppe eut l'impression que ses jambes se dérobaient sous lui.

Il se sentit happé par le bras, tourna les yeux vers Jeanne. Il se laissa entraîner vers le fond du couloir, le cœur semblant vouloir s'arracher de sa poitrine. Lorsque le mur les arrêta, elle chuchota enfin :

— Elle ne la perçoit plus, Giuseppe.

— Qui ? Quoi ?

— Marie. Elle ne perçoit plus sa mère. C'est ce qu'elle vient de dire à Fabien.

— Qu'est-ce que… ? Mais… Je…, bredouilla-t-il.

— Elle… Oh, Dieu tout-puissant ! Faut-il vraiment que je vous le répète ?

Il la prit par les épaules, les lui broya presque :

— Ma fille est en vie ! Et Marco va la délivrer ! Je ne veux croire à rien d'autre qu'à cela !

— Vous me faites mal, Giuseppe…, se plaignit-elle discrètement.

Honteux, il la lâcha. Pour aussitôt la reprendre et l'amener à lui. Il avait besoin soudain de se raccrocher à quelque chose de vivant, de beau, quelque chose qui lui interdirait de douter.

Leurs lèvres se joignirent, attirées depuis trop longtemps. Un baiser brutal, fougueux, pour conjurer ce sort qui s'acharnait.

Et, l'espace d'un instant, Giuseppe oublia son cœur de père qui hurlait.

36.

Marco et le grand Coësre ne s'étaient pas attardés dans les appartements de Richelieu. Ils avaient prudemment choisi de repartir par le même chemin.

À nouveau, l'obscurité du boyau n'était troublée que par la lueur de la lanterne.

La curiosité de Marco était à son comble.

— Qu'est-ce que ce pli ?

— Un ordre d'inspection de la Bastille.

Il tiqua.

Place militaire, ce château fort dans lequel on entrait depuis la rue Saint-Antoine dépendait directement du roi ou de son ministre. Il abritait peu de détenus. Des nobles, pour l'essentiel. Libres d'aller et venir à leur guise dans un confort certain. Les autres atterrissaient au grand Châtelet ou au château de Vincennes sous l'autorité directe du chef de la police.

— Je ne vois pas d'autre endroit où des soldats portant la livrée de Richelieu ont pu incarcérer ta famille sans avoir à se justifier, ajouta le grand Coësre comme s'il avait suivi sa réflexion.

Stupéfait qu'il ait réussi à obtenir un tel ordre, Marco ne put s'empêcher de s'exclamer :

— Comment diab… ?

— Plus tard. Le temps presse, fut-il coupé dans son élan.

Déjà, le grand Coësre allongeait son pas, botté et vif.

Marco n'insista pas. Il était mieux placé que quiconque pour savoir que certains secrets étaient aussi difficiles à porter qu'à confier.

Mais son esprit galopait.

Pour qui travaillait cet homme en noir ? Et pour quelle raison avait-il enlevé sa famille ?

La vision du coffre ouvert, vide du crâne et des Mémoires de Bianca Dandolo, lui frappa la mémoire. Dans son angoisse il en avait oublié ce détail, pourtant crucial.

L'image d'Henri Concini s'imposa de nouveau.

Impossible qu'il ait pu agir seul, en pleine lumière.

Il serra les poings.

En signant cet ordre, Richelieu a été prudent s'il espère être lavé de soupçons. Ou plein de duplicité s'il veut me retenir avec les miens. Mieux vaut que je reste sur mes gardes !

Néanmoins il ne put réprimer un frisson lorsque la herse dissimula plus encore que le grésil les contours de la ville.

Des baraquements militaires encadraient la cour intérieure austère de ce château fortifié. Ils s'avancèrent vers une guérite dans laquelle dansait un garde suisse frigorifié.

— Si vous voulez bien me suivre, les invita-t-il après que le grand Coësre eut montré le cachet de sa lettre.

Il les précéda dans un étroit corridor, qui rappela à Marco ceux des geôles vénitiennes.

La lanterne peinait à en percer les ténèbres.

Le Suisse s'arrêta devant une porte, toqua, puis, ayant reçu l'autorisation d'entrer, les laissa patienter derrière. Ils eurent le temps d'apercevoir un homme occupé à griffer un registre d'une plume lasse.

— Le gouverneur ? s'enquit Marco.

— En poste depuis huit années. François de L'Hôpital…, ajouta le grand Coësre avec un sourire entendu.

Surpris, Marco n'eut pas le temps d'en demander davantage que la porte s'ouvrait sur le soldat de faction.

François de L'Hôpital s'était levé pour les accueillir.

— Entrez, entrez, les invita-t-il.

Même nom que le garde blessé par Lucia. Si c'est une coïncidence, me voici curé !

En détaillant sa mise chiffonnée et la profondeur de ses cernes, il se demanda s'il arrivait à cet homme dans la force de l'âge de prendre quelque repos.

— J'ai ici un ordre du cardinal de Richelieu, annonça froidement le grand Coësre en lui tendant le pli.

Il leur sembla que le gouverneur prenait une enclume supplémentaire sur les épaules.

— Rien qui vous mette en cause, le rassura le roi des mendiants.

— Évidemment ! s'en ragaillardit aussitôt l'homme, en approchant, un peu trop vivement pourtant, la missive de la lampe.

Lorsqu'il se tourna de nouveau vers eux, son visage avait pris une teinte crayeuse, renforçant les doutes de Marco.

— Je n'ai ici personne du nom de de Seva.

— Il ne nous reste plus qu'à le vérifier par nous-mêmes, tel que Son Éminence nous y invite, le tança le grand Coësre.

— Cela me paraît difficile. Comme vous le savez, il est d'usage que nul ne voie le visage de nos « pensionnaires ».

— Croyez-vous sincèrement que ce « détail » puisse nous arrêter ? grimaça Marco en portant la main à sa lame.

Vaincu, François de L'Hôpital décrocha un imposant trousseau de clefs d'un clou planté dans la pierre, avant de les inviter à le suivre.

Un œil de biais en direction du grand Coësre assura Marco qu'il était lui aussi sur la défensive. Il nota sa main repliée dans la manche, lui permettant à tout moment d'en arracher le fin poignard qu'il y cachait.

De longues minutes durant, ils suivirent le responsable du fort dans des couloirs aveugles. Pas un bruit ne perçait l'épaisseur des murs ni des portes. L'édifice était imposant, mais une trentaine de soldats à peine s'y relayaient. Ils furent salués partout avec déférence, jugèrent de visu de la bonne tenue de la garnison.

Mais au bout d'une demi-heure, ils n'avaient toujours aperçu aucun prisonnier. La remarque, lancée par le grand Coësre, fit sursauter leur guide qui venait d'emprunter les premières marches d'un escalier.

Pivotant d'un bloc, il les aveugla de la lueur de sa lanterne.

— Êtes-vous sérieux ?

Le silence glacial qui lui répondit lui fit baisser sa lampe pour chercher leur regard.

Il déglutit.

— Je croyais avoir été clair. À cette heure, ils dorment. Il n'est pas question de les réveiller.

Cette fois, c'en fut trop pour Marco. Il bondit de l'avant. François de L'Hôpital n'eut pas le temps d'esquisser un mouvement de recul qu'il se retrouva le col tordu par une poigne de fer, le cul sur l'arête d'une marche, les reins brisés sur une autre et le visage balayé par le souffle furieux de Marco. Il n'avait pourtant pas lâché sa lanterne, trahissant des traits altérés par la peur autant que par la surprise.

— Je veux voir les miens ! Si tu prétends ignorer leur existence, je te découpe en morceaux, ajouta Marco, pressant son poignard contre sa carotide.

— Fou !.... Vous êtes fou ! s'épouvanta le gouverneur.

— Tu n'imagines pas à quel point, surenchérit Marco en accrochant une perle de sang à sa lame.

— Mieux vaut que vous répondiez, ajouta le grand Coësre.

— Je… Je… Je…

— Déclinaison dangereuse, l'ami. Je pourrais continuer par tu… quand tuer me démange ! grinça Marco.

— Pas ici. Ils ne sont pas ici. Mais…

— Mais… ? insista Marco, gagné par une soudaine bouffée d'espoir.

— Mon frère. C'est mon frère qui a organisé l'enlèvement.

Marco soulagea sa pression pour lui permettre de parler davantage.

— Pour qui travaille-t-il ?

— Sur ce coup, pour lui-même. Ce diable en jupon l'a blessé il y a deux jours… C'est un sanguin. Il voulait se venger.

François de L'Hôpital battit des paupières, repoussant par la même occasion cette goutte de sueur qui lui glissait du front.

— Où est-il ?

— Je l'ignore. J'ai refusé d'être impliqué. Torturez-moi votre saoul ! Traînez-moi chez le Cardinal, abattez ces portes, ces cloisons si vous le voulez ! Vous ne trouverez rien, hoqueta-t-il.

Marco sentit ses mâchoires se crisper sous la frustration. L'homme se mit à tousser, à verdir sous cette poigne que, dans le même élan et sans même s'en rendre compte, il avait resserrée autour de son col.

La main du grand Coësre pressa son épaule, le ramenant à un éclair de lucidité.

Marco considéra son prisonnier suffoquant, tentant désespérément de se libérer de son joug.

Il lâcha prise.

— Son adresse ! exigea-t-il en reculant au bas des marches.

— Rue Saint-Honoré. En face de l'église. Mais je doute qu'il y soit retourné, crachota le gouverneur, l'œil noir, en se frottant la glotte.

Bien qu'écrasé par cette silhouette plus imposante encore depuis que la lanterne en projetait l'ombre démente sur les murs, il refusa la main tendue du grand Coësre pour se redresser.

— Et maintenant ? demanda-t-il lorsqu'il se fut remis debout.

Marco le toisa avec mépris.

— Maintenant tu vas nous raccompagner gentiment à la sortie. Si je récupère ma famille saine et sauve, le Cardinal te félicitera. Sinon…

— Ça va ! J'ai compris, grommela François de L'Hôpital en se glissant entre eux, furieux de s'être laissé piéger là, dans cet endroit où, d'un seul regard, il pouvait, lui, défaire une vie.

Il ne jouerait pas plus la sienne que sa carrière pour sauver le bâtard de son père.

37.

Le palais du Luxembourg ne représentait rien pour Henri Concini. Il en avait vu les plans, déroulés par l'architecte sur la table de son père, avait connu la démolition du vieil hôtel, mais il avait été chassé de Paris avant même que les murs n'aient été élevés. En pénétrant dans l'hôtel de Tournon l'autre nuit, son seul pincement au cœur avait été de ne pouvoir rejoindre Marie de Médicis alors qu'il était si près d'elle.

C'était cette même impatience qui l'étreignait alors qu'il traversait cette galerie déserte. Ses pas nerveux dérangeaient le silence des toiles de Rubens. Vingt-quatre au total, livrées en 1625, qui, lui avait expliqué Françoise de Motteville, représentaient les moments marquants de la vie de la reine mère. Il refusait de les regarder au passage de la lanterne que la favorite promenait devant lui. Il craignait de se retrouver subrepticement devant ses parents en situation, une ébauche de sa jeunesse heureuse, le sourire de sa sœur au cœur d'une allégorie. La seule perspective de les découvrir ressuscités par l'artiste lui était insupportable. Comme s'il ne suffisait, d'Artagnan et Françoise s'étaient refusés à lui révéler ce qui avait poussé la reine à briser toute prudence.

Non qu'il s'en plaignît. Il était juste inquiet.

Pour elle.

Elle devait partager sa hâte et son angoisse, car, en le voyant paraître dans le boudoir qui jouxtait sa chambre, elle ne fut qu'un cri :

— Henri ! Mon cher Henri !

— Votre Majesté ! s'embrasa ce cœur d'enfant qui avait connu ses bontés.

L'homme pourtant posa un genou à terre, refrénant cet élan qui l'aurait poussé à l'embrasser.

— Laissez-nous, ordonna-t-elle à ceux qui l'avaient escorté.

Ce ne fut qu'une fois les portes refermées qu'elle le releva.

— Tu as toujours eu ses yeux. Les yeux de ta mère. Il n'est pas un jour où je ne songe à elle, où je ne me reproche les atrocités qu'on lui fit subir, cet exil auquel je n'ai pu t'arracher, souffla-t-elle en le pressant contre elle, comme si ce poids sur sa conscience, cette tristesse qu'elle promenait depuis tant d'années n'avait attendu que cet instant pour jaillir.

Henri en fut douloureusement troublé.

D'autant qu'elle avait seulement changé d'allure. Quatorze années sans éclat, sans complicité, sans amour avaient alourdi ses traits et sa silhouette, creusant des rides là où il y avait eu des fossettes, appauvrissant le regard. Mais il retrouvait dans cette étreinte cette tendre affection que, sans la chercher, il avait volée au roi.

L'espace d'un instant, il lui sembla revenir en arrière, quand sa mère était à ses côtés et qu'il nichait son nez dans leurs chevelures mêlées.

Emporté par l'émotion, il ferma les yeux. Acceptant enfin ce parfum qui avait bercé son enfance, il murmura :

— Qu'auriez-vous pu que vous n'ayez tenté, Majesté ? Vous étiez vous-même captive ! Vos amis et ceux de mes parents tout autant ! Je n'ai que des mercis en bouche à vous adresser pour m'avoir arraché à ma geôle, pour m'avoir confié à la Toscane. Ne vous reprochez rien, de grâce. Au contraire. En cet instant, c'est un peu de ma mère que vos bras ressuscitent. Je n'aurais jamais seulement osé l'imaginer.

Un hoquet. Un murmure.

— Moi non plus, mon enfant… moi non plus. Le vide est si grand… il m'aspire chaque jour davantage. Et plus encore là, quand je te vois si fidèle à ce qu'elle était, quand tu aurais pu…

— Ressembler à mon père…, soupira-t-il. Je m'en défends. Surtout depuis que j'ai découvert sa véritable identité…

Elle s'écarta, un triste sourire aux lèvres.

— Ne le juge pas. Ce grimoire l'a rendu fou.

Saisi d'un doute soudain, il détourna le regard mais ne put se taire. Il avait besoin de savoir.

— Et vous, Majesté ? Ne le convoitez-vous pas ? N'est-ce point ce que vous espérez en secret ? Tel Richelieu ?

— Nous n'avons pas le même dessein. Je veux seulement sauver ma tête. Regarde-moi, Henri. Dans les yeux. Me crois-tu aussi mauvaise, manipulatrice, perverse et froide qu'on le prétend ? Seulement guidée par de bas intérêts ? Par le diable lui-même ?

Il s'empara de ses mains soudain glacées, secoua la tête, honteux que cette idée ait pu l'effleurer.

— Non, Votre Majesté. J'ai pu voir ce que vous cachez à tous. J'ai pu voir de vous ce que ma mère a aimé. Ce sont les devoirs, les charges et la félonie de vos proches qui vous ont contrainte à masquer votre vraie nature. Je ne laisserai pas Richelieu l'abîmer. Le moment est venu pour moi de vous rendre ce que vous m'avez donné.

Elle aurait dû s'en rasséréner, il ne la vit que plus pâle encore.

— Las, chaque heure qui s'écoule rend la tâche plus ardue. Alors qu'elle quittait les appartements de la reine, il y a peu, Mme de Motteville a surpris une conversation entre le Cardinal et un homme tout de noir vêtu que j'ai immédiatement supposé être celui qui t'a surveillé à Lésigny et vous a suivis à Tournon.

— Nous redoutions leur alliance. Voici qui lève le doute, soupira-t-il, amer.

Reprenant délicatement ses distances pour mieux revenir au présent, elle sortit un mouchoir brodé d'une commode, puis tamponna sa pommette sur laquelle une larme avait roulé.

— Ce que tu ignores, mon cher enfant, c'est qu'il y fut question de ma parenté avec Isabella, mais aussi de toi et de Mme de Chevreuse.

Il fouilla dans ses souvenirs, n'y trouva que le portrait d'une vieille douairière. S'étonna.

— Mme de Chevreuse ?

— Marie Aimée de Rohan, l'amie d'Anne d'Autriche, désormais l'épouse du marquis.

Henri hocha la tête. Il se souvenait sans peine de cette beauté exquise, des perles de son rire, de ses yeux qui étincelaient. Il n'avait que quatorze ans la dernière fois qu'il l'avait vue, mais il en était fasciné.

— Quel rôle joue-t-elle dans cette partition ? s'étonna-t-il, ramené lui aussi à cette réalité dans laquelle dansaient tant de fantômes.

— Crucial. Elle a séjourné à l'hôtel de Tournon et en connaît les secrets. Isabella est partie cette après-midi à Dampierre, chez elle, pour apprendre de sa bouche l'emplacement de ce fameux souterrain.

Il frémit.

— Aurait-elle pu avoir trouvé les dossiers ?

— Non. Elle se serait empressée de les remettre à la reine. Ce qui m'épouvante, c'est le fait que Richelieu ait été si vite averti de nos intentions. La plus grande discrétion vous entourait.

— Je suppose que l'information lui vient de cet homme en noir. D'Artagnan m'a dit en chemin n'être parvenu à découvrir ni son nom ni son origine dans le peu de temps que lui ont laissé ses obligations militaires. Quoi qu'il en soit, cet individu ne semble guère inquiet qu'on le voie, ce qui ajoute à son mystère, continua-t-il, saisi d'un malaise.

Marie de Médicis froissa machinalement son collier de perles, signe, se souvint-il, de sa contrariété.

— Qui il est importe peu. Ce sont ses intentions qui m'angoissent. Françoise de Motteville l'a fait suivre par un de ses valets. Il a pris la route de Dampierre.

Il serra les poings.

— Une fois qu'il aura arraché à Isabella l'emplacement du souterrain, elle ne lui sera plus d'aucune utilité.

— Las, je le crains.

— J'entends bien m'opposer à ce dessein.

— Je n'en doute pas. Ramène-la avant que le bal de demain ne débute. Elle sera en sécurité parmi les favorites. Et cela te laissera le temps de récupérer les dossiers.

— Je pars à l'instant, Votre Majesté.

— Henri.

Elle le retint par le bras.

— Eux seuls nous permettront de perdre Richelieu avant d'être publiquement démasqués. N'échoue pas.

Il embrassa ses doigts qui tremblaient.

— Ma mère vous aimait telle une sœur. Comment pourrais-je ne pas vous chérir comme une mère ? Nul jamais ne vous sera plus fidèle et dévoué. Dussé-je arracher de mes mains le cœur de ce cavalier noir.

Un regard, riche de ce passé commun, les lia quelques secondes encore, puis Henri lui rendit sa main, s'inclina devant elle et marcha d'un pas décidé vers la porte.

D'Artagnan trépignait derrière, mais cette fois il ne lui reprocha rien. Ce qu'en l'auberge Henri avait pris pour de la vulgaire ambition venait d'acquérir de la noblesse. La femme que le jeune mousquetaire aimait était en danger. Et il ferait tout, lui, Henri Concini, pour la sauver.

38.

— Comment se fait-il que Philippe de L'Hôpital ne loge pas chez Richelieu, au petit Luxembourg ? demanda Marco, tandis qu'ils s'enfonçaient dans ce Paris que les ténèbres avaient rendu fantomatique.

Il vit le halo de la lanterne vaciller sous le discret mouvement d'épaules du grand Coësre.

— Richelieu réserve son escorte à ses sorties. Un bon moyen de dissuasion pour ses ennemis sans s'encombrer d'oreilles indiscrètes.

— La raison pour laquelle nous sommes arrivés si facilement jusqu'à lui…

Un sourire cynique étira le profil de son ami.

— Ou non…

— Je ne remets pas en cause ton étonnante influence, se corrigea-t-il, n'en espérant pas moins confidence.

— Je faisais seulement référence à la discrétion du passage que nous avons emprunté.

Il s'immobilisa soudain. Leurs ombres se profilaient, déformées sur les murs froids, les volets et les portes bouclées. Marco porta instinctivement la main à sa ceinture. Un chien errant grogna en sortant d'une impasse voisine. Paris en comptait par centaines. Celui-là, aussi haut qu'un loup, poils hérissés, crocs saillants, sembla un instant vouloir les attaquer. Son agressivité ne résista pas au pas ferme du grand Coësre.

— Hommes ou bêtes. Toujours la même réaction. Certaines cicatrices ont du bon, s'amusa-t-il.

Mais Marco perçut l'amertume derrière l'ironie. Ne trouvant rien à répondre, il secoua ses épaules alourdies par la neige qui recommençait à tomber sur son manteau, reprit sa marche.

— Nous approchons. Mieux vaut ne pas attirer l'attention des hommes du prévôt. Ils sont plus nombreux ici qu'ailleurs, annonça le grand Coësre en les plongeant soudain dans la nuit noire.

Un instant distraite par leur échange, l'impatience de Marco à saisir Philippe de L'Hôpital se ranima, amenant des fourmillements dans ses poings, dans son buste, dans son ventre.

Qu'il le tienne au bout de sa lame et il lui ferait cracher tout ce qu'il savait.

Ils avancèrent en silence. Attentifs à ne pas bifurquer de leur route, chuter ou bousculer quoi ou qui que ce soit.

— C'est ici, chuchota enfin le grand Coësre.

Marco leva la tête, devina la masse d'une façade en encorbellement, sentit sa colère remonter.

Il laissa pourtant le grand Coësre toquer longuement à la porte. À Venise jamais il n'aurait permis qu'un autre le guide de cette manière. Mais il n'était plus à Venise. Et cette ville-ci était celle de son ami. Il le constata à nouveau en voyant s'ouvrir le battant et une vieille femme s'effacer devant ce visage effrayant.

Tous le craignent. Tous s'effacent devant ses désirs. Ses cicatrices ? Sa position chez les gueux ? J'ai peine à le croire. Qui es-tu, Blandin, derrière cet horrible masque ? ne put-il, une fois de plus, s'empêcher de s'interroger.

La concierge leur ayant remis un double des clefs contre quelques deniers, il suivit le grand Coësre dans l'escalier, oscillant entre sa peur d'apprendre que Philippe de L'Hôpital avait froidement abattu les siens et sa soif de vérité.

Ils arrivèrent sur le palier.

Lame au poing, ils déverrouillèrent discrètement la porte puis se faufilèrent dans la chambre.

Moins agile dans l'obscurité, Marco resta en retrait tandis que, tel un chat, le grand Coësre se glissait jusqu'au lit.

Marco retint son souffle. Mais le constat tomba, sans appel.

— Personne !

Marco ferma un instant les yeux, pris d'un vertige amer. Il les rouvrit aussitôt pour remettre sa lame au fourreau. Ayant trouvé un bougeoir, le grand Coësre venait de battre son briquet.

Sans se concerter, ils fouillèrent la pièce. L'un la petite malle, l'autre sous le matelas. En désespoir de cause, ils sondèrent murs, parquets et pieds de chaise, de table et de lit, à la recherche d'une cache. Ils en trouvèrent une, sous une latte, chichement garnie d'économies. Rien qui trahît l'endroit où ce scélérat détenait sa famille.

Le cœur de Marco se serra plus encore dans sa poitrine.

— Plus qu'à attendre, lâcha le grand Coësre en rabattant le matelas pour s'asseoir dessus.

— Chaque heure qui s'écoule…

— Allons, de ce que j'en connais et plus encore de ce que tu m'as raconté, ta Lucia n'est pas de celles que l'adversité terrasse. À plus forte raison si l'on s'en prend à sa couvée. Apaise-toi. Si on avait voulu la tuer, ce serait déjà fait et dans ta propre maison. Non. Cet homme attend autre chose qu'une simple vengeance.

— Crois-tu que je ne m'en doute pas ? Mais prendre Lucia suffisait. Pourquoi revenir ? soupira douloureusement Marco en retournant une chaise pour s'y asseoir à califourchon et appuyer ses bras repliés au dossier.

— Sans doute à cause de ce que tu ne me dis pas...

Marco leva les yeux. Rencontra le regard de son ami. À nouveau l'image du crâne de cristal dansa dans sa mémoire.

Et si...

— Deux enlèvements distincts ! Deux causes différentes !

— Et... ? insista le grand Coësre parvenu depuis quelques minutes à la même conclusion.

Marco hocha la tête, puis, cette fois sans rien omettre, entreprit de révéler cette histoire qui, de Venise, les avait amenés à Paris.

39.

Le grand Coësre avait eu la délicatesse de ne pas l'interrompre.

La chambre était de nouveau plongée dans le noir. Ils avaient soufflé la chandelle pour ne pas trahir leur présence.

— Tu ne dis rien, finit par lancer Marco, pressentant que le long silence de son ami était somme toute assez singulier.

— Parce que je mesurais la notion de « hasard » dans tout ceci.

Toi aussi...

— C'est-à-dire ?

Un soupir.

— Quelles chances pour que ce soit toi, et non un autre, qui sauves mon fils et, le croyant orphelin, sois prêt à lui offrir un toit ? Quelles chances pour que, voyant sa condition et mes cicatrices, tu m'acceptes à ta table, dans ton foyer ?

Marco fronça les sourcils.

— Les amitiés ne naissent pas d'une rencontre mais d'un choix.

— Mais combien sont sincères et désintéressées ? Imagines-tu seulement le nombre de gens qui marchandent la mienne ?

— J'en ai eu un vague aperçu cette nuit... Et, pour couper court à cet éloge que tu sembles vouloir me faire, j'en ai profité à mon tour.

— Ce n'est pas un éloge, Marco, c'est un constat. Et il a plus de sens que tu ne le crois.

— Explique-toi...

— Si Richelieu et bien d'autres me mangent dans la main, c'est que je suis au fait de leurs secrets les plus inavouables. Toutes les noirceurs de leur âme, leurs défections au bon droit, à la morale, à leur poste.

— Un pouvoir immense, sursauta Marco.

— Je devine ta question. Nombreux sont ceux qui me l'ont posée. Pourquoi en ce cas ne pas en jouir en pleine lumière, dans un somptueux hôtel particulier, entouré de valets et de femmes ? Je n'y survivrais pas un jour, pas une nuit. Ils me craignent d'autant plus que je suis ce que je suis. Inaccessible, intouchable, incorruptible.

— Et juste, souligna Marco qui se souvenait de quelle manière il administrait son « royaume ».

— Oui. Juste. Parce que je connais la profondeur de l'injustice. Elle a été inscrite sur mon visage, sur mon torse... par Concino Concini. Le père d'Henri.

Le cœur de Marco se suspendit dans sa poitrine. Le temps qu'il prenne la mesure de cette confidence, le grand Coësre avait laissé échapper un rire douloureux.

— Quelles chances, Marco, pour que l'homme que tu recherches soit le rejeton de celui qui m'a mutilé ? Quelles chances pour que nous soyons là, tous les deux, pour empêcher que le pire ne renaisse ?

— Tu détiens le grimoire, lâcha Marco en retrouvant son souffle.

Il l'entendit se lever. Sentit la pression de sa main sur son épaule.

— Non, mais j'aurais pu, comme mon maître, céder à cette obsession de le retrouver.

— Tu travaillais pour Concini ?

— J'étais son valet de pied. Autant te dire que j'ai tout entendu. S'en méfiait-il ? Il était bien trop imbu de sa personne, bien trop sûr de sa puissance.

— Mais alors, ces cicatrices…

— Le prix de ma peur…

Marco se mordit la langue. Comprenant qu'il n'en demanderait pas davantage pour ne pas l'indisposer, le grand Coësre se dirigea vers la fenêtre à pas lourds pour scruter la rue, silencieuse et obscure, en contrebas. Il avait depuis longtemps fait le deuil d'un logis, d'une vie normale, mais pas celui de sa haine.

— La mère d'Henri était une brave femme. Atteinte hélas d'une maladie qu'aucun médecin n'a pu nommer. Tu ne peux imaginer le nombre de fois où ses hurlements de douleur ont ébranlé la demeure, terrorisant le personnel, laissant croire à tous qu'elle était possédée. À tous, mais pas à moi. Je l'avais entendue prier de manière trop fervente pour la croire vouée au démon. Il n'empêche. Sitôt que la crise passait, elle se précipitait sur ses cornues et ses alambics dans l'espoir d'un remède. Ce jour-là, Concini m'a fait mander. Il m'a ordonné de boire un breuvage nauséabond et fumant. J'ai croisé le regard épouvanté de sa femme. Tout en elle me disait de refuser. Alors, effrayé, craignant davantage la potion que les coups, je lui ai obéi. À elle. Fou de rage, il m'a fait ligoter dans la cour pour que chacun assiste à ma punition. Il a chaussé son index d'une serre d'aigle, m'a lacéré le visage et le torse avant d'y verser de l'acide afin que la plaie ne se referme jamais.

Marco frissonna d'horreur.

— Ne me plains pas, mon ami, le pria le grand Coësre comme s'il avait perçu sa réaction. Ce jour-là Concini a décidé de son sort en même temps que du mien. Il m'a forcé à avaler cette médication, m'a gardé en observation quelques heures, puis, comme je ne manifestais aucun signe d'empoisonnement, il m'a fait jeter à la rue. C'est une vieille femme, une mendiante, qui m'a ramassé et soigné. Dix jours plus tard, quelques informations ciblées arrivaient au roi par l'intermédiaire d'un valet. Concino Concini était assassiné, son épouse et leur fils arrêtés. Je ne pensais sincèrement pas qu'ils l'exécuteraient, elle. Mais je n'ai pas attendu qu'on s'empare aussi de leurs biens. J'ai saisi les dossiers secrets de ce chien, espérant en marchander l'usage. C'est en les lisant que j'ai mesuré l'importance de ce grimoire qu'ils évoquaient si souvent. Concini avait mené une solide enquête à son propos, une enquête qui impliquait un des puissants du royaume : Jean-Jacques de Mesmes.

Marco sursauta.

— De Mesmes, dis-tu ? Serait-ce un parent de Claude, l'ambassadeur de France à Venise ?

— Son père. Je me suis donc rendu chez lui, que ces informations, entre toutes, pouvaient intéresser. Comprends-tu pourquoi je parlais d'étranges coïncidences tout à l'heure ?…

Le sang de Marco se mit à pulser plus fort dans ses veines.

— … Je n'ai pas entendu dire que Claude était de retour à Paris, mais si Concini et Isabella Rosselli s'y trouvent…

— Ils pourraient s'être alliés ! comprit Marco en bondissant de sa chaise. Reste ici, saisis Philippe de L'Hôpital et fais-lui cracher l'endroit où il détient ma femme.

— Et toi ?

— Je file arracher des nouvelles du fils à son père.

— Sans mon passe ?

— Inutile. J'ai ceci, dit-il en sortant à demi sa rapière du fourreau pour que son chant lui parvienne.

— Oui, je crois que cela suffira. C'est tout près, rue de Jouy, ajouta-t-il.

Marco n'en attendit pas davantage. Il savait pouvoir compter sur la loyauté et la diligence de son ami.

40.

Marco ne s'embarrassa pas de civilités lorsqu'il se présenta au portail de l'hôtel particulier qu'occupait Jean-Jacques de Mesmes. Sa marche rapide dans les derniers sursauts de la tempête n'avait fait que renforcer sa détermination et sa fureur.

Quelques coups de la poignée de sa rapière contre le bois, puis le poinçon de son poignard sous un menton prognathe suffirent à le faire entrer, puis escorter.

La demeure était encore silencieuse, discrètement éclairée par le bougeoir que promenait son otage. Pourtant, à l'instant de gravir l'escalier, une servante sortit d'une pièce voisine.

Sa surprise fut telle qu'elle en laissa choir le plateau qu'elle tenait en mains. La vaisselle et les tartines qu'il supportait se fracassèrent sur le parquet.

— Appelez à la rescousse et je le tue, menaça Marco en appuyant sa pression sur le cou du valet.

Elle hocha misérablement la tête, les larmes aux yeux et les bras repliés contre sa poitrine.

Contre lui, l'homme était devenu déliquescent. Marco resserra son emprise et le força à avancer.

Ils traversèrent des enfilades de pièces richement ornées de sculptures et de peintures, preuves du goût du maître de céans pour les artistes italiens, jusqu'à parvenir sans encombre au seuil d'une porte.

— La chambre de Monsieur, crissa le valet.

L'ayant rejeté sur le côté, Marco entra sans s'y faire annoncer.

Il trouva Jean-Jacques de Mesmes en bonnet de nuit, installé dans son lit éclairé de part et d'autre par des bougeoirs aux multiples branches, les jambes surchargées de dossiers qu'en probable insomniaque il avait étudiés une partie de la nuit.

Croyant sans doute à l'intrusion de la femme de chambre, il ne daigna pas relever la tête avant que Marco n'abaisse le document du mouvement de sa lame.

Il s'était attendu à le voir défaillir, mais n'obtint qu'un discret sursaut, suivi aussitôt d'un froncement de sourcils.

— Nous connaissons-nous ?

— Pas encore, admit Marco, impressionné par la maîtrise de ses nerfs.

Aussitôt en alerte, il dompta sa fureur pour mieux cerner le bonhomme. D'autant que ce dernier ajoutait, d'un ton tout aussi détaché :

— À qui ai-je eu l'honneur de déplaire ?

— Pour l'heure, à personne.

— Puis-je savoir, en ce cas, ce qui vous permet de me venir menacer jusqu'en ma couche ?

— Votre fils, Claude.

Nouveau froncement de sourcils, mais Marco ne lut aucune inquiétude sur son visage.

Vieux renard. Qui attend la déroute du poulet pour mieux le croquer. Je ne te donnerai pas cet avantage.

Un haussement d'épaules renforça son sentiment.

— Vous ne le trouverez pas en cette demeure.

— Je le craignais, mais je gage que vous pourrez aisément me dire s'il est de retour à Paris.

— Si cela doit vous amener à le pourfendre, sachez, monsieur, que je ne suis pas de ceux qu'une lame impressionne, fût-elle contre mon cou.

Marco se fendit d'un sourire narquois.

— Votre réponse est un aveu en soi. Il ne vous reste plus qu'à m'indiquer où je peux le trouver. Je le sais assez agile pour se garder de lui-même.

— N'insistez pas.

— En ce cas, votre épouse se montrera plus loquace. A fortiori devant votre dépouille, décida Marco en faisant glisser la lame jusqu'à sa carotide.

Cette fois il le vit blêmir.

— Ne mêlez pas ma femme à vos affaires. La malheureuse a eu son lot de souffrance ces derniers temps.

— Il ne tient qu'à vous.

Un soupir agacé.

— Soit. Vous avez manqué Claude de peu. Le Cardinal l'a fait appeler il y a moins d'une heure.

Stupido ! Tandis que Richelieu nous envoyait à la Bastille, il convoquait son associé ! enragea-t-il.

Il s'efforça pourtant de n'en rien laisser paraître, convaincu qu'il devait, face à semblable adversaire, continuer à doser habilement le feu et la glace.

D'ailleurs, Jean-Jacques de Mesmes ajoutait du même ton égal :

— Mon fils n'est à Paris que depuis peu et ce n'est pas un vindicatif. Puis-je savoir en quoi il a mérité votre courroux ?

— L'enlèvement de ma fille et de son grand-père à propos d'un sujet que vous maîtrisez fort bien : le grimoire d'Ulpian.

Cette fois Marco le vit tiquer.

— Le grand Coësre..., ajouta-t-il comme une invitation aux confidences.

Un rictus amer.

— Je vois. Inutile donc de tergiverser. J'ai hérité de mon père[1] un coffret légué par Catherine de Médicis. Mourante, elle lui avait demandé d'en garder le secret, ce qui impliquait bien entendu de ne jamais l'ouvrir. Vous imaginez bien que, devenu adulte, je me suis empressé de briser les scellés. À l'intérieur, j'ai trouvé un talisman qui irradiait d'une lumière étrange. Mais j'ignorais son utilisation. Blandin m'a appâté en affirmant que les dossiers de Concini, outre le pouvoir qu'ils m'offriraient sur mes pairs, m'en révéleraient le secret. Je lui ai offert le prix qu'il demandait, sans me douter évidemment qu'il s'était réservé le document qui me concernait.

— Quel lien entre ce talisman et le grimoire ?

— Il permet d'en décrypter le langage. Hélas, Blandin ne possédait pas la gravure qui m'aurait permis de reprendre les recherches là où Concino Concini les avait arrêtées. Si j'ai fini par renoncer à cette quête, c'est devenu une obsession pour mon fils. Plus encore depuis qu'une certaine Lucia de Seva s'est enfuie avec de Venise.

— Mon épouse...

Cette information ne brisa pas la carapace de glace dans laquelle l'homme d'État s'était replié.

1. Henri Ier de Mesmes. Appelé communément M. de Roissy.

— Il m'a confié hier se trouver près du but, mais j'ignore à quel point et les moyens qu'il s'en est donnés.

— Le talisman…, exigea Marco.

— Il ne vous servira à rien sans le grimoire.

— Mais il me sera une monnaie d'échange pour les miens.

Il écarta sa lame.

— Debout.

Jean-Jacques de Mesmes repoussa ses dossiers puis la couverture. Mais à l'instant même où il eut fini de pivoter pour s'asseoir sur le lit, Marco vit apparaître un mousquet dans sa main.

Il ne lui laissa pas le temps de l'utiliser.

Il le désarma d'un coup de pommeau au creux du poignet, avant, pour lui interdire de se reprendre, de lui emporter la joue de son poing fermé.

Une œillade, incendiaire cette fois, foudroya Marco. Jean-Jacques de Mesmes fit jouer sa mâchoire, grinça.

— Puis-je savoir ce qui m'a trahi ?

— Votre trop grand calme. Seul un homme avisé peut le garder en semblable circonstance. Et votre oreiller était bien gonflé. J'imagine que votre fils vous a averti de ma probable visite.

Ses traits mangés d'amertume répondirent à sa place. *Tel père tel fils*, songea Marco sans regret.

D'un mouvement de ce pistolet qu'il avait récupéré, il lui enjoignit de faire diligence. Il ne lui donnerait pas l'occasion de recommencer.

Il le suivit jusqu'à la pièce attenante, un bureau que les vapeurs du petit jour éclairaient délicatement, révélant que la neige avait cessé de tomber. Il le vit actionner un mécanisme dans l'une des moulures de son secrétaire. Un tiroir secret s'ouvrit.

— Servez-vous.

— Un fourbe l'est toujours. Quelles que soient les apparences. Prenez, ouvrez, et si j'estime que cela me sied…

Il le vit tiquer, se décider à enfoncer une seconde moulure, puis, enfin, retirer le coffret d'une excavation plus discrète encore. Cette fois ce fut avec la clef qu'il portait au cou qu'il déverrouilla la serrure.

Le pendentif apparut. Marco mesura aussitôt son importance. S'il semblait de métal, les inscriptions qui y figuraient étincelaient autant que le crâne de cristal.

La même magie les imprègne, comprit-il.

— Votre chaîne. Enfilez-le dessus.

— Vous n'irez pas loin, Marco Docciolini.

— Je vois que la mémoire vous revient. Alors si vous tenez à revoir ceci, dites à votre fils que, pour gage de ma bonne foi, je lui concède le crâne et tout ce qu'il a saisi chez moi. Je ne veux que ma famille.

— Il ne la détient pas, je peux vous l'affirmer.

— Je n'ai foi qu'en ce que je vois. Et rien de ce que j'ai vu ici ne m'a convaincu de votre sincérité, monsieur. J'attendrai votre fils au-dessus de la galerie des rois de la cathédrale Notre-Dame. À midi. S'il n'y est pas, ce précieux talisman coulera dans la Seine.

De nouveau l'œil se fit brasier. Marco le soutint avec plus de morgue et de détermination encore. Il ne mentait pas. Il n'avait plus rien à perdre.

12 janvier

41.

Le paysage qui se révéla à Isabella après qu'elle eut écarté les volets intérieurs de la chambre lui arracha un soupir de soulagement. Un franc soleil rasait le haut de l'enceinte de l'auberge, habillant de mille éclats les aiguilles de glace suspendues aux branches des arbres de la cour. Dessous, visiblement peu inquiet qu'elles ne cassent et ne lui perforent le crâne, le garçon d'écurie aidait son cocher à consolider l'essieu de leur voiture.

Il a dû la ramener à l'aurore. Preuve que la distance que nous avons parcourue à cheval était moins grande que je ne l'avais pensé.

Elle laissa retomber le voilage et recouvrit ses dessous de sa robe, rapidement enlevée la veille. Regrettant l'absence d'une domestique, elle se tortilla pour serrer elle-même puis lier les lacets de son corsage sur ses reins. Un miroir en pied lui renvoya sa triste mine. Ayant prévu, la veille, de faire l'aller-retour dans la journée, elle n'avait emporté ni fard, ni poudre. Et elle n'avait trouvé sur la coiffeuse qu'un vieux peigne en os, juste bon pour démêler chichement ses boucles.

Tant pis. Mme de Chevreuse fera avec ! décida-t-elle en ouvrant résolument la porte.

Son manteau reposant dans le pli du coude, elle descendit l'escalier, dérangeant les mouvements de va-et-vient de la serpillière qu'une enfant, à genoux, passait sur les marches.

La salle de l'auberge était déjà noire d'un petit monde gesticulant, pressé d'achever pitance pour reprendre son voyage. À son arrivée la veille, elle n'avait trouvé que des gens fourbus et agacés, craignant de devoir s'éterniser dans cette halte où trop vite, si la tempête persistait, les vivres et le confort manqueraient. Isabella avait tout juste réussi à loger convenablement son cocher, gênant plus encore le pauvre diable qui se trouvait bien peu à sa place dans ses jupons. Ils avaient mangé face à face, lui distant, elle amusée par les messes basses de leurs voisins. Nul doute qu'on l'imaginait, elle, entichée d'étreintes malsaines. Elle avait gardé la tête haute et fini par convaincre le pauvre homme de la relever.

Consciente que sa tenue chiffonnée et ses traits nus n'allaient qu'en rajouter, elle se présenta sous les regards au comptoir derrière lequel l'aubergiste achevait de garnir ses plateaux de pain, de beurre et de lait.

— Quelle distance jusqu'au château de Dampierre ? demanda-t-elle d'un ton enjoué.

Il releva un sourcil curieux.

— Chez Mme de Chevreuse ?

— Elle-même.

— Trois lieues à peine. Z'auriez pu y filer direct hier soir, ajouta-t-il d'un air entendu.

Suffisamment fort pour acidifier le fiel des baveux.

Se justifier n'ajouterait qu'à leur sourire. Elle le leur rendit assorti d'un regard voluptueux, sachant que c'était sa meilleure arme, puis régla la note que l'aubergiste, dans un mouvement de glotte, lui présentait.

Le vent pique méchamment, constata-t-elle une fois dehors.

Resserrant les pans de sa pelisse autour de ses épaules, vissant davantage son chapeau sur sa tête, elle rejoignit les deux hommes près de la voiture.

Son cocher était dessous, étendu à plat dos sur la neige. Il pestait.

— Sacré bon sang de fichu écrou ! Vas-tu tourner, oui ?

— J'imagine que cela signifie que nous ne sommes pas prêts à partir.

Il ne lui répondit que par quelques coups de maillet avant de s'arracher de sa posture inconfortable et de lui offrir l'éclat d'une denture approximative.

— Juste le temps d'atteler, madame.

— Cela tiendra jusqu'à Paris ou vaut-il mieux que d'emblée j'achète une selle à ce garçon ?

— Ce serait par trop inconfortable avec vos habits.

Elle tapota sur la bourse pendue à sa ceinture.

— Je peux aussi en changer.

— Ce sera inutile. Trois convois sont déjà partis ce matin. Ils ont tracé la route, assura le garçonnet, en lorgnant l'aumônière.

Isabella y puisa une pièce et la brandit comme une promesse.

— Deux autres si dans dix minutes nous sommes parés.

Il tourna aussitôt les talons en direction de l'écurie, attirant le rire du cocher.

— Sauf votre respect, madame, vous avez le don de vous faire entendre.

— Et plus encore de me faire aimer, le taquina-t-elle tandis qu'il déroulait le marchepied.

Vingt minutes plus tard, les chevaux s'immobilisaient dans la cour du château de Chevreuse et deux laquais, impeccables dans leur livrée de laine bleu et or, lui tendaient une main gantée.

42.

Bien que l'ovale de son visage ait perdu de sa fermeté, Marie Aimée de Rohan affichait ses trente et un ans de la plus jolie manière qui soit. Deux perles de jais capturaient le regard de qui s'intéressait à elle pour ne plus le lâcher. Il se dégageait de sa petite personne une sincérité, une honnêteté très éloignée de sa réputation sulfureuse.

— Comment va la reine ? demanda-t-elle en repliant le message qu'Isabella venait de lui confier.

Elle l'avait parcouru d'une main fébrile, les joues empourprées d'un plaisir évident.

Elle lui manque, s'attendrit Isabella.

Il eût été d'une réelle impolitesse de ne pas souscrire à son attente, quand la duchesse de Chevreuse s'était empressée de l'accueillir en robe de chambre. Devant leur mise au moins aussi négligée à l'une qu'à l'autre, cette femme charmante avait éclaté d'un rire gai avant de réclamer qu'on leur serve du lait chaud à la cannelle assorti de quelques friandises.

Isabella reposa sa tasse de porcelaine sur le plateau qui trônait entre elles devant l'âtre regarni.

— Sa Majesté se porte aussi bien que possible. Compte tenu évidemment des tracasseries que l'inimitié du Cardinal lui cause. Votre absence de la cour n'arrange rien à l'affaire. De ce qu'elle m'a confié, vous étiez presque aussi proches l'une de l'autre que l'était Marie de Médicis de la Galigaï...

L'œil de Marie de Rohan se perdit dans les jardins au-delà de la porte-fenêtre de son boudoir. Au bas d'une volée de marches, une fontaine figée dardait vers l'azur quelques jets d'eau glacée quand la plupart brisaient les épaules de deux chérubins entrelacés.

— Deux amies peuvent-elles s'aimer plus que deux sœurs de lait ? Je l'ignore, mademoiselle Rosselli, mais il faut croire que le roi, lui, en était persuadé puisqu'il a fait en sorte que nous ne nous voyions plus.

— Tout cela pourrait changer...

Marie Aimée de Rohan tourna ses traits fins vers elle.

— Oui. Ces fichus dossiers. Croyez-vous que je n'aie jamais eu l'idée de les chercher ? Y compris dans ce souterrain auquel vous faites allusion ? Mon premier mari en sonda lui-même les murailles ! Rien.

— Henri Concini se souviendra peut-être d'un détail qui fera la différence, insista Isabella, refusant de renoncer.

La main de son hôtesse s'envola gracieusement en direction d'un quartier de pomme confit.

— Peut-être, en effet. Et c'est tout ce que je souhaite. Trop de larmes ont coulé sur les joues de la reine à cause du Cardinal.

— Et sur les vôtres...

Un sourire, triste, complice pourtant.

— J'ai appris à sécher les miennes. Elle, je le sais, ne se remettra jamais de la perte de son aimé.

— Le duc de Buckingham...

Marie Aimée de Rohan s'accorda le temps de savourer sa friandise, élégamment ramenée contre le dossier de son siège avant de planter de nouveau son regard sensuel dans celui d'Isabella.

— Sa Majesté vous a-t-elle raconté que c'est par ce souterrain même que je les ai menés l'un à l'autre ?

— Non, se troubla Isabella. Mais j'avais cru deviner qu'il avait été le siège d'un moment important pour elle. Je comprends mieux pourquoi elle a préféré n'en rien évoquer au palais.

Isabella la vit caresser machinalement l'accoudoir.

— Il tremblait autant qu'elle. Autant que la première fois sans doute où je les ai présentés à Amiens. Deux cœurs éperdus, si faits l'un pour l'autre…

Un soupir.

— … Mais tout cela n'a plus guère d'importance. Si je ne peux rien pour le bonheur d'Anne, je peux encore nous venger l'une comme l'autre du malheur de notre séparation. Attendez-moi ici quelques minutes. Et resservez-vous. Ces fruits sont succulents.

Elle se leva élégamment, laissant Isabella méditer. Cette quête, qui semblait si facile tandis qu'ils l'évoquaient, Henri et elle, à Florence, s'avérait soudain aussi ardue, dangereuse et compromise que celle du grimoire lui-même.

Combien de chances pour qu'Henri retrouve ces dossiers ? Pour que je sois sûre, sans eux, du nom de l'assassin de mes parents ? Pour que je les venge ?

Renonçant au spectacle étincelant des colliers et pendentifs de glace, elle chassa un frisson dans la contemplation des flammes.

Combien de chances pour que le roi accepte de me croire étrangère au complot qui vise à faire tomber son ministre ? Aucune. D'Artagnan a raison. Au mieux je serai renvoyée à Florence, au pis, embastillée.

Son cœur se serra douloureusement.

Qu'adviendra-t-il de toi, d'Artagnan, mon amour ? De ta carrière ? De nous ?

Un vertige la fit se repousser contre le dossier de sa chaise. Hier, courtisane à Venise, elle défiait les puissants, jouait de sa lame, de son charme, de son pouvoir. Ici qui était-elle ? Une simple favorite au milieu d'autres, plus légitimes, dans le sillage d'Anne d'Autriche et celui de Marie de Médicis, en sursis. Ici elle n'avait ni nom, ni renommée, ni fortune. Ne serait-il pas plus sage de renoncer, de fuir avant qu'il ne soit trop tard ? Elle passa une main sur son front soudain brûlant.

La mort de Paolo ne t'a-t-elle pas suffi que tu t'entêtes ?

La réponse lui vint de la duchesse de Chevreuse, réapparue dans la pièce.

— Voici le plan de l'hôtel de Tournon, les différents passages qui, de là, partent vers l'ancien palais de M. de Luxembourg, mais aussi vers d'autres dans Paris. Je vous les confie. Si Henri Concini les lit d'un œil neuf, peut-être…

Isabella s'était levée. Marie de Rohan la prit aux épaules après lui avoir passé l'étui de cuir en bandoulière.

— Ne vous en défaites pas. C'est la seule arme qu'il reste à la reine pour faire tomber le Cardinal.

La mienne aussi, songea Isabella en acceptant comme un ultime présent le baiser enflammé de Marie de Rohan sur sa joue. Elle n'eut pas besoin qu'elle le lui recommande. Elle en transmettrait la chaleur à la reine.

43.

Sur le chemin de la cour des Miracles, Marco n'avait pu résister à l'appel de son logis.

Sa porte ayant été repoussée vers l'intérieur par un amoncellement de neige, il avait trouvé son voisin posté devant, circonspect. Il avait dû lui expliquer la situation, sans toutefois entrer dans les détails, ni impliquer personne.

Il avait obtenu de lui qu'il surveille les abords de la maison durant son absence et, au moindre signe, à la moindre anomalie, qu'il envoie son aîné en référer au grand Coësre. Pour lui permettre de franchir les limites de la cour des Miracles sans être malmené, il l'avait invité à entrer, soulagé finalement de n'avoir pas à affronter seul le désordre, puis avait griffonné un mot sur un vélin à l'en-tête de l'imprimerie, en guise de laissez-passer.

— N'hésitez pas, si vous avez besoin de quoi que ce soit d'autre, avait insisté Benoît Guignoli avant de refermer la porte.

Depuis la mort de sa femme, il savait mieux que personne combien les questions étaient gênantes quand on voulait agir vite et efficacement.

Sitôt son départ, Marco s'était empressé de changer la serrure et de réparer le dormant.

Puis, harassé par cette nuit blanche, par l'inquiétude qui sourdait en lui, il avait grimpé les marches de l'escalier quatre à quatre, s'était rafraîchi, changé. Il savait qu'il devait se donner deux heures pour récupérer.

Si ces trois dernières années avaient atténué ses réflexes d'homme aux abois, il n'avait pas oublié les contraintes de cette vie-là. S'il ne dormait pas, son corps vieillissant le trahirait au moment de frapper.

Il s'était étendu sur la couche, sa lame à portée de main, certain que si le grand Coësre avait eu du nouveau, il eût trouvé l'un de ses sujets devant sa porte, et non son voisin.

L'image de Marie, terrorisée dans les bras de Giuseppe, avait persisté de longues minutes durant avant qu'il ne s'apaise, le nez dans l'oreiller de Lucia. Il avait sombré, le corps lourd mais, tel ce guerrier qu'il avait toujours été, les sens aux aguets.

Ce fut le craquement de l'escalier qui l'arracha à un méchant rêve dans lequel Lucia se débattait contre un homme sans visage. Dressé sur son lit, il ramassa son épée, se leva discrètement et s'en fut se coller contre le mur dans lequel se découpait la porte, restée ouverte.

Il retint son souffle.

Son visiteur s'immobilisa avant d'avoir franchi le seuil.

— Range ta lame, Marco. C'est moi. C'est Fabien !

Il se dévoila au garçonnet dont le sourire courait jusqu'aux oreilles.

— Comment savais-tu que j'étais derrière, petit garnement ?

— Ton odeur. Je la reconnaîtrais entre toutes ! Non pas que tu sentes mauvais, non, tu pues même un peu trop le savon à mon goût, se moqua-t-il.

— Et toi pas assez !

Marco s'accroupit pour l'attirer dans ses bras, comme si ce contact pouvait à nouveau le rapprocher des siens. Il lui sembla que l'enfant le serrait lui aussi plus fort que d'ordinaire.

— Comment ton père a-t-il pu t'envoyer par ce temps ? Je vais lui dire deux mots…

— Il ne sait pas que je suis là.

Surpris, Marco le repoussa aussitôt.

— Comment ça ? Et d'abord par où diable es-tu entré ?

Fabien arracha une clef de sa poche.

— Par la porte de derrière.

Le cœur de Marco s'emballa dans sa poitrine.

— Qui te l'a donnée ?

— Giuseppe. C'est lui qui m'envoie. Pour te rassurer et aussi pour avoir des nouvelles de Lucia.

Marco bondit sur ses pieds, le sang de nouveau vif dans ses veines.

— Et Marie ?

— Elle va bien… Enfin si on veut…

Marco sonda ce regard soudain empli de tristesse.

— Elle croit que sa mère est morte. Mais elle se trompe n'est-ce pas ?

— Où sont-ils ? s'enquit Marco, refusant d'un bloc cette idée.

— Chez la sœur de Jeanne. Ils s'y sont réfugiés quand ils ont vu arriver les gardes du Cardinal. On vous a cherchés toi et papa, mais vous étiez déjà partis pour reprendre Lucia. Et tu es là… Et… dis… c'est pas vrai, hein, pour Lucia ?

Marco vit briller des larmes dans ce regard de jais. Il le prit aux épaules.

— Non, ce n'est pas vrai. Mène-moi.

Fabien hocha la tête, moucha son nez d'un revers de manche et le devança dans l'escalier.

Derrière lui, les pensées de Marco galopaient.

Giuseppe et Marie, libres avec Jeanne ! En sécurité !

Si cette nouvelle le rassurait profondément, il ne pouvait refouler une nouvelle poussée d'angoisse.

Que signifiait la terreur de Marie ? Pouvait-il lui accorder foi ? Elle avait prédit l'agression. Était-ce suffisant pour envisager le pire ?

Il ne pouvait s'empêcher de se demander qui se cachait réellement derrière l'enlèvement de Lucia. Tout s'était embrouillé au fil de ces dernières heures. Il n'avait plus que l'embarras du choix.

Philippe de L'Hôpital, le garde qu'elle avait blessé dans la rue Cours-Villain ? S'il avait seulement cherché vengeance, elle aurait été exécutée immédiatement.

Richelieu ? Était-il en quête du grimoire ? Avait-il appris qu'ils possédaient des éléments permettant de le retrouver ? Espérait-il que Lucia l'y conduirait ?

Henri Concini, Isabella, Claude de Mesmes étaient-ils de mèche, ou chacun porté par sa propre rancœur envers elle ?

Il ne savait plus.

Malgré son pas vif derrière les foulées gaillardes du garçonnet et le soleil qui adoucissait l'atmosphère parisienne, il frissonnait d'espoir, d'angoisse et d'impatience mêlés.

Serrer Marie dans mes bras ! Calmer ses peurs ! Dénouer le faux du vrai...

Il fendait la foule redevenue dense, active, dans les rues. Il se souvint que c'était jour de marché aux halles vers lesquelles ils cheminaient au milieu des charrois.

Fabien connaissait tous les raccourcis. Il les fit bifurquer dans une venelle, puis une autre pour éviter la concentration de l'artère.

Lorsque, enfin, l'enfant s'arrêta devant une petite échoppe de peaussier, le cœur de Marco battait à tout rompre.

Quelques heures plus tôt, le grand Coësre et lui étaient passés tout près pour tenter de saisir Philippe de L'Hôpital.

À peine Fabien eut-il toqué que la porte s'ouvrit sur un géant.

Entre ses jambes un cri fusa :

— Papa !

Et Marco oublia tout le reste pour enlever sa fille dans ses bras.

44.

La patience d'Isabella ne fit pas long feu.

Le fiacre qui la ramenait vers Paris n'avait pas tourné l'angle du portail de la propriété de Mme de Chevreuse qu'elle déroula le plan de l'hôtel de Tournon et de ses environs sur ses genoux.

Éclairée par le soleil qui entrait à pleins rayons au travers des vitres, elle plongea son nez dedans. Son index remonta l'entrelacs de ruelles. Elle s'étonna de découvrir l'ampleur du réseau souterrain, essentiellement né des carrières d'où l'on extrayait la pierre à bâtir.

Un vrai dédale !

Au mépris des portes fortifiées qui fermaient la ville, les boyaux passaient même sous son enceinte pour déboucher parfois dans des endroits improbables : église, cimetière, puits…

Elle repéra vite le passage qu'ils convoitaient. Il démarrait dans les écuries de Tournon et filait droit jusqu'au petit Luxembourg dans lequel demeurait Richelieu. Henri n'aurait aucun mal à l'atteindre. Selon la note manuscrite, probablement de la main de Concino Concini lui-même, un mécanisme à l'intérieur de l'abreuvoir des chevaux permettait d'y accéder.

Satisfaite, elle venait de rouler le document et de le ranger dans son étui, près d'elle sur le siège, lorsqu'un coup de feu éclata.

Violemment précipitée en avant, elle tira le volet pour jauger la situation. Une seconde déflagration couvrit le fracas des roues.

Impuissante, Isabella vit le cocher s'écrouler sur la banquette et l'attelage, privé de guide, s'emballer.

Le temps qu'elle se ressaisisse, son regard accrochait la silhouette d'un cavalier tout de noir vêtu qui caracolait en direction des chevaux de tête.

L'homme qui avait suivi Henri et tenté de les arrêter deux nuits avant !

Comment diable a-t-il pu savoir ? s'affola-t-elle avant de revenir à l'essentiel.

Il cherche à immobiliser la voiture.

Si elle ne réagissait pas, là, maintenant, elle était perdue.

Elle profita d'un virage pour ouvrir la porte du côté opposé à son agresseur, puis, se félicitant de ce qu'ils longeaient un bois qui masquerait sa fuite, elle souleva ses jupons et sauta.

Elle atterrit dans la poudreuse, roula en contrebas du fossé avant de se relever en hâte.

Son oreille perçut le tintamarre, proche, d'une envolée de cloches.

Trop tôt pour la messe... Monastère ? Couvent ?

Au bruit du galop qui s'éloignait, elle devina que l'homme peinait à reprendre le contrôle de la voiture.

Profiter de ce maigre avantage.

Les jupons relevés à hauteur de taille, elle prit ses jambes à son cou pour traverser l'enfilade désordonnée des troncs aux branches lourdes, contournant des buissons aux formes adoucies par la neige, les bottes souvent avalées par la profondeur des congères.

Elle finit par apercevoir la pointe d'une chapelle, la ligne sombre d'un rempart de pierre.

Parviendrait-elle à l'atteindre à temps ?

Elle tendit l'oreille. Plus un bruit en provenance de la route.

Le souffle court, répandant de la buée autour d'elle, consciente que, d'un tir de pistolet, le cavalier noir pouvait l'abattre à distance aussi facilement qu'il avait eu le cocher, elle refusa de penser à autre chose qu'à ce portail qui se rapprochait au rythme de sa course. À plusieurs reprises elle s'entrava dans ses jupes, se releva, craignant de le voir surgir derrière elle, guidé par les traces trop évidentes qu'elle laissait.

Elle n'était plus qu'à quelques toises lorsqu'elle entendit un galop étouffé. Elle se jeta contre la porte, la martela de toutes ses forces.

Enfin deux yeux verts apparurent derrière la grille d'un guichet.

— Vite ! Vite ! hurla-t-elle en s'écartant légèrement pour que la sœur portière prenne elle aussi la mesure du danger.

Elle entendit le grincement du verrou qu'on faisait coulisser en hâte. Elle s'engouffra dans la cour à l'instant où le cavalier noir la visait de son arme.

Le bois massif de la porte refermée encaissa la déflagration.

Et Isabella se laissa glisser à terre, essoufflée, tétanisée et exsangue, près de cette femme, ahurie, qui venait de la sauver.

45.

— Papa ! Papa ! Papa ! psalmodiait la voix de Marie contre l'oreille de Marco depuis son arrivée.

Refusant qu'il la pose, qu'il salue, qu'il remercie, elle l'étranglait presque, le couvrant de baisers entre rire et larmes, touchant cette famille qui s'était figée pour ne pas gêner leurs retrouvailles.

Bouleversé, il respirait l'odeur de sa peau, de ses cheveux, cette odeur de lait que l'enfance exhale.

Lorsqu'il ouvrit enfin les yeux, il prit la mesure de l'angoisse que Jeanne et Giuseppe, collés l'un à l'autre, dardaient sur lui.

— Veux-tu bien aller jouer avec Fabien et ces autres enfants que je vois là ? Je dois parler à grand-pa, décida-t-il, ramené à l'urgence.

— Non ! Non ! hurla Marie en s'accrochant de plus belle.

Un œil de biais à Giuseppe. Son beau-père lui répondit d'un hochement de tête.

— D'accord, accepta-t-il. Alors on va monter tous les deux et tu vas me montrer ta jolie chambre. Et puis tu vas me raconter pourquoi tu ne veux pas.

Elle hocha la tête dans son cou.

— C'est par là, le devança Jeanne dans l'escalier, le regard humide.

Toute la maisonnée semble en deuil, nota Marco, repris par un frisson détestable. *Pas étonnant que Marie soit si perturbée.*

— Je vous laisse. Prenez votre temps, lui glissa Jeanne au seuil de la petite chambre.

Je ne l'ai pas, faillit-il répondre avant de comprendre, devant l'appui de son regard, que ce n'était pas une invite mais une recommandation.

Marie avait besoin de lui.

Peinant à détacher ses bras de son cou, il l'assit sur le lit puis s'accroupit devant elle. Elle s'agita, réclamant son contact. Il lui bloqua délicatement les bras, s'efforçant de sourire.

— Regarde-moi, Marie. Dans les yeux. Comme quand on joue à la grimace… S'il te plaît. Je ne peux pas voir tes yeux si tu es contre moi. Et si je ne vois pas tes yeux…

— … Tu me vois pas, finit-elle, la bouche tremblante.

— Voilà. C'est ça.

Il plongea dans ces deux billes rondes que le chagrin dévastait, cherchant à y retrouver trace de cette joie permanente, cet éclat des matins, des facéties.

Envolés.

Son cœur se serra plus encore.

Il murmura :

— Raconte-moi. Pour maman.

— A pu. A pu maman, répéta-t-elle.

— Qui te l'a dit ?

— A dame.

— La dame qui parle à l'intérieur de toi ?

Elle hocha la tête.

— Est-ce qu'elle me parlerait à moi ?

— Sais pas.

— Demande-lui. Demande-lui qu'elle me parle. Qu'elle me parle à travers toi. Tu veux bien ?

Marie ferma les paupières. De longues secondes s'écoulèrent, uniquement bercées par son souffle qui se raréfiait, comme si elle en cherchait un autre.

Lorsqu'elle les rouvrit, une lueur flamboyait dans ses prunelles et Marco ne douta pas un instant qu'elle fût celle de l'entité.

— Je sais qui tu es.

— Bianca Lucia, répondit la fillette d'un timbre qui ne lui appartenait pas.

Il frissonna plus encore. N'allait-il pas trop loin ? Ne risquait-il pas de mettre la vie de Marie en péril ?

— Jamais, répondit l'entité comme si elle avait lu dans ses pensées.

— D'accord. Marie est sous ta protection. Mais qu'en est-il de Lucia ?

— Éteinte.

Marco serra les poings.

— Éteinte ? Ça veut dire quoi « éteinte » ?

— Éteinte, répéta-t-elle comme si seule cette réponse lui était possible.

— Je refuse.

— Pas le choix.

Il se dressa, les poings serrés de colère.

— Je vais la retrouver. Avec ou sans toi, je vais la retrouver et je vais ranimer sa lumière, tu entends ? N'imagine pas un seul instant que tu vas la remplacer auprès de Marie. Pour protéger le grimoire, tu as préféré abandonner ta fille aux mains de tes bourreaux. Jamais je ne te céderai ni n'abandonnerai la mienne. Jamais je n'abandonnerai Lucia.

— Tu ne sais rien. Tu ne sais pas…

— Si, je sais. Je sais que tu es une sorcière ! Que le pouvoir de ce grimoire est immense, mais moi je ne le convoite pas !

Il brandit le talisman devant ce regard qui avait cessé d'être celui de sa fille, le vit s'illuminer.

— Je le détruirai. Et le crâne ! Et tout ce qui subsiste de toi jusqu'à ce que cette magie qui te permet d'exister encore s'efface, s'annihile ! Jusqu'à ce que tu ne sois plus que poussière dans l'œil de ma fille. Poussière qu'une larme chassera ! Alors réfléchis bien avant d'abandonner définitivement l'esprit et le corps de Lucia.

Ils s'affrontèrent du regard quelques secondes. Puis celui de Marie vira. Saisie d'un vertige, elle s'abattit sur le lit, comme une masse. Il la prit contre lui et la berça jusqu'à ce qu'elle reprenne conscience, que son visage s'éclaire.

— Papa ! sourit-elle, le regard pétillant de malice.

À cet instant il sut.

L'entité avait effacé le souvenir de la mort de Lucia en elle, comme elle avait chaque fois effacé tous ses cauchemars.

Puisse-t-elle avoir aussi sauvé Lucia !

46.

Une étincelle dans la noirceur ambiante.

Elle ouvrit les yeux, prit conscience de l'irrégularité de son propre souffle. Mais l'obscurité était toujours là, autour d'elle. Une odeur putride, crayeuse. Sa joue, écrasée sous elle, lui faisait mal. Agacée par la poussière et le sang qui lui emplissaient les narines, elle se mit à tousser. Dans un réflexe, elle voulut ramener ses mains devant elle pour s'arracher à cette posture inconfortable, mais elle ne parvint à disjoindre ses poignets.

Ligotée, je suis ligotée !

Elle en chercha la raison. N'obtint que la sensation d'avoir la tête prise dans un étau de glace.

Je ne peux pas rester comme ça, s'affola-t-elle.

Jouant des coudes, elle se redressa lentement, le corps douloureux. Comme si on l'avait rouée de coups.

L'ai-je été ?

De nouveau, elle fit appel à sa mémoire. Sans la trouver davantage.

Qu'est-ce qui m'arrive ? se mit-elle à trembler.

Du bout des doigts, elle sonda la surface sur laquelle elle avait été étendue. Humide, rugueuse…

De la pierre ? Où suis-je ?

— Il y a quelqu'un ? Hé ho ! cria-t-elle.

L'écho de sa voix lui explosa aux oreilles. Instinctivement elle enfonça sa tête dans ses genoux pour se les boucher. Le contact du tissu de ses vêtements contre sa peau lui arracha un gémissement.

Oui, elle avait été battue. Tout son visage lui semblait tuméfié.

Il y a bien une raison à tout ça. Ressaisis-toi. Que faisais-tu avant ?

Un frisson la fit se rassembler plus encore sur elle-même.

Avant quoi ?

Elle ne se rappelait pas.

Désemparée, elle implora le ciel de lui venir en aide.

Bianca Lucia, s'entendit-elle répondre.

Cette voix, à l'intérieur d'elle, ranima une sensation désagréable, ajoutant à sa terreur grandissante.

Pourtant ces mots te sont familiers... Cherche ! Cherche !

Elle les répéta.

À qui appartient ce nom ?

C'est à cet instant qu'elle comprit qu'elle ne se souvenait pas du sien.

Terrorisée, les yeux exorbités comme si elle s'attendait à découvrir qu'elle se trouvait dans l'antre du diable, elle n'osa plus bouger, à peine respirer, guettant le moindre bruit autour d'elle, le moindre mouvement.

Au bout d'un moment, il lui sembla capturer le bruissement de l'onde.

La lagune. Venise...

Oui, elle connaissait ces mots-là, cette ville.

Venise... Je suis à Venise.

Mais cela ne la rassura pas. Au contraire. Un frisson courut le long de ses reins, aussitôt suivi d'un impérieux sentiment de danger.

Quelque chose de primal se réveilla en elle. Elle se coula au sol, rampa jusqu'à trouver la rugosité d'une paroi sous ses doigts. Elle s'aida de ses aspérités pour s'asseoir contre, mesura l'ampleur de sa faiblesse à la douleur qui, aussitôt, lui vrilla l'intérieur du crâne.

Bianca Lucia ! Bianca Lucia ! Bianca Lucia ! Bianca Luci...

— Tais-toi ! hurla-t-elle.

Puis, plus doucement :

— Tais-toi... Qui que tu sois, tais-toi...

La voix obtempéra, mais la douleur ne céda pas.

Elle s'accola au mur, les jambes écartées pour s'ancrer, refouler un vertige, un sanglot. Attendit que leur vague se retire.

Peu importe qui tu es pour l'instant. Ta perte de mémoire est sûrement temporaire, liée aux coups que tu as reçus. Éteinte. Oui c'est ça. Tu es juste éteinte. Réfléchis. Réorganise ce que tu sais... On t'a ligotée, frappée et vraisemblablement enfermée. Pourquoi ? Qui ? Où ? Venise, oui.

Elle chercha à capturer, de nouveau, le bruit de l'eau. Elle le retrouva, plus net que la fois précédente.

Bien. C'est bien. Tu te trouves donc près d'un canal... Dans une maison en pierres ? Où peut-on trouver de la pierre si rugueuse à Venise ? Dans un vieux quartier ?

Elle enragea. Elle ne savait pas.

Calme-toi. Réfléchis. On t'a frappée. On ? Plusieurs ? Homme ? Femme ? Peu importe qui. Peu importe pourquoi. T'ont-ils laissée pour morte ou vont-ils revenir pour finir le travail ?

Le doute, la peur…

Me libérer. Comment ?

Elle tira sur ses liens, ne réussit qu'à les serrer davantage.

La pierre. Les user sur la pierre.

Était-ce elle qui réfléchissait ou la voix qui la guidait ?

Elle se déplaça sur les fesses, chercha une aspérité, finit par en trouver une.

Assez coupante ?

Elle frotta la corde contre.

Ça va me prendre des heures !

Avait-elle d'autre choix ?

Lors, elle se concentra sur sa tâche.

Pour ne plus penser.

47.

— Là ! hurla soudain Henri en désignant un fiacre versé sur le bas-côté.

De nombreuses traces l'évitaient. Quelqu'un avait dû libérer les chevaux.

Angoissé, d'Artagnan sauta de sa selle sur la roue pour atteindre la portière.

Pendant qu'Henri faisait le tour, il pénétra dans l'habitacle, passa une main tremblante sur les banquettes rendues à la pénombre.

— Merci mon Dieu, murmura-t-il en les découvrant sèches.

Il ressortit la tête.

— Pas de sang.

— Mais le siège du cocher en est couvert.

— Le scélérat, grinça d'Artagnan qui ne voyait qu'un coupable possible à cette embuscade.

Ce cavalier noir qu'ils n'avaient pu rattraper, malgré leur course folle.

Il sauta à bas de la voiture.

— Et maintenant ? demanda Concini en revenant vers lui.

— Il faut pousser jusqu'à la première auberge. Si l'homme a survécu, c'est là qu'on l'aura conduit.

— Isabella ?

D'Artagnan secoua la tête.

— Sans témoin, autant chercher une aiguille dans une botte de foin.

Son anxiété toucha Henri. Ils s'étaient imperceptiblement rapprochés durant cette chevauchée. Quelques mots de réconfort, un changement d'attitude, marquant la fin des hostilités.

Il lui posa la main sur l'épaule.

— D'accord. Va pour l'auberge. Et pour tout ce que tu jugeras opportun.

D'Artagnan s'attarda dans la franchise de ce regard planté dans le sien. Il recouvrit cette main de la sienne, hocha la tête, un sourire complice aux lèvres.

Ils remontèrent en selle, et piquèrent sans attendre le flanc de leurs montures.

Le garçon d'écurie qui les accueillit dans la cour déneigée du Havre Verdoyant bourgeonnait du visage tel un rameau de printemps.

D'un index crochu, il leur désigna un renfoncement de porche, accolé à la longue bâtisse à étages percée de fenêtres.

— On nous l'a amené y a pas deux heures. Mort. D'une balle, j'dirais. Mais la terre est trop dure pour creuser. Notez, y pourrira pas, avec c'te température !

— Était-il seul ? s'enquit d'Artagnan, qui voyait toute chance d'interroger le cocher perdue avec lui.

— Ben non.

— Non ?

— Ben non, répéta le garçon comme une évidence. J'vous l'ai dit. L'est pas arrivé sur ses deux jambes !

Un simplet ! Nous voici bien ! s'agaça Henri, louant la patience du mousquetaire quand il ne songeait soudain, lui, qu'à casser les reins du benêt sur la margelle d'un puits voisin pour lui arracher ses informations.

— Un cavalier vêtu de noir, montant un cheval noir ?

— Pas vu.

— Et une femme, très belle, blonde, avec un accent italien.

— Ah çà, j'm'en souviendrais ! ricana le vilain en toquant sur son bonnet que ses oreilles trop grandes repoussaient vers le haut.

— Qui a ramené le cocher ?

— Deux gars qui r'montaient sur Paris. L'ont trouvé en travers d'la route un peu avant la voiture. Y m'ont laissé prend' les chevaux pour paiement d'son trou.

— Ils sont repartis il y a longtemps ?

— Une p'tite heure, j'dirais. Qui t'es-ce au just' qu'vous cherchez ? La dame ou son bandit ?

— La dame, répondit d'Artagnan avant de lorgner en direction de l'écurie et d'ajouter : Il nous faut deux chevaux frais.

— L'a fait quoi ?

— Qui ?

— Ben la dame ! Des fois qu'y aurait comme qui dirait une récompense…

Au comble de l'agacement, Henri fut plus vif que son compagnon. Il saisit le curieux par le col et le hissa sur la pointe des pieds.

— Tout ce que tu auras, c'est une bastonnade si tu dissimules quoi que ce soit.

— Oh oh oh ! j'disais ça comme ça ! c'est just' qu'y a trois couvents dans les environs. Un bon endroit pour s'cacher…

La main d'Henri s'ouvrit aussitôt.

— Hâte-toi de sceller tes meilleures montures, rugit-il avant de se tourner vers d'Artagnan, gagné par une étincelle d'espoir.

— Tu penses comme moi ?

— Trois couvents… C'est deux de trop…, lâcha le mousquetaire tandis que le garçon filait, habitué à parler mais plus encore à se taire.

— Il nous faut remonter jusqu'au lieu de l'escarmouche et voir lequel est le plus proche.

— En espérant qu'elle ait eu le temps de l'atteindre.

Henri lui décocha une moue complice.

— Si tu connaissais Isabella depuis aussi longtemps que moi, tu n'en douterais pas.

48.

Isabella n'en finissait plus de battre le talon de sa colère, assise sur ce banc au milieu du jardin potager rendu à un tapis blanc. Impossible pour elle, après ce qu'elle avait vécu à Santa Maria degli Angeli, de rester à l'abri du froid dans une quelconque pièce du couvent.

— N'insistez pas, ma mère, c'est épidermique ! avait-elle fini par courroucer l'abbesse, une sainte femme pourtant.

— Comme vous voudrez, ma fille. Je vous souhaite seulement de changer d'avis avant d'attraper une congestion, avait cédé cette dernière avant de retourner à ses occupations.

Pourquoi refuse-t-elle de comprendre ? grommela Isabella en resserrant les pans de son manteau, le nez engoncé dans la fourrure, refluant buée à chaque expiration.

De longues minutes durant, le cavalier noir s'était évertué à exiger qu'on la lui livre, au nom du cardinal de Richelieu.

N'ayant pu fournir aucun ordre écrit, il avait fini, ulcéré, par passer le canon de son pistolet dans le guichet et viser la sœur portière.

— Je n'hésiterai pas une seconde si vous n'ouvrez pas, avait-il aboyé.

— Eh bien, tirez ! Je vous ouvrirai encore moins ! l'avait-elle défié.

Le temps qu'il se décide, elle avait refermé le volet et enjoint à Isabella, soulagée, de la suivre jusqu'au scriptorium où, lui avait-elle appris, l'abbesse encourageait les efforts d'une élève enlumineuse.

Durant le trajet, dans le spectacle gelé de cette communauté visiblement paisible et inspirée, Isabella l'avait remerciée de sa promptitude et de son sang-froid.

— J'ai tenu tête autrefois à un nerveux de son espèce. J'en connais les rouages. L'intimidation est leur force, mais l'hésitation leur faiblesse…

Isabella était prête déjà à lui rétorquer qu'elle ignorait à qui elle avait eu affaire, lorsqu'un petit rire avait fait scintiller des étoiles dans le regard délavé par les années.

— Et puis de vous à moi… je ne risquais pas grand-chose. Tout à sa colère, il n'avait pas eu l'idée de recharger…

Isabella se leva, piétina sur place, envoya d'un pied rageur une envolée de neige en direction d'un corbeau qui la lorgnait avec indifférence depuis un piquet.

— Vas-tu fuir, maudite bête ? Qu'attends-tu donc ? Que je me congèle sur place ? Pas près d'arriver !

Tantôt elle grelottait, tantôt elle bouillonnait.

Car, évidemment, il avait bien fallu qu'elle explique ce qui l'avait poussée à se réfugier là. D'autant que ce diable d'homme en noir avait mentionné le nom du Cardinal.

— Je détiens des informations capitales, ma mère, que cet homme, voulant vous abuser, tentait de me soustraire. Je dois rentrer à Paris au plus vite, s'était-elle éplorée, sentant une écoute, un soutien.

— Nous possédons une vieille mule. Hélas, si elle ne sert qu'à porter les paniers, je ne peux vous la céder, avait ajouté l'abbesse devant son œil embrasé de convoitise. Outre que cela grèverait singulièrement notre quotidien, elle est bien trop vieille et fatiguée pour vous mener à bon port.

C'était à cet instant qu'elle avait déchanté. Elles étaient quatre autour d'elle avec leurs mines désolées, la sœur portière, la cellérière, l'apothicaire, et ce napperon froissé dont le regard trahissait une évidente bonté d'âme.

Une bonté qui n'en garde pas moins le sens de ses intérêts !

— Je dois pourtant sortir d'ici, s'était-elle presque emportée, ajoutant, comme une menace : Il en va de la vie de la reine !

— Dans ce cas, j'imagine que ce scélérat qui vous course est embusqué tout près, et cette fois, avec son pistolet chargé ! s'était exclamée la sœur portière.

Malgré son dépit, Isabella avait hélas dû admettre que sa remarque ne manquait pas de justesse.

C'était finalement une nonne, à peine plus haute qu'une fillette, qui avait suggéré de faire porter un message au curé de la paroisse voisine. Lequel pourrait, face à l'urgence de la situation, dépêcher l'une de ses ouailles à Paris.

— Qui s'inquiéterait de voir une nonne s'éloigner du couvent en direction d'une église ? avait-elle ajouté d'une voix fluette, devant l'approbation des autres.

Isabella avait donc rédigé un billet à l'intention de d'Artagnan.

Depuis, elle perdait son temps, fatiguant ses yeux verts sous l'éclat de la poudreuse. Peu convaincue de cette solution.

Elle allongea un pas nerveux le long de la ceinture de moellons qui protégeait la communauté à la fois des loups et des intrus.

S'évader ?

Elle n'était pas prisonnière. Juste incapable, à pied, de retourner à Paris.

Sortir et dételer l'un des chevaux du fiacre comme la veille ?

C'était forcément là que ce chien l'attendait.

Patience ! Comment m'y astreindre ?

Elle foudroya du regard cette silhouette qu'elle venait de remarquer en train de l'observer depuis la fenêtre du scriptorium.

L'abbesse sembla navrée de la voir arpenter cette neige. Elle le lui signifia d'une oscillation de la tête, ajoutant à son déni et à sa colère.

Si elle espère que je vais aller prier à ses côtés ! La dernière fois qu'une religieuse m'y a contrainte, je lui ai filé sous le nez ! C'est décidé, profitant de la nuit, je courrai au relais le plus proche !

Il ne lui resterait plus qu'à prendre un cheval et à galoper à bride abattue.

Elle se laissa choir sur le tronc, lissé par l'épaisseur de neige, d'un arbre coupé.

Pourquoi n'ai-je pas écouté ce fichu cocher ? À cette heure il serait encore vivant et moi auprès d'Henri à fouiller le souterrain. Santa Madonna ! La carte ! bondit-elle soudain en se souvenant qu'elle l'avait laissée dans le fiacre.

Idiota ! Ce chien a dû la récupérer ! se fustigea-t-elle. *Les dossiers sont plus vitaux à Richelieu que ta mort.*

Comment avait-elle pu l'oublier ?

L'homme en noir cavalait sûrement déjà en diretion de Paris pour s'en emparer, convaincu de l'avoir écartée de son chemin, fût-ce d'une autre manière que celle qu'il avait souhaité employer.

Idiota ! se répéta-t-elle encore en relevant ses jupons pour hâter sa course, au risque de glisser sur les pavés gelés.

— Je pars maintenant, lâcha-t-elle, en parvenant, essoufflée, devant la sœur portière occupée à verrouiller le cellier pour la nuit.

— Quelle mouche vous pique ? N'avez-vous plus peur du loup ?

— Un détail me laisse entendre qu'il a filé. De grâce, ma sœur. Je dois courir ce risque, aussi infime soit-il désormais. Chaque minute perdue met la reine en danger.

Un soupir.

— Évidemment…

Le peu d'empressement qu'elle mit pourtant à traverser lc cloître puis l'allée ne parvint qu'à faire trépigner davantage Isabella.

— Il est encore temps de changer d'avis, lui jeta la moniale, en retenant la clef devant la serrure.

Pour toute réponse, Isabella arracha ses lames, prête à se battre si elle s'était trompée.

Reprise d'angoisse, elle vit s'écarter le battant.

Et resta saisie de surprise en découvrant le visage de celui qui, le marteau en main, s'apprêtait à frapper.

Un nom, un éclat de joie.

— D'Artagnan !

— Isabella !

Elle se jeta dans ses bras.

49.

Midi venait de sonner aux beffrois de la ville. Les cloches se répondaient. Marco imagina la glace soudée aux battoirs de bronze éclater sous les vibrations. Au zénith, le soleil distribuait ses rayons dans un ciel de traîne, comme autant de promesses d'un redoux, après la tempête de neige.

Il se tenait sur la coursive de la cathédrale Notre-Dame. Longue et étroite, bordée par une balustrade de pierre, elle surplombait la galerie des rois de Juda.

Le point de vue sur Paris était sans pareil.

De chaque côté de l'île de la Cité, la Seine, piquée d'embarcations de toutes tailles, y déroulait ses méandres irisés.

Pour tromper son impatience en attendant l'ambassadeur, il arrêta son regard sur le Petit-Pont encombré d'habitations à colombages. Il n'en voyait de là que les dos et les toitures, accolées les unes aux autres comme des vagues stylisées. À son extrémité, quelques soldats promenaient leur ennui sur le toit plat des tours rondes du petit Châtelet, tandis qu'au-delà les maisons semblaient ramassées sur elles-mêmes, écrasées par la hauteur de l'enceinte de Philippe Auguste, comme noyées dans la blancheur laiteuse du paysage. Passé les jardins du palais du Luxembourg, tout s'éclaircissait, devenait moulins, champs, buttes. Tapis de diamants. À perte de vue.

Un soupir lui échappa.

Il avait appris à aimer cette ville. Ses parfums si différents de ceux de la Sérénissime. Mais Venise lui manquait.

Plongeant le regard dans la rue encombrée qui s'ouvrait sur le parvis, il chercha à repérer Claude de Mesmes au milieu du va-et-vient des badauds. Il ne vit qu'une masse mouvante de chapeaux ou de bonnets.

Impossible d'identifier qui que ce soit.

Une multitude de sons montait jusqu'à lui. Le hennissement d'un cheval, le crissement des roues sur le pavé là où un quidam avait déneigé à grand renfort de pelle. Entre la rumeur de la foule troublée par les harangues des vendeurs du petit marché voisin, le cri des mouettes qui tournoyaient au-dessus des barques et des barges à quai, et les pigeons qui roucoulaient autour de lui, il se demanda subrepticement s'il pourrait seulement échanger quelques paroles audibles avec l'ambassadeur de France à Venise.

Il avança entre les deux tours, se posta au milieu, projetant une ombre soudain gigantesque sur les vitraux majestueux de la rosace frappée de lumière. Une chaleur douce en émanait.

Si Claude de Mesmes levait la tête, il ne manquerait pas de le remarquer.

Ai-je été trop audacieux en choisissant cet endroit ? se demanda-t-il.

Non.

Jean-Jacques de Mesmes avait dû avertir son fils qu'il avait passé le talisman à son cou. Le tirer comme un garenne, c'était prendre le risque que le médaillon bascule en même temps que lui et se brise sur les pavés. Or, l'ambassadeur tenait trop à retrouver et à déchiffrer le grimoire.

Au pis viendrait-il avec de fines lames. Mais à cette hauteur, compte tenu de la configuration du lieu et de l'attraction du vide, Marco ne doutait pas de son avantage. Il lui suffirait de suspendre le médaillon au-dessus du vide pour qu'ils lâchent leurs armes.

Ce lieu reste parfait pour, quoi qu'il advienne, garder l'avantage, se convainquit-il une fois de plus.

L'essentiel était qu'il s'assure, puisque le crâne et les documents de Bianca avaient disparu, que Claude de Mesmes, seul ou avec la complicité d'Henri et Isabella, n'était pour rien dans l'enlèvement de Lucia.

Il s'accouda à la rambarde, laissa filer son regard sur la flèche de la Sainte-Chapelle, en face, l'obliqua en direction du Temple, sur l'autre rive, cherchant à repérer la rue de Paradis.

Sa rue.

Son cœur se mit à pulser plus fort dans sa poitrine.

Où es-tu, Lucia ? Où dans cette foule, ce volume ? Paris semble si grand soudain !

Il ferma les yeux sur sa petitesse.

Il les rouvrit, l'oreille attirée par un crissement régulier. Tournant la tête, il regarda Claude de Mesmes avancer d'un pas régulier vers lui.

L'ambassadeur était seul. Superbe dans ses habits de cour, la lippe cynique et l'œil hautain.

Tel qu'en son souvenir.

À Venise, il n'avait éprouvé que mépris à son encontre. Cette fois, il dut réprimer, pour l'accueillir, cette pulsion de haine qui lui échauffa le sang.

50.

Refoulant son impatience à apprendre la vérité, Marco reprit sa posture, l'œil de nouveau sur la ville, les mains croisées sur la rambarde.

Les sens en alerte, malgré son allure débonnaire, Claude de Mesmes s'adossa à la pierre, à quelques coudées seulement de lui.

Une simple poussée le ferait basculer dans le vide, apprécia Marco, comprenant qu'il se mettait en danger sciemment.

Preuve qu'il attend de cette rencontre autant que moi... Ou qu'il a une trop grande confiance en lui...

Échange de regards. Froids.

— Je sortais d'un cabinet quand je vous ai reconnu entrant chez le Cardinal avec un mousquetaire. Jusque-là, j'ignorais que vous vous étiez installé à Paris. Quand je suis arrivé chez vous, la maison était vide. Je n'ai fait que saisir l'occasion de récupérer ce que vous aviez pris, sous mes yeux, chez l'abbesse de Murano, lâcha Claude de Mesmes, aussi glacial que ce vent qui leur fouettait le visage.

Marco haussa les épaules, un sourire narquois aux lèvres.

— Vous espérez que je vais me contenter de ça ? J'ai retrouvé ma fille et son grand-père mais pas Lucia.

— J'ignore où elle se trouve.

— Si vous êtes là, c'est que vous avez une monnaie d'échange.

Claude de Mesmes grimaça.

— En effet. Je me suis renseigné…

— Auprès de Richelieu ?

— J'ai mes propres sources. Néanmoins, si votre question sous-entend une association d'intérêts entre lui et moi, alors oui. Il attend du grimoire ce que j'en espère moi-même. La puissance absolue. La matérialisation d'un pouvoir qui, à tout instant, peut nous échapper, à l'un comme à l'autre. J'aspire à plus que ne m'offre cette fonction. Et lui aussi.

— Roi à la place du roi ? Pape en lieu de cardinal ? Ou Dieu à deux têtes ? À moins que vous ne décidiez finalement de vous passer de la sienne…

— C'est à peu près ça…

Et il m'avoue ça, froidement ! s'éberlua Marco devant tant d'outrecuidance.

Préférant n'en rien montrer, il prit un air plus détaché encore.

— Je ne vous l'interdirai pas. Je veux ma femme. Vivante.

— Elle a été enlevée par l'un des hommes du Cardinal, Philippe de L'Hôpital. Mais mes informateurs n'ont pas réussi à le retrouver. Je suppose qu'il se cache du Cardinal dont la colère est à son comble. Ce n'est pas le genre d'homme qui tolère que quoi que ce soit lui échappe. Or, ce garde a menti pour mieux se venger.

— Il n'était pas seul, de ce que j'en sais.

— Ses complices sont morts. Exécutés. Une balle en plein front. Ils ont été découverts peu avant l'aube par une patrouille.

Marco sursauta.

— Où ?

— Dans une impasse. Près d'une taverne où ils écoulaient souvent leur solde. Voilà tout ce que j'ai pu apprendre. Croyez bien que je vous en donnerais davantage si je le pouvais.

— Quelle bonté d'âme ! ironisa Marco, dont l'angoisse venait de monter d'un cran.

Pourquoi tuer ses complices si ce n'est pour les empêcher de parler... de l'assassinat de Lucia ?

« Éteinte », avait dit d'elle l'entité. Cette fois encore il en rejeta l'idée.

Claude de Mesmes était trop fin pour ne pas avoir senti que sa confiance était ébranlée.

— Je ne suis pas votre ennemi, Docciolini, insista-t-il. Pas plus en tous les cas que ce que les circonstances en ont décidé. Si vous me rendez le talisman et restez en dehors de ma route, je vous laisserai tranquilles, vous et votre famille. L'avez-vous ?

Marco écarta son manteau, ravivant une étincelle de convoitise dans l'œil de l'ambassadeur. Le voyant tendre la main, il recula d'un pas.

Il n'en avait pas terminé avec lui.

— Et Henri Concini ?

— Il ne sera bientôt plus de la fête. Tout comme Isabella Rosselli. Si cela peut vous rassurer, ils ignorent ma présence à Paris, tout comme la vôtre. Je vous ai tout dit. Le talisman…, exigea l'ambassadeur en ouvrant la main.

Marco hésita. Ce fourbe s'apprêtait à faire taire Isabella et Henri. Quelle certitude avait-il qu'il n'avait pas fait occire les complices de Philippe de L'Hôpital pour l'empêcher de les interroger ? que son homme de main n'était pas embusqué dans l'escalier, prêt à tirer sur lui quand il redescendrait ? que, profitant de cette occasion de se venger de l'humiliation de Venise, il n'irait pas ensuite achever Lucia ?

Aucune.

Et puis, même s'il s'en tenait réellement là, ne valait-il pas mieux, somme toute, que le talisman soit perdu à jamais ? Que nul ne puisse lire, comprendre le grimoire ? A fortiori des hommes aussi avides que lui ?

Sa réserve dut paraître trop longue à l'ambassadeur. Marco le vit soudain fondre en direction du pendentif comme une serre d'oiseau de proie. Il fit aussitôt un écart pour se garder de sa convoitise. Trop brusque ? Il se vit partir en arrière. Le temps qu'il comprenne que la balustrade venait de céder sous lui, ses pieds se décollaient du sol.

Instinctivement il chercha une accroche au-dessus de lui, se sentit happé. Il releva la tête, verrouilla la prise de l'ambassadeur sur son avant-bras.

Inutile d'en conclure à un sursaut d'altruisme, se raisonna-t-il tandis qu'il se voyait hissé à la force du poignet. *C'est le talisman qu'il entend sauver, pas moi.*

Craignant d'être lâché sitôt qu'il s'en serait emparé, Marco prit appui sur l'une des monumentales statues qui ornaient la façade. Au bas, surpris par l'écroulement de la pierre, des badauds formaient déjà un cercle. Il les entendait pousser des cris d'orfraie. Il était pourtant vain d'espérer leur aide. Ils étaient au spectacle. Tiré vers le haut, un pied battant le vide, l'autre reposant de la pointe sur la tête d'un des rois de Juda, il parvint enfin à passer son coude libre autour d'un pilier sain. Mais sa posture, inconfortable, restait incertaine. D'autant que Claude de Mesmes avait suspendu sa traction et sorti sa dague.

— À quoi tenez-vous le plus, Docciolini ? Au talisman ou à la vie ?

Marco n'hésita pas. Libérant cette poigne faussement salvatrice, il arracha la chaîne de son cou.

Les doigts avides de l'ambassadeur se refermèrent dessus.

— J'imagine qu'il me faudra remonter seul, comprit Marco devant l'air triomphant de son adversaire.

— Vous imaginez bien. Adieu, Docciolini ! le salua-t-il en reculant déjà.

Marco lança sa main en direction de la coursive.

Il sentit la pierre s'effriter sous ses doigts. Il lui fallut plusieurs tentatives avant de pouvoir affirmer sa prise et se hisser en jouant de ses appuis.

Lorsque, enfin, il se laissa retomber, Claude de Mesmes sautait sur sa monture. Il le vit filer à bride abattue, forçant la foule à s'écarter devant lui, sans un regard en arrière.

En direction du Louvre.

51.

C'est à l'instant où elle n'y croyait plus qu'elle sentit soudain ses poignets, rongés jusqu'à la chair par le frottement, se disjoindre d'un coup. Un cri de joie résonna dans le silence auquel elle avait fini par s'accoutumer. Elle avait espéré que sa mémoire se réveillerait, mais elle ignorait toujours qui l'avait menée là et pourquoi.

Quant à savoir qui elle était !

Sa seule certitude, c'était ce discret bruit d'eau qui la renvoyait à Venise.

Sortir de là. Vite. Est-ce seulement possible ?

Elle s'accorda quelques minutes supplémentaires, le temps de frictionner ses mains engourdies, de faire jouer ses épaules, puis ses poignets. Ces simples mouvements lui arrachèrent des larmes de douleur.

Pas le moment de flancher.

Elle inspira profondément, s'efforça d'apaiser les battements désordonnés de son cœur.

Luttant contre la souffrance, elle se leva, plaqua sa paume contre le mur et le longea, certaine de trouver bientôt un angle, puis un autre mur, jusqu'à atteindre le bois d'une porte.

Mais soit la pièce était immense, soit elle se trouvait dans un couloir sans fin. Au bout d'une centaine de pas, une ouverture se présenta à elle. Elle l'enfila. Une autre, plus loin. Puis une autre. Et encore une autre.

Et toujours cette odeur de renfermé.

Au fil des pas, celle-ci devint si oppressante que son angoisse la précipita dos à la paroi, mains et pieds écartés. Elle mit de longues minutes à la faire taire, à chasser ce vertige, l'impression de manquer d'air.

L'image d'un long serpent de pierre à l'intérieur d'un palais lui frappa la mémoire. Un couloir secret, étroit.

Je dois en avoir le cœur net.

Elle garda une main sur le mur, pivota jusqu'à former un angle droit et étira son autre bras. Ses doigts battirent le vide. Refusant de perdre son unique repère, elle ne s'autorisa qu'un pas chassé dans sa direction. Elle buta presque aussitôt contre une autre paroi.

Elle s'y plaqua sans savoir si elle devait se réjouir de sa découverte.

Allons. Un corridor implique une entrée et une sortie. Avance, c'est tout, se rassura-t-elle.

Elle reprit sa progression à tâtons, mais à chaque nouvel embranchement, elle avait l'impression que cette pieuvre ne cessait d'enfler, de se répandre.

Je tourne en rond. Je ne vois pas d'autre explication !

Cette idée l'affola. Depuis combien de temps était-elle captive ?

Elle avait faim et soif.

À cet instant, elle s'aperçut qu'elle n'entendait plus le bruit de l'eau.

Sa terreur remonta d'un cran.

S'était-elle éloignée de la sortie ? Quel palais pouvait être si immense ? Celui des doges ? Elle eut soudain l'impression de marcher depuis des heures. Elle ne sentait plus ses jambes, ses bras, son dos, son bassin, son ventre secoué de spasmes. Ses os, ses côtes, sa mâchoire semblaient en bouillie. Elle peinait à garder un œil ouvert tant elle le sentait gonflé.

Santa Madonna ! Où suis-je ?

Sa mémoire embrassa des campos, des venelles à fleur de canal, des maisons étroites aux façades colorées, des palais aux balustrades de marbre, des parfums de seringuas, de lilas, de lagune, des rires d'enfants, le chant des gondoliers.

Un sanglot explosa dans sa poitrine.

Qui était-elle dans ce décor ? D'où venait-elle ? Quelqu'un l'attendait-il ? Qu'avait-elle bien pu faire pour se retrouver en pareille situation ? Si seulement elle distinguait ses vêtements, au moins saurait-elle quelle était sa condition. Et puis quelle importance ? Était-elle seulement vivante ? morte ? errante au purgatoire ? À moins que ce ne soit déjà l'enfer.

Elle se ramassa sur elle-même et finit par s'asseoir, libérant enfin ces larmes que seul son instinct de survie était parvenu à retenir. La tête entre les mains, coudes sur les genoux, elle pleura, pleura, jusqu'à ce que l'épuisement l'emporte.

L'épuisement, la douleur physique et cette lame de glace à l'intérieur de sa tête.

52.

L'instant de surprise passé, Isabella avait remercié la sœur portière, la chargeant de transmettre ses meilleurs souvenirs à l'abbesse. Elle avait accepté la main tendue de d'Artagnan aussitôt remonté en selle, pour se hisser en croupe derrière lui.

Tandis qu'ils avalaient la distance qui les ramenait vers Paris, son amant avait comblé ses lacunes.

Restait une inconnue : le cavalier noir.

— Nous ne l'avons pas croisé à l'aller, je suppose qu'il a dû prendre un raccourci. Au fond nous ne savons rien de lui sinon qu'il s'est emparé de la carte. Nous ne l'avons pas trouvée dans le fiacre, jeta-t-il par-dessus son épaule contre laquelle elle appuyait son menton.

— Qu'en pense Henri ?

Ce dernier leur ouvrait le passage à grand renfort de cris sur la voie romaine, au milieu des charrois qui se pressaient d'atteindre eux aussi la capitale.

Nous n'en avons pas parlé. Nous avions plus à cœur de te retrouver que de nous inquiéter de ce forban.

Isabella sentit ses mains qu'elle avait nouées sur le torse de son amant s'appesantir d'une pression douce.

Troublée, elle se moula plus encore à lui, ferma un instant les yeux.

— Je t'aime, murmura-t-elle.

— Quoi ?

Elle haussa la voix.

— Je t'aime !

Elle se délecta de son éclat de rire. Léger. Heureux.

— Et moi donc ! J'ai cru devenir fou à l'idée que ce chien ne t'égorge ! Heureusement qu'Henri était là !

— Vous avez fait la paix ? s'étonna-t-elle.

— J'ignorais que nous étions en guerre ! Mais si tu entends par là que nous avons appris à nous connaître, alors oui.

Lors, elle ne se gorgea plus que de sa chaleur, de ce vent qui mêlait leurs chevelures, les forçant, pour ne pas davantage fatiguer l'animal, à ne faire qu'un sur sa croupe.

Plus ils avançaient vers Versailles, ralentissant à peine l'allure dans les villages, rasant les puits et les habitations, obligeant les passants à se rejeter en arrière, plus la forêt devenait dense.

Bientôt ils furent dans des sous-bois aux troncs noirs et aux branches nues sur lesquels le gel coulait des formes étranges.

— Le terrain de chasse préféré du roi, annonça d'Artagnan qui l'y escortait souvent avec ses compagnons.

— Ne s'étonnera-t-il pas de ton absence ? Qu'as-tu dit à M. de Tréville ?

— Rien. C'était mon jour de repos. Mais nous ne devons pas tarder. Je dois reprendre du service pour le concert de cet après-midi. D'ailleurs Marie de Médicis entend bien que tu y tiennes ta place !

— Pourquoi ? cria Isabella pour contrebalancer un envol bruyant de corbeaux.

— Elle redoute que Richelieu, pensant t'avoir réduite au silence, ne t'accuse ouvertement de trahison, ne l'y implique elle-même, puisque tu es sa nièce, et Anne d'Autriche, dans la mesure où tu t'es rendue chez son amie Marie Aimée de Rohan, coutumière des complots contre lui.

Elle se raidit.

— Et je lui en ai offert la possibilité. Le plan porte le sceau de cette dernière.

Elle sentit un frisson parcourir la croupe du cheval sous son mollet.

Tiendra-t-il la distance ? s'angoissa-t-elle plus encore, mesurant à quel point sa propre tension ajoutait à celle de l'animal.

Elle chercha à la tempérer, reporta son attention sur le paysage qui défilait, la succession des clochers et des moulins battant l'air glacial de leurs voiles gonflées, la cime des arbres ployant sous les rafales.

Passé une butte, Paris apparut enfin, emprisonnant la Seine.

Comme Venise son Grand Canal, ne put s'empêcher de se troubler Isabella.

D'ici, avec cette blancheur virginale qui faisait perdre le contact des bâtisses avec la terre ferme, un instant elle eût presque pu se croire chez elle. Mais l'illusion ne dura pas.

Dévalant le vallon, ils s'enfoncèrent dans les taillis épais d'une forêt. Un arbre renversé par une bourrasque mangeait le sentier qui la traversait. Des bûcherons s'activaient à en débiter les branches dans le fossé pour permettre aux voitures tassées sur le bas-côté de circuler.

Toujours en tête, Henri les dépassa les unes après les autres, puis sauta par-dessus le tronc sans ralentir son allure.

Ils firent de même.

Un instant inquiet que leur monture ne s'affaisse sous leur poids, d'Artagnan fut soulagé de la voir retomber sur ses jambes et continuer sa course malgré l'épaisseur de neige.

Isabella, elle, avait fermé les yeux contre lui, trompant le rythme effréné de son inquiétude. De toute évidence, au bal elle jouerait sa tête.

Elle ne les rouvrit qu'en entendant les harangues des passeurs.

Ils longeaient à présent la Seine, laissèrent sur leur gauche le pont piéton qu'ils avaient emprunté la veille.

Les cloches de l'abbaye de Saint-Germain-des-Prés sonnèrent trois coups.

Ils n'avaient pas mis deux heures, en conclut Isabella.

S'il allait lui en falloir au moins une de plus pour passer chez elle, se changer, monter dans un fiacre et se rendre au Louvre, Henri, lui, n'aurait que peu de distance à parcourir. La rue de Tournon n'était qu'à quelques pâtés de maisons.

53.

Henri s'était immobilisé un peu avant la porte de Nesle, barbacane carrée accrochée d'un côté aux remparts de la cité, de l'autre à un donjon circulaire dont le sommet, plat et crénelé, dominait le fleuve.

— Le cavalier noir a largement eu le temps de filer dans le souterrain, annonça sans ambages d'Artagnan lorsqu'il eut accolé son cheval au sien.

— C'est aussi la conclusion à laquelle je suis parvenu, soupira Henri.

— Hors de question que tu te confrontes seul à lui. Je dépose Isabella au Louvre et je te rejoins.

— Inutile. Ma lame vaut la tienne, jeune prétentieux, le taquina Henri. Et puis, ton absence à l'instant de reprendre ton service ne jouerait pas en notre faveur.

— Il a raison, appuya Isabella.

— Si tout se passe comme je l'entends, je serai sur l'autre rive avant vous. Nous n'aurons qu'à nous rejoindre à la poterne est. Elle est suffisamment discrète pour que j'y passe inaperçu. Je pourrai ainsi vous remettre les dossiers, puis, de là, regagner mon auberge.

— C'est entendu, approuva d'Artagnan qui, comme chacun d'eux, refusait d'imaginer qu'il puisse ne pas les trouver.

— Ne vous inquiétez pas de moi. Mais de la reine qui doit se ronger les sangs, insista Henri.

Son cheval piétinait. D'autres approchaient. Il était temps qu'il tourne bride.

— Sois prudent, surtout, lui recommanda Isabella.

Il hocha la tête puis bifurqua pour traverser la rue de Seine qui longeait les remparts.

La difficulté n'était plus de découvrir l'entrée du souterrain mais de franchir celle de l'hôtel. Les mesures de sécurité avaient dû être renforcées par le Cardinal.

Henri obliqua donc dans la rue suivante, qui menait à l'hôtel de Condé, et longea le mur arrière de celui de son père. Un charroi de cochons bloquant à demi le passage, déjà encombré par un autre de tonneaux, il confia sa monture à l'anneau d'une échoppe et continua à pied, sous les injures que s'échangeaient les deux hommes.

Parvenu à hauteur d'un muret, il jeta un œil en arrière. Les commerçants s'invectivaient toujours, prenant à témoin les passants, créant un encombrement plus grand encore. Personne ne s'intéressait à lui.

À la bonne heure.

Il enfila le bout de sa botte dans un trou laissé par une pierre tombée, prit appui de l'autre sur une saillante, s'accrocha aux racines courantes d'un lierre et, avant que quiconque l'ait remarqué, se retrouva de l'autre côté. Il était dans l'enclos, mais point à l'aise. Par-devant le mur lui raclait le jabot, par-derrière les fesses. Et il lui fallait contourner le bâtiment par cet espace étroit.

Dix minutes plus tard, il pénétrait dans l'écurie, les sens en éveil.

Il emprunta une lampe accrochée à un clou et longea les stalles, vides pour la plupart. L'hôtel ne servait plus que pour les réceptions d'ambassades. Or, à cette heure, tout ce que Paris comptait de noblesse se disputait l'entrée du Louvre pour assister au concert du roi. Il entendit un raclement de pelle, puis de gorge, dégaina sa rapière, mais les pas s'éloignèrent à l'autre bout du long bâtiment rectangulaire fermé par des arcades.

Sans doute le palefrenier, conclut-il.

Il rallia l'abreuvoir sans avoir rencontré quiconque.

Restait à savoir si le cavalier noir l'avait devancé.

La glace brisée à la surface lui en fournit la preuve. Sans perdre un instant, il enfila sa main dans l'eau et actionna le mécanisme. Il s'était imaginé voir la plaque de fond coulisser, ce fut une des dalles de sol, juste à côté. Il se pencha, sentit remonter à ses narines une odeur de moisissure.

Rien d'engageant, songea-t-il.

L'obscurité régnait, telle qu'en un tombeau.

Est-il toujours là ? Impossible d'en être sûr, mais dans l'hypothèse, inutile de lui fournir une cible facile ou de s'encombrer en cas d'attaque, décida-t-il en abandonnant sa lanterne.

Dès la première marche, l'escalier moussu s'avéra glissant, l'obligeant à prendre appui sur les aspérités du mur à sa gauche. Il compta douze degrés avant que le vantail ne se referme, actionné sans doute par sa semelle.

Il demeura quelques secondes immobile, guettant le moindre bruit, jusqu'à ce que ses yeux s'habituent assez pour lui permettre de poursuivre sa descente.

Il affirma sa main sur le manche de son poignard, plus maniable que l'épée entre ces murs, et le pointa en avant. Si l'homme se jetait sur lui, il serait embroché.

Il parvint en bas sans encombre, prêta l'oreille. Il lui sembla entendre une pierre rouler, sans parvenir à évaluer la distance qui l'en séparait. Il se colla dos au mur et avança à pas chassés, retenant son souffle pour ne pas se trahir.

À deux reprises, il crut effleurer quelque chose. Il s'accroupit pour esquiver une attaque, prêt à faucher aux jambes, mais rien ne vint et il se redressa, le cœur cognant comme un fou dans sa poitrine, maudissant une quelconque bestiole.

Il resta en alerte un long moment, avançant prudemment, avant d'en conclure que leur ennemi avait quitté les lieux. Avec ou sans les dossiers.

Relâchant enfin sa tension, il retourna en arrière pour récupérer son falot.

Il ne fit pas dix pas.

54.

En dévalant l'escalier de Notre-Dame, Marco réfléchissait à toute vitesse. Il lui fallait regagner la cour des Miracles pour savoir où en étaient les recherches du grand Coësre. D'autant qu'il y avait envoyé Giuseppe, trépignant d'impuissance.

Maugréant sur cette notion de « hasard » qui l'avait fait s'appuyer sur la seule portion de rambarde endommagée de la coursive, il sortit de la cathédrale d'un pas rapide, les muscles des bras endoloris d'avoir été étirés, puis sollicités à outrance sous un froid pareil.

Maudite sorcière ! J'ignore quel est ton dessein, et dans quelle mesure ta magie peut influer sur tout ça, mais je vais retrouver ma femme, sois-en certaine !

Il était d'autant plus déterminé que l'ambassadeur l'avait tenu à sa merci. Il aurait suffi à ce dernier de lui briser le coude une fois le médaillon récupéré pour le voir s'écraser au milieu de la foule. Mais il ne l'avait pas fait.

Je refuse de croire à sa bonté d'âme. Cela cache quelque chose. Mais quoi ? Je finirai bien par le découvrir ! Et lui reprendre le crâne si c'est le seul moyen d'y renvoyer cette fichue sorcière !

Il se trouvait à mi-chemin du fief d'Alby lorsqu'il eut la surprise d'apercevoir Fabien. Bravant le froid, le garçonnet lui arrivait dessus au mépris des passants qu'il bousculait sur son passage.

— On l'a ! On l'a ! gueula-t-il en l'apercevant.

Le cœur de Marco bondit aussitôt dans sa poitrine. Il accéléra encore l'allure pour hâter leur rencontre.

— Lucia ?

— Tout pareil ! Viens ! assura Fabien en glissant d'autorité sa main dans la sienne.

Tandis qu'il l'entraînait dans sa course, au risque de les étaler tous deux sur les plaques de glace, il ajouta, le souffle court :

— Le garde ! Papa l'a coincé ! Avec Giuseppe !

— Chez lui ?

— Porte Saint-Martin ! Il filait !

— Est-il sûr que c'est bien lui ?

— Et comment ! Tu verras !

Les poumons brûlés par ce simple échange, Marco se contenta de voir défiler les façades, d'éviter le mouvement des pelles, le flot des voitures et des gens.

Il trouva Giuseppe aussi fébrile que lui devant l'estrade sur laquelle trônait le fauteuil du roi des mendiants. Son beau-père se tordait les mains, le front barré d'une ride profonde, qui se défroissa à peine lorsqu'il le vit paraître.

Il se précipita au-devant de lui.

— S'il n'avait tenu qu'à moi ! Mais notre ami a préféré t'attendre !

— Où est-il ? s'enquit Marco, comprenant sa frustration.

Giuseppe le précéda en haut des marches, longea le trône abandonné et, derrière, souleva la courtine qui marquait l'entrée du logis de fortune. Aussitôt l'œil de Marco accrocha une silhouette misérable, solidement ligotée à une vieille chaise. Derrière lui, dans la lueur de la lampe, se tenait le grand Coësre, muni de la dague de Lucia.

Marco fondit sur eux comme un fauve sur sa proie.

— Où est ma femme ?

Malgré le froid, Philippe de L'Hôpital transpirait à grosses gouttes. La longue attente, à l'ombre du visage monstrueux du grand Coësre silencieusement penché au-dessus de lui, avait considérablement usé ses nerfs.

Il déglutit.

— Je ne sais pas.

Le poing de Marco faucha sa joue, lui emportant la mâchoire et une dent dans une giclée de sang.

— Ne m'oblige pas à répéter, grinça-t-il. Je suis prêt à tout et, crois-moi, tu es loin d'imaginer le pire.

L'homme geignit.

— Je ne sais pas. Je le jure. J'y suis retourné cette nuit après avoir éliminé mes compagnons. Je voulais en finir, mais elle n'était plus là. Je ne sais pas où elle a pu filer dans son…

La fin de sa phrase se perdit dans un hoquet.

Marco sentit un sang plus mauvais encore lui battre les tempes. Il arracha sa dague de sa ceinture.

— Tuez-moi, vous n'y changerez rien ! essaya le prisonnier en ultime recours.

— Ce n'est pas l'envie qui me manque, alors ne t'avise pas de me fausser compagnie, tonna Marco en tranchant ses liens.

Il le prit par le collet, l'arracha à son siège et le jeta de l'avant en direction de la tenture.

— Mène-moi !

L'homme se ramassa. Tandis qu'il descendait les marches sous l'œil noir de Giuseppe, le grand Coësre tendit le poignard de Lucia à Marco.

— Tu ne nous accompagnes pas ? s'étonna ce dernier.

Un sourire.

— Mes hommes te suffiront, cette fois. Je suis mieux placé que quiconque pour savoir que la vengeance ne se partage pas.

Dix bonnes minutes plus tard, ceux qu'il lui avait alloués s'immobilisaient autour d'eux devant l'une des tombes du cimetière des Saints-Innocents.

— C'est ici, annonça Philippe de L'Hôpital d'une voix morte.

L'œil glacé de Marco ne le quittait pas.

— Hâte-toi !

Outre que le trajet l'avait mis plus encore sur des charbons ardents, à cette heure, le cimetière n'était pas désert. Une veuve priait dans une allée voisine. Elle avait déjà ourlé un œil dans leur direction avant de reprendre ses prières en toute hâte, convaincue qu'il valait mieux ne rien avoir remarqué. Mais qu'en serait-il une fois qu'ils auraient disparu, avalés par le passage secret ?

N'irait-elle pas avertir la maréchaussée ? Ils risquaient de trouver un solide comité d'accueil à la sortie. Si ce chien faisait état de sa charge, il ne serait pas long à retourner la situation contre eux et contre Lucia.

L'œillade inquiète de Giuseppe en direction d'un vieil homme, agenouillé trois tombes plus loin, emporta sa décision.

Fût-il désavoué par son maître, le valet de Richelieu ne devait pas ressurgir à leurs côtés.

Marco le regarda enfoncer une lourde clef dans la grille qui protégeait le caveau. Ils le suivirent à l'intérieur, contournèrent les cercueils puis attendirent qu'il fasse jouer un anneau pendu au nez d'un diable grimaçant.

Lorsqu'une portion de mur se déroba, un air vicié remonta des entrailles du souterrain.

— Où débouche-t-il ? demanda Marco, sentant son estomac se nouer.

— Partout et nulle part, répondit l'un des brigands. Il se perd dans le réseau des carrières.

— C'est ce que je disais, reprit le garde du Cardinal… Je…

— Tais-toi et avance, le coupa Marco, terrifié à l'idée que Lucia soit grièvement blessée, errant à l'aveugle dans ce dédale.

L'homme se renfrogna, laissant le silence les envelopper sitôt que la dalle se fut refermée derrière eux.

— Essaie seulement de filer et je te saigne comme un porc, susurra Giuseppe en le laissant prendre la tête du groupe.

Pour appuyer sa menace, il lui colla sous l'oreille la dague que lui avait remise Marco.

Ils avancèrent ainsi à son rythme prudent jusqu'à la salle dans laquelle il avait abandonné Lucia.

— Elle était là, dit-il, certain de finir à cette même place.

Marco s'accroupit, promena sa lanterne sur le sol, les mâchoires crispées devant le sang coagulé.

Il en suivit la ligne sombre jusqu'au mur. Lorsque ses doigts se refermèrent sur la corde qu'elle avait usée, une bouffée d'espoir lui emporta le cœur.

Ma vaillante... Je vais te retrouver... Je te le promets.

Tandis que les malandrins se dispersaient dans les boyaux qui partaient de la pièce, il repéra d'autres traces sur la paroi.

Elle s'en est aidée pour se guider.

Il reconnaissait bien là sa logique, son instinct de survie. Jamais, de mémoire, il n'en avait connu de plus vif. Mais il se souvenait aussi de ses failles, celles que l'enfer vénitien avait creusées en elle. Il l'avait vue paniquer, perdre pied là-bas, se raccrocher à lui.

Pas cette fois. Malgré l'impact de l'entité, elle est plus forte. Plus âgée. Elle restera debout. Pour Marie. Pour son père. Pour moi, se convainquit-il avant de lancer par-dessus son épaule :

— Rappelez les hommes, Giuseppe, elle est partie par là.

Un coup de sifflet. Puis aussitôt, un râle.

Il pivota, fronça les sourcils. Philippe de L'Hôpital tressautait à terre, les deux mains sur la poitrine.

— Vengeance est faite, murmura Giuseppe.

Marco hocha la tête et apostropha les hommes qui accouraient :

— Vous trois, assurez nos arrières. Les autres, suivez-nous.

Dès lors ne comptèrent plus pour eux que ces empreintes ensanglantées sur la pierre.

55.

Henri reprit connaissance, la joue écrasée sur un sol dur et humide.

L'obscurité régnait. La tête prise dans un étau, le sang martelant à ses tempes, il tâtonna autour de lui, sentit le contact d'une paroi. Y prendre appui et se redresser lui causa un vertige. Collé à la pierre, il attendit de s'y adapter. Indécis. Confus.

Il porta la main à l'arrière de son crâne. Le trouva poisseux sous ses doigts.

Du sang, comprit-il, recouvrant aussitôt ses derniers souvenirs.

Le cavalier noir. Les dossiers.

Son cœur s'emballa dans sa poitrine, ranimant la douleur en même temps que son sentiment d'urgence.

Combien de temps suis-je resté inconscient ? Assez en tous les cas pour que ce chien les emporte !

Il se massa les tempes. Il n'avait pas eu le sentiment que sa blessure était profonde. Plutôt la conséquence d'une crosse que d'une lame. On n'avait pas voulu le tuer.

Seulement me ralentir.

Une bouffée d'angoisse.

Me faire prisonnier ?

Son esprit galopa dans cette direction. N'était-il pas, lui, Henri Concini, fils des maudits et condamné à l'exil, la meilleure preuve d'un complot ourdi par Marie de Médicis contre le roi et son ministre ?

Il serra les poings.

Je dois m'arracher de là, coûte que coûte.

Il hésita sur la direction à prendre pour revenir à l'hôtel de Tournon, puis décida d'aller droit devant lui. Si son hypothèse était juste, l'homme avait dû saboter le mécanisme.

Mais peut-être pas les deux. S'il s'imagine que je n'aurai pas le cran de ressortir par le petit Luxembourg ! Pas le cran, si nécessaire, de coller mon poignard sous le jabot de Richelieu !

Il marcha aussi vite que son état le lui permettait, lorsque son pied buta contre la première marche.

Un sentiment de victoire emplit sa poitrine.

Il gravit l'escalier à quatre pattes pour ne pas risquer de basculer en arrière. Aucun déclic ne se produisit sur la douzième marche.

Il doit y avoir deux mécanismes, l'un pour l'ouverture, l'autre pour la fermeture, comprit-il.

Parvenu au sommet, il se redressa, trouva un anneau fixé dans la paroi, le tourna dans un sens, puis dans l'autre. Recommença, jusqu'à comprendre que rien n'y ferait. Le cavalier noir l'avait bcl ct bien bloqué. Sans doute depuis l'abreuvoir.

Refusant de perdre davantage de temps, il rebroussa chemin, luttant contre la peur insidieuse d'être emmuré. Il tira sur son col, se racla la gorge. Il avait besoin d'air. Celui, rare, qu'il respirait puait la moisissure, les excréments de rat.

La distance entre les deux issues ne doit guère dépasser les cent toises. Tu seras bientôt dehors, se convainquit-il en domptant peu à peu son malaise.

Il toucha enfin au but. Le cœur suspendu, il trouva l'anneau, le manipula.

Cette fois le panneau s'ouvrit, ramenant à lui une odeur de vin.

Soulagé, il pénétra dans ce qu'il devina être une cave. Un fût dessiné sous sa main, puis un autre le lui confirmèrent. Il se faufila entre eux dans des arrière-parfums de cerise, accrocha d'une main l'arrondi d'une rampe, de la pointe du soulier une contremarche.

La porte qui l'attendait au sommet d'un étroit escalier n'était pas verrouillée. Il la repoussa doucement, se retrouva dans un corridor terne. Avança jusqu'à ce que son oreille accroche un bruit de pas.

Il se colla au mur et attendit qu'il s'éloigne pour continuer sa progression, la main sur le pommeau de sa lame. Ce n'était pas tant les valets qu'il craignait, mais la garde du Cardinal, même s'il était probable qu'elle soit dans son sillage, au Louvre.

Une explosion de magnificence ne tarda pas à remplacer la sobriété des communs. Dans chacune des pièces qu'il traversa, d'un air suffisamment hautain pour dissuader toute question des domestiques, l'or et l'argent soulignaient les arabesques des meubles en bois précieux. Il ne vit pas un plafond ou un mur qui n'ait été habillé par un peintre de renom.

Il ne s'en étonna pas. Armand Jean Du Plessis de Richelieu avait toujours été ambitieux. Il se souvint, enfant, d'avoir vu Marie de Médicis s'inquiéter de ce qu'il cesse un jour de ramper devant elle et les Concini.

— S'il trahit notre confiance, s'il devient trop gourmand, nous l'affamerons. Avec ça ! avait affirmé son père en brandissant une lettre.

Avec quelle délectation l'avait-il aussitôt archivée dans le dossier annoté « Richelieu » en rouge, sur la couverture !

Henri enragea plus encore de s'être laissé devancer. Immobiliser.

Parvenu sans encombre dans la vaste cour rectangulaire, il fonça aux écuries, trouva l'un des garçons occupé à nettoyer une stalle.

— Un cheval ! Vite ! Il en va de la vie du Cardinal ! annonça-t-il avec un aplomb qui fit sursauter le pauvret pour aussitôt le précipiter en direction d'une selle accrochée à une patère.

Tandis qu'il la jetait sur une croupe, Henri porta la main à l'arrière de son crâne. Le sang avait coagulé, mais la plaie suintait toujours. Il ramassa de la paille, s'en frotta le visage et les vêtements pour améliorer son allure, même si elle avait à l'instant ajouté de la vraisemblance à son propos.

Puis, nerveusement, il enfourcha sa monture, passa le portail et fonça au grand galop malgré ses vertiges.

56.

D'Artagnan coula un regard de biais en direction d'Isabella, assise derrière Anne d'Autriche sur le banc des favorites. Bien qu'il la préférât dans toute l'expression de sa nudité, il éprouvait toujours un élan de fierté devant la prestance avec laquelle elle arborait ses habits de cour.

De fait, il lui sembla qu'elle n'avait jamais été aussi belle. L'éclat des diamants qu'elle portait en sautoir ne parvenait pas à faire détourner les yeux du galbe parfait de sa silhouette. Sa poitrine haute et ferme débordait du décolleté avec juste ce qu'il fallait d'indécence. La pointe de son corsage doré, brodé d'un motif floral, soulignait la minceur de sa taille, malgré le discret bouillonné du jupon écarlate. D'un mouvement, imperceptible pour les autres, il l'avait vue le ramener à hauteur de cheville, laissant apparaître leur finesse sous le bas de soie. Il se troubla, comme toujours, de ses pieds au cou parfait. Habillés d'escarpins à petits talons, ils attiraient par un battement discret les regards alentour.

Tout en elle donnait à remarquer sa présence sans en avoir l'air.

Le meilleur moyen, dut-il reconnaître, *pour marquer les esprits et forcer l'admiration.*

Alors que les violonistes entamaient leur dernier morceau depuis le balcon, elle jouait sa partition en essuyant une larme sur ses traits fardés à la perfection, soulignant une émotion qu'il savait feinte, un angélisme appuyé par les boucles blondes qui s'échappaient savamment de sa coiffure.

Superbe...

Il sentit son cœur se pincer une seconde.

Accepterait-il de la perdre ?

Non. Quoi qu'il advienne ce soir.

Henri n'était toujours pas là. Ce n'était pas de bon augure. Soit il retournait toujours le souterrain, soit le cavalier noir avait eu raison de lui. Difficile encore de trancher. Rien, aucune attitude équivoque de la part du Cardinal n'appuyait l'une ou l'autre hypothèse. Il n'avait pas même marqué de surprise en voyant Isabella.

Ils étaient arrivés à temps pour qu'elle se faufile dans le sillage de la reine, empruntant à Françoise de Motteville la légèreté d'une conversation. Lui pour prendre ses fonctions aux côtés d'Athos, Porthos et Aramitz qu'il avait fait prévenir de son départ pour Dampierre par Planchet.

Il jeta un regard par-dessus son épaule. Aramitz secoua la tête.

Toujours pas de nouvelles d'Henri, en conclut-il, inquiet.

Il n'avait eu que le temps de leur expliquer les derniers développements de l'affaire, ajoutant que le plus pertinent serait de faire le guet devant la porte du jeu de paume à tour de rôle. De là où ils étaient placés, ni M. de Tréville ni le roi, sur lequel, premier de sa compagnie de mousquetaires, il veillait, ne le remarquerait.

Quant aux autres invités, la salle, soutenue par d'élégants piliers, était juste assez éclairée pour concentrer les regards sur les musiciens.

Et Isabella, nota-t-il en la voyant changer de position dans un froissement de soie, s'attirant l'œillade incandescente de Louis de Bourbon, grand maître de France.

Prudente, depuis le début du concert, elle n'avait rien cherché à savoir. De sa place, il lui aurait suffi pourtant d'un regard pour constater qu'Athos manquait.

Un pour tous, tous pour un, se répéta d'Artagnan, cherchant à atténuer son angoisse.

Telle était leur devise depuis que leur amitié était née. Ils partageaient le même sens de l'honneur, de la justice, de la droiture.

C'est donc sans hésitation qu'un soir de la semaine précédente il les avait mis dans la confidence.

— Faire tomber Richelieu ? Diantre ! s'était exclamé Armand de Sillègue d'Athos d'Autevielle.

— Pour quel motif ? avait réclamé Henri d'Aramitz en soulevant un sourcil intrigué.

— J'en suis ! s'était immédiatement impliqué Isaac de Portau, fort de la confiance qu'il lui témoignait et de son peu d'estime pour le Cardinal.

Il leur avait tout expliqué. Les dossiers secrets de Concino Concini, la parenté d'Isabella avec la Médicis et jusqu'à l'existence de ce grimoire qui, s'il tombait entre des mains rapaces, pouvait entraîner la ruine bien au-delà des frontières du royaume.

Quant à Richelieu, après la débâcle de la compagnie des Cent-Associés, qui ne souhaitait sa disgrâce dans le royaume ? Il n'avait dû son salut qu'à l'amertume qu'éprouvait le roi à l'égard de sa mère.

— Et à sa victoire contre les Rochelais, avait souligné Aramitz.

— Victoire qu'il foule lui-même du pied depuis qu'il s'est allié avec les protestants d'Allemagne ! C'était bien la peine de museler ceux de notre pays !

— La cause est entendue, Porthos, le tempéra d'Artagnan. Il suffit de le voir faire. Et nous sommes bien placés pour cela. L'homme a beau être inconstant, son influence auprès du roi gagne de jour en jour. Bientôt c'est lui qui gouvernera la France.

— Je l'entends bien, mais je ne fais pas confiance à la Médicis, souligna Athos.

— Isabella non plus depuis qu'elle a découvert qu'elle aussi convoite le grimoire. Cependant sa présence à la cour maintient un certain équilibre, force le Cardinal à composer. Ôtons-lui ce garde-fou…

Ils en étaient convenus.

— Alors, récupérons ces dossiers, s'était exclamé Aramitz. Si ce qu'ils contiennent prouve la fourberie et la soif de pouvoir de Richelieu, le roi doit en être informé. Marie de Médicis y gagnera la reconnaissance de son fils sans pour autant recouvrer son influence, ta belle connaîtra la vérité sur l'assassinat de ses parents et nous nous chargerons, tous les quatre, de détruire ce grimoire afin que plus personne n'en soit jamais tenté.

— Voilà qui est parlé ! s'était enthousiasmé Porthos en se levant pour déboucher une bouteille de vin.

D'Artagnan savait pouvoir compter sur eux.

Surtout ce soir.

Il espérait juste ne pas avoir davantage à leur demander.

57.

Elle s'arracha en sursaut d'un sommeil sans rêves. Elle avait espéré qu'y sombrer tuerait son cauchemar, qu'elle se réveillerait chez elle, où que soit ce « chez elle », mais non. Sa mémoire était toujours en berne. L'ombre l'enveloppait, comme une masse vivante. Elle avait faim, soif, mal. Elle grelottait de froid, se sentait mouillée sous elle.

Relève-toi ! entendit-elle alors qu'elle se recroquevillait sur elle-même.

Elle secoua la tête.

À quoi bon ?

Relève-toi ! insista la voix.

Elle se vit obéir, contre son gré. S'en troubla plus encore.

— Qui es-tu ?

Toi.

— Alors qui suis-je ?

Moi. Hier. Refusant le combat. Marche. Il vient vers toi.

— « Il » ? Qui « il » ? Mon tortionnaire ?

Elle n'obtint pas de réponse.

— Je t'en prie…

Bianca Lucia. Voilà ce que tu dois être. Voilà ce que tu es. Bianca Lucia. Protège-la.

Il lui sembla qu'une main invisible la décollait du sol et la propulsait de l'avant. À cet instant elle perçut des bruits de voix, de pas, répercutés par l'écho. Invisible présence quelque part, en amont.

Ils me cherchent !

Alors, parce que rien d'autre soudain ne compta plus que d'échapper à ses bourreaux, elle s'élança.

Guide-moi, supplia-t-elle, décidant de s'en remettre à cette voix intérieure, lui accordant le droit d'être cette part oubliée de sa mémoire, cette part d'elle qui cherchait sa propre lumière. Et en augmentait la vitalité.

Elle continua de marcher à l'aveugle, le souffle court, la peur au ventre, refusant soudain et presque malgré elle les embranchements successifs. Comme s'il lui fallait rester en ligne droite. Refuser tout risque de retour en arrière.

Et soudain le bruit de l'eau fut là, de nouveau proche. Cela la rasséréna.

Bianca Lucia, souligna la voix à l'instant où l'obscurité se faisait moins dense.

Elle accéléra pour ne pas penser, pour aller vers cet air qui gagnait en fraîcheur, vers ces bruits qui remplaçaient le silence oppressant de ces dernières heures. Mélange de voix, de hennissements, de cris d'oiseaux, de rires d'enfants. D'eau. Encore. Plus fort.

Elle se mit à grelotter de froid avant même que la blancheur de la lumière ne tombe en stries du plafond.

En voulant se placer dessous, elle entendit crisser sous ses pas. Surprise, elle se baissa, souleva de fins cristaux dans sa paume maculée de sang.

L'hiver. Nous sommes en hiver.

Mais cela n'éveilla pas davantage de souvenirs que les vêtements sur lesquels son regard venait de s'arrêter.

Bon sang, où suis-je ? Quel endroit dans Venise peut dissimuler un souterrain ? se demanda-t-elle, de plus en plus incrédule.

Elle pivota sur elle-même, avisa les barreaux d'une échelle prise dans la paroi, écrasa la congère pour l'atteindre.

Elle devait savoir, comprendre, coûte que coûte.

Elle dut jouer des coudes et des épaules pour soulever la grille qui fermait le passage. Puis encore pour s'en arracher, ahurie. Elle émergea dans un roulement de ferraille au milieu de la foule aussi surprise qu'elle, se redressa.

Où suis-je ? s'affola-t-elle en pivotant lentement sur elle-même, le regard accrochant à sa gauche des bâtiments impeccablement taillés, un frontispice de pierre indiquant « Escole Saint Germain ». À sa droite, un bras d'eau sur lequel glissaient barques et barges. Un pont l'enjambait. Sa portée était si grande qu'il semblait s'appuyer sur la pointe d'une île. Dessus, une statue de cavalier faisait face à des bâtiments qui formaient une place en triangle.

Elle se mit à trembler. Tout, y compris le quai, devant, derrière elle, était envahi par des gens, des charrettes, des chevaux, tout un monde qui la croisait, la frôlait, la bousculait.

Elle ne reconnut rien.

Le bruit, vécu jusque-là comme un allié dans le souterrain, lui explosa soudain aux oreilles.

Cet accent, cette langue... Du français... Santa Madonna, qu'est-ce que tout ça signifie ? Où suis-je ?

se répéta-t-elle, les larmes aux yeux, la gorge nouée, tétanisée, perdue dans ce monde qui n'était pas le sien.

Mais qu'était le sien en vérité ?

Le froid, glacial, la saisit tout entière.

— Place ! Place ! Faites place ! entendit-elle hurler dans ce vacarme.

La foule s'écarta et elle se retrouva seule, plantée au milieu du chemin, hébétée.

Le bruit des sabots s'amplifia. Elle se tourna vers eux, certaine soudain qu'ils étaient ceux du diable.

Un diable qui allait l'emporter.

Elle le vit se dresser devant elle.

Alors, renonçant à lutter, elle croisa les bras devant ses yeux.

58.

Henri sentit son cheval se cabrer, battre des sabots en l'air avant de retomber lourdement sur le pavé.

Lui était déjà à terre, l'estomac soulevé. Instinctivement, il porta la main à l'arrière de son crâne, la ramena devant ses yeux.

Sa blessure s'était aggravée.

Manquait plus que ça, maugréa-t-il.

Un coup d'œil sur le côté lui révéla son cheval, immobilisé par une main solide, tandis qu'une autre se tendait vers lui.

Il la saisit avec d'autant plus de reconnaissance que sa tête semblait de nouveau prête à exploser.

— Vous auriez pu vous tuer, affirma l'homme, trapu, qui le remit sur ses pieds après qu'il l'eut remercié.

Un ferronnier, à en juger par son allure et la charrette, emplie de vieilleries, déposée à côté de lui.

— Que s'est-il passé ?

— Une femme. Elle a jailli de nulle part.

Henri remarqua enfin l'attroupement que l'homme désignait, à quelques pas seulement d'eux.

L'ai-je renversée ? Elle n'a pas l'air de se relever.

Il allongea un pas, tangua aussitôt.

— Vous devriez vous faire soigner, le soutint le ferronnier.

— Elle d'abord. Je paierai.

— C'est louable, admit l'homme en l'aidant à percer le flot des curieux.

— Elle est salement amochée, entendit Henri, s'inquiétant.

— Pas sûr qu'elle s'en sorte !

Il se hissa sur ses pieds pour tenter, tout en forçant le passage, de juger par lui-même.

— Z'avez vu d'où qu'elle est sortie, vous ? demanda-t-on sur sa gauche.

— Des égouts, enfin, j'crois !

Des égouts ? qu'aurait-elle eu à faire dans un égout ?

L'espace d'une seconde il se demanda si ce n'était pas une de ces mendiantes qui jouaient les estropiées pour grappiller quelques sols.

Il devait en avoir le cœur net.

— Puis-je ? demanda-t-il à une femme maquillée à outrance qui persistait à lui bloquer le passage.

Elle consentit à se décaler un peu tout en le poignardant d'un œil accusateur.

— C'est vous ! Vous qui l'avez bousculée ! Z'auriez pas pu faire attention ? Toujours pareil ! L'habit mais pas l'moine ! Vot' prochain ? Mon cul !

Une voix d'homme s'éleva, tout près, répondant à sa place :

— Ton cul, faudrait encore qu'on en veuille !

Malgré la situation, Henri ne put retenir un sourire. Paris n'avait pas changé.

Derrière lui, la mégère s'était enflammée.

— Et ma main, tu la préfères sur ta trogne ou dans ton froc, raclure ?

Des rires gras jaillirent, détournant quelques curieux de la malheureuse qu'il apercevait enfin, gisant de dos dans la neige sale, une jambe repliée sous elle, un bras en travers du visage. Juste à côté d'elle, un trou, suffisant pour permettre le passage d'un homme, perçait la chaussée.

Il put enfin s'approcher assez pour détailler sa mise. Manteau de peau, bottes fourrées, robe épaisse en laine vierge.

Rien de tout cela n'évoquait la misère.

Il s'accroupit devant elle, au milieu d'un cercle, encore trop important à son goût, de chaussures.

— Reculez ! Allons reculez ! Fini le spectacle ! les chassa le ferrailleur, ulcéré soudain par leur manque de réaction.

— Madame. Madame ? l'appela doucement Henri.

— L'est morte !

— Pas sûr, elle gémit ! entendit-il derrière lui.

Il s'exaspéra.

N'avait-on rien de mieux à faire à cette heure qu'assister au spectacle ?

Il lui déplia le coude lentement, lui arrachant plainte plus vive encore. Et soudain son cœur s'emballa dans sa poitrine.

Dieu qu'elle ressemble à Lucia ! se troubla-t-il devant ces traits pourtant tuméfiés.

Il repoussa aussitôt cette idée qui tenait de l'impossible, l'examina.

Du sang avait coagulé sur sa paupière et ses lèvres, gonflées. Idem pour les pommettes et le front, bleuis. L'accident n'avait pu provoquer ces blessures.

Elle a été battue... Par son époux ?

Un roulement de charrette tout près apporta un souffle d'air jusqu'à elle, lui soulevant une mèche de cheveux pour la lui déposer en travers des cils.

De nouveau il crut voir Lucia, quand elle soufflait en arrière pour repousser l'une des siennes, rebelle.

Son cœur devint fou dans sa poitrine.

Il ne put s'empêcher d'effleurer les contours abîmés de ce visage, perdant soudain la notion des voix, des bruits ambiants, des odeurs de cuir, de crasse, de fleuve, comme si ce manque, immense, en lui, avait enfin trouvé là le moyen de s'apaiser.

Caresse. Dans cet océan de douleur. Elle ouvrit les yeux, rencontra ceux de cet homme penché sur elle, les vit se troubler.

Et soudain le voile se déchira dans sa mémoire.

Peu importait qui elle était.

Elle savait qui il était, lui.

— Luigi ! murmura-t-elle avant de se laisser avaler, souriante, dans ce brouillard qui s'opacifiait.

Henri sentit son cœur s'arrêter dans sa poitrine.

Venise lui explosa aux oreilles avec son parfum de lagune, d'imprimerie, les cris joyeux des enfants du campo, le rire de Giuseppe.

— Lucia, murmura-t-il, bouleversé.

À peine entendit-il le ferronnier s'exclamer :

— Vous la connaissez ?

Il lui sembla qu'il hochait la tête.

Il se releva, l'esprit, le corps, le cœur en flammes.

Impossible. C'est impossible !

Impossible qu'elle l'appelle ainsi, renouant un lien qu'il avait écrasé par sa perfidie.

Impossible qu'elle se soit trouvée là, à cet instant, devant son cheval.

Impossible.

Mais ce fut plus fort, plus violent que tout.

— Aidez-moi, supplia-t-il, en découvrant que la puissance de son trouble avait rameuté cercle autour d'elle, de lui.

Il tourna sur lui-même, égaré dans ses sens, dans cette ville qui était pourtant la sienne.

Il vit le ferronnier la soulever dans ses bras tandis qu'un autre, forçant les gens à céder place, lui ramenait son cheval.

Il eut l'impression que le silence avait pris possession de tout. Qu'il n'en restait que ce gémissement.

« Luigi ».

Il sauta en selle, tendit les bras pour les refermer sur elle, inconsciente. La maintint contre lui, là où jamais elle n'aurait dû manquer d'être.

— C'est qui ? s'étourdit le ferronnier en lui remettant la bride en main.

L'évidence. Comme un cri.

— Ma femme, s'entendit-il répondre, bouleversé, en piquant sa monture.

59.

— On utilise souvent ces galeries pour circuler discrètement ou pour se mettre à l'abri lorsque le froid dure trop longtemps, expliqua l'un des hommes du grand Coësre à Marco et Giuseppe dont l'anxiété était palpable.

Ils se trouvaient à un carrefour et, depuis quelques minutes, l'absence de traces indiquait que le sang avait dû sécher sur les doigts de Lucia. Elle pouvait avoir emprunté n'importe laquelle de ces bouches.

Celui que le grand Coësre appelait son ministre leur posa une main sur l'épaule :

— Chaque avenue souterraine possède une sortie dans Paris. Ne vous tourmentez pas. On l'aime bien Mme Lucia. On va vous la ramener.

Si Marco hocha la tête, refusant de céder à cette angoisse qui lui rongeait le sang, Giuseppe, lui, se sentit à peine rassuré.

Sa plus grande peur, finalement, était de tomber sur sa fille, à terre. Et de constater qu'elle ne se relèverait jamais.

— Séparons-nous dans ce cas et suivons chacun un boyau jusqu'à sa sortie. Nous avons suffisamment de lampions, décida Marco en arrachant son poignard de sa ceinture.

Il traça une croix dans la pierre, ajouta :

— Faites comme moi. Une fois dehors, rejoignons-nous à la cour des Miracles. Si aucun de nous ne l'a retrouvée, nous reviendrons explorer les boyaux que nous n'aurons pas marqués.

— Elle est peut-être déjà dehors, nota un gaillard édenté auquel les bonnes gens n'auraient pas seulement demandé leur route.

Le grand Coësre l'appelait N'ours. À cause de l'animal qu'il avait longtemps tenu en muselière et promené de place en place. À la mort de ce dernier, l'année passée, il avait pleuré des jours durant, révélant une sensibilité qu'aucun n'aurait soupçonnée.

— Dans ce cas, elle se sera rendue d'elle-même à la cour des Miracles, assura Marco.

— Et pas chez vous ? s'étonna le Tors, dont la bosse apparaissait ou disparaissait à volonté selon qu'il tendait sébile ou dague.

Rasséréné soudain par cette perspective, Giuseppe se rangea à l'avis de son gendre.

— Elle ne peut pas savoir que ses geôliers ne l'y attendront pas. Elle doit bien se douter que nous sommes à sa recherche. Et se rendra là où elle sera le plus en sécurité.

— Pas faux, l'approuva le ministre.

— Je continue tout droit, décida Marco. Bonne chance à tous.

— Bah, elle n'a pas besoin de ça votre dame ! Elle est bien assez dégourdie, conclut Boule, un nain qui, avec ses trois comparses, formait la garde de confiance du grand Coësre.

Ils dispersèrent les six autres qu'ils avaient emmenés avec eux puis s'engagèrent dans les étroites galeries.

— Vous préférez rester avec moi ? demanda Marco en voyant Giuseppe hésiter au seuil d'un passage.

Son beau-père balaya la méchante intuition qui venait de le figer et pivota vers lui, la mine triste.

— Non. Je ne peux simplement pas m'empêcher de penser à ce qu'a dit Marie. Cette peur dans ses yeux. Je sais. Je sais que vous avez obtenu de l'entité qu'elle la chasse. Je sais que vous l'avez menacée, qu'il nous faut refuser que Lucia soit « éteinte », mais là, à présent qu'il n'y a plus que nos lanternes pour repousser l'ombre…

Marco le prit par les épaules.

— Lucia est vivante, je vous le jure. Si elle avait été grièvement blessée, nous l'aurions déjà retrouvée.

— Vous oubliez cette flaque de sang, tout à l'heure, par terre.

Marco hésita. Il l'avait empêché de s'en approcher. Craignant que ce qu'il avait découvert ne le bouleverse à son tour.

Ce regard. Cette terreur.

Il devait la lui ôter.

— Non, Giuseppe. Je n'oublie rien. Mais ce sang n'était pas celui d'une plaie. Lucia était enceinte. Elle en avait évoqué la possibilité, s'était perdue dans le compte de ses menstrues depuis que les cauchemars de Marie perturbaient tout.

Il le vit vaciller sous le choc, resserra son emprise autour de ses épaules.

— Vous voulez dire qu'elle a perdu l'enfant ? trembla la voix du vieil homme.

Marco s'efforça de garder la sienne affirmée.

— Oui. À peine formé.

Des larmes perlèrent dans les yeux de Giuseppe.

— Dites-moi que vous ne l'avez pas laissé derrière nous.

Marco attira son beau-père contre lui, cédant enfin à cette douleur qui l'avait foudroyé un instant avant qu'il la rejette. Par nécessité.

— Il dort au fond de ma poche. Dans mon mouchoir. Jusqu'à ce que Lucia décide elle-même où elle voudra l'enterrer.

60.

Une fois de plus, les invités avaient fait un triomphe aux violons du roi.

Louis le treizième gonflait encore son jabot d'orgueil devant les compliments des ministres et de leurs épouses. Lui qu'on avait, enfant, offert à la musique pour mieux le distraire des affaires du royaume trouvait là une revanche légitime, qu'évitant sa mère, il partageait avec M. de Saint-Simon et Richelieu.

— ... Et cette salle, Votre Majesté ! ajoutait Marie de Fourcy qui lui faisait face avec son époux, Antoine Coëffier, marquis d'Effiat et ami du Cardinal... Une pure merveille ! Ce plafond ! Ah, ce plafond ! Le croirez-vous, Éminence ? J'ai eu l'impression que des étoiles me pleuvaient dessus tant son ciel est sublime, tant ces anges sont... comment dire... divins...

La pauvreté des propos de la marquise arracha un discret sourire à Isabella, la distrayant un instant de l'angoissante absence d'Henri que d'Artagnan lui avait signalée. Bien qu'elle préférât de loin les œuvres du Tintoret, l'excellent coup de pinceau de Rubens méritait un commentaire plus inspiré.

Le roi, lui, ne sembla pas s'étonner de si peu d'imagination. D'autant que près de lui se trouvait aussi l'architecte Jacques Lemercier à qui il avait confié l'extension du palais. Un homme de petite taille, mais de grand talent, à la faconde intarissable. Soulageant le roi des banalités de l'épouse de son surintendant des finances, il se mit en devoir d'en rajouter :

— Ah, mais la beauté ne fait pas tout ! Figurez-vous que cette pièce possède à la fois une acoustique parfaite et des proportions idéales pour donner un concert ou un bal. Tout cela sans sacrifier aux exigences qui leur sont propres. Une prouesse, madame ! Une prouesse !

Isabella vit le roi, facétieux, se tourner vers Richelieu.

— Ne partagez-vous pas cet avis, Éminence ?

Liquéfié d'ennui dans sa soutane, le Cardinal haussa les épaules.

— Votre Majesté ne saurait ignorer que je me plais davantage à l'un qu'à l'autre.

— Tout de même, vous avez bien une opinion ? intervint Antoine Coëffier.

— En ce cas, se fendit le Cardinal en se forçant à sourire, je dirai que si la musique a des voix qui parlent aux étoiles, Notre-Seigneur doit y danser souvent.

Poète, lui concéda Isabella en feignant de s'intéresser aux quatre caryatides qui soutenaient élégamment la tribune des musiciens.

— Et vous, mademoiselle Rosselli ? demanda-t-il en pivotant abruptement vers elle. Qu'en dites-vous ?

Elle sursauta. Trouva son œil vif, inquisiteur, quand elle l'avait cru éteint.

Inutile de feindre n'avoir rien entendu, comprit-elle.

De là à la prendre de court pour attirer méchamment l'attention du roi…

— J'en dis que si Sa Majesté n'avait tant de talent pour célébrer la notion de divin, Votre Éminence pourrait élégamment lui prêter le sien.

Louis le treizième laissa éclater un rire joyeux.

— Décidément, vous avez l'art de capter toutes les attentions, madame. Mes odes en étaient une. Ravi qu'elles vous aient transportée.

— Sire, le remercia-t-elle en s'inclinant, non sans un sourire à l'intention de son principal ministre.

Mais ce dernier avait déjà repris son masque d'indifférence. Il emboîta le pas au roi qui s'éloignait en direction de Charles de L'Aubespine, son garde des Sceaux.

Il serait malvenu de rester dans leur sillage, comprit-elle en se dirigeant vers Françoise de Motteville. Depuis quelques minutes, cette dernière ne cessait de lui adresser de petits signes discrets.

D'Artagnan, lui, avait été chargé par M. de Tréville de se tenir avec ses compagnons à l'extrémité de la pièce, pour interdire le passage vers le tribunal. Isabella s'en était réjouie à distance. Cette faction leur permettait de sortir discrètement et de rejoindre la porte du jeu de paume.

— Alors ? s'enquit Françoise tout en faisant mine de s'intéresser au branle sur le balcon.

Les musiciens de chambre y prenaient la place des violonistes.

Autour d'elles des valets évacuaient les chaises, libérant l'espace. De nombreux groupes s'étaient formés, commentant toujours le concert. Tous pouvaient les entendre.

— Toujours aucune nouvelle d'Henri, répondit-elle dans un souffle. Je crains qu'il ne lui soit arrivé malheur. Mieux vaut prévenir la reine.

Isabella sentit sa main trembler sur son bras, puis le lâcher sur un rire de gorge auquel elle fit immédiatement écho.

Évitant le duc de Bourbon qui jusque-là avait été arrêté dans son élan vers elle, elle avança d'un pas aérien au milieu des puissants, s'attardant quelques minutes çà et là pour laisser croire qu'elle s'intéressait à chacun. La meilleure manière d'arracher des informations sans qu'ils s'en doutent.

D'autant plus que, depuis quelques minutes, le roi semblait avoir disparu avec son ministre. Las, elle ne trouva personne qui les ait vus sortir.

Sur la tribune, les musiciens achevaient d'accorder leurs instruments, lâchant quelques notes au milieu des rires et des conversations. Le tintement du cristal des verres commençait à s'y ajouter, au rythme des valets qui les distribuaient sur leurs plateaux d'argent.

Lorsque le premier morceau éclata, Isabella portait un vin de rose en bouche, à quelques pas seulement des mousquetaires.

Danser dans tes bras, chanta le regard de d'Artagnan en accrochant le sien.

Chaque nuit, mon amour, quoi qu'il advienne, auraitelle voulu lui répondre, sachant qu'on ne serait pas long à l'inviter au branle et que cela ajouterait à sa frustration.

Préparée à cette évidence, elle ne s'étonna pas de cette main posée sur son bras, à peine se fut-elle débarrassée de sa coupe.

Elle pivota, un sourire charmeur aux lèvres, décidée enfin à céder aux bonnes grâces du duc de Bourbon.

— Bonsoir Isabella, la cueillit Claude de Mesmes.

Son sang se figea dans ses veines.

Près de lui se tenaient le roi, le Cardinal et celui qu'elle reconnut comme le cavalier noir.

61.

Isabella tenta de réprimer le tremblement de sa main que l'ambassadeur portait à ses lèvres, l'œil ardent.

— Vous me devez une danse, je crois…

Elle s'efforça de sourire, biaisa.

— Pardonnez ma surprise. Je vous croyais toujours à Venise.

— Ah, la rumeur, très chère. Ô combien trompeuse ! J'en discutais à l'instant avec Sa Majesté…

Le sang d'Isabella pulsa plus violemment dans ses veines.

— … à propos de la Cité des masques… À votre avis, sire, combien tomberont ce soir ?

— Autant qu'il en faudra, répondit ce dernier sur le même ton.

Emprunte-t-il, innocemment, le jeu de Claude ?

Elle renonça à le croire en voyant le Cardinal lisser sa fine moustache pour tenter de dissimuler sa satisfaction.

Il a les dossiers.

De là où il se trouvait, d'Artagnan ne pouvait voir l'homme en noir que de dos. Quant à l'ambassadeur, il ne le connaissait pas.

Elle ne pouvait compter que sur elle-même.

Feindre.

Elle l'avait toujours fait.

Elle reprit ses doigts glacés dans un éclat de rire.

— Eh bien, Votre Majesté, me voici heureuse de ne point en porter ! s'exclama-t-elle, le cœur tambourinant. Mais M. de Mesmes a raison. Venise a ses secrets, qui s'épanouissent entre ombre et lumière. Et bien fol serait celui qui s'enorgueillirait de les détenir tous. Croyez-en la courtisane que je fus et à qui on en confia beaucoup…

— Seront-ils suffisants ? la nargua l'ambassadeur.

Elle décela une once d'inquiétude dans sa voix.

Jeux de dupes. Il est moins sûr de lui qu'il n'y paraît.

Elle reprit aussitôt de l'assurance dans un haussement d'épaules, une œillade brûlante.

— Comment pouvez-vous en douter, très cher ?

À cet instant, Anne d'Autriche lui adressa un signe de la main.

Elle sauta sur l'occasion.

— Que Votre Majesté me pardonne. La reine me rappelle à mes obligations auprès d'elle. Monsieur, j'ai été heureuse de vous revoir, salua-t-elle l'ambassadeur en pivotant déjà pour lui échapper.

Isabella eut l'impression qu'un fer se refermait sur son poignet.

— La reine peut attendre ! Pas le branle…

Le roi avait haussé le ton, attirant l'attention de leurs voisins.

Elle rejeta aussitôt sa peur dans une révérence.

— Ce me sera un honneur, Votre Majesté…

— … de danser avec M. de Mesmes, lui assena-t-il.

— Cela va de soi, acquiesça-t-elle dans un sourire pour masquer son dépit.

L'ambassadeur la saisit par le coude pour l'entraîner au milieu des couples qui évoluaient, indifférents à leur échange.

— Dire que je n'avais vu en vous que la plus belle des œuvres de la Sérénissime, lui susurra-t-il en l'attirant à lui.

S'accordant au mouvement du ballet, elle lui échappa aussitôt.

— Déçu ?

Il attendit que le son du clavecin les ramène face à face dans un glissement de mollets.

— Conquis…

— Vous avez de curieuses manières de le montrer.

— Vous ne m'en avez guère laissé le temps, très chère.

— La faute ne m'en incombe pas. Si Valaresso ne s'en était pas mêlé, vous n'auriez jamais su que j'avais seulement jeté un œil sur la gravure, tenta-t-elle de se défausser tout en répondant à sa révérence.

— Je vous l'accorde.

Changement de cavalier. Isabella en profita pour chercher d'Artagnan des yeux. Il était toujours à l'opposé de la tribune des musiciens, en compagnie d'Aramitz et de Porthos. Elle vit M. de Tréville, le roi et Richelieu les inviter à les suivre à l'intérieur du tribunal.

Pour les confondre ? Ou seulement les empêcher de me venir en aide ? s'inquiéta-t-elle plus encore.

Elle hésita sur la conduite à tenir. Certes, elle avait cette lame sous ses jupons. Mais si elle n'avait pas d'arguments pour répondre de son crime devant le roi, cela ne ferait qu'ajouter à sa disgrâce. Ici, dans cette salle, elle ne risquait rien. Autant arracher des confidences à l'ambassadeur pour y déceler de quoi, peut-être, retourner la situation à son avantage.

S'il n'a pas changé, ce ne sera pas difficile ! Il adore pavoiser ! Reste celui-là. A-t-il tué Henri ? se demanda-t-elle, angoissée, en observant l'homme en noir.

Négligemment adossé contre l'une des caryatides, une main posée sur le pommeau de sa rapière, ce dernier ne la quittait pas des yeux. D'Artagnan, qui le voyait de face, n'avait pas pu, cette fois, ne pas le reconnaître.

Usant de tout ce que Venise et Giorgio Cornaro lui avaient appris, elle sourit à l'ambassadeur que la danse avait ramené devant elle.

— Vous ne m'avez pas présenté votre homme de main.

— Ne l'a-t-il point fait lui-même, déjà ? Je le croyais…

Le forcer à douter…

Elle captura son regard, y planta le sien, moqueur.

— Vos certitudes vous perdront, mon cher.

À cet instant, la dernière note du morceau mourut sur le clavecin.

Claude de Mesmes la reprit par le bras.

— Moins que les vôtres… Allons, cessons ce jeu. Suivez-moi.

Elle se figea.

— Et si je refuse ?

— J'abats mes cartes, ici, maintenant et je vous perds auprès du roi. Pour l'heure, Isabella de Médicis, il ignore encore votre parenté directe avec la reine mère.

Elle tressaillit, vit l'homme en noir disparaître dans l'épaisseur du mur.

Claude de Mesmes affirma sa pression sur son bras.

Lors, n'ayant d'autre choix, elle se coula dans son pas, espérant que d'Artagnan s'inquiéterait de son absence. Et ne tarderait pas.

62.

De la pierre, toujours de la pierre. Cette galerie ne finira donc jamais ? s'agaça Giuseppe en soulevant plus haut sa lanterne pour tenter d'en apercevoir le fond.

Mais rien, aucune lueur pour répondre à la sienne, aucun bruit sinon, parfois, le couinement d'un rat, surpris de le trouver là.

— Lucia ? Lucia ? héla-t-il, la voix éraillée à force de l'avoir lancée contre ces murailles froides, blanchâtres, striées par les outils des carriers.

Vas-tu donc l'admettre, qu'elle n'est jamais passée par là, vieille bique ? se fustigea-t-il pour dompter cette tristesse qui collait à ses pas.

Il avait quitté Marco sur leur douloureuse accolade. D'autant plus pressé de retrouver sa fille qu'il l'avait imaginée se tordant à terre, dans l'obscurité, sous les contractions. Ultime souffrance après les coups, la peur. *Malgré cela elle a trouvé la force de se relever et d'avancer*, se répéta-t-il une énième fois, s'accrochant à sa fierté de père pour en faire autant.

Mais la lanterne pesait au bout de son bras tendu, et depuis quelques minutes, une crampe l'obligeait à boiter.

Au moins le sol est-il égal, solide, se rassura-t-il.

Lorsque la douleur se fit cinglante, il dut se rendre à l'évidence : s'il ne se reposait pas un instant, il ne pourrait plus avancer.

Il se laissa glisser contre la paroi, quitta sa botte et entreprit d'étirer son mollet tétanisé, s'arrachant une sueur froide. Il frissonna. Regarda les ombres fantasques danser sur le mur qui lui faisait face.

Compagnes éphémères.

La simple idée que l'huile vienne à manquer dans le réservoir de sa lampe, qu'il se retrouve dans le noir ranima son angoisse, rattrapa celle qu'il imaginait au cœur de sa fille.

Pourvu que les autres aient eu plus de chance que moi ! espéra-t-il, étouffant presque de ce besoin d'être à ses côtés, de la sentir, de la respirer.

Bientôt.

Il se massa jusqu'à être certain de pouvoir renfiler sa botte. Il se leva, soulagé de voir que son muscle était redevenu souple et reprit sa marche précautionneusement.

Au bout de quelques minutes, l'esprit dérivant vers ce maudit garde qui lui avait enlevé sa fille, il sentit la colère lui rendre sa foulée.

Au moins a-t-il eu ce qu'il méritait ! le condamna-t-il une seconde fois avant de retrouver l'image de ce corps tressautant à terre, du sang qui inondait sa chemise.

Une bouffée de chaleur l'envahit. Aux vibrations de la lampe au bout de sa main il prit conscience qu'il s'était mis à trembler.

Soudain la vérité lui apparut : il venait de tuer un homme.

Comme un chien.

Son malaise s'amplifia et il dut s'arrêter, en plein milieu de cette galerie sans âme.

Je l'ai envoyé en enfer sans rien savoir de lui. Juste parce qu'il avait battu ma fille ? Non. C'était un meurtrier. Il n'a pas hésité à assassiner ses compagnons pour se garder de la potence. Si Lucia n'avait pas fui, elle aurait subi le même sort.

Son souffle se raccourcit pourtant.

Philippe de L'Hôpital avait une famille, des parents qui, comme lui ces jours derniers, ne sauraient vers qui se tourner pour le retrouver.

Il dut s'adosser à la muraille, terrassé par l'effroi.

À cet instant, il comprit ce que Marco voulait dire lorsqu'il parlait du prix du sang.

Seigneur Jésus, qu'ai-je fait ? Si juste qu'ait été ma sentence, c'était aux autorités que j'aurais dû la laisser. Jamais. Jamais je ne pourrai me le pardonner.

Il resta de longues minutes replié sur lui-même, s'efforçant de retrouver la haine qui l'avait poussé à ce geste. Seule lui vint l'image de Lucia enroulant ses bras autour de son cou, le couvrant de son regard aimant.

Rengaine tes remords. Il est trop tard. C'est à l'heure du jugement dernier que tu rendras tes comptes. Pas maintenant. Avance. Elle a besoin de toi, décida-t-il dans ce silence oppressant qui l'enveloppait comme un tombeau.

Celui d'un homme d'une trentaine d'années à peine.

Marco l'aurait-il occis, lui ?... Oui... Je l'ai lu dans ses yeux, voulut-il se convaincre avant de se souvenir que son gendre n'avait émis aucun commentaire, juste soulevé un sourcil de surprise.

Il lui poserait la question. Non pour minimiser son geste, mais pour s'ôter le doute.

Il se leva et ne pensa plus qu'à sortir. Sortir au plus vite.

Il accéléra le pas, au mépris de cet étau qui de nouveau enserrait lentement son mollet.

Au bout d'une dizaine de minutes, essoufflé, traînant la jambe, il se retrouva enfin devant un soupirail fermé par une grille.

Tout était sombre et silencieux derrière.

Il craignit un instant qu'elle ne soit fermée, mais une solide poussée suffit pour l'ouvrir.

Il promena son falot sur des sarcophages de pierre.

Quatre, compta-t-il, parfaitement alignés sous une voûte gothique.

Une crypte. Je suis dans une église, comprit-il, presque soulagé que ses pas l'y aient guidé.

Il remonta péniblement jusqu'au chœur par un passage étroit, marqué au sol par la croix des chevaliers du Temple.

Son cœur s'était mis à pulser dans sa poitrine, comme s'il avait été guidé vers ce lieu pour expier sa faute, demander pardon, certain pourtant de ne pas l'obtenir, de devoir en payer le prix.

Une vieille femme égrenait son chapelet depuis un banc, face à un autel sobre, seulement éclairé par une vingtaine de cierges.

Un Christ pleurait dessus des larmes de sang.

Il s'agenouilla devant.

Et se mit à prier.

63.

Ma femme...

Tandis qu'il remontait l'île de la Cité par ce quai qui longeait les contreforts du vieux palais, au pas cette fois, pour ne pas risquer que son cheval glisse et les précipite dans la Seine, Henri n'en revenait pas d'avoir affirmé cela.

Lucia avait repris connaissance et noué ses bras à son cou. Blottie contre lui, elle ne cessait de répéter ce nom qu'elle avait pourtant, cette nuit démente à Venise, honni jusqu'à la mort.

— Luigi.

D'où reviens-tu, mon amour, pour ne pas sembler te souvenir de mon véritable nom ? de l'homme qui t'a trahie, qui a tué ton père ?

— Luigi…

— Je suis là, Lucia, murmura-t-il pourtant en la serrant plus fort contre lui.

— Lucia. Bianca Lucia. C'est mon nom…

— Oui. Oui, murmura-t-il, bouleversé.

Elle était visiblement sonnée. Perdue.

Comment est-elle arrivée à Paris ? Depuis combien de temps ? Qu'y fait-elle ? Avec qui ? Docciolini ?

Le visage du maître d'armes dansa dans sa mémoire, réveillant cette jalousie qui l'avait poussé au pire.

— Où est Marco ? demanda-t-il pour la faire taire.

Silence. Puis un soupir.

— Je ne sais pas. Je ne sais pas qui est Marco. Je ne connais que toi. Ramène-moi à la maison. Elle est loin d'ici ?

Mentir. Jusqu'à avoir l'avis des médecins.

— Non. Non. Ne t'inquiète pas.

— Je ne m'inquiète pas. Je t'aime, Luigi.

Il la serra plus encore, étouffa cette douleur dans sa poitrine, à la limite du supportable.

— Moi aussi, Lucia. Je n'ai jamais aimé que toi.

Au point d'avoir sombré dans la folie.

Ils arrivaient en vue de l'hospice, au débouché du pont Notre-Dame et de son flot de passants.

Qui l'a mise dans cet état ?

Il devait savoir.

Si tant est qu'elle s'en souvienne.

— Que s'est-il passé, Lucia ?

Elle ne répondit pas, redevint molle entre ses bras.

Éperdu d'angoisse, il se jeta dans la cour intérieure qui lui faisait face, immobilisa son cheval devant la chapelle, appelant déjà en direction de l'hospice qui la bordait.

Deux religieuses se précipitèrent à sa rencontre par une double porte grinçante.

La première retint l'animal par la bride. La seconde, de forte corpulence, récupéra Lucia comme une poupée de chiffon.

— Elle a été battue, releva la nonne devant l'ampleur des tuméfactions de son visage.

Henri mit pied à terre.

— Je préférerais que vous m'appreniez ce que je ne sais pas.

La nonne ne s'en offusqua pas.

— Il nous faut l'examiner pour cela. Suivez-moi.

La vaste salle dans laquelle ils entrèrent était sombre, emplie de femmes misérables en attente de soins sous la surveillance d'un immense crucifix.

— Connaissez-vous son nom ? demanda la religieuse, en s'immobilisant pour lui chercher une place.

— Lucia de Seva. Mais je ne suis pas certain qu'elle s'en souvienne vraiment. Elle était confuse.

Il la vit la porter vers un angle, qu'une seule femme, la mine sombre et la jambe déchiquetée, occupait.

— Vous n'allez pas la laisser là ? s'affola-t-il.

La nonne haussa les yeux au plafond vers des saints de plâtre qui contemplaient cette misère profonde.

— Et où donc ?

— Je peux payer, s'insurgea-t-il en arrachant une bourse de sa ceinture.

La femme sembla soudain le voir pour la première fois.

— Il y aura aussi les soins..., ajouta-t-elle, doucereuse.

Henri fit tinter les pièces l'une contre l'autre, ramenant un sourire édenté sur la face de carême.

— Par là, le guida-t-elle en déviant de sa route pour enfiler un modeste couloir.

Elle déposa Lucia sur un lit propre, dans une chambre qui n'en comprenait que deux. Vides.

Henri fit rouler deux écus dans sa main.

— Pas de place, hein ?

— La charité a un prix, mon bon monsieur. Ne serait-ce que celui de l'entretien de cette église. Vous ne changerez pas le monde avec de bons sentiments.

— Rassurez-vous, je n'en ai aucun ! grinça-t-il en portant sa main au pommeau de sa dague.

Sa menace tomba à plat.

— Et pour votre blessure ? s'enquit-elle juste en le détaillant.

Henri l'avait oubliée, celle-là. Il poussa la nonne dans le corridor.

— Je m'en accommode fort bien. Ramenez-moi un médecin !

Il attendit en se rongeant les sangs et les ongles, tournant et retournant dans la pièce, lançant sur Lucia des regards perdus.

Elle. Ici.

Il reconnaissait ses mains, son odeur, l'éclat de sa chevelure, même si elle était poussiéreuse, maculée de sang séché. Et à la fois, c'était une autre. Une femme aux hanches et à la taille discrètement plus lourdes, aux seins plus charnus, malgré leur tonicité. Elle avait vécu.

Quoi ? Avec qui ?

De nouveau il refusa de l'imaginer auprès de Marco, préféra s'arrêter sur la facture de ses vêtements.

Elle ne manque de rien, conclut-il, confirmant sa première estimation.

Il s'en rassura. Même si cela rendait plus incompréhensible encore son état. Et le lieu d'où elle s'était arrachée.

Non, vraiment... Ça n'a pas de sens.

Il l'avait laissée en quête du grimoire. Avait-elle réussi à remonter jusqu'à lui à partir des notes de Bianca Dandolo ? Il était vrai que certaines informations avaient manqué à son père pour y parvenir.

Admettons. Mais pour le déchiffrer il lui aurait fallu le code inscrit sur le médaillon de Catherine de Médicis.

Il sentit son cœur s'emballer.

Et si elle était venue à Paris pour le récupérer ? Si elle s'était frottée à Jean-Jacques de Mesmes ? Non. Non. Ce ne peut pas. Lucia a toujours été curieuse, entêtée, mais pas avide de puissance.

Il se planta au bout du lit. Elle n'avait toujours pas repris connaissance, augmentant son angoisse.

C'est forcément autre chose. Mais quoi ? Quel événement aurait pu la ramener en arrière, avant l'enlèvement de son père, avant l'incendie, avant... moi ?

La peur qu'elle se réveille et le voie soudain tel qu'elle l'avait haï lui broya le ventre.

Dans le même temps l'idée qu'elle ne recouvre jamais la mémoire lui fut insupportable. Il avait trop souffert de lui mentir autrefois, trop souffert des conséquences. Et quand bien même ! Si le destin leur accordait une nouvelle chance, qu'aurait-il à lui offrir sinon sa vie d'exil ?

À plus forte raison à présent que ce chacal a fait main basse…

D'un coup il se cabra.

La reine, les dossiers, Isabella !

Comment avait-il pu les oublier ? Il essuya son front soudain fébrile d'une main moite.

Elle. Je n'ai pensé qu'à elle.

Une nouvelle aiguille de glace lui transperça la chair. Et le doute revint, face à ces traits enflés, bleuis.

Quelle chance pour que sa réapparition à proximité du Louvre ne soit pas liée aux récents événements qui, justement, concernent le grimoire ? Infime, dut-il admettre, amer.

Il se souvint brusquement de cette soirée chez Foscari où il l'avait vue danser avec l'ambassadeur. Ce jour-là elle avait révélé une telle aptitude à la séduction et au mensonge ! Avait-elle décidé de s'en servir ici ? S'était-elle rapprochée du pouvoir comme autrefois son grand-père ?

Fichu sang ! s'emporta-t-il, douloureux.

Aurait-elle pu devenir dangereuse pour ses maîtres ? pour Richelieu ? Au point qu'on ait décidé de la faire disparaître ? Comme Isabella ? Comme lui ?

L'idée que le cavalier noir ait pu la battre le rendit fou.

Le Louvre. Je dois filer au Louvre. Sauver la reine. Fouiller le cabinet de Richelieu. Lui reprendre les dossiers. Découvrir ta vérité, Lucia.

Mais la supporterait-il ? Supporterait-il que cette femme allongée devant lui ne soit plus la ragazza de Santa Fosca ?

Il se glissa douloureusement à son chevet, s'empara de sa main inerte pour la porter à ses lèvres.

— Dis-moi que l'histoire ne se répète pas ! que tu n'as rien à voir avec tout cela !

— Monsieur ?

Il se redressa d'un bond, pivota en direction du médecin qui venait d'entrer.

— Faites en sorte que je la retrouve en meilleur état que je ne vous la confie ! le menaça-t-il avant de fondre en direction de la porte.

— Mais enfin, qui êtes-vous ?

De nouveau cette évidence.

— Son époux.

Oui. Ton époux, Lucia. Jusqu'à ce que tu décides du contraire et me tues une nouvelle fois.

64.

Depuis la porte du tribunal où les avait entraînés le roi, d'Artagnan jeta un œil en direction des danseurs.

Isabella n'était plus parmi eux.

Alarmé, il avança d'un pas supplémentaire dans l'embrasure pour scruter la salle envahie de monde, laissant M. de Tréville à ses explications concernant cette enquête qui n'aboutissait pas.

Comme si le roi n'avait eu d'autre moment pour demander des comptes ! Et le Cardinal pour s'inquiéter de voir ses gardes décimés !

— Trois de plus la nuit dernière, derrière une taverne ! venait-il de leur apprendre, ulcéré. Cette agaçante querelle entre mousquetaires a assez duré ! Des mois qu'elle empoisonne les rouages de l'État !

— Querelle ? s'offusqua M. de Tréville en se tournant vers le roi, visiblement embarrassé par cette discorde. Juste quelques passes d'armes, et encore ! Au cours d'un entraînement commun.

— Corsées par l'enjeu d'une demoiselle, ajouta Richelieu. Le nierez-vous, monsieur d'Aramitz ?

— Une pure beauté, Votre Majesté. Las, seul un cœur amoureux peut comprendre.

— Et vous n'excellez pas en la matière, mon cher cardinal, se mit à rire le roi.

— Il n'en reste pas moins qu'on tue mes hommes, sire ! Qui sera le prochain ? Vous ? Moi ? Vous vouliez arracher des masques ce soir ? Le moment est parfait. Car s'il n'y a pas querelle, il y a complot !

Nous y voilà, trembla d'Artagnan, le cœur d'autant plus suspendu qu'il avait beau sonder la foule, il ne voyait Isabella nulle part.

— Accuseriez-vous mes hommes d'y tremper ? s'embrasa le capitaine de la compagnie des mousquetaires.

— Plutôt ceux qu'ils fréquentent.

— Je ne vous permets pas !

— Tempérez-vous, Tréville ! Quant à vous, Éminence, j'attends vos preuves. Où sont-elles ?

— Mais elles dansent, sire ! Elles dansent ! entendit d'Artagnan à l'instant même où une trouée lui permit de voir Isabella disparaître avec l'inconnu sous la tribune, précisément à l'endroit où se tenait jusque-là l'homme en noir.

Son sang ne fit qu'un tour. Il s'élança.

— Où courez-vous, sans ordre ?

— Arrêter la musique, sire ! gueula-t-il par-dessus son épaule, laissant M. de Tréville s'arranger de cette phrase sibylline.

Enfin, tant que Richelieu ne prononce pas clairement le nom d'Isabella...

Et ensuite ? s'inquiéta-t-il tandis que, s'excusant à tour de bras, il se faufilait, telle une anguille, entre les invités.

Ensuite, j'improviserai !

Il arriva enfin devant les quatre grâces de marbre, se glissa sous l'épaisseur du balcon et grimpa à la course les grands degrés qui s'élevaient presque aussitôt derrière.

Ils sont faits ! Quand bien même ils auraient voulu rejoindre l'aile des ministres pour filer par la porte du jeu de paume, ils ont dû être arrêtés dans la salle des gardes.

Il arracha son épée, certain de les y trouver encore. On ne franchissait pas si facilement ce goulet, dernière barrière avant le couloir qui desservait aussi les appartements du roi et de la reine.

Quatre paires d'yeux surpris quittèrent les dés immobilisés sur une table pour se poser sur lui.

— Combien ont-ils d'avance sur moi ? demanda-t-il, mesurant soudain qu'il avait dû être retenu par la foule plus longtemps qu'il ne l'avait pensé.

— Qui ça ?

— Comment qui ça ? Les deux hommes et la femme qui viennent de monter, voyons !

Un échange de regards circonspects.

— T'as vu quelqu'un toi ?

— Pas plus que toi !

— Moi non plus.

D'Artagnan se figea.

— Personne ?

— Non d'Artagnan, personne, jura Thierry Grammond, un Béarnais à la gouaille généreuse réputé pour son franc-parler.

Il ne pouvait mettre leur parole en doute.

— Que nul n'entre ou ne sorte plus de cette pièce. Ordre du roi ! lança-t-il en faisant volte-face, désarçonné.

Ses yeux auraient-ils pu le trahir ?

Non. Je les ai bien vus passer sous la tribune. Y seraient-ils montés ? Pour quoi faire ? Les musiciens jouent toujours et l'escalier est court.

Son sang afflua à ses tempes.

Assassiner Isabella ?

Il dégringola les grands degrés aussi vite qu'il les avait montés, ouvrit sur sa droite la petite porte qui se perdait dans les stucs, l'arme au poing.

Rien.

Il ressortit, tomba nez à nez avec ses compagnons, à l'étroit sur ce maigre palier.

— Isabella, le cavalier noir, l'inconnu. Disparus entre la salle de bal et celle des gardes ! C'est à n'y rien comprendre !

— S'ils ne sont pas montés, c'est qu'ils sont ressortis, affirma Porthos, toujours pragmatique.

— Par où ? Vous teniez la seule autre issue, se liquéfia d'Artagnan tandis qu'Aramitz s'accroupissait soudain au sol, entre la porte, refermée sur eux, et l'envolée des marches.

Ils le virent rouler son index et son majeur sur son pouce.

— Du sang frais. Il se perd dans la couleur du carreau, annonça-t-il à regret.

— Celui d'Isabella ? se décomposa d'Artagnan.

— Rien ne nous permet de l'assurer. Par contre je parierais qu'un passage secret se trouve derrière cette paroi. Et foutrement bien caché, en conclut Aramitz devant l'absence de liseré ou de mécanisme apparent. Porthos, cours auprès de Françoise. Elle nous indiquera peut-être comment l'ouvrir.

Tandis que le mousquetaire s'élançait, jouant de son embonpoint comme d'un bélier pour se frayer un passage jusqu'à Mme de Motteville, d'Artagnan se jetait à son tour contre ce mystère.

— Ton départ a clos le débat, lui apprit Aramitz en sondant lui aussi la paroi. Mais Richelieu entend bien servir un coupable au roi ce soir.

— Mort ou vif, j'imagine.

— Isabella sait se défendre, voulut-il le rassurer.

D'Artagnan mordit dans son appréhension.

Lui en a-t-on laissé le temps ?

65.

Isabella pressa plus fortement sa paume sur sa plaie.

L'espace d'un instant, en voyant l'ambassadeur l'entraîner par cette porte, elle s'était crue sauvée. Les gardes des appartements royaux la connaissaient. En leur présence, refuser d'aller plus loin aurait suffi pour que les deux hommes la lâchent, ou engagent le combat.

Las, l'homme en noir avait actionné un mécanisme imperceptible au pied de l'escalier de marbre, ouvrant un passage secret.

Je suis faite ! s'était-elle affolée, s'imaginant déjà prise en tenaille par leurs lames.

La soumission dont elle avait fait preuve jusque-là lui avait permis de se dégager de cette main manucurée qui lui maintenait le bras, mais pas de la vivacité d'esprit du cerbère. Elle avait à peine gravi deux marches qu'elle était rattrapée, bâillonnée par sa paume impérieuse et ramenée par la taille contre l'ambassadeur.

— Vous me décevez, Isabella, lui avait servi de Mesmes alors qu'elle continuait de se débattre.

Gagner du temps ! Permettre à d'Artagnan d'arriver. Il m'a forcément vue quitter la salle.

Elle s'était démenée, lançant pieds et mains. Réussissant à parer ses coups, Claude de Mesmes lui avait relevé son jupon.

Le temps qu'elle comprenne qu'il voulait s'emparer de la dague qu'elle cachait dessous, elle l'avait sentie s'enfoncer sous l'arrondi de sa hanche.

— Recommencez et j'en terminerai, lui avait-il assené en la ressortant.

Désarmée, vaincue par la douleur cinglante du muscle transpercé, elle avait abdiqué.

Il l'avait maintenue contre lui, la forçant à avancer derrière l'homme en noir muni d'une lampe.

S'il avait vraiment voulu ma mort, ce serait déjà fait, s'était-elle rassurée en traînant la jambe, les sens aux abois, s'efforçant de dompter sa souffrance.

Elle avait fini par deviner que ce goulet obscur suivait le dessin du palais, pour ressortir probablement hors de son enceinte.

Il n'a pas l'intention de me livrer au Cardinal, en conclut-elle, l'angoisse vissée au ventre.

Elle tendit l'oreille. Aucun bruit en amont. Son cœur se serra. Combien de chances pour que d'Artagnan découvre cet endroit à temps ?

Ralentir... tout en cherchant la vérité.

Elle fit mine de s'exaspérer.

— Qu'espérez-vous en m'enlevant, de Mesmes ? Qu'Henri Concini vous distribue les dossiers que votre sbire n'a pas su lui prendre ?

Il lui lança une œillade amusée.

— Vous ne laisserez donc jamais la prudence l'emporter sur la curiosité…

— Pas tant que vous manierez si mal les lames, le défia-t-elle d'un sourire ironique.

— Cette impertinence. Toujours. Elle manque cruellement à Venise depuis que vous l'avez quittée, ma chère. Soit, donc…

Il la tira de l'avant, lui arrachant une plainte.

— Henri Concini a été mis hors d'état de nuire. Quant aux dossiers, ils ont été vendus à mon père par le valet du sien en 1617. Je suis désormais certain qu'il n'en manque aucun.

Elle s'immobilisa, troublée, le forçant cette fois à s'arrêter.

— Je ne comprends pas.

— Comprendrez-vous mieux si je vous dis que Lucia de Seva se trouve à Paris ?

Un frisson désagréable la parcourut. Elle déglutit.

— Eh oui, ma chère. Henri Concini avait besoin d'un prétexte assez solide pour qu'on l'y rappelle. Doutez-vous qu'il se soit jamais guéri d'elle ? qu'il n'ait pas un instant espéré la reconquérir ? Du moins est-ce la conclusion à laquelle je me suis arrêté après que Victor, ci-devant, a remué ciel et terre pour retrouver ce dossier « manquant » qui inquiétait tant le Cardinal. Déçue ?

— Agacée. Mais cela ne me dit pas pourquoi je suis ici, votre prisonnière. Vous savez comme moi que je n'ai plus rien à vous rendre. Cette garce a emporté la gravure en filant de Venise.

— Je la lui ai reprise, tandis même que sa hardiesse la poussait, comme la vôtre, à sa perte. Vous vous demandez sans doute qui décousit les gardes que le Cardinal avait placés pour vous surveiller ? Elle. Lucia. Elle en a été punie.

— Elle ? répéta Isabella, de plus en plus perdue. Dans quel dessein ?

— Le grimoire évidemment. La gravure et les notes de Bianca Dandolo n'étaient pas suffisantes pour l'y mener.

— Les notes de Bianca Dandolo ? L'abbesse de Santa Maria degli Angeli ?

— Votre grand-mère.

— D'où tenez-vous ça ? se moqua-t-elle, amère de s'être laissé jouer par Henri et cette dinde de Lucia. *Probablement complices depuis le début.*

— De celle-là même qui lui succéda et devint votre bourreau.

— Serafina Cornaro ?

Elle vacilla, saisie d'un vertige.

Cette fois, il eut la délicatesse de la laisser s'appuyer au mur quelques secondes.

À moins qu'il n'ait jugé qu'évanouie je serais plus encombrante et lourde à porter...

En vérité elle n'était pas loin du malaise. Le sang pulsait à ses tempes, mais plus encore à sa blessure, lui inondant la paume, débordant de ses doigts écartés.

Pourquoi maintenant ? Rien de vital n'a été touché, s'affola-t-elle.

Et soudain la douleur inconsciente, insidieuse, qui avait réveillé sa chair, embrasa son esprit.

Bianca Dandolo... Ma grand-mère...

On ne s'était pas contenté de la priver de son père, de sa mère, il avait aussi fallu qu'on la coupe de cette femme qui vivait à quelques pas d'elle, cette femme qu'elle n'avait jamais eu le droit de rencontrer de son vivant, cette femme dont elle avait suivi la mise en bière et le cercueil avec l'indifférence que suscitent les absentes.

Ma grand-mère...

Il la reprit par le bras, l'obligeant à combattre son étourdissement.

— Avancez. Je gage que votre cher d'Artagnan ne tardera pas à deviner que nous lui avons filé sous le nez.

Elle se raccrocha à cette idée, le pas traînant.

Assembler les pièces. Le faire parler, encore. Pour le ralentir. Pour comprendre aussi. Je suis épuisée.

— Puisque vous avez l'air de tout connaître et de vous en gargariser…

— M'en gargariser ? Non, la coupa-t-il d'un rire sec. Juste achever quelque chose que j'ai commencé il y a de nombreuses années. Pour le plaisir de la conversation. Vous adoriez la conversation… surtout après l'amour.

La vision de leurs corps entrelacés lui donna la nausée. Elle la surmonta, elle aussi.

— Vous avez sous-entendu que ma grand-mère avait un lien avec le grimoire.

Il lui fit face et elle eut soudain l'impression détestable qu'il n'avait en fait attendu que ce moment, cette question.

Comme s'il était certain de l'impact que cette « conversation » aurait sur moi.

Preuve en fut cet éclat souverain dans son œil, cette arrogance dans sa voix :

— Bianca Dandolo était la gardienne du grimoire, comme sa mère avant elle. Des femmes coriaces, qui ont préféré mourir plutôt que d'avouer sa cachette. Des femmes comme votre mère. Vous a-t-on dit que vous aviez ses yeux ? Ce mélange indéfinissable de peur et de morgue face au danger ?

Elle se mit à trembler.

Non… non, ce ne peut pas… je n'ai pas trouvé trace de lui à Venise à cette époque.

Mais il venait de gonfler le jabot, puant de cet orgueil de coq qui affirmait sa puissance.

— Ne faites pas semblant de ne pas comprendre, très chère. Votre mère n'a rien lâché. Non, rien. Pas même à qui elle vous avait confiée. Vous n'imaginez pas combien je vous ai traquée, espérant que vous pourriez, vous, vulnérable fillette, me conduire au grimoire. Dix ans, Isabella. Il m'a fallu dix ans avant de pouvoir revenir à Venise. Je n'ai finalement découvert qui vous étiez que lorsque Serafina Cornaro a vu, elle aussi, l'occasion de votre perte. Nous étions déjà amants. Étrange coïncidence, non ?

La vérité. Après tant d'années à la chercher.

Elle ne sut si elle en était soulagée ou anéantie, crissa :

— Alors c'était vous ! Vous qui avez assassiné mes parents.

Dessiné par les ombres que projetait la lanterne au bout du bras de l'homme en noir, il lui apparut plus monstrueux encore dans sa jubilation théâtrale.

— Moi. Si jeune, si impétueux. Habité par ces notes de Concino Concini, par cette obsession qui l'avait mené à Venise sur les traces de Bianca Dandolo. Quand il y est arrivé, elle avait disparu avec sa fille. Alors il a cherché ailleurs. Mais moi… Moi, des années après son échec, j'ai découvert qu'un des parents de Marie de Médicis avait épousé une Dandolo…

La fureur lui avait rendu ses forces. Elle le foudroya du regard.

— … Oui… Vous avez ses yeux, ces yeux qui implorent autant pitié que vengeance !

Des larmes de haine, de colère et d'impuissance ruisselaient sur ses joues. S'il lui avait seulement laissé sa dague…

Il martela.

— Ne pleurez pas, ma chère. Vous allez mourir. Je ne peux faire autrement pour me garantir de votre courroux. Vous le portez depuis trop longtemps.

— Alors finissons-en.

— J'ai dupé le Cardinal dans cette affaire, lui laissant croire que vous cherchiez le grimoire pour votre compte, qu'Henri voulait la mort du roi par vengeance, et les deux reines les dossiers pour le tenir à merci. Mon père et moi devons filer avant que les mousquetaires ne convainquent le roi du contraire. Jusque-là, vous êtes ma garantie contre le zèle de votre amant.

— Il vous tuera. D'Artagnan. Il me vengera, grinça-t-elle.

— Je ne crois pas, non…

Pour éloigner ces griffes ensanglantées brusquement prêtes à lui déchiqueter le visage, il la précipita avec force devant lui.

Elle heurta le dos de l'homme en noir.

Instinct de survie ? Opportunité ?

Elle n'en sut rien, mais le poignard que le sbire portait à la ceinture se retrouva dans sa main.

La priorité aurait voulu qu'elle l'abatte sur lui, mais de Mesmes avait raison : sa haine était trop grande. Elle avait chevauché dessus trop d'années. N'était devenue courtisane, n'avait tout souffert que dans le dessein de l'assouvir, de venger la mort de ses parents.

Elle pivota, s'élança dans un hurlement de rage, à l'instant même où son nom, hurlé par d'Artagnan, était répercuté par l'écho de la voûte.

Elle écrasa la lame sur l'ambassadeur, fut précipitée avec violence contre le mur.

À terre, un goût de sang dans la bouche, elle le vit filer à toutes jambes et l'homme en noir se placer en position de tir pour assurer leurs arrières.

Le visage de Paolo frappa sa mémoire.

Non, cette fois, personne ne mourra pour moi…

Elle tenta de se redresser, de s'offrir en bouclier.

Elle ne parvint qu'à s'écorcher les doigts sur la pierre, tandis que d'Artagnan se rapprochait dans le balancement furieux d'une lanterne.

— Pistolet ! hurla-t-elle pour le sauver.

Désespérée, elle entendit la déflagration.

Puis sombra.

66.

Passé la tour de l'Horloge, le quai était encombré par un charroi qui avait glissé sur le flanc, emportant deux piétons dans la Seine et précipitant un fiacre contre une charrette. Henri piaffa autant d'impatience que son cheval avant de parvenir enfin à contourner l'obstacle et à continuer sa route.

Piquer un galop ne ranimant que faiblement un vertige, il repassa le Pont-Neuf, puis le quai où il avait ramassé Lucia.

Au bout se trouvait autrefois l'hôtel particulier que son père avait fait adosser au mur aveugle de la petite galerie du Louvre. En parvenant devant, il éprouva soudain le sentiment détestable qu'en le faisant démolir le roi avait voulu s'arracher sa dernière verrue.

Rejetant cette image, il s'immobilisa entre les deux bâtiments des salles du jeu de paume, devant cette poterne qui servait rarement l'hiver. Toujours à l'ombre, elle était fréquemment verglacée. Mais surtout, elle n'avait pas le prestige de l'entrée principale située en face, de l'autre côté du carré que formait le palais autour des jardins.

Il aperçut Athos qui dansait d'un pied sur l'autre en tapant dans ses mains gantées, les joues marbrées par le vent glissant sur les congères.

Était-ce sa course, les émotions qui l'agitaient ? Henri n'avait pas pris conscience jusque-là que, l'heure avançant, la température avait de nouveau chuté.

Tandis qu'il mettait pied à terre, le mousquetaire se précipita sur lui, un air de reproche sur ses traits bleuis, pour le perdre sitôt qu'il découvrit le sang séché qui lui maculait la tempe.

— Sacrebleu ! Nous nous inquiétions pour vous. Il semble que ce fût à juste titre !

— L'homme en noir m'attendait dans l'obscurité du souterrain. Le temps que je reprenne connaissance, que je trouve une sortie qu'il n'avait pas bouclée, puis traverse Paris…

Il hésita à lui avouer la suite. Trancha. La vérité n'apporterait rien tant qu'il n'avait pas de meilleure réponse à donner que son impulsion, son amour pour Lucia.

Jusque-là, décida-t-il, *je dois m'accommoder des sursauts de ma conscience. Pas le plus facile.*

D'autant qu'une moue ennuyée venait de tordre la bouche du mousquetaire.

— J'en déduis donc que les dossiers…

— Envolés avec lui, je suppose. Je suis navré. Et furieux contre moi-même.

— Ne vous blâmez pas. Aucun n'aurait pu agir autrement.

Non. Je ne m'en blâmerai pas. Pas maintenant. Il y a mieux à faire.

— L'homme m'a forcément devancé ici. L'avez-vous vu ? demanda-t-il en attachant son cheval à un anneau.

— Moi non. Pour ce qui est des autres, je ne saurai vous répondre. Aramitz devait me relayer il y a une bonne vingtaine de minutes déjà… Or, il n'est pas homme à manquer de parole, maugréa le mousquetaire qui s'était remis à frapper dans ses mains, gelées malgré l'épaisseur du cuir.

Henri soutint son regard de jais, l'inquiétude qui y sourdait.

— Il faut donc craindre le pire…

— Cela s'entend en effet.

Il se rapprocha du mousquetaire, baissa la voix dans le halo de buée que formaient leurs souffles mêlés.

— Si Richelieu a déjà compromis les deux reines et Isabella, tout est perdu, je vous le concède. Mais dans le cas contraire, profitant du bal, je peux essayer de m'infiltrer dans son bureau.

— Folie ! se tendit Athos. Imaginez qu'on vous prenne !

— Qui ? Le Cardinal ? Il est auprès du roi. À cette heure, son cabinet est sûrement bouclé et les couloirs déserts. Quant à l'homme en noir, il me doit une revanche.

— Folie ! persista Athos.

Henri haussa les épaules.

— Si Richelieu n'a pas déjà eu le réflexe de brûler le dossier le concernant, je me fais fort de le rapporter, cette fois. Je ne vois pas d'autre solution.

— Attendons au moins de savoir ce qu'il en est.

— Soit, consentit Henri. Mais comment ?

— Je me charge de glaner les informations. Vous n'aurez qu'à m'attendre chez Françoise de Motteville. Elle loge au-dessus des appartements de la reine, dans la prolongation de ceux des femmes de chambre.

— Un moyen d'y accéder sans se faire remarquer ?
— Dans ce palais, ils ne manquent pas. Suivez-moi, l'invita Athos d'un pas déterminé.

67.

— Sa blessure n'est pas mortelle, elle a seulement perdu beaucoup de sang, annonça le médecin à Françoise de Motteville après avoir examiné Isabella.

Dans cette élégante chambre située deux niveaux au-dessus de la salle des caryatides, Porthos, Aramitz et d'Artagnan sentirent leur angoisse diminuer d'un cran.

— Il me faudrait de l'eau chaude, des compresses et des bandelettes de coton.

— Je m'en occupe, décida Aramitz en tapotant fraternellement l'épaule de d'Artagnan.

Suivant Porthos, qu'on avait chargé de prévenir Athos, il se coula dans l'embrasure de la porte.

— Ah, et de la lumière aussi, réclama le médecin par-dessus son épaule, précipitant Mme de Motteville sur un petit meuble en cerisier dont la façade de tiroirs arborait d'élégantes arabesques dorées.

Elle en ouvrit un, récupéra trois bougies neuves, remplaça celles, fatiguées, d'un chandelier.

— Apportez d'autres bougeoirs, Pélagie, ajouta-t-elle à l'intention de sa servante, une fille un peu simplette mais de bonne volonté.

— Qu'elle nous trouve aussi une couverture supplémentaire et du bois pour regarnir le feu. Il faut de la chaleur. Beaucoup de chaleur, insista le médecin tout en découpant le tissu autour de la plaie.

Étendue entre les tentures d'un baldaquin subtilement tourné, Isabella transpirait par-dessus son teint blafard.

D'Artagnan avait cru mourir en la découvrant à terre, baignant dans son sang alors que le cavalier noir, n'ayant fauché que leur lanterne avec son tir, fuyait derrière son maître en abandonnant la sienne. Le temps qu'Aramitz les rattrape, la porte de sortie était bouclée de l'extérieur et il revenait, aussi dépité qu'inquiet.

Inquiet, d'Artagnan l'était toujours autant, malgré les paroles rassurantes du médecin.

— Quand reprendra-t-elle connaissance ? s'enquit-il.

— Difficile à dire. Elle est très faible. Mieux vaut la laisser se reposer. Prenez l'air. Vous êtes aussi blanc qu'elle, lui conseilla le médecin en lui jetant un œil de biais.

D'Artagnan sentit la main délicate de Françoise atténuer d'une douce pression le discret tremblement de son poignet.

— Venez.

Elle l'entraîna dans le boudoir attenant, puis devant la fenêtre. Elle l'ouvrit en grand, permettant à leurs regards de passer le fleuve et de s'attarder sur la rive voisine.

Les braises se mirent à crépiter derrière eux, ragaillardies par ce vent froid qui venait de déposer quelques flocons sur leurs manches.

D'Artagnan ne le remarqua pas, tout à son tourment.

— J'ai fait prévenir les deux reines. Pour l'heure, le bal continue de battre son plein.

— Et M. de Tréville ?

— Il vous croit toujours occupé à résoudre ce complot avec vos compagnons. Le roi aussi du coup, ce qui a cloué le bec de Richelieu.

— Pour l'instant. Mais cela ne durera pas…

L'œil de d'Artagnan s'empara des contours du palais du Luxembourg au loin, redescendit tristement jusqu'à la rue de Tournon.

— … Nous sommes toujours sans nouvelles d'Henri. Vu l'heure, je crains que c'en soit fait de lui.

Françoise de Motteville sentit son cœur se pincer. Pour volage qu'elle soit, cocufiant son vieil époux à tout-va, elle s'attachait vite et ardemment. Et l'infortune d'Henri l'avait autant touchée que son baiser volé.

Son silence permit aux derniers appels des passeurs, dont le port se situait à proximité, de remonter jusqu'à eux.

Elle le brisa :

— Si cruel que ce nous soit, il nous faut admettre qu'il est mort et que les dossiers sont entre les mains du Cardinal.

— C'est ce qu'il me semble aussi, soupira-t-il, amer.

— Allez-vous renoncer ?

Il se sentit piqué dans son orgueil.

— Jamais ! Mais que faire ?

Elle se drapa d'une autorité que contredisaient autant l'ovale délicat de son visage que le velouté de ses lèvres.

— Prévenir M. de Tréville de l'agression d'Isabella. Offrir au roi un autre instigateur de complot, autre qu'elle ou nos reines.

D'Artagnan écrasa son poing sur le linteau de bois, faisant s'envoler un pigeon qui cherchait asile dans le creux d'une moulure.

— Je ne vois guère de quelle manière ! J'ignore tout de l'homme en noir. Encore plus de son maître, sinon qu'il s'est approché d'Isabella dans le sillage du roi et de son Premier ministre.

— Il s'appelle Claude de Mesmes.

Le cœur de d'Artagnan se démit d'un battement.

— L'ambassadeur de France à Venise ?

— En personne.

Il la prit aux épaules, soudain enflammé.

— Pour un peu, madame, je vous embrasserais !

Elle piqua un fard, n'eut pas le temps de lui demander pourquoi, qu'il quittait déjà la pièce à grandes enjambées.

Claude de Mesmes ! L'homme, envieux du grimoire, à qui Isabella a dérobé la gravure à Venise ! Voilà qui change la donne ! Explique enfin qui servait l'homme en noir et pourquoi il en avait après Henri. Pourquoi il a voulu te faire taire, belle, craignant que tu ne le confondes ! Mentir à M. de Tréville ? Je n'en aurai pas besoin ! Sa fuite l'accuse ! galopait son raisonnement au rythme de ses pas dans le corridor.

Au point qu'il ne vit pas les deux hommes qui s'y avançaient discrètement.

— D'Artagnan ? entendit-il.

Il releva la tête, trouva deux paires d'yeux braquées sur lui, s'embrasa.

— Athos ! Henri !

Il attira ce dernier sur son cœur.

— Sacrebleu mon ami, je t'ai cru mort !

— J'ai bien failli, avoua-t-il, touché par son accolade et rattrapé d'autant plus soudain par sa culpabilité.

— Les dossiers sont perdus, crut bon d'ajouter Athos.

D'Artagnan repoussa Henri en même temps que son idée de voir M. de Tréville.

— Ne restons pas là, dit-il. Venez ! Nous avons beaucoup à nous dire.

68.

— Elle reprend connaissance, entendit Lucia.

Elle ouvrit les yeux sur un homme râblé en tenue de médecin.

Instinctivement, elle se crispa. Faisait-il partie de ceux qui l'avaient agressée ? Comprenant sa terreur, il recula et s'arma d'un sourire compatissant.

— Détendez-vous. Vous êtes en sécurité chez nous.

Mais, inexplicablement, la vision d'une nonne à ses côtés accrut sa méfiance. Elle se redressa sur ses coudes, parcourut la pièce du regard, cherchant les issues comme un animal aux abois.

Une porte. Un deuxième lit. Une vierge de pierre. Pas de fenêtre.

— Où suis-je ? Dans quelle ville ? Quelle année ?

L'homme fronça les sourcils.

— Vous ne vous souvenez pas ?

— Non. S'il vous plaît, insista-t-elle.

— Paris. Nous sommes le 12 janvier 1631…

Paris. 1631, s'estomaqua-t-elle, tandis que le médecin poursuivait :

— … Vous vous trouvez à l'hospice où Luigi, votre époux, vous a déposée.

Elle sentit son cœur s'emballer dans sa poitrine.

Mon époux... Luigi.

L'image de l'apprenti de son père s'imposa à elle. Étaient-ils mariés ? Il lui semblait qu'hier encore elle rentrait chez elle, au campo Santa Fosca. Oui ! Ça, au moins, elle s'en souvenait. L'odeur de l'encre, le rire de Luigi, les chats… Comment étaient-ils arrivés ici ? Où était son père ? Elle ne l'aurait pas abandonné derrière elle. Non. Mort ? Elle le refusa. Une impression de chaleur, de danger, lui effleura la mémoire, aussitôt balayée.

Quelque chose n'est pas à sa place. Mais quoi ?

— Tout va bien, madame ? s'enquit la nonne devant son front plissé, son souffle devenu court.

Elle s'efforça de reprendre sa respiration.

— À vous de me le dire. J'ai l'impression qu'une partie de mon crâne est prisonnière d'un étau de glace. Chaque fois que je tente de le briser, je me sens repoussée, comme s'il ne fallait pas que j'y accède. Je… Est-ce grave ?

Le médecin prit un air savant pour masquer son incompréhension.

— Une conséquence de ce qui vous est arrivé. Rien d'autre à mon sens. De quoi vous souvenez-vous au juste ?

— De mes mains liées, de l'obscurité, d'un souterrain qui n'en finissait pas. De la lumière, blanche. Éclatante.

Elle allait évoquer le diable dressé devant elle lorsque son esprit lui dessina un cheval cabré. Puis l'instant d'après, Luigi.

Il m'a ramassée sur ce quai. C'était donc qu'il s'était élancé à ma recherche. Il détient les réponses. Toutes les réponses.

Elle consentit enfin à se détendre, à se rabattre sur l'oreiller.

— Mon époux. Luigi. Où est-il ?

— Nous l'ignorons. Il se devait à une affaire urgente. Mais ne vous inquiétez pas, ajouta-t-il devant son regain de fébrilité. Il ne saurait tarder. Par ailleurs j'ai pris l'initiative de convoquer la maréchaussée.

— Pourquoi ? s'affola-t-elle de nouveau, sans en comprendre la raison.

— Vous avez été agressée. C'est la procédure, quand bien même vous ne voudriez pas porter plainte. Mais je suppose que…

— Je… Je ne sais pas, balaya-t-elle la fin de sa phrase.

Si elle ne parvenait pas à se souvenir de la scène, son corps, lui, n'avait pas oublié. Elle était moulue. Douloureuse…

Jusqu'au bas-ventre…

Un nouveau sursaut de panique. Elle baissa le regard vers le lit, devina quelques traces à la hauteur de ses cuisses, prit conscience d'un linge épais entre elles.

— Ai-je été… ?

— Souillée ? Difficile à dire, ma fille, il y avait trop de sang. Vous avez perdu l'enfant que vous portiez, lui annonça cette fois la nonne en lui pressant l'arrondi de l'épaule avec commisération.

Lucia la fixa sans comprendre.

— Vous l'ignoriez ?

Elle ne sut que répondre, mais une tristesse infinie se répandit en elle.

Elle bredouilla.

— De combien ? De combien étais-je enceinte ?

— Je ne sais pas. Peu, c'est tout ce que je peux affirmer. Reposez-vous à présent, insista le médecin, préférant faire abstraction de cette larme qui s'était mise à couler sur sa joue. Vous serez vite sur pied. Quant à votre mémoire, donnez-lui le temps. Vous étiez très confuse à votre arrivée. Il y a des progrès…

Sans doute avait-il raison. Elle se souvenait de son nom, désormais.

Lucia de Seva. Non... Je dois forcément porter celui de Luigi... Lucia... Lucia...

Incapable d'en retrouver seulement l'intonation, elle renonça, accepta le gobelet d'étain que lui tendit la religieuse, en avala le contenu, amer, d'une traite, les yeux rivés sur la vierge de pierre, puis se recoucha, le cœur soulevé de sentiments contradictoires.

Bianca Lucia, entendit-elle avant de se sentir aspirée par une torpeur bienveillante.

Bianca Lucia... Neige... Froid... Lumière... Vierge... Marie...

Elle sentit vaguement qu'elle portait les mains à son bas-ventre. Qu'une nouvelle larme roulait sur sa joue.

Sens. Tout ça a un sens...

Le sommeil l'emporta.

69.

— Où est-il ? Où est d'Artagnan ? s'exclama Isabella en ouvrant brusquement les yeux, l'esprit figé sur le bruit de la détonation dans le passage souterrain.

— Ici, mon aimée.

Elle tourna la tête. Reçut son sourire rassuré, rassurant, comme un baume sur son cœur déchiré.

Leurs doigts se nouèrent puissamment par-dessus la courtepointe.

— Où suis-je ?

— Dans les appartements de Mme de Motteville.

— Tu n'es pas blessé ?

— Aucun de nous ne l'est. Mais de Mesmes a filé, ajouta-t-il, devinant le cheminement de ses pensées.

Elle étouffa un juron, se laissa retomber sur l'oreiller.

— C'est lui qui détient les dossiers. Il affirme que celui sur Richelieu n'a jamais existé. Nous avons été refaits.

— Par qui ? s'étonna d'Artagnan devant la dureté de ses traits grignotés par les jeux d'ombre et de lumière que la cheminée jetait sur la pièce.

— Henri.

— Henri ? répéta-t-il, surpris. Il s'en est tiré de justesse rue de Tournon, et colle en ce moment même aux culottes de ce chien avec Athos, Porthos et Aramitz.

Isabella fronça les sourcils.

— Il est donc revenu ?

— Évidemment. Qu'est-ce qui se passe, Isabella ? Pourquoi doutes-tu de lui ?

Des images défilèrent à toute vitesse dans sa mémoire. Henri à Florence, lui racontant son passé, cette douleur dans ses yeux, changée en étincelle de tendresse lorsqu'il s'était mis à évoquer la reine mère, son angoisse à la savoir de nouveau sur le fil du rasoir par la faute du Cardinal.

Idiota ! se fustigea-t-elle.

Henri n'aurait jamais menti à ce propos.

Et puis, il ne serait pas revenu se placer, là, en première ligne. Au risque cette fois d'être embastillé et exécuté comme le furent les siens...

Quid de Lucia de Seva ?

Elle balaya l'air d'une main agacée.

— Oublie ça, c'est sans importance...

Pour l'instant.

Son œil se perdit dans les replis de la tenture du baldaquin.

— ... C'est de Mesmes qui a assassiné mes parents.

Elle sentit la pression des doigts de d'Artagnan s'amplifier autour des siens. Ramena son regard sur lui.

— Il sait où se trouve le grimoire. Il ne voulait plus que se débarrasser de moi, comme il s'est débarrassé d'eux.

— Pourquoi ?

Elle hésita, mesurant soudain l'enjeu de tout cela.

Elle se mit à trembler.

— Parce que c'est à moi que revient le grimoire. À moi seule. C'est mon héritage, Charles. Je suis la dernière descendante de la lignée de ses gardiennes.

Il accusa le coup quelques secondes, puis murmura :

— Que comptes-tu faire ?

Son regard se fit d'encre.

— À ton avis ?

— Je parlais du grimoire, Isabella.

Une hésitation. Puis elle secoua la tête.

— Je me moque du grimoire. Ce que je veux, c'est ma vengeance.

— Tu l'auras. Je te l'ai dit. Nos amis y cavalent. Une fois les dossiers récupérés, nous les remettrons au roi. Tous, sauf, bien entendu, celui concernant Richelieu, que Marie de Médicis pourra utiliser plus tard, quand l'affaire sera tassée. À présent que je te sais hors de danger, je vais sauver nos têtes.

— Comment ?

— En prévenant M. de Tréville que Claude de Mesmes est l'auteur du complot. Les deux reines ont déjà été averties de tenir le même discours.

— Si tu crois que je vais rester dans ce lit tandis que…

Le reste de sa phrase se perdit dans le vertigineux baiser dont il noya ses lèvres. Lorsqu'il la laissa reprendre son souffle, ce fut pour lui chuchoter à l'oreille :

— Tu n'iras nulle part, mon amour.

Elle s'embrasa d'un sursaut de rage, qu'il tua aussitôt d'un index en travers de ses lèvres.

— Ordre du médecin… qui trépigne derrière la porte. Tu auras ta vengeance, Isabella. Je t'en fais la promesse, ajouta-t-il avant de s'esquiver pour ne pas avoir à se battre.

Elle n'eut guère le temps de pester contre cet homme en habit noir, qu'il pénétrait dans la chambre, un sourire de circonstance aux lèvres, le pas de ceux qui entrent dans la fosse aux lions.

Prévenu par d'Artagnan, comprit-elle, ce qui ajouta à sa frustration.

— Je ne vous ennuierai pas longtemps, madame, juste celui de prendre votre pouls à présent que vous revoici parmi nous. Ce dont je me réjouis d'ailleurs.

— Épargnez-moi vos civilités, monsieur. Je ne vois rien ici qui me réjouisse, grogna-t-elle en lui abandonnant son poignet.

Il y maintint trois doigts, laissant le crépitement des flammes scander l'exaspération de sa patiente puis consentit enfin à relâcher sa tenaille.

— Pardonnez mon insistance, madame. J'entends bien le ton de cette affaire et le dépit que vous en avez.

Elle consentit à lui accorder un regard. Sombre.

— Il exige discrétion, monsieur.

— Françoise de Motteville en aurait appelé un autre que moi si elle en avait douté.

Combien donc a-t-elle d'amants ? s'étourdit Isabella dans un sourire enfin conciliant.

— Du repos. Je ne peux vous prescrire rien d'autre, sinon ce conseil, amical. Aucun mort ne jouit de vengeance. Restez couchée jusqu'à demain. Je vais vous faire monter du vin et du boudin s'il s'en trouve aux cuisines. Mangez et buvez autant que vous le pourrez.

Elle hocha la tête. Mais n'en pensa pas moins.

Elle n'attendit que le claquement de la porte pour repousser les draps. Ce simple mouvement lui arracha une suée si grande qu'elle dut attendre quelques secondes avant de pouvoir simplement décoller sa nuque de l'oreiller.

Réagis ! Tu es plus forte que ça ! Quoi que ce corbeau en dise ! Vas-tu leur laisser étrangler ce chien à ta place ? Lève-toi ! se fustigea-t-elle.

Il lui fallut cinq bonnes minutes pourtant avant de parvenir à tenir assise. Lorsqu'il fut question de pivoter ses jambes pour les poser par terre, elle fut prise d'un tel vertige qu'elle dut retomber sur le lit.

Elle n'y arriverait pas.

Les visages de son père et de sa mère griffèrent sa mémoire. Le médecin avait raison.

S'abîmer davantage ne les vengerait pas.

De rage, elle tordit le drap dans sa main, puis, des papillons dansant toujours devant ses yeux, admit que seul le sommeil réparerait tout cela.

Le sommeil et ceux qui galopaient pour lui rendre justice.

Là-bas…

70.

Marco avançait d'un pas vif.

Il avait confiance en Lucia.

Le fait même qu'elle ait réussi à progresser si loin dans ces carrières prouvait qu'elle était moins blessée que ne l'avait laissé entendre le garde du Cardinal. Mais elle avait pu se laisser désorienter à un moment ou à un autre. Pour finalement céder à la douleur et à la fatigue.

Déterminé à ne pas passer à côté d'elle sans la voir, il avait refoulé son angoisse et décidé d'explorer aussi le départ des galeries qui s'ouvraient sur le mur de droite. Sans succès.

L'esprit tout entier à sa quête, il avait perdu la notion du temps, et marchait, marchait lorsqu'il aperçut une lueur au-delà de celle de son falot.

La sortie.

Il accéléra l'allure. La lumière se fit plus vive. Attentif au moindre signe, son œil accrocha un petit tas de neige écrasé à l'aplomb d'une grille d'égout.

Il s'approcha, le cœur martelant dans sa poitrine.

Des empreintes de bottes. Elles mènent à cette échelle.

Il se précipita sur elle, puis se hissa.

La trappe a été mal rabattue. On a dû la pousser en hâte pour éviter qu'un homme ou une bête n'y chute, jugea-t-il, ajoutant à cet espoir d'enfin retrouver Lucia.

Il déboucha sur un quai, reconnut aussitôt à sa gauche la silhouette de l'école de Saint-Germain-l'Auxerrois à l'abri de son église, le Pont-Neuf à droite. Il pivota sur lui-même. Le Louvre n'était qu'à quelques foulées. La Seine s'étalait entre les deux rives, encombrée de barges depuis que le Pont au Change avait été emporté par une crue l'année précédente.

Sans cette neige sur les toits qui réfléchit les derniers rayons du soleil, il ferait déjà nuit. Elle n'a pas dû s'attarder dans le coin, observa-t-il en scrutant malgré tout les silhouettes alentour.

Il allait s'élancer en direction de la cour des Miracles lorsqu'une voix le cueillit, curieuse :

— Z'êtes combien là-dedans, cré bon sang ?

Il pivota dans sa direction, découvrit le visage édenté et hâlé d'un passeur. Poings sur les hanches, il semblait faire partie du paysage, comme son embarcation, qu'il venait d'attacher.

— Quelques-uns, à la recherche d'une femme. Vous l'avez vue ?

— Un peu, oui. Y a quoi ? Une p'tite heure ? Moins, p't-êt'.

— Dans quelle direction est-elle partie ?

— Difficile à dire, il est pas passé d'vant moi…

Il marqua un temps d'arrêt.

— Il ? Ou elle ?

— Ben les deux. Il l'a chargée et pi il a filé. Faut dire qu'elle était pas ben vaillante. L'a dit qu'c'était sa femme. Mais, d'vous à moi… hein… La r'trouver là, d'vant son ch'val cabré au moment qu'y passe… Enfin, paraît qu'elle l'a r'connu avant d's'évanouir, alors…

Le sang de Marco se mit à pulser plus fort dans ses veines.

— Vous pourriez me le décrire ?

L'homme se gratta le front en gonflant les joues, avant de hausser les épaules.

— Jeune. J'dirais d'la noblesse pisqu'il avait un ch'val et une épée… Pour l'rest…

De Mesmes !

Il serra les poings de colère.

L'arrêter. Tout de suite.

Il avisa un cavalier qui arrivait au pas. Un bourgeois conscient de son importance, à en juger par son air suffisant et la qualité des fourrures qui le réchauffaient.

D'une poigne ferme il l'arracha à sa monture et le précipita sur la neige bourbeuse qui recouvrait le pavé.

Avant même que, saisi, l'homme ait pu hurler au voleur, il sautait en selle et lui lançait une poignée d'écus.

71.

Frustrée d'être coincée au Louvre quand elle ne rêvait que d'alpaguer son ennemi, Isabella ne cessait de s'agiter.

Le craquement du parquet à quelques pas de son lit l'agaça plus encore.

Puisque rien n'y fait, autant manger ce qu'on t'apporte et reprendre des forces ! décida-t-elle.

Elle ouvrit les yeux, s'étonna de l'obscurité qui régnait dans la pièce.

Plus encore, soudain, du silence.

Ce n'est pas une domestique. Un rat ?

Son instinct l'assura du contraire.

Tous les sens en alerte, elle retint son souffle.

Elle venait d'accrocher un bruit, trop proche d'elle pour être amical, lorsqu'une voix s'éleva derrière, menaçante :

— Pose ta lame !

D'Artagnan.

Elle ne l'avait pas entendu revenir dans la chambre. De crainte qu'un mouvement ne déclenche un séisme, elle resta immobile, l'oreille et les sens aux aguets.

— Dehors ! Discrètement, insista le mousquetaire.

— Tu ne t'en tireras pas comme ça ! Elle non plus.

L'homme en noir, reconnut-elle l'intrus à son timbre éraillé.

Frémissant de vengeance, elle devina qu'ils regagnaient la porte.

Attendre. Quelques pas de plus. De ne plus être à portée.

— Où est-il ? Ton maître. Où est-il ? demanda-t-elle enfin.

— Loin, entendit-elle ricaner.

— Mais encore ?

— Réponds à la dame !

Elle comprit que d'Artagnan devait lui asticoter les côtes.

— Vous arriverez trop tard.

— Alors que t'importe ?

— Mon salut !

Un fracas de vaisselle, suivi d'un bruit sourd puis, aussitôt derrière, la porte qui s'ouvre.

Dans la lueur en provenance du couloir, elle vit d'Artagnan qui secouait la tête, sans doute frappé par le plateau d'argent qui gisait au sol, près du verre de vin renversé et du boudin écrasé.

— Halte ! hurla d'Artagnan en voyant leur ennemi atteindre le bout du couloir et dévaler les grands degrés.

Hors de question que tu m'échappes cette fois !

Il se précipita à sa suite, l'épée au poing, oppressé soudain par ce plafond peint, ces dorures, qui semblaient descendre avec lui.

Le temps qu'il atteigne le premier palier et que ses cris d'alerte soient entendus des gardes au travers de la porte fermée, le cavalier noir attaquait la dernière portion d'escalier.

S'il s'engouffre dans le passage secret et verrouille son accès, je le perds, comprit-il.

Il prit son envol, bien décidé à l'arrêter avant.

Il lui atterrit sur les épaules, roula avec lui jusqu'en bas, jouant des poings pour le réduire à merci. Mais le scélérat rivalisait de force et de violence. Il lui rendait coup pour coup, l'empêchant de reprendre sa rapière perdue dans la lutte, de s'armer de sa dague.

— Rends-toi ! Tu es coincé, beugla d'Artagnan en entendant Thierry Grammond et ses compagnons arriver enfin à sa rescousse.

Fi !

L'homme avait de la ressource.

Il bondit sur ses pieds à la façon d'un acrobate, ouvrit la porte à la volée et disparut dans la grande salle.

72.

— Place ! Place ! Poussez-vous ! rugit d'Artagnan en s'élançant derrière lui parmi les invités, rapière dans une main, dague dans l'autre.

Des cris fusaient sur leur passage, attirant l'œil réprobateur des musiciens depuis le balcon. D'Artagnan vit un plateau voler devant lui, s'écraser au sol. Cette fois il sauta par-dessus, évita le valet, ahuri.

Hors de question qu'il se laisse distancer, arrêter.

Un seul moyen pour cela.

La musique s'était tue.

Il hurla :

— Bloquez les issues ! Protégez le roi !

Son annonce eut l'effet escompté. Il entendit M. de Tréville crier à son tour :

— À vos armes, mousquetaires !

Lame au poing, l'homme en noir s'immobilisa au milieu de la pièce, repoussant les danseurs affolés vers les murs.

Et soudain tout se figea, laquais, conversations, éventails, verres, tandis que les mousquetaires se dépliaient, offrant rempart au roi et au Cardinal, saisis.

— Tu es fait, scélérat, rends-toi ! exigea d'Artagnan en se plantant devant l'homme en noir.

— Qu'espères-tu donc ? Me faire taire ?

— Te contraindre à parler, au contraire. Avouer tes crimes et ceux de ton maître !

— Tu ne manques pas de toupet ! répliqua-t-il, piqué au vif, en se jetant sur lui.

D'Artagnan mesura vite que l'homme était d'autant plus retors qu'il n'avait rien à perdre. Il multipliait les attaques, l'obligeant à de savants contres pour les repousser. À son tour, il enchaîna feintes et estocs, attirant stupeurs et tremblements parmi les invités, intérêt dans l'œil du roi.

Richelieu, lui, ne l'entend pas ainsi, nota-t-il en le voyant, au détour d'une volte-face salutaire, se pencher froidement à l'oreille du monarque.

En finir. D'élégante manière.

— Vous vouliez votre coupable, Éminence ? Le voici au bout de ma lame !

De nouveau le cavalier noir s'insurgea.

— Coupable ? De quoi sinon d'avoir déjoué tes pitoyables manœuvres ? Tu vas devoir en répondre et ta belle avec toi !

— Me voici ! Pour cela justement ! Répondre, chacal ! Mais de tes actes ! entendit d'Artagnan derrière lui.

La surprise faillit lui coûter une épaule. Il enroula la lame de son adversaire à temps, recula pour se mettre hors de portée et laisser le champ à Isabella.

Soutenue par Mme de Motteville, qui, craignant son initiative, était remontée en hâte dans ses appartements, elle fendit la foule et apparut, en dessous de dentelles.

— Madame ! tiqua le roi.

Elle parcourut l'espace qui les séparait en pesant lourdement sur l'épaule de Françoise, attirant autant les regards sur son indécence que sur ses bandages souillés de sang frais.

L'homme en noir s'était immobilisé, maintenu à distance par la menace de plusieurs mousquets. Il n'abdiqua pas pour autant, vit le silence s'installer dans la salle quand Isabella se jeta aux pieds du roi.

Sa voix, mal assurée, s'en empara :

— Sire. J'accuse devant vous Claude de Mesmes, votre ambassadeur à Venise, d'avoir comploté contre votre ministre et, pour m'interdire de vous avertir tous deux de son méfait, de m'avoir accusée à sa place. Ce soir, craignant que ce ne soit suffisant, il m'a enlevée, vous convainquant sans doute qu'il souhaitait m'arracher quelque information capitale. La vérité, la voici.

Elle brandit sa paume maculée de sang.

— Claude de Mesmes, dont je fus la maîtresse à Venise, m'a transpercée de sa dague pour m'interdire de parler. Talonné par vos mousquetaires, il a fui, me laissant à terre, chargeant son homme de main de m'achever. Fort heureusement pour moi, Votre Majesté, le comte d'Artagnan se méfiait. Il a intercepté ce dernier, n'hésitant pas à le poursuivre jusqu'ici, devant vous. Pour laver mon honneur. Et celui de la reine.

— Ma foi, madame, on m'avait promis que des masques tomberaient, pas des jupons ! Même si la vérité, dit-on, doit, nue, s'exprimer tout entière, assena le roi, atterré.

Isabella tomba le regard.

— Que Votre Majesté me pardonne. L'urgence m'a fait oublier la bienséance ! Mais comme vous le disait à juste titre Claude de Mesmes tout à l'heure, Venise a ses exubérances. Je me suis tournée vers la lumière, la vôtre, sire, pour échapper à ses ombres.

Comprenant à sa pâleur que l'entraîner à l'écart suffirait à ce qu'elle s'effondre, le roi se contenta, d'un geste, de la faire couvrir d'un manteau, puis, l'ayant relevée d'une main bienveillante, baissa la voix.

— Dois-je en conclure que mon ambassadeur est responsable de la mort des hommes du Cardinal ?

— Oui, sire. Un d'entre eux a découvert ses intentions. Utiliser les dossiers secrets d'un de vos plus détestables sujets, Concino Concini, sur lesquels il a fait main basse.

À l'évocation de ce dernier, elle vit les traits du monarque se creuser de haine. Une haine que M. de Tréville balaya de son intervention.

— Elle dit vrai, Votre Majesté. J'attendais ces mêmes dossiers pour preuves. Mais l'agression de Mlle Rosselli m'en semble la meilleure.

Laissant Isabella retrouver l'appui de Mme de Motteville, le roi se tourna vers son ministre, dont seule la fibrillation d'une paupière trahissait la contrariété.

— Éminence ?

— Preuves font foi, sire, admit-il, vaincu.

Un rugissement de rage ramena tous les regards en direction de l'homme en noir qui, comprenant sa défaite, venait de se jeter à nouveau sur d'Artagnan.

Le roi battit l'air d'un geste excédé.

— Procédez, Tréville !

— À vos ordres, sire ! Mousquetaires ! Arrêtez cet homme !

— Un instant, messieurs ! Je vous le livre, fanfaronna d'Artagnan dont la lame bloqua celle de son adversaire à hauteur de poitrine.

Il le toisa avec toute la noirceur de son œil vengeur avant de le repousser violemment en arrière.

Dans les bras, armés, de leur justice.

Nuit du 12 au 13 janvier

73.

Marco voyait défiler les rues au rythme de sa course folle. Craignant de perdre un temps précieux dont Claude de Mesmes, protégé par les hauts murs de son père, pourrait profiter à son aise pour assouvir sa vengeance, il s'était précipité en direction de son logis. La nuit venait de tomber d'un coup, étouffant enfin l'ombre inquiétante de la potence de la place de Grève, renvoyant chacun à son foyer dans des claquements de volets. Paris n'allait pas tarder à redevenir la proie des malandrins et des comploteurs, des vils et des animaux errants.

Hasard ! Tu parles ! Combien de chances pour que Lucia sorte au moment où lui passe ? Combien ? ressassait-il. Plus il pensait aux remarques du grand Coësre, plus il était certain qu'une fois de plus l'entité avait dirigé les pas de Lucia, contrant son instinct de survie pour la précipiter vers sa fin.

Pourquoi ? Pourquoi fait-elle ça ? Est-ce son seul moyen de la quitter, d'envahir pleinement Marie ? Ou entend-elle simplement la priver de sa mère, prendre sa place ? Tout cela me dépasse.

Fou d'angoisse, il tourna l'angle de l'Hôtel de Ville pour enfiler la rue de la Mortellerie.

— Place, place ! entendit-il gueuler en amont.

À la lueur d'une lanterne de rue, il distingua un groupe de cavaliers forçant quelques morteliers en retard sur leur ouvrage à se rabattre sur le seuil de leur porte.

Hors de question qu'il s'écarte. Il était aussi pressé qu'eux, voire davantage.

Le voyant poursuivre sa route, le premier obliqua dans la venelle qui menait à la Seine, les deux suivants lui rasèrent les cuisses, sans ralentir, affolant son cheval. Le temps qu'il le calme, le quatrième arrivait sur lui presque au galop en hurlant à son tour :

— Place ! Au nom du roi !

La fureur de Marco s'étrangla dans sa gorge.

Cette voix !

— Monsieur d'Aramitz ? C'est moi, Docciolini !

— Docciolini ? Mais que diable faites-vous là ? s'étonna le mousquetaire en réduisant son allure pour se ranger à côté de lui.

— C'est une longue histoire. Ma femme a été enlevée et je la cherche !

— Ici ?

— Tout près. L'homme qui la détient est un ambassadeur. Claude…

— De Mesmes ?

— Oui…

— Bon sang, nous sommes après le même homme. Son père et lui viennent de filer en direction du sud.

— À cheval ? se troubla Marco, craignant qu'ils ne se soient déjà débarrassés de Lucia.

— Non, en fiacre à ce que nous ont rapporté les domestiques. Venez ! Vous me raconterez tout !

Rendu à l'espoir qu'elle soit toujours leur prisonnière, Marco le laissa passer, puis, ayant ramené sa monture dans la bonne direction, le rattrapa à l'orée du pont Notre-Dame.

Poussant leurs montures au galop, ils longèrent les hauts murs baignés d'ombre de la cathédrale dont les gargouilles semblaient réelles depuis que, posés dessus, des corbeaux agitaient leurs ailes. Ils traversèrent sans la voir l'île de la Cité, puis le Petit-Pont, au bout duquel se dressait le péage du petit Châtelet, imposant avec ses deux tours rondes éclairées par des falots.

— Mes compagnons sont déjà passés, constata Aramitz en arrivant devant la herse baissée. Holà ! Ouvrez ! Au nom du roi !

Pendant que le gardien actionnait le rouage, le mousquetaire se tourna vers lui.

— En vous demandant de témoigner pour moi auprès du Cardinal, je ne pensais pas vous entraîner si loin dans cette affaire de complot.

— Vous ne l'avez pas fait. Lucia s'y est retrouvée toute seule. De Mesmes est une vieille connaissance, du temps où nous habitions à Venise. Mais je vous l'ai dit, c'est une longue histoire. Saisissons-le et vous l'entendrez.

Dès que la hauteur de la grille fut suffisante, ils courbèrent l'échine pour passer dessous.

De nouveau, ils filèrent aussi vite que le leur permettaient leurs montures.

— Les voilà ! s'écria soudain Aramitz.

Marco devina deux silhouettes qui se rejoignaient place Maubert, près de sa fontaine. Il entendit claquer des sabots dans une ruelle adjacente.

— Aucune voiture n'est passée ce soir, leur lança Porthos avec dépit dès qu'ils furent à portée de voix.

La pénombre était si dense qu'il était impossible de discerner leurs traits.

— Du renfort ? s'enquit Athos en avisant qu'Aramitz n'était pas seul.

— Un ami. Je l'ai rencontré en chemin. De Mesmes détient sa femme.

— Décidément cette ordure n'en finit pas de nous surprendre !

Porthos se colla à sa monture, devenue nerveuse.

— Est-ce vous que j'ai bousculé ?

— Si vous ne l'aviez fait, je n'aurais su que nous avions cet ennemi en commun.

— Alors tant mieux, mais cela ne nous aide pas à lui mettre le grappin dessus.

— Il sait que nous ne lâcherons pas, estima Aramitz. Il a dû faire un détour. Puisque les portes qui donnent au sud n'ont rien donné, séparons-nous pour couvrir les autres et savoir laquelle il a empruntée. Athos et Porthos ensemble. Concini, vous vous joignez à nous.

— Concini ? Henri Concini ? s'étrangla Marco en forçant l'obscurité d'un regard inquisiteur.

Surpris, Henri, qui venait d'arriver, rapprocha son cheval du sien.

Il avait trop peu d'amis dans cette ville pour se passer d'un qui soit recommandé par Aramitz.

— En personne. Monsieur ?

Cette intonation. Cet accent.

Marco se retint à grand-peine de lui bondir dessus et de le coller à terre.

— Docciolini ! Marco Docciolini.

— Oh ! tomba la voix, surprise, d'Henri.

Il ne trouva rien d'autre à répondre, comme si soudain le destin rejouait sa partition, choisissait pour lui. Et le terrassait une fois de plus.

— Vous vous connaissez ? s'étonna Aramitz devant le silence glacial qui soudain empesa leur compagnie.

Le ton de Marco se fit plus mordant encore :

— Je vous ai dit que Claude de Mesmes était une vieille connaissance. Il fut un temps où cet homme que vous acceptez dans vos rangs fut son allié. Contre Lucia et son père qu'il a trahis. Le pire de leurs ennemis.

— Foutre ! sursauta Athos.

— N'avez-vous rien à répondre, Henri ? s'étonna Porthos.

Malgré cette obscurité qui lui volait les traits de Marco, malgré cette souffrance que sa proximité réveillait en lui, Henri mesurait sa peur derrière son souffle court, son mépris. Sa peur de perdre Lucia. Cette peur qui à Venise l'avait, lui, rendu fou.

Racheter mes fautes. Si tant est que ce soit possible. Peut-être n'as-tu été mise sur mon chemin que pour cela, mon amour.

À cet instant sa décision fut prise.

— Arrêtez de Mesmes. Il en va de l'honneur de la reine et de l'innocence d'Isabella. Je vais le conduire à sa femme. Je sais où elle est. C'est moi qui l'y ai menée, il y a deux heures, avant de vous rejoindre au Louvre.

Un coup de poing en plein ventre n'eût pas mieux fauché Marco.

— Expliquez-vous, Henri, exigea froidement Athos.

— J'ai ramassé Lucia sur le quai Saint-Germain, près du Louvre. Elle était hagarde et désorientée. Je l'ai confiée aux bons soins des nonnes de l'hospice avant de venir vous rejoindre. J'assumerai ce retard qu'elle me fit prendre auprès de la reine, auprès de d'Artagnan et d'Isabella aussi. Mais pour l'heure, c'est à cet homme que je dois des comptes. Ce qu'il a dit est vrai. Je fus le pire. J'ai cessé de l'être...

Marco entendait à peine, l'esprit ramené vers cet hospice qu'il avait longé avec Aramitz quelques minutes plus tôt.

Lucia. Mon amour. Comment as-tu pu accepter qu'il t'y conduise ? Pourquoi ne m'as-tu pas fait mander ?

— ... Mais préparez-vous, Docciolini, continua tristement Henri devant son silence. Elle ne se souvient ni de vous ni de moi. Seulement d'un fantôme. Le mien. Ce Luigi qu'elle aima autrefois et qui ne l'a jamais oubliée.

Il fila avant que le maître d'armes ne s'élance derrière lui pour lui faire ravaler l'impensable.

Aramitz tourna la tête vers Marco, devina à son mutisme qu'il oscillait entre des sentiments contradictoires.

— Vous passerez mieux le petit Châtelet avec moi, dit-il pour ne pas froisser son orgueil tout en l'assurant de son amitié.

— Certes, lui concéda Marco d'une voix morne.

Il peinait à reprendre pied. Il lui sembla entendre un rire sournois dans le vent, frissonna en talonnant sa monture dans cette nuit sans lune.

Éteinte, sembla-t-elle murmurer.

74.

Caresse. Sur sa joue. Apaisée, Lucia s'efforça de sortir de la douce torpeur qui s'était emparée d'elle. Elle avait cessé de vouloir se souvenir, certaine que Luigi lui apporterait toutes les réponses sitôt qu'il reviendrait.

Et le voici, se dit-elle, relevant ses paupières lourdes.

Le visage qu'elle aperçut dans la lueur de la chandelle posée sur sa table de chevet lui arracha un mouvement de recul. Insidieusement sa mémoire lui injecta, en coupes saccadées, l'image d'une Venise oppressante. Une Venise dans laquelle cet homme l'entraînait, la forçait à courir, terrorisée. Elle se revit dans une barque, étouffée par sa main sur son visage, puis cherchant à le fuir, avant d'être rattrapée. Il lui sembla qu'elle se débattait, que l'eau montait autour d'elle, qu'il était là, l'attirant vers le fond.

Ses yeux exorbités ne le lâchaient pas.

— Lucia… C'est moi…, murmura-t-il, perdu.

Elle hurla. Hurla.

Jusqu'à le forcer à reculer.

Marco sortit de la chambre, le souffle court.

— Je vous avais prévenu, murmura tristement Henri, resté en retrait dans le couloir avec Aramitz.

Un hurlement de détresse, un sanglot.

— Luigi ! Luigi !

Le cœur de Marco se déchira. Il vit Henri se précipiter auprès d'elle.

— Luigi ! Cet homme ! Cet homme, il… Venise… J'ai quitté Venise à cause de lui !

Elle se jeta dans ses bras.

— Chut ! C'est fini, Lucia. C'est fini. Je suis là, calme-toi.

Il me vole ma vie.

Il chancela, sentit la main d'Aramitz se poser sur son épaule, trouva cette fois, dans le regard qu'il croisa, autant de tristesse que d'incompréhension.

— Que se passe-t-il, Marco ? Vraiment…

— Je ne sais pas. Je ne sais pas pourquoi elle ne me reconnaît pas.

— Elle fait plus que cela, elle a peur de vous…

Marco secoua la tête, assommé.

— Non. Pas de moi. De ce que nous avons vécu ensemble, à Venise. À cause de Claude de Mesmes et de Concini. Je ne comprends pas. Je ne comprends pas qu'elle se souvienne de lui avant. Avant que son masque ne tombe… Je ne comprends pas…

L'entité, pensa-t-il à nouveau. *A-t-elle voulu se venger de moi ? Est-ce le prix à payer pour avoir exigé que Lucia vive ? Ou est-ce ce qu'elle tentait de me dire à travers Marie ? Éteinte. Mon Dieu, Lucia. Est-ce possible que tu le sois vraiment ?*

Il ferma les yeux. Tout en lui refusait cette idée-là.

Aramitz attendit qu'il les rouvre pour demander encore :

— Qui est Henri pour elle ?

— Il fut l'apprenti de son père, sous le nom de Luigi. Il a mentionné une certaine Isabella tout à l'heure. Rosselli ?

— Oui, c'est la maîtresse de mon ami d'Artagnan.

Marco se sentit plus accablé encore.

— Elle est arrivée un jour de 1627 chez Lucia et Giuseppe avec une gravure qu'elle avait subtilisée à Claude de Mesmes. Cette gravure appartenait au grand-père de Lucia disparu avec, de nombreuses années plus tôt. Elle était censée être un code permettant de retrouver un grimoire ancien. Un grimoire de magie, convoité par des patriciens, mais aussi en son temps par Concino Concini. Quelques heures plus tard, on tirait sur Isabella et Giuseppe était enlevé. J'avais réussi à confier Isabella à mon ami Paolo pour l'aider à quitter Venise, mais j'ai retrouvé Paolo mort et j'ai cru qu'elle l'était aussi. Quant à Giuseppe, j'ai aidé Lucia à le libérer de sa geôle et à emporter ladite gravure et tout ce qui permettait de remonter au grimoire. Une sorte d'assurance-vie... Nous avons quitté Venise sous les tirs de Concini.

— Méchante histoire, en effet. Je comprends mieux vos griefs. Quant au grimoire, je suis au fait de son existence. L'avez-vous ?

Marco secoua la tête.

— La piste de la gravure était un leurre. Elle ne nous a menés nulle part sinon ici où Lucia, Giuseppe et moi avons reconstruit notre vie, ensemble. Jusqu'à ce que Claude de Mesmes me reconnaisse au Louvre dans votre sillage et décide de reprendre ce qui lui appartenait.

Il écrasa le mur de son poing, enrageant de voir Concini embrasser ces doigts qui hier encore n'auraient voulu que le battre.

— J'ai sauvé la femme que j'aimais, Aramitz. De cet homme-là, qui, par je ne sais quel démoniaque accord, la tient à présent dans ses bras !

— Et vous réussissez à garder votre sang-froid ? s'étrangla cette fois Aramitz qui avait usé ses poings pour moins que ça.

Non ! Il a raison. Je ne peux tolérer ça ! L'entité va devoir rendre sa mémoire à Lucia ! Maintenant !

Fonçant dans la pièce, Marco reçut sa terreur comme une balle en plein cœur.

Il pointa un index comminatoire sur Concini.

— Je vous somme de lui dire la vérité ! Faites-le ou vous en répondrez sur ma lame.

Le hurlement de Lucia transperça de nouveau la pièce, interdisant tout échange.

Il resta là pourtant, déterminé à le braver jusqu'à ce qu'elle manque de souffle, jusqu'à ce qu'elle se taise, jusqu'à ce qu'elle puisse entendre. L'œil dans celui de Concini, désorienté, ébranlé par ce son qui lui explosait directement aux oreilles.

Fugacement, il lui sembla qu'une même souffrance les liait, celle dans laquelle Lucia se perdait. Mais il refoula aussitôt cette impression.

Au nom de ce petit être qui dormait au fond de sa poche. Au nom de Marie.

Il sentit une main impérieuse se poser sur son bras. Il tourna la tête, sursauta devant le regard froid d'un homme dont les habits et la coiffe indiquaient qu'il était médecin.

Trois agents de la prévôté l'encadraient, pistolet au poing.

— Suivez-nous. Dans son intérêt, exigea le médecin.

Marco accrocha le regard d'Aramitz dans l'encadrement de la porte, un regard qui cette fois l'incitait à se rendre.

Il se sentit emporté par une lame de fond assourdissante.

Lucia hurlait toujours, à s'en arracher les cordes vocales. Elle avait été battue. Et il venait de menacer le seul vers lequel elle se réfugiait. Que penserait-il à la place des hommes du prévôt ?

Que je suis responsable de son état. M'expliquer. Je n'ai pas d'autre choix si je veux les convaincre de m'aider à reprendre ma place.

Il pivota, accepta de quitter la pièce comme un vaurien. Au nom de cet amour pour elle qui valait tous les sacrifices.

À peine l'épaisseur de la porte les sépara-t-elle que Lucia se tut.

Lors, il serra les poings sur sa douleur, redressa la tête et avança, Henri d'Aramitz, qui s'était porté garant de lui, dans son pas.

75.

Le médecin les fit tous les cinq entrer dans une pièce froide et austère. Un immense crucifix mangeait le mur de tête, derrière le bureau, écrasant d'anciennes fresques, rongées par le salpêtre. Une rangée de candélabres en éclairait à peine les contours, peinant à percer la pénombre. Tout baignait dans une odeur d'encens, destinée, comprit Marco, à masquer celle de moisissure.

— Si vous voulez savoir si je suis responsable de l'état de Lucia, la réponse est « non », lança-t-il, refusant qu'on l'interroge. Je suis Marco Docciolini, son époux.

— Pardon ? s'étrangla le médecin. Mais… Mais l'autre ?

Marco battit l'air d'une main agacée, reprenant sa superbe et, de fait, l'avantage sur ces hommes qui le couvraient d'un œil suspicieux.

— L'homme auquel elle était promise à Venise. Ils se sont brouillés et elle a rompu ses fiançailles pour m'épouser, moi, simplifia-t-il l'affaire.

Le plus jeune des agents du prévôt, un maigrelet qui semblait flotter dans son costume, se gratta la tête, l'air circonspect, avant de se tourner vers Aramitz adossé au battant de la porte.

— Confirmez-vous, monsieur ?

— Oui. Luigi ignorait que Lucia était à Paris. Il venait me rejoindre au Louvre lorsqu'un bienheureux hasard l'a remise sur son chemin.

— Bienheureux, en effet. Mais cela ne nous explique toujours pas d'où viennent ses blessures, jeta le second, visiblement peu convaincu par leur histoire.

Passant outre, Marco expliqua qu'ils tenaient l'imprimerie rue de Paradis et qu'une commande leur avait attiré une cascade d'ennuis parmi lesquels l'enlèvement de Lucia.

— J'en cherche toujours le coupable. Et M. d'Aramitz aussi, conclut-il, pressé d'en finir.

— L'usage aurait voulu que vous portiez plainte, insista l'homme.

Anticipant la réaction de Marco, Aramitz se détacha de la porte.

— Je prends mes ordres du roi, monsieur, pas du prévôt.

L'homme blêmit.

— Évidemment. Si cette affaire le concerne…

Pris entre le feu de ces deux paires d'yeux, il se racla la gorge.

— Eh bien, messieurs, il semble que nous n'ayons plus de raisons d'être ici.

— Aucune en effet, les congédia Marco.

Il attendit que la porte se soit refermée sur eux pour se tourner vers le médecin, qu'il découvrit embarrassé sur son siège.

Peu enclin à déplaire au roi, sans doute.

— Et maintenant ? Dois-je signer quelque reçu ? m'acquitter de vos honoraires ? Ou me laisserez-vous enfin ramener ma femme chez nous ?

L'homme déglutit.

— J'entends votre impatience, monsieur Docciolini. Mais je crains de ne pas pouvoir y répondre. Votre épouse a reçu des coups à la tête. Vous l'avez constaté par vous-même, elle est agitée, confuse. Nous devons évaluer ses humeurs quotidiennement, l'obliger à dormir, à se reprendre. Vous devez être patient. Ne pas la brusquer. Laisser l'homme qu'elle reconnaît à son chevet…

Face à l'œil noir que Marco dardait sur lui, le médecin se ratatina sur son siège, mais n'avança pas moins son dernier argument, certain de faire mouche :

— … Pour l'heure, lui seul est capable de la rassurer, de la ramener progressivement à ses souvenirs.

Marco se retint de lui sauter à la gorge.

En arrivant à l'hospice, il avait accepté de ne pas révéler qui était Luigi, concédant à Aramitz l'importance que sa présence, discrète, à Paris, représentait pour eux, mais il refusa de taire ce qu'il était toujours pour elle.

Une menace.

Il planta ses deux poings sur le plateau, raccourcissant la distance qui le séparait de cet homme, de Lucia.

— C'est vous qui ne comprenez pas. Je ne peux pas la lui confier. Il a essayé de la tuer à Venise !

Le médecin sembla perdre encore quelques toises. Mais il lui opposa malgré tout un visage ferme.

— S'il avait voulu recommencer, il ne l'aurait pas amenée ici.

— Il dit vrai, Marco. Il l'a sauvée. C'est un fait, appuya Aramitz dans son dos.

Marco vacilla sur ses certitudes, rattrapé soudain par la tendresse avec laquelle Henri avait pris Lucia dans ses bras pour la réconforter, le choix qu'il avait spontanément fait place Maubert de le conduire à elle.

Il aurait pu mentir. Me laisser courir au cul de De Mesmes. Profiter de la situation. À défaut de vengeance, la garder pour lui. Pourquoi ? Pourquoi ne l'a-t-il pas fait ? se troubla-t-il, laissant le médecin reprendre l'avantage.

— Nous ignorons véritablement ce qui a provoqué sa perte de mémoire et dans quelle proportion…

Moi je le sais. L'entité, lui cria son instinct, ajoutant à son désarroi.

— … Aussi je vous demande de rester loin d'elle au risque, sinon, d'aggraver son état.

Cette fois, ce lui fut insupportable.

— Non !

— Marco…

La main du mousquetaire s'était refermée sur son épaule.

— Vous savez à quel point je vous tiens en estime. Je promets de vous apporter chaque jour de ses nouvelles. Tenter de forcer sa mémoire peut la faire basculer à jamais dans la folie. Ou dans la mort. Vous l'aimez. Alors donnez-lui cette chance de s'en souvenir, insista-t-il.

La douleur explosa dans son ventre, dans son cœur, dans sa tête. L'abandonner ? Il ne pouvait s'y résoudre. Et pourtant…

Ai-je le choix ? Ai-je un autre choix, Lucia ? Je voudrais tant pouvoir seulement te serrer dans mes bras.

Il avait besoin d'être seul. D'accepter.

Il retrouva cette vieille carapace qui lui avait permis de se fondre aux ombres de Venise, de survivre à la mort de Giovanni de Médicis, au martyre de Livia.

Il redevint lui. Marco Docciolini. Un visage sous un masque. Celui qu'avait rencontré Lucia.

Celui qu'elle a aimé. Elle le pourra encore. Oui. Elle le pourra encore. Je ferai tout pour ça.

— Je vous la confie, Aramitz, dit-il en se tournant vers lui. À vous. Pas à… Luigi. Entendez-vous ce que cela signifie ?

Que je le tuerai s'il manque à ses devoirs envers elle.

Le mousquetaire hocha la tête.

— Vous avez ma parole, Marco. Allons, venez, je vous raccompagne.

Giuseppe. Marie. Comment leur annoncer ça ?

Il ne savait pas. Il ne savait plus.

Il marcha devant lui, écrasant sa souffrance, conscient qu'elle pouvait le terrasser au moindre faux pas.

76.

Il dut se faire violence pour ne pas de nouveau pénétrer dans la chambre de Lucia. Il la longea, rapide, le souffle court, les poings si enfoncés dans les poches de son manteau qu'il sentit lâcher leurs coutures.

Ils allaient rejoindre cette salle dans laquelle les malades croupissaient, attendant en vain qu'on s'occupe d'eux, lorsqu'une voix tomba derrière lui :

— Giuseppe était mon frère.

Saisi, Marco fit volte-face. Il vit Henri, blême, les bras ballants, figé à quelques pas de lui.

— Mon père ne s'appelait pas Concino Concini mais Pierre de Seva, ajouta-t-il d'une voix atone. Les deux hommes se ressemblaient beaucoup. Ils se sont battus. Pierre a tué Concino et, sous cette identité usurpée, s'est glissé parmi les courtisans qui ont suivi Marie de Médicis à la cour de France. En ce temps-là, il pensait que le talisman de Bianca Dandolo était archivé au Trésor du royaume. Le seul moyen d'avoir accès à ce dernier était de fréquenter les plus hautes sphères du pouvoir. C'est ainsi qu'il séduisit ma mère et obtint de l'épouser. Sa quête restée vaine, il n'a fait que prendre une place que le véritable Concino Concini, nobliau véreux, n'aurait pas osé espérer. Il a finalement découvert que Jean-Jacques de Mesmes était l'héritier du talisman. Mais il a été exécuté et ma mère avec lui, avant qu'il ait pu le récupérer. Quant à moi je n'ai appris son véritable nom et son objectif qu'il y a huit ans, lorsque l'on m'a rendu ses affaires. Marie de Médicis y avait discrètement ajouté un cahier que ma mère lui avait confié à l'annonce de la mort de mon père, craignant à son tour d'être arrêtée.

Marco ne bougeait plus, ne respirait plus, comme si cette révélation pouvait l'aider, l'aider à admettre la légitimité d'Henri, là, maintenant, auprès de Lucia.

— Dans ce cahier, Pierre de Seva racontait tout. Son premier mariage avec la fille de Michel Nostradamus, cet enfant qu'ils avaient eu, mort en bas-âge, sa colère, son désespoir. La manière dont, devenu veuf, il s'était rapproché de sa belle-sœur, Diane, au point de faire d'elle sa maîtresse. Diane qui, comme son père, parlait aux défunts, avait des visions. Diane qui, après la mort de ce dernier, avait conservé un lien fort avec Bianca Dandolo. Peu à peu, s'appropriant cette histoire, mon père s'est mis à désirer ce grimoire, au point que plus rien d'autre n'a compté. Au point que lorsque Diane lui a donné un fils, Joseph, il s'en est servi pour faire pression sur elle, lui arracher le secret de la cache du grimoire. Mais Diane ne savait rien. Alors il lui a pris son fils et il a filé avec, à Venise. Imprimeur de métier, il s'est installé à Santa Fosca. Tandis que Joseph grandissait sous le nom de Giuseppe, il tentait à la fois de retrouver Bianca Dandolo et de déchiffrer la gravure dont il s'était emparé chez Michel Nostradamus. Les années ont passé. Pierre de Seva a eu une maîtresse, une femme mariée qui lui a donné une fille dont Giuseppe ignore tout. C'est elle que j'ai approchée la première, à Murano, en 1624. Vous l'avez connue, Marco. Et aimée.

— Livia, murmura-t-il en s'appuyant à un mur, sonné par ces révélations dont les accents trahissaient la sincérité.

Henri avança d'un pas dans sa direction, la conscience enfin libérée.

— C'est Livia qui m'a indiqué que Giuseppe vivait à Santa Fosca. J'étais orphelin, banni. Je ne rêvais que de retrouver cette famille dont la folie de mon père m'avait privé. Je comptais tout dire, tout révéler. Mais Lucia est apparue. Bon sang, Marco, je l'ai aimée au premier regard ! lâcha-t-il en forçant la douleur du sien.

Comme une excuse. La quête d'un pardon ? se troubla plus encore Marco.

Henri poursuivit. Le besoin d'aller au bout était désormais plus fort que tout.

— Ils ont cru que je venais pour la place d'apprenti. Je n'ai pas su les détromper. Et après c'était trop tard. Lucia était ma nièce. Mais notre différence d'âge était minime et elle m'aimait aussi. De plus, Concino Concini était mort avec son secret. Il me suffisait de laisser faire les choses. Livia m'y a encouragé. Et puis… Et puis Claude de Mesmes a été nommé à Venise. Il m'avait côtoyé jusqu'à mes treize ans. Il m'a reconnu lors d'une livraison. En échange de son silence, il a exigé la gravure. Je savais qu'elle ne menait pas au grimoire, que mon père s'y était épuisé… Et quand bien même ! Lucia était bien trop importante pour moi. Quelques semaines durant, j'ai cru que tout était réglé. J'y ai vraiment cru, Marco, insista-t-il, tant il voulait lui faire entendre cette part de lui qu'avait aimée Lucia.

Mais Marco ne tenait debout que par sa carapace. Derrière lui, Aramitz respirait à peine, tant l'émotion d'Henri était palpable.

— Le 16 octobre 1627, Isabella est arrivée à l'imprimerie avec la gravure, poursuivit Henri dans un soupir douloureux. Je n'ai plus reconnu Giuseppe. Ses yeux se sont emplis de convoitise, j'ai cru y déceler celle que je voyais dans les yeux de mon père. Celle qui nous avait détruits. Et j'ai paniqué. La suite, vous la connaissez. Je ne voulais faire de mal à personne. Je voulais juste que Valaresso garde Giuseppe au secret le temps que je maîtrise l'ambassadeur. J'aurais rassuré Lucia. J'aurais été auprès d'elle ce que vous avez été, lui aurais permis de délivrer son père. Nous en serions sortis plus forts. Plus soudés… Mais ces chiens en ont décidé autrement, lui annonçant ma mort, la jetant dans vos bras, et me convainquant qu'elle s'était guérie de moi, qu'elle convoitait elle aussi ce trésor inestimable, que le grimoire dictait sa conduite. Je n'ai pas d'excuses, Docciolini. Ma seule folie, c'est mon amour pour elle. Je n'ai pas supporté qu'elle voie mon vrai visage. Pas supporté qu'elle embrasse le vôtre. Je suis devenu le monstre que mon père avait été, acheva-t-il, la voix tremblante.

Ébranlé malgré ses efforts, Marco chancela.

— Pourquoi me dire ça, maintenant ?

Henri releva la tête, les frappant tous deux de cette détresse profonde, inguérissable, qu'il ne voulait plus dissimuler.

— Parce que Livia s'est suicidée devant ma forfaiture. Parce que j'ai tué mon frère en voulant vous abattre, vous, sur ce navire. Et que, quoi qu'il se passe, lorsque les masques tomberont, car ils tomberont, j'y veillerai, Lucia ne pourra pas plus me le pardonner que je ne me le pardonne. Ce jour-là, vous avez ma parole, je lui mettrai moi-même en main le poignard qui servira à sa vengeance. Et j'expierai.

Il tourna aussitôt les talons, aussi diaphane que l'était devenu Marco au fil de son aveu. Il eût pu le rappeler, lui dire que Giuseppe était toujours en vie, mais il était vide, vide de mots, et soudain, vide de colère.

— Effroyable histoire, s'autorisa enfin Aramitz, touché.

Marco en avait oublié sa présence. Il leva vers lui un regard bouleversé.

— Merci de votre discrétion, mon ami.

— Il ne m'appartient pas de vous dire ce que vous avez à faire.

— Mais votre sentiment me ferait du bien.

— Pardon vaut toujours mieux que guerre.

Marco hocha la tête. Il était sonné. Il prit une profonde inspiration, détourna les yeux d'Henri qui venait de refermer sur lui la porte de la chambre et gagna l'air libre, en se demandant comment Giuseppe, lui, l'entendrait.

77.

Un manteau d'étoiles recouvrait la ville lorsque Marco pénétra dans la cour des Miracles. Autour du feu, des femmes dansaient au son des flûtes, des tambourins et des guitares.

Une manière de célébrer la vie.

La sienne était détruite.

Durant le trajet, Aramitz lui avait tout raconté. Il savait désormais quel rôle avaient joué Isabella et Henri dans cet impromptu qui lui avait coûté sa félicité. Avant de convaincre le mousquetaire de rejoindre ses compagnons, il l'avait averti des pouvoirs de nuisance du crâne que, de toute évidence, Claude de Mesmes avait emporté avec lui. Il s'était en revanche gardé de révéler que le grand Coësre détenait sans doute ce fameux dossier sur Richelieu qu'ils espéraient encore saisir. L'en priver aurait pesé sur le sort de ce peuple de l'ombre quand les puissants ne manquaient de rien, sinon d'humilité.

Il grimpa les marches, souleva la courtine et, comme il s'y attendait, trouva Giuseppe, engoncé dans son manteau, ses doigts gantés refermés sur un bol de bouillon, dans l'espoir sans doute de s'y réchauffer.

— Enfin ! bondit-il en bousculant presque le grand Coësre assis près de lui. Où étiez-vous passé ? Nous avons lancé une deuxième vague à la recherche de Lucia, mais toujours rien. Il faut y retourner. Tous les trois. Avec la nuit, Dieu seul…

Il s'immobilisa soudain, frappé par la tristesse de son gendre, se décomposa.

— Foutredieu, vous avez une mine affreuse. Ne me dites pas…

Marco le prit aux épaules, s'efforça de sourire pour apaiser son angoisse.

— Rasseyez-vous, Giuseppe. Lucia est sauve et en sécurité.

— Sauve ! Merci, Seigneur ! Alors pourquoi me broyez-vous les os ? se troubla-t-il, forcé presque à se rabattre sur son siège.

— Que se passe-t-il, Marco ? s'inquiéta à son tour le grand Coësre.

Une voix de femme s'éleva, perçant la nuit de la pureté de son « Ave Maria ».

Une prière. Au-delà du silence.

Alors, la mort dans l'âme, il raconta.

Giuseppe ne sut ce qui lui fit le plus mal. Découvrir qu'Henri Concini était son frère, qu'il avait agi par amour et non par haine, ou découvrir que le sort de sa fille ne dépendait désormais plus que de lui. De longs instants, il fut incapable d'un mot, d'un geste. Son regard sembla vide, perdu dans ces mêmes limbes qui voyaient errer l'esprit de Lucia. Se demandant même s'il n'expiait pas là son châtiment pour avoir ôté la vie d'un homme.

Puis soudain, il se dressa devant Marco.

— Libre à vous d'abandonner ma fille ! Mais n'imaginez pas un seul instant que je vais, moi, me contenter d'attendre !

Piqué à vif, Marco le foudroya.

— Comment pouvez-vous imaginer cela de moi ? croire que cette situation ne me rende pas fou ? Fou de rage ! de désespoir ! Fou d'envie de l'arracher de là ! Vous êtes un père ? Moi aussi boute Dieu ! Vous n'avez pas le monopole de l'amour, Giuseppe ! Ni de votre famille !

L'imprimeur rentra aussitôt la tête dans ses épaules.

— Mes amis… Mes amis… Le chagrin vous égare ! Ne lui cédez pas, intervint le grand Coësre, navré de les voir se déchirer.

— Je vous demande pardon, bredouilla Giuseppe, ce n'est pas ce que je voulais dire… Je…

Leurs regards se trouvèrent. Celui de Marco vira devant sa détresse. Il en partageait tant la morsure !

— Je le sais, Giuseppe. Croyez-vous que l'idée ne me soit pas venue de vous conduire auprès d'elle, vous son père, vous qui comptiez déjà tant dans cette vie d'avant, la seule dont elle se souvienne ?

L'imprimeur le fixa sans comprendre.

— Alors pourquoi vous y opposeriez-vous ?

— Oui, pourquoi ? surenchérit le grand Coësre.

Marco se laissa choir sur un tabouret, repoussant vers l'arrière ces boucles qui lui mangeaient le visage.

— L'entité, lâcha-t-il d'une voix morte.

— Quelle entité ? sursauta le grand Coësre.

Marco avait omis cette part de l'histoire lorsqu'il lui avait raconté la leur chez François de L'Hôpital. Non qu'il l'ait fait sciemment, mais à ce moment-là, il n'en imaginait pas l'importance.

Giuseppe, lui, avait compris.

Il s'adossa à la table, saisi d'un vertige, se mit à trembler.

— Vous pensez que c'est elle qui contrôle l'esprit de Lucia ?

— Allez-vous m'expliquer à la fin ? insista leur ami.

En quelques mots, Marco lui exposa la triste situation.

— Si je comprends bien, cette entité voudrait vider Lucia de sa substance pour prendre sa place, conclut-il, effaré à son tour.

Marco soupira.

— Je ne suis sûr de rien. Mais sa réaction en me voyant était anormalement violente. Comme si l'entité déclenchait un signal en elle pour la retenir dans le passé, avant qu'Isabella n'entre dans l'imprimerie avec la gravure. Comme si elle l'avait seulement autorisée à retrouver la peur qu'elle avait ressentie à mes côtés tandis que nous tentions de vous délivrer, Giuseppe. Je ne peux vous interdire de vous rendre près d'elle. Mais il vous faudrait mentir sur les raisons qui vous ont fait quitter Venise, sur sa relation actuelle avec Concini, pour ne rien brusquer, ne pas déclencher une alerte plus vive encore. Or, si vous, son seul repère réel, trichez avec elle maintenant…

— Elle ne reviendra jamais en arrière, comprit Giuseppe, sonné. Alors que faire ?

Une larme roula sur sa joue.

Marco l'attira dans ses bras. Ils s'étreignirent, fils et père soudain dans le même désarroi.

— Contre la magie, il n'y a qu'un moyen. La magie elle-même, entendirent-ils maugréer derrière eux.

Sans leur donner plus d'explications, le grand Coësre se précipita vers la courtine, la souleva et siffla trois coups brefs.

Marco et Giuseppe échangèrent un regard surpris.

— Va chercher Natalia, ordonna leur ami.

Il revint vers eux, le front soucieux.

— C'est une nécromancienne. Sarde. Ses visions sont puissantes. Si quelqu'un peut nous aider à y voir clair, c'est elle.

78.

C'était une petite femme sans âge, au regard aveugle, guidée par une autre à la blondeur juvénile. Le jeu des ombres et des lumières de la bougie lui mangeait les orbites.

Elle ressemble à Livia...

Elle se figea, le nez en l'air, dos à la courtine retombée, hocha la tête plusieurs fois avant de tracer un signe de croix devant elle.

— Il y a un grand désespoir dans cette pièce. À cause d'une femme. Ni morte, ni vive...

— Acceptes-tu d'aider nos amis à entrer en contact avec elle ? lui demanda respectueusement le grand Coësre.

— Si Dieu me le permet... Mène-moi à eux, Annia...

— Oui, maman.

Marco n'eut pas besoin de regarder Giuseppe pour comprendre que son cœur s'était autant emballé que le sien.

Deux mains décharnées s'emparèrent en même temps de leurs poignets.

Pendant quelques secondes il ne se passa rien. Puis soudain le visage surmonté d'un chignon blanchi bascula vers l'arrière.

— Lucia. Bianca Lucia…

Ils déglutirent, le souffle retenu.

— Oui. Oui, je te vois… Errante dans tes limbes. Tu es déjà venue ici. Esprit. Tête. Dans un grand sac de toile. Crâne. Prisonnier de cristal. Ohhhh… humm… Puissante. Trop… coupée en deux, hier… Mère… fille. Coupée en deux aujourd'hui. Mère… fille. Encore ?… humm… Magie à deux têtes. L'une pour la connaissance, l'autre pour le geste, ânonnait-elle d'un timbre haché, les faisant osciller entre foi et incompréhension.

— Posez vos questions, l'un après l'autre, recommanda Annia.

— Qu'en est-il de la mémoire de Lucia ? s'enquit Marco.

— Éteinte.

Plus de doute cette fois.

— Peut-elle être rallumée ? trembla Giuseppe.

— Rallumée… Oui. Bianca Lucia. Puissante. À l'étroit. À l'étroit dans cette tête.

— Par qui ? Par qui peut-elle être rallumée ? insista Giuseppe.

— L'homme en rédemption. Du pardon renaîtront les cendres. Bientôt. Oui. Bientôt. Attendre…

Ils échangèrent le même regard douloureux.

— Et ensuite ? demanda Marco.

— Transmettre.

— À qui ? Isabella Rosselli ?

— Isabella… Faible. Très faible. Elle est blessée. Elle a besoin de la Vierge…

Elle lâcha soudain leurs mains, se mit à convulser.

— Ne vous inquiétez pas. C'est toujours ainsi lorsque le contact est rompu, les rassura sa fille tandis que Blandin, qui l'avait saisie, l'étendait sur sa propre couche. Voyez, ça se calme déjà, ajouta-t-elle dans un sourire. Elle va sombrer dans un profond sommeil. À son réveil elle aura même oublié vous avoir rencontrés.

— Annia…

— Je viens, maman. Je suis là.

Aussi troublés l'un que l'autre, Marco et Giuseppe ne surent que dire. Laissant Natalia finir de s'apaiser dans les bras de sa fille, le grand Coësre les rejoignit d'un pas vif.

— Henri avait treize ans quand j'ai quitté la demeure des Concini. Il vivait dans l'ombre de ses parents, écrasé par son père. Il pouvait devenir comme lui, et c'est ce que j'ai cru quand tu me l'as dépeint avec ta haine, Marco. Mais toi, Giuseppe, tu as connu sa lumière, et toi Marco, ce soir, tu as vu ce que Natalia a vu. Un homme en rédemption.

— Tu nous incites à lui faire confiance…, comprit Marco.

— Je vous invite à l'espoir. Allons, vous avez besoin de repos pour pouvoir y céder. Accepterez-vous ma compagnie jusqu'à votre porte ?

— Je comptais pousser jusque chez Constance. Prévenir Jeanne, retrouver Marie, objecta Marco.

— Je devine à quel point ta fille te manque, à quel point sa présence vous serait un baume à tous les deux. Mais vous voici tant détruits l'un et l'autre qu'elle le serait plus encore. Fabien est resté auprès d'elle. Je pousserai jusque là-bas pour le prévenir. Croyez-moi, il trouvera les mots qui conviennent, et demain, quand tous deux aurez regagné confiance autant que figure humaine, ils vous rejoindront.

Marco le prit en accolade.

— Merci, mon ami.

— Je n'ai pas fait davantage que toi pour moi. Allons. J'ai vu des aubes se lever sur des champs de ruines. Je sais qu'on peut toujours en redresser les murs, assura-t-il en s'écartant, touché, pour saisir sa lanterne.

13 janvier

79.

Lucia avait commencé à s'agiter aux alentours de minuit.

À plusieurs reprises, elle avait prononcé le nom de son père, celui de Marco, entre deux poussées de sanglots.

Elle lutte contre elle-même, en avait déduit Henri.

Il avait senti son cœur s'emballer dans sa poitrine, s'était attendu à la voir se dresser sur sa couche et hurler de terreur en le découvrant lui et plus Luigi.

Mais elle ne s'était pas réveillée. Comme si ce songe dans lequel vacillait le réel était trop loin dans sa mémoire.

Lors, il avait sombré avec elle, emporté par la fatigue et la tension nerveuse.

Elle n'ouvrit les yeux qu'à l'approche de midi. Elle s'étira, grimaça sous la douleur qui aussitôt reprit possession d'elle, avant de planter un regard aimant dans celui d'Henri empli d'appréhension.

— J'ai faim ! C'est bon signe, non ? Quand me ramènes-tu à la maison ?

Rien n'a changé, constata-t-il avec tristesse tant désormais ce rôle lui pesait.

Il grimaça, lui désigna un bol posé sur le chevet.

— La soupe est froide.

Ce sourire enjôleur, cette chaleur dans ton regard. Tel qu'autrefois. Je ne les mérite plus, Lucia.

— Je m'en contenterai si tu réponds à mes questions.

Il lui tendit le récipient, la laissa boire son bouillon, rejeté en arrière sur sa chaise, avant de secouer la tête devant cette expression qu'il connaissait bien. Sa belle impatience à tout apprendre, tout savoir, tout découvrir dans l'instant.

— Tu es en sécurité. Je ne te dirai rien d'autre. Tes souvenirs doivent revenir d'eux-mêmes, ce sont les ordres du médecin.

Elle reposa le bol vide, soupira à fendre l'âme.

— Reconnais que c'est frustrant de ne pas seulement savoir si je suis victime ou coupable dans cette affaire.

— Tu n'as rien à te reprocher, Lucia. Je te le jure sur la Madonna.

Elle enveloppa la statue du regard, sentit remonter en elle une profonde tristesse, se resserrer l'étau de glace dans sa tête. Lui résista.

— Maria… Je me souviens avec quelle ferveur nous nous agenouillions devant elle, à Santa Fosca. L'un à côté de l'autre. Avec papa. Il va bien, n'est-ce pas ?

Il porta ses doigts à ses lèvres pour ne pas avoir à répondre, lança un regard entendu à la moniale qui, depuis quelques secondes, attendait dans l'encadrement de la porte avec sa médication.

— Manger, dormir. Voici les seules choses qui doivent vous importer pour l'instant. Plus vous chercherez à forcer votre mémoire, plus elle vous fuira, édicta-t-elle en s'approchant d'un pas gaillard.

— Qu'est-ce que c'est ? demanda Lucia en acceptant le verre qu'elle lui tendait.

— De quoi vous contraindre à laisser faire dame Nature.

— Un morceau de poularde y parviendrait aussi ! Méfiez-vous que je ne finisse par mordre dans votre cuir de dragon, grogna-t-elle tandis qu'Henri éclatait de rire.

Elle vida le gobelet, le lui rendit avant de le foudroyer lui aussi.

— Quant à toi tu ne perds rien pour attendre !

— Je ne demande pas mieux, Lucia, assura-t-il en s'efforçant de rester léger.

Elle se retourna sur l'oreiller.

Dix minutes plus tard, elle dormait à poings fermés.

Deux heures s'étaient écoulées depuis. Elle n'avait émergé qu'à deux ou trois reprises, en pleurant, les yeux rivés sur la Vierge, pour replonger aussitôt.

Henri s'était mis à la prier lui aussi. Prier de toutes ses forces pour que son mensonge, cette fois, ne dure pas.

Il ne le supportait plus.

Il finit par sortir dans le couloir. Non que la vue de ce boyau sinistre, traversé par les soupirs et les gémissements des « patientes » depuis la grande salle, soit distrayante. Mais il avait besoin de se dégourdir les jambes, de s'isoler d'elle pour mieux faire le point sur les derniers rebondissements du Louvre, dont Aramitz était venu lui rendre compte dans le courant de la nuit.

Il n'eut guère le temps de s'y pencher vraiment que d'Artagnan lui apparaissait dans un claquement de bottes.

Il se figea, pressé soudain d'autres nouvelles, avant de se tendre. Contrairement à son habitude et à la satisfaction qu'il aurait dû afficher, le mousquetaire dardait sur lui un œil sombre.

Abîmé.

80.

— Isabella ? s'enquit-il, inquiet, en se précipitant au-devant de lui.

Ils s'immobilisèrent à la hauteur d'un vitrail d'où tombait une lumière douce et colorée.

— Faible. Même si son intervention auprès du roi a sauvé nos têtes. J'avoue que l'idée de la perdre me terrorise, mon ami.

Henri plongea dans ses yeux douloureux.

— Ton ami… Le suis-je encore, alors que c'est mon retard qui est la cause de tout ?

D'Artagnan lui pressa l'épaule.

— Ne dis pas de sottises. Aramitz nous a raconté. Tu as agi avec honneur en sauvant la femme que tu aimais. N'ai-je pas fait la même chose de mon côté ? Tu ne peux te prévaloir que des circonstances. Même si, pour l'heure, Isabella pense autrement.

— Et combien je la comprends…

Un soupir.

— Ce n'est pas cela qu'elle te reproche.

Henri fronça les sourcils.

— Quoi alors ?

— De Mesmes lui a affirmé que le dossier concernant Richelieu n'avait été qu'un prétexte pour te permettre de revenir à Paris et reprendre Lucia à son époux.

Henri resta interdit pendant quelques secondes avant de s'ébrouer.

— J'ignorais qu'elle se trouvait ici avant qu'elle ne me tombe dans les bras, je te le jure, d'Artagnan. Quant à ce dossier, il existe. Je l'ai vu, enfant, entre les mains de mon père. Jamais, non jamais je n'aurais menti à Marie de Médicis.

— Tu n'as pas besoin d'essayer de m'en convaincre. Je te crois. Mais pour l'heure nous ne sommes toujours pas parvenus à mettre le grappin sur de Mesmes. Ce scélérat semble s'être volatilisé. Athos et Porthos continuent de battre campagne avec une brigade, Aramitz et moi la ville avec une autre. Je ne suis passé que pour te donner des nouvelles et t'avertir du mépris en lequel te tient Isabella.

Henri hocha la tête.

— Qu'en est-il de la reine ? Je comprendrais qu'elle veuille elle aussi me voir prendre le premier navire.

Un sourire fendit les traits tirés du mousquetaire.

— Tu vas bien vite en besogne ! Douterais-tu que la Médicis te connaisse mieux qu'Isabella ? En apprenant le nom de celle que tu veilles, elle a exigé que tu puisses rester auprès d'elle.

— Cela ne servira pas ma cause auprès de ta belle.

— Mais cela sauvera peut-être la tienne. Prie pour toutes les deux, mon ami. Tu le restes. N'en doute pas, lui assura d'Artagnan avant de tourner les talons.

Henri s'attarda quelques minutes encore dans le corridor, puis, Lucia dormant toujours, s'en fut s'agenouiller devant la Vierge.

Il comprenait qu'Isabella lui en veuille. Lui en veuille de l'avoir lâchée au moment crucial. D'être clouée au lit quand elle aurait dû cravacher au cul de l'assassin de ses parents. D'avoir dû ramper aux genoux du roi et sauver la reine que son incompétence avait, plus encore qu'hier, mise dans l'embarras.

D'Artagnan lui rapporterait son serment, soutiendrait que sa rencontre avec Lucia était fortuite.

Mais qui pouvait croire à l'improbable ? Lui-même n'en revenait toujours pas que Lucia soit là, près de lui, lui souriant, se blottissant dans ses bras entre deux médications, convaincue qu'ils étaient mari et femme. Avant de s'endormir, hier, elle avait pleuré contre son épaule l'enfant qu'elle avait perdu dans cette nouvelle tourmente. L'enfant de Marco. Un être de plus qu'il devait ajouter à la liste des victimes de ses crimes. Non. Cette fois il ne se défausserait pas. Ainsi qu'il l'avait promis, il lui tendrait lui-même le poignard pour qu'elle en termine.

Il se leva, vint s'agenouiller auprès d'elle.

— Je suis mort de t'aimer, Lucia. Mort de t'aimer cette nuit-là à Venise. Tu aurais dû me laisser dans les flammes. Qu'ai-je connu d'autre depuis sinon l'enfer ? Délivre-moi, mon amour… Souviens-toi, murmura-t-il, étouffant une fois de plus sa prière dans sa paume.

Mais, comme pour les précédentes, ni la Madonna, ni Lucia ne le lui concédèrent.

81.

Marie chantait. Faux. Elle avait tiré ce « talent » de sa mère, au grand désespoir de Giuseppe qui, lui, possédait un timbre rare. Cette fois pourtant, la mélodie, massacrée à grands coups d'envolées stridentes, adoucissait son tourment.

— Tralalalère ! Deux bozus zur un ceval tombèrent ! Tralalalère ! Mais z'étaient pas à leur z'affaires ! Tralalalère ! Pape, pape ! c'est quoi après ? demanda-t-elle pour la cinquième fois en s'accrochant à sa culotte.

Il posa le « a » qu'il tentait péniblement d'insérer au bout d'une ligne, ne parvenant plus à maîtriser ses tremblements depuis que l'insomnie de la nuit dernière s'était ajoutée à sa détresse intérieure.

Il s'agenouilla devant elle.

— L'un marcha devant et l'autre derrière, chanta-t-il.

— Tralalalère, ajouta-t-elle gaiement en lui meurtrissant le tympan.

— Allons viens par ici, l'en libéra Jeanne. Tu vois bien qu'il a mieux à faire.

Elle colla ses mains derrière son dos.

— Non. L'a besoin de moi, pape. L'a besoin de santer. Dis-li que t'es triste, pape.

Marco vit le regard de Giuseppe s'embrumer. Il posa aussitôt son ouvrage pour la prendre dans ses bras.

— Et d'où te vient cette idée, demoiselle ?

— Toi aussi t'es triste. Faut pas. Tralalala ! Le zenti Zenri va bien s'occuper de maman.

Marco faillit la lâcher de surprise. Personne ne lui avait parlé de Concini. Fabien s'était contenté de lui dire que Lucia avait été retrouvée, qu'elle était malade et devait se reposer. Certes, elle n'avait pas eu l'air surprise, leur avait appris Jeanne en la ramenant peu après midi, mais…

— Deux bozus zur un ceval tombèrent ! Tralalalère ! reprit Marie en agitant ses bras pour scander sa méchante harmonie.

— Une seconde, chérie, l'interrompit Marco. Est-ce la voix qui t'a parlé de maman ?

— Vi. Tralalalère. Une zentille dame. Tralalala !

Tous trois échangèrent un regard troublé. Voilà qui ne ressemblait pas à la description qu'ils se faisaient de l'entité.

— Et qu'a-t-elle dit d'autre ?

Marie haussa les épaules, une moue aux lèvres.

— Z'é tout. On sante ?

— Avec Nanie dans la cuisine, d'accord ? Il faut qu'on travaille avec pape, mais je te promets de cesser d'être triste.

— D'accord, céda-t-elle en tendant ses bras à Jeanne.

Cette dernière n'avait pas fait deux pas que Marie lançait un nouveau « tralalalère » dans son oreille, lui arrachant un « Misère ! » d'exaspération.

— Qu'en pensez-vous, Giuseppe ?

— Que voulez-vous que j'en pense !

Il ne parvenait à réduire sa colère. Il avait entendu les arguments de chacun en faveur de la « rédemption » d'Henri, mais il se sentait trahi. Trahi dans sa chair, dans sa confiance, trahi parce qu'il avait passé des années à chercher ce père qui l'avait abandonné pour devenir un autre homme, plus puissant, plus sombre. Trahi parce qu'il avait grandi sans mère, sans souvenir d'elle, qu'il avait évoqué son regret devant Luigi. Comment avait-il pu le laisser dans l'ignorance ? Alors que la vérité aurait pu les souder plus encore, lui montrer qu'il était digne de sa fille, au mépris de leur lien de sang. Après tout, ils n'avaient pas la même mère. Le regard de l'Église ? Qui l'eût su ? Jamais Giuseppe ne se serait élevé contre leur amour. Comment Luigi, Henri – il ne savait plus dans son état – avait-il pu douter un seul instant de Lucia ? N'avait-elle pas maintes fois prouvé combien elle était capable de s'affranchir des codes ?

Allons donc ! n'avait-il cessé de ruminer jusque-là.

Tout avouer était-il plus grand crime que de le faire jeter au cachot ?

Et dire que c'est lui, lui qui semble le mieux à même de me rendre Lucia. Attends un peu, mon gaillard, qu'elle revienne à elle ! Si elle est trop faible pour te frotter le cuir, je jure, moi, qu'il te cuira longtemps avant que tu t'asseyes !

— Tralalalère ! Tralalalère !

— Assez, tu me casses les oreilles ! aboya Jeanne parvenue à peine à l'autre bout de la pièce tant la petite s'agitait dans ses bras.

Elle la reposa à terre, souleva un index comminatoire.

— Plus une note !

Marie exhala un long soupir, cogna du bout de son soulier dans une boulette de papier, avant de hausser les épaules et de rejoindre Jeanne dans la cuisine, d'un pas qui s'était remis à danser.

Giuseppe attendit qu'elle ait disparu pour soupirer :

— Je ne m'y fais pas, voilà ce que j'en pense.

Marco lui posa une main chaleureuse sur l'épaule.

— Moi non plus, Giuseppe. Mais vous avez entendu Natalia. Donnons-nous deux jours. Deux petits jours. Aramitz a promis de veiller sur Lucia, de nous tenir informés de ses progrès.

Il écrasa son poing sur la matrice qu'ils avaient remise en état au matin.

— Et ensuite ? S'il n'y en a pas ? Attendrons-nous que l'entité nous berce d'illusions, comme Marie ?

— Non. Je vous promets que non.

— Alors quoi ?

— J'irai chercher le crâne de cristal. Un mage, une sorcière. Qui que ce soit, Giuseppe. Qui que ce soit capable de renvoyer ce fantôme dans l'au-delà. Qui que ce soit capable de nous ramener Lucia.

82.

La journée touchait à sa fin lorsque Aramitz se glissa dans l'entrebâillement de la porte.

Henri sortit aussitôt.

— Comment va-t-elle ?

— Physiquement mieux. Pour le reste…

Le mousquetaire du roi sonda ce regard cerné, fiévreux. Il jura que des larmes y avaient séjourné.

— Et vous ?

Henri haussa les épaules.

— Que voulez-vous que je vous dise ? Je n'ai trahi aucun de vous, mais je me sens coupable. Rassurez-vous, c'est un état dont je m'accommode depuis quatre ans déjà. Je ne souhaite qu'une chose, c'est que Lucia retrouve la mémoire, vite. Et vous Claude de Mesmes.

Ils firent quelques pas dans le couloir. La grande salle s'était vidée, certaines femmes ayant obtenu leurs soins, d'autres un dernier sacrement puis une bière. Henri était épuisé par ces heures inutiles à regarder Lucia dormir, gémir, pleurer dans son sommeil tandis qu'il ressassait, lui, se reprochant tout et n'importe quoi, ajoutant à son malheur celui d'Isabella, de la reine, examinant chaque pièce du puzzle. Il n'attendait plus que de pouvoir les assembler devant Lucia. Il l'avait crue enfiévrée de pouvoir, usant de cette faculté à jouer les espionnes. Fort des confidences de Marco, Aramitz lui avait prouvé le contraire la nuit précédente. Le fait qu'elle ait été de nouveau victime de ses agissements ne faisait qu'ajouter au reste.

— Vous êtes bien silencieux, mon ami, soupira Aramitz devant son front plissé par une ride amère.

— L'amitié est une valeur dont chacun doit être redevable. Tout comme d'Artagnan ce midi, vous m'accordez un honneur que je ne mérite pas.

Aramitz s'immobilisa devant un saint de pierre, frappé par son air désabusé.

— Chacun de nous possède sa part d'ombre. En sortir nécessite plus d'efforts que d'y couler.

— De grâce, monsieur, s'agaça-t-il en lui faisant face. Ne m'étouffez pas de poncifs. J'aurais pu confier Lucia à un autre qui l'aurait conduite ici de la même manière. Arriver à temps pour empêcher l'homme en noir de remettre le dossier à Richelieu. Empêcher qu'en échange il laisse Claude de Mesmes éliminer Isabella. Voilà comment un homme d'honneur aurait agi. Voilà comment vous auriez agi. Ne me faites pas l'injure de démentir.

Aramitz avait froncé les sourcils.

— Vous insinuez que tout est perdu ? que Richelieu a repris la main ? que nous ne prouverons rien ?

— Je n'insinue pas. Je subodore, se radoucit Henri. Il nous faudra coincer de Mesmes pour le vérifier. Or, si vous l'aviez, vous ne perdriez pas votre temps avec m…

Il ne termina pas. Un sanglot venait de sourdre de la pièce. Henri écarta aussitôt le battant pour se précipiter. Le temps qu'il parvienne au lit, Lucia s'y était rendormie.

Repoussant le mousquetaire troublé dans le couloir, il referma la porte.

— C'est ainsi depuis plusieurs heures. Au point que je doute du traitement qu'on lui donne. Elle invoque la Vierge, s'éveille en pleurant puis retombe en léthargie. Cela me désespère d'autant plus qu'elle ne tardera pas, comme ce midi, à réclamer son père.

Aramitz hésita quelques secondes devant sa détresse, puis posa sa main sur son épaule.

— Ce n'est sans doute pas à moi de vous l'apprendre, mais faute de mieux…

Henri se durcit.

— Quoi encore ?

— La Marie qu'elle pleure n'est pas la Vierge, Henri. C'est sa fille. Quant à Giuseppe de Seva…

83.

Un raclement de sabot dans la rue. Marco jeta un œil de biais par la fenêtre, baignée par le couchant.

— Voici Aramitz qui descend de sa monture, lança-t-il à Giuseppe qui, comme lui, s'était perdu dans le travail pour occuper sa fin de journée.

L'imprimeur se précipita pour ouvrir la porte.

— Me guettiez-vous ? s'étonna le mousquetaire en guise de bonsoir.

— Tout comme, avoua Marco en serrant cette main que Giuseppe venait de lâcher.

— Alors ?

Aramitz grimaça.

— Rien de probant. Elle dort beaucoup. Henri a éludé ses questions, insistant sur le fait que tout était réglé et qu'elle ne devait songer qu'à se reposer. Elle n'a pas insisté. Le médecin assure que le choc résorbé, tout rentrera dans l'ordre.

— S'il le dit, soupira douloureusement Giuseppe.

Le mousquetaire hésita un instant à leur avouer son dernier échange avec Henri. Il l'avait laissé ahuri, oscillant entre la joie et la consternation. Incapable de prendre une décision quant à ce qu'il devait faire. Mais réclamant de rester seul pour y songer. Le fait de savoir que Giuseppe avait lui aussi accepté de s'effacer pour le bien de sa fille l'avait ébranlé plus encore peut-être que tout le reste.

Inutile pour le moment.

— Vous ne devez pas perdre confiance.

— Avez-vous saisi Claude de Mesmes ? demanda Marco pour déjouer sa déception.

Aramitz se rapprocha de l'âtre qui brûlait gaillardement.

— Non. Il semble que ce chien nous ait feintés.

— C'est-à-dire ?

— On n'a vu sa voiture à aucune porte. À croire qu'il est toujours dans Paris. Et son père avec lui.

— Ou qu'il a emprunté un passage dérobé qui partait de sa demeure…

— Nous y avons songé, retournant de nouveau celle-ci sans rien découvrir, répondit-il. Vous me direz que c'est le propre d'un endroit de ce genre. Les domestiques n'ont rien lâché. Mme de Mesmes non plus, qui n'a cessé de nous agonir des titres de son époux et de son fils, nous mettant, nous, plus bas que terre. J'ignore même si elle sait quoi que ce soit de cette affaire. Pour couronner le tout, l'homme en noir que nous avons arrêté au Louvre s'obstine à rester muet. D'Artagnan est convaincu qu'il sait parfaitement où se trouve son maître, mais il ne cédera que sous la torture. Or, Richelieu s'y refuse.

— Pour quelle raison ?

— Éviter qu'il ne révèle ce qu'il ne souhaite pas que le roi entende. Henri pense que l'homme en noir lui a remis le dossier le concernant.

— Je vois, lui accorda Marco bien que certain du contraire.

— Voici votre petite demoiselle ! s'adoucit Aramitz en découvrant Marie qui sortait de la cuisine, le bas du visage barbouillé de confiture.

— Et dans quel état ! s'embarrassa Giuseppe. Que fait donc Jeanne ?

— Zane aussi est toute sale ! se mit à rire la fillette tandis qu'éclatait un « Ohhhh ! » derrière elle et que Jeanne paraissait, aussi confuse que son amant, pour la saisir.

Pour échapper à ses mains, Marie vint se réfugier entre les genoux de son père, le visage tendu vers le mousquetaire.

— L'est touzours malade bella ?

Ils se figèrent.

— De qui parles-tu ?

Elle leva les yeux au ciel, comme une évidence.

Marco déglutit.

— Isabella Rosselli ?

— Ben vi.

— Oui, elle est toujours malade, répondit le mousquetaire, avant d'ajouter, à l'intention de Marco cette fois : Son intervention auprès du roi n'a rien arrangé. Elle est très faible.

Vive comme l'éclair, Marie s'en fut se planter devant Jeanne, les mains tendues.

— Frotte ! Et ma bouce aussi. Ze vais voir Bella. Tout suite…

Ils échangèrent un regard troublé. Aramitz fronça les sourcils.

— Qu'est-ce à dire ?

— Qu'il faut faire vite, s'écria Marco en enlevant le manteau de sa fille d'une patère. Je vous expliquerai en route.

Il venait enfin de comprendre le sens des paroles ambiguës de Natalia : Isabella avait besoin de la Vierge.

84.

Isabella n'avait savouré leur « victoire » que le temps de découvrir que les mousquetaires avaient perdu la trace de Claude de Mesmes et qu'Henri était retourné auprès de Lucia de Seva. Depuis, elle ne décolérait pas, gâtant sa guérison, épuisant ses réserves.

Et ce n'était pas le regard de chien battu de d'Artagnan qui arrangeait l'affaire. Lui, qui n'avait cessé de lui conseiller de se méfier de Concini, s'était fait son ami et défenseur dès lors qu'ils avaient chevauché ensemble vers Dampierre à sa rescousse. Et encore aujourd'hui, où il lui avait rapporté ses excuses en affirmant qu'il les croyait sincères et avait pu juger, par lui-même, de l'état dans lequel se trouvait Lucia.

Non content d'avoir soupé de ce discours, il avait aussi fallu qu'elle écoute celui d'Aramitz qui allait dans le même sens, lui racontant une sombre histoire de sonnet, confirmée par Françoise de Motteville…

Bref, à les entendre tous, Concini était un saint, Marco Docciolini et cette dinde de Lucia de Seva des victimes !

Si elle n'avait été clouée dans ce lit, elle leur aurait chatouillé la glotte de sa lame, leur aurait raconté quel joli monde elle avait croisé à Venise et comment ils avaient tous œuvré à la laisser pour morte. Sans parler de Paolo dont le simple souvenir soudain la bouleversait.

— La haine vous tuera ! venait de lui assener le médecin pour faire bonne mesure après avoir pris son pouls.

— Foutaises ! Je n'ai affaire qu'à des cretini ! se referma-t-elle plus encore, refusant qu'on la prive de sa colère.

N'était-ce pas ce qui l'avait poussée, depuis l'âge de dix ans, depuis la mort de ses parents ? N'était-ce pas ce qui avait fait d'elle la plus grande courtisane de Venise ? Cette quête de vérité, de vengeance derrière le masque ? La certitude qu'un jour elle la regarderait en face ?

Que n'avait-elle claqué du talon sur le pied de l'ambassadeur, dégagé son bras, laissé pisser son sang pour le saisir à la gorge, le mordre, lui arracher l'oreille, la joue, les bourses ? se fustigeait-elle.

Elle serait morte, oui, mais en ayant la certitude d'avoir accompli ce qu'elle pouvait. Au lieu de cela, cette part d'elle, rendue trop faible devant l'amour, n'avait su qu'attendre le secours de d'Artagnan.

Ah il aurait ri, Giorgio Cornaro ! Oui, bien ri de sa Bella ! Lui qui m'a tout appris, y compris à me méfier de mes propres faiblesses.

Son sommeil, trop rare, se voyait agité par des images de tête coupée, de crâne de cristal et de diables grimaçants.

Et d'Artagnan qui s'obstine à faire garder ma porte ! Pour le cas où de Mesmes renverrait quelqu'un pour m'achever. Tu parles ! Il craint bien davantage que je ne m'échappe ! Que je ne le retrouve par moi-même !

— Sortez ! Laissez-moi seule ! chassa-t-elle le médecin en lui tournant le dos, refoulant vertiges et sueurs froides pour qu'il ne la force pas, de surcroît, à dormir.

Cette douleur, cette rancœur étaient siennes. C'était tout ce qui lui restait.

— Si vous venez pour mes obsèques, c'est encore trop tôt, charognards, grinça-t-elle en entendant la porte s'ouvrir peu de temps après.

— T'es en colère ? Faut pas. Ze suis là, entendit-elle une voix fluette lui répondre.

Surprise, elle pivota, rencontra un sourire, deux yeux noirs qui pétillaient.

— Qu'est-ce que tu fiches ici, toi ? Qui t'a laissée entrer ?

— C'est moi.

Une silhouette se découpa de l'ombre. Armée. Le sang d'Isabella pulsa contre son bandage, lui arrachant une nouvelle sensation de vertige.

— Je n'ai que ce moyen pour vous contraindre à m'écouter, Isabella, et à laisser ma fille faire ce qu'elle doit, sans crainte de votre part. Alors détendez-vous.

— Ze vais te soigner, annonça Marie en approchant ses mains de sa blessure.

Aussitôt, une lumière blanche auréola l'intérieur de la chambre, éclairant enfin le visage de l'inconnu.

Troublée jusqu'en sa chair qui picotait doucement, Isabella balbutia :

— Mais enfin qui êtes-vous ?

— Le père de cœur de Paolo… Marco Docciolini.

14 janvier

85.

— Giuseppe ! Ouvrez ! Ouvrez, de grâce !

Fort des consignes que Marco lui avait prodiguées, Benoît Guignoli déverrouilla la fenêtre de sa chambre, à l'étage, avisa un fiacre garé devant l'imprimerie aux volets fermés, mais ne reconnut pas l'homme qui tambourinait à la porte.

Il l'apostropha :

— Qu'est-ce que c'est ?

— Je cherche Giuseppe de Seva.

— Vous êtes qui ?

— Un ami. Je ramène Lucia.

Un large sourire éclaira le visage creusé du tonnelier.

— Bougez pas, j'arrive ! s'écria-t-il en rabattant la croisée.

Henri s'adossa à la portière du fiacre, se demandant s'il ne valait pas mieux qu'il fasse demi-tour, si cette porte close n'était pas le signe qu'il se fourvoyait une fois encore. N'était-ce pas ce que lui avait assuré le médecin lorsqu'il lui avait annoncé qu'il voulait ramener Lucia à son père ? Il lui avait rétorqué qu'elle ne cessait de le réclamer, de poser des questions embarrassantes dès son réveil. Qu'au contraire de ce qu'ils espéraient, elle se repliait de plus en plus sur elle-même, ne cessant d'appeler Marie en fixant la Vierge. Comme si son inconscient cherchait à dissocier la sainte de l'enfant qu'elle tenait dans les bras, à se retrouver mère elle-même ?

Rendre sa fille à Lucia.

Il ne voulait plus que cela.

Dussé-je ramper devant Giuseppe.

Cesser de l'assommer de médications pour qu'elle soit en mesure de faire ce court voyage avait semblé une bonne idée. Lucia avait arrêté de pleurer, s'était réjouie à l'idée de rentrer chez elle, de pouvoir s'habiller de frais. Elle avait même affirmé que la glace dans sa tête semblait vouloir fondre, à l'image de ce Paris qu'elle rêvait de réinventer.

Son enthousiasme n'avait pourtant duré que le temps de passer le pont Notre-Dame. Un coup d'œil par la vitre la lui montra somnolente encore.

Si je faisais demi-tour, maintenant, inventant quelque fable... Non... Assez de mensonges. De toute façon, il n'est plus temps.

Benoît Guignoli ouvrit la porte et fonça vers lui d'une démarche d'autant plus assurée que le redoux avait fait fondre la neige.

— Où est Mme Lucia ? demanda-t-il.

Henri s'écarta pour la lui montrer, assoupie contre le dossier de la banquette.

— Va-t-elle mieux ? A-t-elle recouvré la mémoire ?

— Point encore. Mais le médecin pense que son père l'y aidera mieux que moi. Savez-vous où il se trouve ?

Benoît Guignoli haussa les épaules.

— Ils sont partis ce matin en emmenant la petiote. Mais je ne saurais dire où. Ni pour combien de temps.

Oscillant entre la déception et le soulagement honteux, Henri soupira.

— Tant pis. Je vais la reconduire à l'hospice. Vous n'aurez qu'à leur dire que nous sommes passés.

Benoît Guignoli accola de nouveau son œil à la vitre embuée, hésita quelques secondes puis sortit une clef de sa poche.

— Elle a pas l'air bien frais, la pauvrette. Une ablution et des vêtements propres lui feraient du bien. Et puis, c'est chez elle…

Le sourire d'Henri l'en remercia.

Tandis qu'il déverrouillait l'huis, ce dernier ouvrit la portière, s'engouffra dans l'habitacle et caressa cette joue qu'il eût voulu manger de baisers.

Il ne s'en était accordé aucun.

Par respect.

— Nous sommes arrivés, Lucia.

Elle émergea.

— Déjà ? J'ai encore dormi mon saoul.

— Un reste de médicament…

— Bonjour, madame Lucia.

Elle fronça les sourcils devant ce visage émacié qui venait de s'encadrer dans l'ouverture.

— Oui, je sais, vous ne me reconnaissez pas. C'est pas grave. Ça reviendra. Je suis votre voisin. Je veux juste que vous sachiez que si vous avez besoin de quoi que ce soit, je suis là. C'est le moins, après tout ce que vous avez fait pour moi et pour ma défunte femme.

— Merci, répondit-elle, embarrassée par ce regard derrière lequel perçait une profonde tristesse.

Elle s'arracha de l'habitacle, le regarda entrer dans une maison à colombages. Leva les yeux vers la sienne, s'arrêta sur l'enseigne : « Imprimerie Docciolini ».

— Viens-tu ? demanda Henri en lui tendant la main pour lui faire passer le seuil.

Refoulant un sentiment étrange de plaisir et de crainte face à ce nom qu'elle ne reconnaissait pas, elle entra.

Il régnait dans la pièce ce parfum d'encre et de papier qu'elle avait toujours chéri.

Le parfum de mon enfance, s'attendrit-elle, en laissant son index courir sur la presse, tandis qu'Henri déverrouillait le volet.

Elle s'arrêta un instant devant la cheminée dont la braise couvait encore, puis sur la rampe de l'escalier.

Il lui sembla entendre un rire en dévaler les marches.

Presque un rire de fée...

Irrésistiblement attirée, elle les monta une à une, l'oreille penchée pour capter encore ce bruissement léger. Henri avait suspendu son geste, le cœur battant devant son écoute dont il percevait l'importance sans en comprendre le sens.

Dois-je lui dire que son père est absent ou attendre qu'elle s'en inquiète ?

Il trancha.

Mieux vaut rester en retrait.

Elle atteignit le palier.

Lors, il se coula dans un des fauteuils devant l'âtre, le cœur semblant vouloir s'arracher de sa poitrine, l'œil rivé sur ce couloir dans lequel elle venait de s'enfoncer.

86.

La première chambre qu'aperçut Lucia était ouverte. En désordre.

La lumière qui filtrait des persiennes éclairait discrètement le lit chiffonné. Une chemise gisait à terre.

Elle s'avança pour la ramasser, souleva un parfum d'homme.

Elle s'immobilisa, troublée.

Ce n'est pas celui de Luigi... Pas celui de papa non plus, vérifia-t-elle.

Il lui était familier pourtant.

Elle ouvrit la grande armoire qui mangeait un angle de la pièce, trouva des robes à sa taille, à son goût. Elle en porta une à ses narines, reconnut aussitôt ce discret mélange de bois de cèdre et d'écorce de citron que depuis son enfance elle accrochait dans des petits sachets aux cintres.

Elle pivota sur elle-même, perplexe. Elle chercha Luigi du regard, mais ne le trouva pas pour répondre à cette angoisse qui remontait de son ventre.

Ce ne peut pas être ma chambre, ni mes affaires...

Elle sortit sur un frisson détestable, héla :

— Papa ?

La maison resta silencieuse.

Le jour ne s'est levé que depuis peu. Il a dû changer ses habitudes en vieillissant.

Elle posa la main sur la poignée de la deuxième porte, le cœur suspendu dans la poitrine, frappée d'un doute.

Est-ce chez lui aussi ? Est-il toujours en vie ?

Elle passa le seuil en retenant son souffle, s'apaisa aussitôt en reconnaissant son odeur. Elle avança jusqu'au lit, caressé par le jour.

Vide. Tout comme l'autre.

Oppressée, elle revint précipitamment dans le couloir, poussa sans précaution les deux portes suivantes. La première lui révéla un cabinet d'aisances en encorbellement. La seconde, un bureau.

Ici... Ici je vais forcément trouver des réponses.

Elle se jeta sur les tiroirs du meuble, prise soudain d'une fébrilité douloureuse. Trouva des factures, des bons de commande, tous au nom de Marco Docciolini.

Son cœur s'emballa plus encore dans sa poitrine.

Qu'est-ce que ça veut dire ? Qui est cet homme ? Notre employeur ? Habitons-nous chez lui ? Maudite mémoire ! Vas-tu surgir, oui ?

Rageuse, elle jeta à bas le dernier tiroir, libérant un coffret qui se répandit au sol.

Les bijoux de maman... papa les gardait dans son chevet. Pourquoi ne le fait-il plus ? Tout ça doit avoir un sens, mais lequel ?

Elle se laissa choir dans le fauteuil, perdit son regard sur une vieille malle en face d'elle, sentit de nouveau une lame de glace s'enfoncer dans sa tête.

— Hors de moi. Je ne te céderai rien cette fois ! Je veux retrouver ma vie ! Ma vie avant toi ! grinça-t-elle avant de mesurer qu'elle ignorait à qui elle s'adressait et pourquoi.

Le temps qu'elle s'en effraie, la voix murmurait :

Bianca Lucia.

Lui succédant, un hurlement explosa entre ses tympans. Elle se boucha les oreilles pour le faire taire, captura une image. Celle d'un crâne éblouissant. Vit deux hommes, celui qui l'avait terrifiée à l'hôpital et son père, qui se précipitaient, l'un pour envelopper l'objet, l'autre pour la relever et l'arracher à cette même pièce.

Perdue, effrayée, sonnée par ce cri qui n'en finissait pas et semblait vouloir de nouveau glacer sa mémoire, elle quitta la pièce en courant.

Elle ouvrit la porte voisine, se réfugia stupidement derrière.

À sa grande surprise, le hurlement retomba aussitôt.

Elle recula, interdite, buta contre un lit, s'y assit, le cœur battant à tout rompre, la peur suintant entre ses omoplates.

Qu'est-ce que tout ça veut dire ? Où Luigi m'a-t-il conduite ? Pourquoi papa s'est-il associé à cet homme ?

Saisie d'un vertige, elle dut s'appuyer des deux mains en arrière. La gauche rencontra le crissement d'une feuille de papier posée sur un oreiller.

Elle la ramena devant cllc, presque par réflexe, entre ses doigts crispés, tremblants.

Un dessin.

Il représentait un cœur géant. Une main malhabile avait inscrit « maman » à l'intérieur. En haut, Bianca. En bas, Lucia.

Quelque chose s'étrangla en elle. Elle sentit une larme rouler sur sa joue. Prit enfin conscience de ce qui l'entourait. La commode, la patère sur laquelle pendait encore une petite robe de laine. Ce parfum qui flottait autour d'elle. De lait et de miel.

Elle se sentit aspirée en arrière, resta quelques secondes étourdie, tandis que des images se mettaient à tourbillonner dans sa tête, tornade qui enlevait une à une les pellicules de glace. Et soudain, tout fut là, à sa place, dans sa tête, dans son cœur.

Elle bondit, descendit les marches de l'escalier quatre à quatre, et se planta devant Henri qui n'avait pas bougé.

— Où est ma fille, Henri ? Où est Marie ?

Il eut un triste sourire, celui des condamnés résignés à leur sort, et murmura bêtement :

— Bonjour, Lucia.

87.

Elle le foudroya du regard.

— C'est tout ce que tu trouves à répondre ? « Bonjour, Lucia » ? Non, ce n'est pas un bon jour et il va même finir très mal pour toi si tu ne me dis pas où sont les miens ! Alors ? Je t'écoute !

Elle avait planté les poings sur ses hanches, l'œil noir. Mais Henri, étonné, y perçut de l'angoisse, non de la soif de vengeance.

Il obtempéra.

— Au marché probablement. Ton voisin m'a dit qu'ils étaient partis tôt ce matin.

— Au marché ? Avec Marie ? Tous les deux ? Je n'y crois pas.

Je m'en doutais un peu...

Il se leva, retira son pistolet de sa ceinture et le lui présenta par le canon.

— T'aurais-je menée ici si je les avais fait disparaître ?

Sa moue lui indiqua qu'elle l'en pensait capable. Elle s'empara de l'arme, recula, jusqu'à poser une fesse sur un coin de la table destinée à la composition des ouvrages, puis le visa.

— Raconte-moi. Tout.

Il retomba dans le fauteuil.

— Tout ?... Depuis Santa Fosca ? Ça risque d'être long...

— Mais instructif. Alors tâche de ne rien omettre !

Quinze minutes plus tard, ayant épuisé sa salive, Henri se redressa pour lui faire face.

— Ce matin, Aramitz m'a fait porter un billet par son valet pour me prévenir qu'Isabella avait été miraculeusement guérie hier soir par ta fille.

Elle fronça les sourcils, mais ne commenta pas, ébranlée plus encore.

Il soupira.

— C'est ce qui m'a finalement décidé à te ramener ici. J'espérais qu'elle te sauverait aussi.

Elle sentit remonter en elle un sanglot qu'elle refoula.

Marie. Ma petite Marie. Comment ai-je pu t'oublier ? Effacer en ma chair le souvenir de tes bras ?

Henri avança d'un pas.

— J'ignore sincèrement où ils s'en sont all...

Un cri de surprise suivi d'un fracas de vaisselle cueillit la fin de sa phrase.

— Jeanne ! bondit Lucia.

Elle avait dû entrer par-derrière, ouvrir la porte de communication de la cuisine. Son regard courait de l'un à l'autre, ses doigts tremblaient devant ses lèvres.

Oubliant Henri, Lucia posa son arme et courut l'enlacer par-dessus les débris de porcelaine. Si quelqu'un savait où étaient les siens, ce ne pouvait être qu'elle.

— Eh bien quoi ? Vous voici muette ? Je ne vous connaissais pas ce talent-là, se moqua-t-elle affectueusement, entre rire et larmes.

— C'est que je… oh, Lucia ! bredouilla-t-elle en la serrant dans ses bras, émue. Et votre père, et Marco et la petiote qui viennent juste de partir…

Lucia recula pour mieux lui faire face, sonder ce regard aux teintes de l'automne.

— Où ? Où sont-ils partis ?

— Marie a eu une vision cette nuit. Plus précise que d'habitude. Une femme aux cheveux blancs, sur le seuil de sa porte bordée d'oliviers. Elle les invitait à la rejoindre.

— Diane de Nostredame… ma grand-mère, comprit aussitôt Lucia, mêlant ses souvenirs du journal de Bianca Dandolo aux révélations d'Henri.

Elle se tourna vers lui qui n'avait pas bougé d'un pouce.

— Nous avons tenté de la rencontrer à Salon-de-Provence il y a trois ans. Mais tous ceux que nous avons interrogés nous ont dit qu'elle avait disparu sans donner de destination. Notre piste s'est arrêtée là, faute d'informations. Ce que tu viens de m'expliquer change tout, Henri.

Jeanne avait retrouvé son sourire. Lui se contenta de hocher la tête, d'attendre son heure, le cœur cruellement défié par leur complicité.

— D'après ce que vous lui avez raconté, monsieur Concini, Marco en avait déjà déduit que Diane de Nostredame détenait le grimoire. Il a pensé qu'elle…

— Pouvait me rendre la mémoire, devina Lucia.

— Oui. Mais comment diable l'avez-vous retrouvée ?

Elle allait répondre lorsqu'un cri de joie ébranla l'édifice.

— Lucia !

La fraction de seconde suivante, Fabien écartait Jeanne et, refusant d'entendre son indignation, se jetait dans les bras de sa mère de cœur.

— Tu as trouvé le dessin de Marie, répondit-il à sa place.

Touchée par son élan, elle le sortit de sa poche.

— Un dessin ? Quel dessin ? demanda Jeanne.

Lucia le lui tendit, la vit trembler puis fondre en larmes. Elle sentit remonter les siennes, trop-plein de sentiments contradictoires. Les défia une fois de plus.

— Allons, ne pleurez pas. Tout va bien maintenant. Quant à toi, chenapan, explique-moi un peu comment il se fait que ma fille ait laissé ça pour moi, alors qu'elle entraînait son père et le mien en Provence.

Il partit d'un grand éclat de rire, haussa les épaules.

— À toi de le découvrir. Elle t'attend là-bas…

Le cœur de Lucia bondit dans sa poitrine. Elle froissa la tignasse de Fabien, puis, décidée à reprendre le contrôle de ses émotions pour mieux agir, revint vers Henri, de plus en plus penaud.

— Dis au cocher de mener le fiacre dans la cour. Et dételle les chevaux avec Fabien tandis que je me change et que Jeanne ramasse cette vaisselle.

— Mon cadeau de fiançailles…, se lamenta cette dernière en baissant le regard dessus.

Le cœur de Lucia s'emballa de nouveau.

— Avec mon père ?

— Et qui d'autre ? hoqueta Jeanne entre joie et dépit.

Lucia la reprit contre elle.

— Je suis si heureuse qu'il se soit décidé enfin ! Ressaisissez-vous, ce n'est que de la vaisselle, et activons-nous. Je brûle de retrouver les miens.

Elle allait grimper les marches quatre à quatre lorsqu'elle s'aperçut qu'Henri n'avait pas bougé.

— Eh bien, qu'attends-tu ?

Il déglutit.

— Tu ne me tues pas ?

Elle fendit l'espace qui les séparait, se planta devant lui qui respirait à peine, perdu.

— Trois jours que je lis cette détresse dans tes yeux sans en comprendre le sens. Aujourd'hui je le connais. Le prix de tes mensonges, c'est cet amour que j'ai donné à un autre. C'est assez cher payé à mon goût, Henri.

Il tremblait, oscillant entre l'espoir que lui offrait son improbable pardon et son impuissance à vivre avec.

Elle posa un baiser sur sa joue.

— Si tu veux mourir, ce sera au combat, à mes côtés cette fois, car je me doute bien qu'Isabella, forte des paroles de Marco, doit déjà cavaler en direction de la Provence avec ses mousquetaires. Puisqu'ils savent tous désormais ce que vaut ma lame, bottons le cul de Claude de Mesmes, récupérons ce crâne et fonçons le mettre à l'abri chez ma grand-mère.

23 janvier

88.

Diane de Nostredame acheva de rouler son chignon blanc devant le miroir qui appartenait à son père. Non qu'elle ait eu besoin d'un quelconque support pour accomplir ce geste, ou encore pour donner vie à ses « visions », mais elle avait toujours aimé capturer dans ses propres yeux le reflet de ces images. Et des images, la fille aînée de Michel Nostradamus en recevait souvent. Elles la touchaient plus ou moins selon les périodes, selon qu'il s'agissait de messages à délivrer à des inconnus ou à son frère César, la seule famille qui lui restait encore.

En dehors de celle de Joseph.

Elle l'avait regardé grandir loin d'elle, ce fils dont Pierre de Seva l'avait privée. S'offrant parfois le plaisir de se rendre à Venise, grimée, d'entrer dans son imprimerie sur un prétexte, pour, quelques heures durant, le regarder, lui sourire, parler. Juste parler.

Plus l'aurait mis en danger.

S'effacer pour qu'il vive et soit heureux était le plus bel acte d'amour qu'elle ait accompli. Le plus douloureux aussi. Mais elle en avait fait son quotidien. Sa raison de vivre.

Et puis, elle était là, à sa manière.

Elle l'avait vu rire, s'épanouir, aimer.

Pleurer à la mort de sa femme.

Elle l'avait accompagné dans son deuil, dans son combat quotidien, dans ses doutes ou ses réflexions, dans son rôle de père enfin, veilleuse discrète depuis Salon-de-Provence. Elle avait usé du pouvoir des songes pour distiller ses messages d'amour, de confiance, d'espoir, sans qu'il s'en aperçoive.

Elle avait fait de même avec Lucia.

Et maintenant, avec Marie.

Elle avait toujours su que ce moment viendrait. Celui où la sorcière d'Ulpian les lui ramènerait.

Isabella bien sûr, qui lui était devenue si chère. Isabella qu'elle avait gardée dans l'inconnu après la mort de ses parents. Obéissant au souhait de Bianca Dandolo, pour mieux la protéger.

Henri, dont l'âme avait la pureté des anges mais qui avait grandi dans l'ombre d'un démon.

Marco, le gardien de ces nuits étranges où, à Venise, tout avait dû basculer dans la déraison, afin que ce Tout se reconstruise dans la vérité.

Oui, elle avait toujours su.

Voilà pourquoi, alors que le mistral pliait la tête des cyprès devant sa bastide aux volets bleus, elle attendait la véritable rencontre des lionnes de Venise.

Ces deux femmes qui s'étaient croisées quatre ans plus tôt sur les pavés du campo Santa Fosca, ignorant tout l'une de l'autre, y compris l'essentiel : leur complémentarité. Leur héritage.

Aujourd'hui elles en connaissaient le prix.

Mais pas la finalité.

Pour l'atteindre pourtant, sans même le soupçonner, elles s'apprêtaient à un dernier combat.

Ensemble.

Te voici, se réjouit-elle en accrochant dans un bruit de galop la silhouette d'Isabella au milieu des mousquetaires.

Ta petite-fille, Bianca. Ton arrière-petite-fille, Lucia Maggi. Bientôt viendra l'heure de dresser la table, de les réunir tous, enfin, devant moi.

Diane sourit au miroir, ajusta la dernière épingle à son chignon, puis, comme chaque fois depuis près de cinquante ans, s'affranchit des distances.

89.

— Là, s'époumona Lucia en tendant son index ganté en direction d'un nuage de poussière.

Comme elle, Henri battit les flancs de sa monture.

Neuf jours qu'ils cravachaient de conserve sur cette voie romaine qui, de Paris, courait jusqu'à Marseille, avalant villes et villages, champs, forêts et cours d'eau, rendus à un hiver plus clément.

Elle aurait aimé rejoindre Marco, Giuseppe et Marie, mais son instinct de mère avait tranché. Elle ne pouvait pas exposer sa fille au risque d'un combat quand elle sentait fermement en elle le besoin de prêter main-forte à Isabella. Cette mémoire que l'entité avait enfin accepté de lui rendre semblait l'avoir connectée à elle. Elle ignorait pourquoi, mais elle avait choisi de ne plus se poser de questions depuis qu'il lui semblait évident que Marie était guidée par Diane de Nostredame.

D'autant que Jeanne lui avait rapporté les propos de Marco après sa visite à Isabella. Elle savait désormais combien la courtisane s'en voulait d'avoir insisté pour récupérer la gravure chez Giorgio Cornaro à Venise, précipitant la fin de Paolo. Tout autant de s'être offerte, pour mieux l'espionner, à l'homme qui avait assassiné ses parents.

Cette douleur-là, qu'Henri avait confirmée au fil de leurs rares étapes, Isabella la portait au ventre.

Une vibration intérieure que Lucia ressentait, entendait. Comme s'il fallait qu'elle soit là, oui, à l'instant où l'ancienne courtisane se retrouverait face à sa vengeance. Depuis, cravachant pour rattraper les quelques heures de retard qu'ils avaient sur elle, Lucia et Henri retrouvaient leur complicité, ce qui faisait craindre désormais à ce dernier non plus d'en être indigne, mais de tout perdre dans le regard de Giuseppe.

Passé le pont qui, traversant le Rhône, reliait Villeneuve à Avignon, un garçon d'écurie les avait assurés que l'équipage des mousquetaires n'était plus qu'à quelques lieues devant eux.

Munis de chevaux frais, ils s'étaient élancés de plus belle.

Ils venaient juste de quitter Saint-Rémy-de-Provence lorsque, depuis une butte que tenait un moulin, leur apparut ce coche, solidement escorté. Ils entendirent les tirs de mousquet avant même de voir Isabella et ses compagnons qui, dans un nuage de poussière, le pourchassaient.

Le sang de Lucia ne fit qu'un tour. Dédaignant le chemin qui zigzaguait à travers la rocaille, Henri et elle dévalèrent la colline en arrachant leur pistolet de leur ceinture.

Les mousquetaires se trouvaient au bout d'un champ d'oliviers. L'un d'entre eux tourna la tête dans leur direction, avisa les autres de leur renfort bienvenu.

D'autant que, nettement supérieurs en nombre, les mercenaires engagés par l'ambassadeur venaient de s'immobiliser sur la grand-route. Ces chiens déchargèrent leurs armes sur eux tandis que, dans leur dos, la voiture continuait sa route à un train d'enfer.

Allez ! supplia-t-elle sa monture, consciente de ne pouvoir lui en demander davantage.

Elle vit avec horreur Athos chanceler sur son cheval, se rétablir, puis, comme tous, riposter. Isabella, elle, avait pris de l'avance, évité l'embuscade en sautant par-dessus un fossé et en coupant à travers un champ rendu aux corbeaux. Elle cavalait à présent derrière le coche.

La rejoindre. Coûte que coûte, s'accorda-t-elle à cette voix dans sa tête, redevenue bienfaisante, alors que l'odeur de la poudre lui chatouillait les narines.

Laissant Henri prêter main-forte aux mousquetaires, qui se mesuraient désormais à leurs adversaires à coups d'épée, Lucia contourna à son tour les combattants.

Puis fonça.

90.

Un galop derrière elle.

Craignant d'être prise en tenaille, Isabella jeta un regard en arrière. Son inquiétude se mua en surprise devant l'air farouche de cette femme. Elle mit quelques secondes à la reconnaître avec ces habits d'homme, ce pistolet qui prolongeait son bras, ces bleus sur son visage.

Lucia de Seva, se réjouit-elle, ayant troqué son mépris à son égard pour du respect et de la reconnaissance, sentiments que sa rencontre avec Marie et Marco avait fait naître.

Cravachant à épuiser son cheval, Lucia remonta jusqu'à coller celui d'Isabella, trouva son regard chaleureux, l'enveloppa, pour finalement lui rendre son sourire.

— Heureuse de vous voir avec moi ! lança la courtisane.

— Comment aurait-il pu en être autrement ?

Le rire d'Isabella claqua dans le vent.

Elles s'étaient comprises.

Au-delà des mots et des évidences.

— Attention ! hurla Lucia pour la ramener au danger.

Se découvrant talonnés, les deux hommes venaient d'enfiler têtes et pistolets par la fenêtre du fiacre. Elles se mirent hors de portée dans la courbe du virage.

— Par là ! s'écria Isabella en désignant une pinède sur leur gauche.

Lucia la suivit, sauta par-dessus une haie, des bosquets, des ornières, se faufila entre des branches basses.

— Coupe-leur la route ! Je m'occupe du flanc, décida-t-elle soudain, se souvenant des enseignements tactiques de Marco.

Isabella acquiesça.

Elles se séparèrent.

Isabella ressortit plus loin, devant la voiture, avec quelques secondes d'avance. Suffisantes pour s'arrêter au milieu du chemin et menacer le cocher.

Ce dernier n'insista pas. Il immobilisa ses bêtes, alertant ses voyageurs.

Isabella se décala aussitôt pour éviter d'être touchée par le tir de l'un tandis que Lucia désarmait l'autre d'un violent coup de crosse sur son poignet.

Lucia sentit la jubilation se mêler à son excitation face au danger.

Obligeant Jean-Jacques de Mesmes, noir de colère, à se rejeter en arrière, elle pointa son canon dans l'encadrement de la vitre, un sourire narquois aux lèvres.

— Si vous voulez bien descendre, messieurs…

Furieux, l'ambassadeur repoussa la portière. Une œillade lui confirma ce que le bruit d'un galop lui laissait craindre. Cinq cavaliers, dont quatre portaient la cape bleue des mousquetaires du roi.

Il se détourna pour ne pas y voir sa défaite. Il ne pouvait compter sur personne. Pas même ce cocher à qui Lucia, protégeant ses arrières, ordonnait de descendre.

Il releva la tête, plissa les yeux sous le soleil de midi. Isabella venait vers lui, emplie de haine.

Il attendit qu'elle mette pied à terre et, dégageant ce bras qu'il portait en écharpe, souvenir de l'impact de sa lame dans le souterrain, sortit sa rapière.

Ils avaient déjà engagé le combat lorsque les mousquetaires descendirent de cheval à leur tour.

— Heureux de vous retrouver, madame Docciolini ! la salua Aramitz dans un sourire.

— Madame, s'exclama Porthos, reprenant le salut d'Athos et de d'Artagnan en soulevant son chapeau.

— Messieurs, vous n'imaginez pas à quel point vous savoir vivants me ravit. Permettez que je vous confie ces deux-là ?

— Avec joie.

Elle s'élança dans le pas inquiet d'Henri et d'Artagnan.

Ils se rassurèrent vite en découvrant Isabella, sûre d'elle. Elle piquait, fendait, attaquait, feintait, battait la lame de l'ambassadeur avec férocité. Au beau milieu du chemin désert.

Durant quelques minutes, il leur sembla même qu'elle prolongeait le combat, sciemment.

Elle l'a trop attendu, devina Lucia avant de remarquer une lueur anormale dans son regard.

Elle y regarda de plus près, le cœur emballé méchamment dans sa poitrine.

Sa beauté semblait subitement fanée, comme avalée par cette noirceur qui lui étreignait le cœur et donnait à chacun de ses coups plus de puissance. Lucia aurait dû s'en réjouir, d'autant que l'ambassadeur pliait nettement à présent, amoindri par sa blessure. Mais quelque chose en elle s'était mis à hurler, silencieusement.

Elle se tourna vers d'Artagnan. Il serrait les mâchoires.

Lui aussi a remarqué ce changement qui s'opère en elle. Ce regard qui semble privé d'âme.

Elle leva les yeux au ciel, trembla de voir l'azur s'assombrir au-dessus des combattants, se ramasser sur lui-même, comme aspiré par cet abîme qui peu à peu gagnait Isabella.

Lorsque celle-ci accula l'ambassadeur contre le bois du fiacre, les tympans de Lucia se déformèrent sous la pression d'un cri intérieur. Ce cri qui l'avait fauchée lorsqu'elle avait projeté le crâne contre le mur, brisant son enveloppe de verre. Étouffant peu à peu sa mémoire.

Elle vit soudain son origine autant qu'elle en fut déchirée.

Poussé par Bianca Dandolo dans sa cachette ce 19 septembre 1555 à Ulpian. Ce cri muet qu'avait entendu sa mère juste avant que sa tête ne roule aux pieds de son bourreau.

Et soudain, tout devint limpide.

Bouleversée, elle arracha sa rapière, la croisa sur celle d'Isabella qui venait de forcer l'ambassadeur à lâcher la sienne.

— Trois générations de femmes, Isabella. Trois sont mortes pour préserver en elles la blancheur de la lumière. Pour te transmettre cet héritage, ce pouvoir absolu de vie ou de mort, de pardon ou de haine.

Le regard qui se posa sur elle fulmina un instant. Lucia y plongea, portée par cette certitude qui rayonnait en elle. Elle sentit trembler le fer sous le sien. Ajouta :

— Seul l'amour est vérité. Tout le reste n'est que mensonge. Si ma fille m'a rendue à moi-même pour que je m'en souvienne, alors je veux croire qu'elle a fait de même avec toi.

Elle retira sa lame, recula.

Isabella lutta quelques secondes contre elle-même, croisa le regard de d'Artagnan, puis de ses amis qui, silencieusement, avaient formé un demi-cercle autour d'elle, l'épée au menton.

Le salut des braves et des justes.

Elle revit sa mère, son dernier baiser, l'entendit murmurer à son oreille.

Une vie. Rien n'est plus sacré.

La haine recula en elle.

Elle fixa Claude de Mesmes, ruisselant d'angoisse, puis, altière dans cette lumière intérieure que Lucia venait de lui rendre, lui décocha un solide direct au foie.

24 janvier

91.

Giuseppe n'eut pas besoin de l'index de Marie tendu vers la bastide blanche aux volets bleus. Depuis qu'ils avaient emprunté le sentier de rocaille, comme bercés par ce mistral qui avait cessé d'écorner les cimes pour se faire caresse, ses souvenirs d'enfant s'étaient réapproprié les parfums de cette terre de janvier, parfums secs de garrigue et de pin. Mais aussi ce moulin sur la butte, ces oliviers centenaires, ce puits de pierre au milieu de la plantation.

Tout au long du chemin, il avait écouté, ébahi, sa petite-fille lui parler de cette aïeule qu'elle n'avait jamais vue, étouffant sa crainte de la retrouver quand il était évident que cette mère l'attendait depuis toujours.

Marie avait balayé ses griefs contre elle et contre Henri aussi, bouleversante d'une humanité qui dépassait son âge et qu'ils savaient désormais nourrie par l'entité.

Comme lui, Marco qui cheminait à ses côtés avait révisé son jugement, depuis que sa fille lui avait assené que Lucia était déjà là, guérie par son dessin, avec « le zenti Zenri » et Bella. Mais pas les « tousquefaires », qui avaient ramené les vilains au roi.

Un livre ouvert. Une délicieuse bavarde, blottie entre eux la nuit pour mieux, au matin, les cueillir dans sa lumière.

La lumière.

Elle descendait doucement sur le vallon, poudre qui s'offrait aux pastels dans une déclinaison de rose et de bleu perlé.

Instant de grâce.

C'est celui que Diane choisit pour paraître sur le seuil, arrachant un battement de plus au cœur de Giuseppe.

La petite main de Marie se referma sur la sienne.

— Allez, viens, pape…

Marco leur emboîta le pas, discrètement en retrait. Il avait suffisamment souffert de la peur d'avoir perdu les siens pour deviner la puissance de ces retrouvailles inespérées. Il en était touché. Au plus profond de son être.

Giuseppe, lui, tentait de contenir cette émotion qui lui retournait les entrailles, tandis que sa mère avançait vers lui d'un pas encore alerte, coiffée d'un chignon impeccable, ses yeux de cendre illuminés d'une joie profonde.

Elle fut là, devant lui.

Et juste parce que les mots étaient inutiles, parce qu'elle avait veillé à ce que tout soit dit, compris déjà pour ne rien gâter, elle ouvrit les bras.

Grands. Immenses.

Il s'y jeta, se laissa bercer longtemps, dans ce sanglot qui l'avait arraché à elle et qu'elle avait su lui faire oublier, à distance, pour qu'il n'en meure pas.

Assez longtemps pour que Marco, entraîné par sa fille, les contourne discrètement et passe le seuil de la porte où Henri, Lucia et Isabella attendaient, assis devant l'âtre.

— Maman ! s'époumona Marie en se précipitant vers elle, levée déjà.

Henri ne baissa pas la tête devant l'étreinte qui les emporta tous les trois. Il avait admis. Accepté de la perdre. Accepté cette famille dont il était responsable et dans laquelle Lucia l'avait invité à rester. Qu'il retourne ou non à Florence.

Il souriait encore lorsque Giuseppe entra, dans le rire joyeux de sa mère.

Diane l'avait assuré qu'il ne risquait plus rien, que la colère de Giuseppe était tombée en chemin, mais il refusait de s'y soustraire, lui l'apprenti de Santa Fosca, le maudit de cette fratrie de l'ombre.

Il le regarda enlacer sa fille, l'étreindre comme autrefois dans un élan de joie.

Jusqu'à ce que l'image de cette même étreinte sur le navire, avant qu'il ne tire, avant qu'il ne voie Giuseppe s'effondrer, Lucia s'hébéter, lui emporte le cœur.

Il chancela, voulut gagner la porte. Partir, se sentant de nouveau indigne de ce qui lui était offert.

Une poigne solide le retint par le bras. Il tourna la tête.

— Alors comme ça, il paraît que j'ai un frère, lui servit Giuseppe, la voix éraillée par l'émotion.

Henri soutint son regard. Y noya le sien empli de culpabilité.

— Il paraît, oui. Un frère qui mériterait une bonne bastonnade, chevrota-t-il avant de se sentir attiré dans ses bras.

— On verra ça plus tard, petit. Oui, plus tard…

92.

Succédant à l'émotion, les rires fusaient désormais dans cette demeure que le vent chahutait.

Marie avait entrepris de la leur faire visiter, forte des images que Diane avait semées dans ses rêves. Les chambres à l'étage, colorées d'ocre, de bleu et de tissus brodés de cigales, assez nombreuses pour les héberger tous. L'escalier, si raide…

— … Qu'on peut se rompre le cou ! répéta Marie à sa descente quand Diane les en avait prévenus à la montée.

Elle désigna l'imposant matou qui reposait sur un coussin d'assise, près de l'âtre.

— Et z'ici c'est le sa ! ajouta-t-elle.

Diane s'interposa avant qu'elle ne pose sa menotte sur lui.

— Mieux vaut ne pas le déranger. Il est un peu bougon à ses heures.

— Comme pape. Et alors, Zane fait « mmmmm ! », imita-t-elle cette dernière en gonflant le torse et en plantant ses poings sur ses hanches.

— Qui est Jeanne ? demanda Isabella, emportée comme les autres par un éclat de rire.

— Ma future épouse. Enfin…

Giuseppe se tourna vers Diane qui souriait.

— Si ma mère m'autorise à l'épouser !

Cette dernière lui coula un œil aimant, un rien moqueur.

— Ta mère se demandait juste depuis des mois ce que tu attendais pour le faire.

— Eh ben, moi z'aussi, affirma Marie en roulant des yeux ronds, faisant à nouveau la joie de tous.

— Allons, il est temps de passer à table, décida Diane. Marie ?

Gorgée de son importance, la fillette les précéda au seuil d'une vaste pièce aux poutres apparentes, aux meubles cirés et aux carreaux de terre cuite. Une table y était dressée, aussi garnie que celle d'un roi, aussi illuminée qu'une chapelle.

Ils pensaient que Marie leur en ferait l'inventaire comme dans la cuisine ou en haut. Elle n'eut qu'un cri en pressant ses petites mains sur sa poitrine.

— Wouahhhh !

Diane la souleva dans ses bras, puis leur fit face.

— Je répondrai à tout. Vos questions, vos attentes. Elles sont nombreuses, je le sais, ce sac contenant ton héritage, Isabella, le prouve. Mais d'abord, accordez-moi ce moment. Je l'ai rêvé souvent, mes enfants. Mes chers enfants de lumière.

Elle leur désigna leur place.

— Isabella et Lucia, l'une près de l'autre avec moi. En face, Marco, Giuseppe et Henri.

— Et moi, ze manze pas ? Gargouillis a faim ! s'indigna Marie en ne voyant pas son assiette.

— Toi, tu auras mes genoux pour coussin et le droit de piocher dans ce que tu voudras, s'attendrit Diane, interdisant à Lucia d'y trouver à redire.

Un élan.

— Ze t'aime, grand-ma !

Tout aussitôt pourtant son regard se fana. Elle se blottit dans son cou, chercha son oreille, l'entoura de ses petites mains pour que personne ne l'entende et chuchota :

— Ze sait. Mais z'ai pas envie.

Diane la pressa contre elle. Un instant ils devinèrent à son émotion qu'un secret, douloureux, venait de les lier, mais elle ne leur laissa pas le droit de s'en surprendre ou de s'en inquiéter.

— Toujours faire ce que l'on doit. Souviens-t'en, Marie. Pour l'heure, partager ce moment. Qu'il dure, mes enfants. Qui dit le bénédicité ?

— Moi, proposa Henri.

Ils courbèrent le front, Marie plus encore.

Tandis qu'il remerciait le Seigneur pour une quantité de choses qu'elle n'entendit pas, Diane les regarda tour à tour, avec cette tendresse du fond des âges dont elle avait apprivoisé la lumière. S'emplissant le cœur de chacun d'eux. Des petits gestes qui trahissaient leur vérité. La main de Marco sur celle de Lucia, en travers de la table, le bras de Giuseppe, redevenu protecteur, autour des épaules d'Henri. Le sourire apaisé d'Isabella, le murmure de Marie.

Dieu que je les aime ! s'en émerveilla-t-elle.

— Amen, tomba la voix d'Henri.

Giuseppe se frotta les mains.

— Je me porte volontaire pour découper cette poularde !

— Et moi pour servir la tapenade ! lança Lucia en attrapant le plat.

Lors, Diane les laissa goûter, partager le tian, humer le vin des collines, s'étonner de la pureté de la source.

Rire. Aimer. Partager.

Vivre.

De longues heures durant.

93.

Cinq heures venaient de sonner à la pendule. Au-dehors, les dernières lueurs du couchant caressaient le rebord des fenêtres. Le chat venait d'en gagner une. Repu, il se léchait consciencieusement les pattes.

Ils avaient parlé de tout, sans tabou, pressés par la curiosité des uns, touchés par le désespoir muet des autres. Ils avaient chanté aussi, emportés par le timbre de fausset de Marie.

Ils avaient nourri ce feu intérieur qui, elle le savait, les maintiendrait à jamais les uns pour les autres.

Ils étaient prêts. Et elle aussi.

Elle les contempla longuement, chacun avec bienveillance, puis confiant Marie, qui s'était finalement endormie, à sa mère, elle se leva.

Tendus vers elle, sans se concerter, ils firent silence.

— Ce jour-là, 19 septembre 1555, à Ulpian, Lucia Maggi mourut, la tête tranchée par ses tortionnaires. La dernière image qui s'inscrivit dans ses yeux fut celle de sa fille, Bianca, qu'ils venaient de découvrir dans sa cachette. Le dernier son, son cri, muet, terrifié. Ce jour-là, elle avait fait un choix. Ne pas donner le grimoire. Ne pas céder à la tentation de son côté maléfique.

Mais à cet instant du passage de la vie à la mort, le doute fut là, puissant, redoutable. Qu'avait-elle fait ? Ce qu'il advint de Bianca ensuite, tu l'as découvert, toi, la Lucia d'aujourd'hui, dans ses Mémoires, vous aussi Giuseppe et Marco. Vous les lirez à votre tour, Henri, Isabella. Plus tard. L'important n'est pas là ce soir. Bianca mit des années à retrouver le crâne, devenu de cristal. Le cri qu'il lui renvoya lui fut d'autant plus insupportable qu'elle le reconnut. C'était le sien, sa douleur devant la mort de sa mère. Alors, elle l'étouffa dans un carcan de verre, puis l'enfouit dans cette alcôve à Santa Maria degli Angeli. Bianca Lucia. La lumière blanche. L'amour de deux êtres au-delà du temps, séparés par la folie des hommes. La mère et l'enfant. Quel trésor plus grand que cet amour-là ? Bianca n'a pas survécu à la mort de sa fille, ta mère, Isabella. Mais elle n'a pas eu la force de libérer la sienne, craignant sans doute que Serafina Cornaro ne l'en empêche et n'utilise cette magie à mauvais escient. Si bien que Lucia Maggi n'a jamais pu rejoindre Bianca dans l'éther. Pour y parvenir, elle avait besoin de toi, Isabella, de ta lumière, mais celle-ci s'était fourvoyée dans l'espoir de vengeance. De toi, Henri, qui avais compris le pouvoir de l'amour mais qui, en restant Luigi, t'es trouvé incapable d'en dépasser les limites. De toi, Giuseppe, qui, ayant vu l'obsession de ton père, savais la puissance de ce grimoire et avais refusé d'y céder. De toi, Marco, qui connais le prix du sacrifice. De toi, Lucia, qui pouvais seule entendre ce cri et accepter de t'éteindre pour qu'il puisse te toucher. D'elle, enfin, ma petite Marie, qui a hérité de mes dons, de ceux de mon père, Michel Nostradamus, et a réussi à guérir chacun de vous avant de le mener à moi. Cela valait-il tout ce que vous avez traversé, souffert ?

Elle repoussa sa chaise à l'assise de paille puis se dirigea vers le sac qui contenait ce qu'ils avaient repris à Claude de Mesmes. Elle l'ouvrit, en dégagea un coffret de bois, puis de nouveau leur fit face.

— Posez-vous ces questions, mes enfants, tandis que je m'éclipse. Qu'y avez-vous laissé qui soit plus important que ce moment, partagé, ensemble ? cette famille que vous formez aujourd'hui ? cette guérison de l'âme ? Qu'y avez-vous gagné sinon d'être plus forts, plus vrais, plus vivants ? Tels que je vous aime. Et vous aimerai toujours. Profondément.

Giuseppe se dressa, inquiet soudain.

— Qu'allez-vous faire, mère ?

Elle l'embrassa du regard.

— Ce qui doit être fait pour libérer Lucia et Marie de cette âme en détresse. Vous êtes ici pour cela. Et moi, qui vous y ai guidés, aussi. Je vous demande de ne pas me suivre. D'attendre. Comme je vous ai attendus. En étant vous-mêmes.

Mais tandis qu'elle grimpait l'escalier, ils restèrent dans l'expectative, attentifs au craquement du bois sous ses pas, au tic-tac de la pendule, au miaulement du chat se précipitant derrière elle.

Alors elle s'installa dans un fauteuil, devant l'âtre qui réchauffait sa chambre, s'accorda au ronronnement de l'animal, et les écouta revenir peu à peu à l'essentiel.

Rire. Aimer. Partager.

Vivre.

Lorsqu'elle en fut convaincue, elle se leva, ouvrit la fenêtre, puis approcha un tabouret d'une des poutres de la ferme qui traversait la pièce. Elle grimpa, récupéra le grimoire qui se trouvait dessus. Un livre recouvert de cuir, patiné par les ans.

Le livre du pouvoir ultime. Le livre du commencement.

Nul n'en ferait meilleur usage qu'elle, à cet instant. Elle le savait.

Elle n'ouvrit pas le coffret qui contenait le crâne. Elle n'en avait pas besoin. Elle se contenta de s'accroupir devant la cheminée, d'attiser les flammes puis de l'y déposer, avec le grimoire.

Elle les regarda enfler, sertir le cristal au travers du bois, étouffer les incantations, sentit la chaleur envahir sa peau, son sang, sa tête tandis que le chat reculait lentement jusqu'à, prudemment, filer dans une autre chambre.

Le rire de Lucia éclata comme un cadeau en bas, ramenant un sourire sur son visage, une paix plus grande encore à son cœur qui flambait.

Sans douleur, sans regret.

Le sacrifice suprême d'une mère à ses enfants.

Tous ses enfants.

Elle y était prête. Depuis longtemps.

Soudain, il y eut une lumière aveuglante au cœur de chacun d'eux.

Le sanglot d'une petite fille.

Mais une étoile de plus au firmament des humbles.

Et bientôt, devant la cheminée à peine marquée d'une odeur de cire chaude, dans cette chambre rendue à leur silence troublé, juste un tas de poussière blanche qu'emporta délicatement le vent.

FIN

Chers amis lecteurs,
Chers vous,

Ainsi s'achèvent *Les Lionnes de Venise*, sur ces questions non résolues. Le pouvoir, l'argent, la notoriété valent-ils plus que cette force intérieure, cet amour des siens, cette abnégation qui bâtit une famille, un noyau, une essence ? La magie n'est-elle pas en chacun de nous ? Capable avec l'esprit de guérir le corps et l'âme ? Vous y répondrez à votre manière. J'ai choisi la mienne. Cette histoire dont les prémices à Venise me sont tombées par « hasard » entre les mains, celle de ces hommes, de ces femmes d'hier qui, comme tant d'autres depuis dix-huit ans, m'ont offert leurs rires et leurs larmes.

Que devinrent-ils ensuite ?

Marie de Médicis ? Compromise depuis la journée des Dupes, elle dut finalement fuir la France.

Richelieu ? Il rayonna.

Claude de Mesmes ? « Puni » sans être déchu, il dut quitter son ambassade vénitienne pour la Suède et le Danemark.

Henri Concini ? Mon grand regret. Retourné à Florence, il ne dirigea son atelier d'imprimerie que quelques mois avant de succomber à l'épidémie de peste qui ravagea la Toscane. Au moins fut-il en paix avec lui-même.

Le grand Coësre ? Il obtint de Richelieu que la cour des Miracles soit reconnue comme un royaume dans le royaume, avec ses passe-droits. Fabien en sortit, lui, pour apprendre le métier de peaussier auprès de Jean et Constance. Il devint, par la suite, l'un des artisans les plus prisés de la capitale.

Marco, Lucia, Giuseppe, Jeanne, Marie ? Ils vendirent l'imprimerie de la rue de Paradis pour en ouvrir une autre, à Aix-en-Provence, près de l'université. Marco s'y investit davantage sans oublier ce qu'il avait toujours été. Un maître d'armes renommé que s'arrachèrent les puissants.

D'Artagnan ? Un des mousquetaires les plus emblématiques puisque si cher à Alexandre Dumas. Que les puristes me pardonnent d'avoir, cette fois, écorné un peu, à l'exemple du maître, la vérité historique. Si d'Artagnan intégra bien, lui, le régiment des gardes françaises en 1631, j'ai vieilli Athos, Porthos et Aramitz de quelques années pour que, avec une vingtaine fringante quand ils étaient encore adolescents, ils puissent, à ses côtés, prendre part à ce combat. Dans le même esprit, M. de Tréville ne devint capitaine des mousquetaires qu'en 1634.

Isabella Rosselli ? Elle aima d'Artagnan jusqu'à perdre souffle, jusqu'à ce que la disgrâce de Marie de Médicis la mette en danger et qu'elle soit contrainte, à son tour, de quitter Paris. Il eût fui avec elle. Elle s'y refusa. Elle s'installa dans la bastide aux volets bleus sous le nom d'Isabelle Rousset, accepta ses dons et, comme Diane de Nostredame, offrit prédictions et remèdes à qui en réclamait. Perdit-elle son goût des lames ? Jamais. Quelques brigands en firent les frais. Renia-t-elle sa beauté, sa sensualité ? Moins encore. Elle ne renonça qu'aux ors des palais et finit par trouver un homme à sa mesure. Un magistrat d'Aix qui lui donna deux filles aux cheveux de lumière.

Il ne se passa pas une semaine où elle ne vit, ne reçut, n'embrassa les Docciolini-de Seva.

Le grimoire ? Disparu ? Détruit ? Retourné à son origine, le berceau des étoiles ? Il m'a été inspiré par un manuscrit qui porte le nom de son inventeur : Voynich. Un immense mystère avec ce crâne de cristal découvert un jour par Mitchell-Hedges dans des ruines mayas. Je vous en laisse l'exploration, et vous invite à lire les ouvrages de mon amie Bleuette Diot, historienne des civilisations, chercheuse émérite, dont les théories complétées aujourd'hui par les découvertes des plus grands généticiens vous offriront peut-être un autre regard sur notre monde et, qui sait ?, lui rendront sa beauté, loin de l'intolérance et de l'obscurantisme.

Bien entendu, outre le soutien de ceux qui se reconnaîtront dans mes baisers et à qui je dois infiniment, une quantité d'ouvrages de référence complétèrent mes lacunes sur ce Paris du XVIIe siècle, ses coutumes, sa vie, son atmosphère, ses couleurs, ses secrets. Je ne vous en dresserai pas une liste cette fois. Votre curiosité naturelle vous y poussera de vous-mêmes.

Je préfère vous laisser, comme Isabella ce 26 janvier 1631, vous installer dans un confortable fauteuil, près du feu, allumer une bougie et lire enfin les Mémoires de Bianca Dandolo, là où le prologue de cet opus s'est arrêté.

Prenez soin de vous.
Je vous embrasse.

Mireille Calmel,
ce 30 août 2017, en Médoc.

17 novembre 1555
Château de Saint-Germain-en-Laye

La reine de France est grande, toute vêtue de noir. Une grosse fraise amidonnée lui donne l'allure d'une volaille au cou étiré. Oui, c'est cela. Elle lui évoque une grosse dinde. Une dinde qui s'agite dans sa basse-cour. Personne, pourtant, ne semble penser qu'elle en est une.

Au contraire.

À côté d'elle il y a Face de Lune. L'assassin de maman qui a troqué sa hache pour une épée. Et un autre, un vieil homme à la barbe grisonnante. Lui seul lui sourit. Lui seul semble s'intéresser à elle et non à cette Italienne qui, aux deux autres, impose le respect.

Catherine de Médicis porte un diadème d'or sur la mantille qui lui recouvre le front. Un diadème qui remue au rythme de ses pas pendant qu'elle vocifère :

— Mais enfin, duc d'Aumale, quelle idée vous est donc passée par la tête ?

— C'est-à-dire, Votre Majesté, que sa mère était une sorcière, une puissante sorcière.

— Vraiment ? Vous n'auriez pas tenu dix secondes devant elle si les Ténèbres la commandaient ! Et quand bien même ! Cela valait-il une exécution ? un enlèvement ?

— J'ai cru...

— ... Me plaire ? Parce que l'astrologie, les sciences occultes, la magie et ses effets m'émerveillent ? Vous êtes sous ma couverte ! sous mon pavillon ! Cela vous impose des devoirs, non des droits ! Ne possédez-vous donc que soif de pouvoir en place de cœur ?

— Si je puis me permettre, Votre Majesté, intervient l'homme à la barbe grise, cet enfant mériterait des vêtements propres et plus d'attention que de cris.

Sa voix est douce. Elle perçoit sa lumière intérieure. Oui, il est de ceux dont maman disait qu'ils portaient le monde dans l'enclos de leur bonté. Elle lui retourne son sourire, puis, haineuse, grimace en direction du duc d'Aumale.

La reine a cessé de houspiller ce dernier. Dommage. Il piquait du nez, penaud, comme elle quand maman la reprenait après une sottise.

La reine s'approche.

Et soudain, de nouveau, elle a peur. Peur de sa grosse fraise. Peur qu'on la déguise en volaille, comme l'assassin et Face de Lune.

Elle cache son visage morveux derrière ses mains.

La reine les écarte. Elle est délicate. Ses yeux sont empreints de tristesse.

— C'est terminé, mon enfant, dit-elle en italien. Tu es désormais sous ma tutelle. Nul, à dater d'aujourd'hui, ne te fera du mal. Comprends-tu ce que je dis ?

Oui, elle comprend. Et elle lit de la sincérité dans son regard. Elle hoche la tête. Comme elle voudrait pouvoir lui expliquer qu'elle veut rentrer chez elle, à Ulpian, auprès de son papa ! Mais elle ne voit rien dans cette pièce, pas d'écritoire, pas de papier, pas de plume ni d'encrier. Juste des meubles aux angles lourds et dorés, des lambris, des stucs. Et des anges aux plafonds. Des anges, comme ceux vers lesquels sa maman s'en est allée.

La reine se tourne vers Face de Lune.

— Conduisez-la chez Matteo Dandolo, l'ambassadeur de Venise. C'est un homme généreux. Il m'aidera à négocier une solution diplomatique avec César Maggi, si tant est que ce dernier accepte de croire que vous n'êtes pour rien dans la mort de sa femme. De plus, Dandolo a une fille de son âge. Lucrèce, je crois.

— C'est exact, Votre Majesté, répond Face de Lune, embarrassé.

— Au moins, jusqu'à ce qu'on puisse la rendre à son père, sera-t-elle entourée par des gens qui parlent sa langue.

Elle sent son cœur se gonfler de joie. Et tout aussitôt se durcir devant l'agacement visible de l'assassin. Elle se souvient de ce qu'il a dit pendant le voyage, tandis qu'il lui ligotait les mains pour que, éperdue de chagrin et de haine, elle ne lui échappe pas. Il veut le grimoire. Il retournera le chercher. Sitôt qu'il se sera assuré de l'éloigner assez pour pouvoir faire pression sur papa. Que fera-t-il quand il s'apercevra qu'il ne sait rien ? Elle pourrait le lui donner et papa serait épargné, mais alors maman serait morte pour rien. Et elle a juré. Juré dans son cœur et dans ses yeux.

« La reine... Oui, la reine va l'empêcher de faire du mal à papa », pense-t-elle en la voyant pivoter de nouveau vers le duc d'Aumale, rentré dans sa fraise.

— Quant à vous, duc, nous n'en avons pas terminé !

Le ton est tranchant comme une lame. Il se ratatine pour l'esquiver.

« Il va être puni », se rassure-t-elle.

Elle voit Face de Lune se décoller d'eux pour s'avancer vers elle. Il a de nouveau son regard de fourbe. Pas question qu'il l'emmène, cette fois. Alors elle s'élance à son tour. Elle s'élance et vient s'accrocher des deux mains à la houppelande du vieil homme. Elle enfouit sa tête dans le tissu lourd. Il sent bon. Un sanglot lui remonte en gorge. Il sent la lavande que maman mettait à sécher.

« Garde-moi ! Protège-moi ! » voudrait-elle hurler.

Mais il n'a pas eu besoin de l'entendre.

Il referme ses bras autour d'elle et, d'un ton péremptoire, interdit à Face de Lune d'approcher.

14 janvier 1556
Paris. Résidence de l'ambassadeur de Venise

Elle pleure. En silence. Elle voudrait bien parler, dire ce qu'elle pense, ce qu'elle sait, mais seuls le bruit rugueux de sa respiration hachée, les soubresauts de ses sanglots laissent percer son désespoir. Pourtant il écoute. Il essaie de comprendre. « Il », c'est Michel Nostradamus, l'homme à la barbe grisonnante. Il est venu chaque jour chez Matteo Dandolo pour la voir. Pour lui raconter de jolies choses. Il disait qu'elle allait bientôt retourner chez elle.

Mais ce n'est plus vrai. Et maintenant il ne peut plus mentir.

L'ambassadeur de Venise a attendu qu'il soit là pour l'annoncer, pour que ça lui fasse moins peur, moins mal. Mais ça ne change rien. Elle ne reverra pas son papa. Il a été tué, lui aussi. On ne lui a pas dit comment, ni par qui. Mais elle sait. Elle sait que c'est par le duc d'Aumale. Il a été renvoyé en Italie pour prêter main-forte à son frère, le duc de Guise, qui commande l'armée française contre les troupes de Charles Quint.

Elle ne sait pas si Face de Lune l'a accompagné. Mais elle a reçu des images. Des images de sang et de cris. Des images qui lui ont déchiré le cœur et l'âme, qui ont écorché sa lumière, même si celle de maman est venue la renforcer.

Elle pleure parce qu'elle aurait voulu se tromper.

Par moments, son désespoir s'essouffle dans le giron de Michel Nostradamus. Il l'a assise sur ses genoux, l'a entourée de ses bras trop longs et l'ambassadeur est resté là, triste, debout. Malgré sa générosité, elle ne parvient pas à se tourner vers lui. Elle aurait eu l'impression, déjà, de remplacer papa.

Elle n'avait accepté que la tendresse de sa femme, une sainte qui prie beaucoup pour le salut de toutes les âmes et celle de maman en particulier.

Matteo Dandolo réclame de la citronnade à un valet.

Elle entend la voix grave de Michel Nostradamus s'élever dans le silence de son chagrin.

— Avez-vous pris une décision ? demande-t-il à l'ambassadeur.

— Oui. Mon épouse s'y est rangée avec ferveur. Nous allons l'élever avec nos enfants, Lucrèce et Alessandro. Ils s'entendent bien tous les trois.

— N'a-t-elle donc aucune famille ?

— Hélas, affirme Matteo Dandolo en soupirant.

Michel Nostradamus la presse contre lui. Il est chagrin pour elle. Elle l'entend aux battements sourds et irréguliers de son cœur. Elle renifle. Elle voudrait rester avec lui, pas avec l'ambassadeur. Elle l'a écrit à la reine. Mais la reine n'a pas voulu. Question de diplomatie, a-t-elle expliqué. Mais que lui importe la diplomatie maintenant que papa est mort ?

Elle s'accroche plus encore à lui.

— Elle vous aime beaucoup, assure Matteo Dandolo dans une pointe de regret.

— Et c'est réciproque. Mais je suis un vieil homme déjà. Elle se fera à vous. N'est-ce pas, Bianca ?

Il lui relève le menton de son index replié.

— Je serai là pour toi, mais ton destin n'est pas de vivre à mes côtés. Tu sais ce que ce mot signifie, n'est-ce pas ?

Le valet revient avec la citronnade. Elle entend Lucrèce et Alessandro se chamailler en italien dans la pièce voisine. Elle voit le regard empreint d'attente de Matteo Dandolo. Il l'a accueillie sans rien demander en retour, s'attachant à elle quand elle n'avait rien à donner.

Le destin. Oui. Elle sait. Elle sait qu'elle doit remplacer maman auprès du grimoire. Le protéger des envieux, des fous, des âmes noires. Que pour cela il lui faut retourner en Italie, grandir là-bas. Et que Michel Nostradamus ne la laissera jamais perdre sa lumière quand l'envie de vengeance qui frappe son cœur pourrait la voiler.

Alors malgré sa peine, elle hoche la tête et tend vers l'ambassadeur sa main, salie par les crayons de couleur qu'il lui a donnés.

Rouge comme le sang qu'elle a dessiné, et dont il espère la laver.

28 janvier 1556
Paris. Résidence de l'ambassadeur de Venise

Matteo Dandolo est au palais aujourd'hui, son épouse dans la chapelle, Lucrèce et Alessandro auprès de leur précepteur. Ils ont soupiré piteusement quand elle les a quittés pour accueillir Michel Nostradamus. Mais elle sait qu'ils ne l'envient pas. Au contraire. Ils sont bienveillants avec elle, l'appellent déjà leur sœur alors que rien d'officiel n'est réglé.

Elle s'empresse de rejoindre le vieil homme dans le petit salon. Il aime bien sa cheminée ronflante, les tentures épaisses qui masquent les bourrasques derrière les vitres, et ce bureau sur lequel Matteo Dandolo permet qu'elle dessine, encore et encore.

Elle est contente. C'est la première fois qu'ils seront vraiment seuls. Elle a senti à de nombreuses reprises qu'il avait des choses à lui dire, et elle à lui montrer, mais c'est comme un secret entre eux. Un secret que les autres ne doivent pas partager.

Même la reine venue hier. Catherine de Médicis voulait lui demander pardon de la mort de sa maman, et aussi de son papa, bien que personne ne lui ait rapporté que, cette fois, le duc d'Aumale en fût responsable.

— C'est un grand stratège, apprécié par le roi, lui a-t-elle dit, détournant les yeux, comme si cela justifiait le fait qu'il soit retourné en Italie.

Elle n'en veut pas à Catherine de Médicis. Son cœur est pur et généreux. Elle a compris que sa froideur hautaine ne lui sert qu'à se protéger, à prendre les bonnes décisions pour le royaume.

— Je sais qu'on m'accuse de sorcellerie moi aussi, jusqu'en les couloirs de mon palais. Mais c'est plus fort que moi. J'ai peur. Là, lui a avoué la reine en plaquant sa main sur son ventre. Comme si je sentais que la mort allait m'arracher ce que j'ai de plus précieux. Voici qui je suis, Bianca. Une mère terrorisée, comme le fut sans doute la tienne, à l'idée qu'on te saisisse et te blesse. Toujours à regarder les étoiles, à chercher des « signes ».

C'est pour ça qu'elle a appelé Michel Nostradamus à la cour. Parce qu'il sait interpréter les « signes ». Faire des prophéties. Elle voulait le lui dire, pour qu'elle sache à quel point elle regrettait.

— Je crains, par mon obsession, d'avoir influencé le duc d'Aumale. D'avoir été l'instrument indirect de la perte des tiens. Aussi voulais-je t'assurer que jamais, de mon vivant, tu ne manqueras de rien, avait ajouté la reine.

Elle avait souri puis accepté ses bras tendus pour l'enlacer.

— Comment te sens-tu aujourd'hui ? lui demande Michel Nostradamus en quittant ce fauteuil dans lequel un valet l'avait invité à patienter.

Elle hausse les épaules mais ne se départ pas de son sourire. Elle aime quand ses deux bras se referment sur elle, qu'elle retrouve l'odeur de lavande sur cette houppelande. Elle sait bien qu'il en change parce que la couleur du tissu diffère parfois, mais il s'en dégage toujours ce parfum, comme s'il avait emporté dans ses bagages cette Provence dont il lui a parlé avec nostalgie. Elle comprend à quel point il en est privé. Avant l'odeur du sang qui avait tout gâté, le jardin du palais d'Ulpian embaumait jusqu'en ses ifs.

Paris sent mauvais.

C'est pour elle qu'il s'y attarde, négligeant sa femme et son jeune fils, restés à Salon, lui a expliqué Matteo Dandolo. Pourtant il craint de les perdre. Cette peste qui lui a déjà pris sa première épouse et leurs deux enfants rôde de nouveau sur les chemins de France. Mais c'est son choix, a-t-il dit. Et elle ne doit rien s'en reprocher.

— As-tu fait de nouveaux dessins ? demande Michel Nostradamus.

Elle sait déjà qu'il connaît la réponse. Il les a regardés tandis qu'on allait la quérir auprès du précepteur. Ils ont été déplacés sur la table.

Elle s'arrache à sa paternelle tendresse et va en saisir un. La même image, reproduite en dizaines d'exemplaires. Cette fois, elle a mis plus de rouge et de distance entre la tête et le corps de maman. Elle a dessiné des diables aussi, une armée de diables qui sortent de son cou tranché, parce que maman disait toujours que, si elle s'écartait de la lumière, le diable finirait par la prendre. Et qu'elle, depuis la mort de papa, elle sent le diable lui caresser la joue.

Michel Nostradamus repose le vélin sur un guéridon, lisse sa barbe, l'œil mutin.

— Je veux parler de ceux que tu caches...

Elle sent une bouffée de joie emporter sa poitrine. Il a deviné. Elle se hisse sur la pointe des pieds et retire quatre livres sur l'étagère, à sa portée, de la bibliothèque. Elle prend un rouleau et le lui tend.

Plusieurs feuillets s'en échappent. Il sourit.

Outre leurs promenades, elle a tout dessiné. Elle dans le miroir du salon, la tête de sa maman dans le grand sac du duc d'Aumale, le trajet depuis Ulpian, sa rencontre avec la reine, la convoitise dans les yeux du duc, la cruauté froide de Face de Lune, la souffrance de papa, pelé à vif, qui habite ses cauchemars, Lucrèce chahutant avec Alessandro, l'air désolé de Matteo Dandolo, sa femme en prière. Et maman, quand elle riait aux éclats dans le vent.

Il s'arrête longtemps sur ce dernier dessin.

— Tu es exceptionnellement douée. Vraiment. Car c'est bien ainsi qu'elle m'est apparue la première fois, murmure-t-il, une perle triste dans le regard.

Elle fronce les sourcils. Il repose le dessin, s'assoit et tapote sa cuisse pour lui en autoriser l'assise. Lucrèce dit qu'elle ne devrait pas parce qu'elle est presque une femme, mais elle s'en moque. Lui la voit pour ce qu'elle est. Une enfant perdue. Égarée dans une vision des choses qui n'est pas celle du commun.

Elle s'installe, suspendue à ses lèvres.

— Je ne dessine pas mes visions, Bianca. Je les transforme en quatrains. Veux-tu entendre celui que ta maman m'a inspiré ?

Elle hoche la tête. Il ferme les yeux, récite dans le crépitement des flammes de l'âtre :

Quand l'escriture D.M. trouvee,
Et cave antique à lampe descouverte,
Loy, Roy & Prince, Ulpian esprouvee,
Pavillon Royne & Duc sous la couverte.

Lorsqu'il relève les paupières, la couleur de ses yeux a changé. Leur gris s'est assombri comme les nuages grossis soudain par l'orage.

— J'ai vu la mort de ta maman, cette fin horrible que tu reproduis sans cesse, mais comme chaque fois, ce fut comme si une main invisible me clouait au sol, m'interdisait d'agir. Comme s'il fallait que tout ce que je vois advienne. Depuis notre rencontre, je ne peux m'empêcher de me sentir coupable de ne pas l'avoir repoussée, Bianca.

Même s'il ne pleut pas sur ses joues, elle devine qu'il pleut en dedans, dans son cœur, comme dans celui de la reine Catherine.

Elle s'en navre, parce que, pour elle, ce quatrain a un sens. Tout y est : le grimoire, le siège de la ville et même la colère de la reine Catherine, quand elle a rappelé au duc d'Aumale qu'il était sous sa couverte, sous son pavillon à Ulpian, et qu'elle n'avait pas demandé une chasse aux sorcières. Oui. Tout est là. Cela signifie qu'ils sont semblables, elle et lui. Qu'elle n'est plus seule.

Elle l'embrasse sur la joue, puis noue ses bras autour de son cou pour nicher son nez dans la douceur de sa barbe.

Mais ça ne suffit pas à éteindre le désarroi de Michel Nostradamus.

— Il n'existe que deux solutions pour celui qui déchiffre une prophétie. Soit il la contre parce qu'il en a

les moyens, soit il l'utilise à ses fins. J'ai publié ce quatrain dans l'espoir de la première hypothèse. Je n'aurais pas dû. Il a sans doute inspiré l'assassinat de ta mère au duc d'Aumale. Prendre ensuite prétexte de l'obsession de la reine pour les sciences occultes était facile, tu comprends ? Elle est si inquiète pour les siens. Ce fourbe a dû imaginer que la magie de ta mère contrecarrerait tout sort funeste. Je pense que c'est pour cela qu'il a rapporté sa tête, ainsi que tu l'as dessiné.

Elle comprend. D'autant plus qu'elle a crayonné un nouveau dessin pour la reine Catherine. Pour l'avertir de ce qui l'attend. Pour la protéger du chagrin.

Tandis qu'elle se lève, Michel Nostradamus continue :

— Je sais désormais qu'il me faut rendre encore plus complexes mes Centuries, à défaut de les garder pour moi. Parce que je suis comme toi, comme ta maman l'était aussi sans doute. Ces visions sont un feu ardent. Il me brûle, me consume jusqu'à ce que je l'éteigne, en lettres de cendre, sur le vélin.

Elle revient avec un autre rouleau qu'elle a saisi derrière une nouvelle rangée de livres.

À peine l'a-t-il déroulé qu'il fronce les sourcils.

— Il représente la mort des deux princes de France devenus grands, devenus tour à tour rois, n'est-ce pas ?

Elle approuve d'un hochement de tête. Mais les traits qu'il ramène vers elle sont empreints de désolation.

— Moi aussi j'ai vu leur fin tragique. Hier. C'était ce que la reine attendait de moi. Savoir, enfin. Rien n'est pire que le doute, l'intuition irraisonnée. La peur. Il faut la tuer dans l'œuf pour être capable de survivre au pire. Même si, pour l'heure, elle en est brisée. Brûle ce vélin et promets-moi de ne plus rien dessiner qui soit prémonitoire. Je ne veux pas qu'il t'arrive ce qui

est arrivé à ta mère. Je vais t'apprendre l'astrologie. Ainsi, tu pourras, comme moi, te dissimuler derrière.

Michel Nostradamus lui tend le feuillet. Elle regarde les flammes l'avaler avec avidité. Est-ce ainsi aussi que devrait finir le grimoire ?

Maman ne l'a pas brûlé. Mais lui, Michel Nostradamus, lui dont elle ne peut mettre en doute la bienveillante lumière, qu'en ferait-il ?

C'est à ce moment qu'elle prend la décision.

Celle qui va tout changer.

__12 février 1556__
__Paris. Résidence de l'ambassadeur de Venise__

Michel Nostradamus tient sa promesse, chaque jour il lui apprend la ronde des astres. Mais il lui a fallu attendre jusqu'à aujourd'hui pour qu'elle puisse, de nouveau, se retrouver seule avec lui.

Elle a décidé de tout lui dire. Maman lui a donné sa bénédiction la semaine dernière. Elle avait pris la forme d'un ange de lumière. Elle est descendue des étoiles pour l'embrasser au front puis illuminer son nouveau dessin.

À peine le mage eut-il quitté son chapeau puis son long manteau de cuir huilé, recouverts de neige, qu'elle le lui a tendu fièrement.

Maintenant, ils sont devant l'âtre, tandis que fondent les flocons tombés sur le parquet.

Il regarde attentivement tous les détails. Elle les a voulus précis, cette fois. Le château, les jardins, la rivière et, au-delà du pont, la cathédrale. Un vrai tableau qui lui a pris du temps et de l'ardeur. Un vrai tableau qui a mis des étoiles dans les yeux de la famille Dandolo, même s'ils ignorent ce qu'il cache.

Comme l'ambassadeur qui croit son âme sur le chemin de la guérison, Michel Nostradamus sourit.

— C'est bien un architecte qui monte l'escalier, là ? demande-t-il en posant son doigt sur la feuille.

Elle hoche la tête.

— Bien vu ! Catherine de Médicis ne passe pas un jour sans en recevoir un pour concevoir son futur

palais[1], près du Louvre. J'en conclus donc que nous sommes à Florence, au palais Pitti qui doit servir de modèle.

Elle bombe le torse de satisfaction.

— Donc, dans ce magnifique jardin florentin, nous avons la reine. Et le roi puisqu'ils se tiennent par la main ?

Elle ne les a jamais vus le faire, mais son papa et sa maman, eux, oui. Alors, elle s'est dit que les papas et les mamans font tous la même chose quand on ne les regarde pas, même s'ils sont roi et reine.

— Et voici leurs enfants. Je crois que la fillette qui se tient derrière ce guéridon, c'est toi. Et ici, assis, dit-il en souriant, qui est-ce ?

Elle lui appuie sur le torse. Il rit.

— Moi ? Bigre ! Me voici bien campé. Et ce livre, sur la table, à côté de mon bras ? Quel est-il ? Un exemplaire de mes prophéties ?

Elle secoue la tête et lui tend une lettre. Intrigué, il la déplie.

« C'est un grimoire de magie. Celui pour lequel ils ont tué maman et papa. Personne ne doit le retrouver. Personne de mauvais. Il est caché, mais je ne sais pas si c'est assez bien. S'il faut le détruire ou le protéger comme maman voulait. Aide-moi. »

Michel Nostradamus ramène son regard sur elle. Ses traits sont devenus graves, mais ses yeux n'ont pas la couleur de la convoitise. Elle n'y lit que de la tendresse, du respect et de l'émotion devant la confiance qu'elle lui offre.

---

1. La construction du palais des Tuileries commencera en 1564 sur l'emplacement d'une ancienne fabrique de tuiles. Et, bien qu'il fut construit selon le style à la française, sa réalisation suivit les plans au sol du palais florentin.

— Dessine-moi sa couverture, demande-t-il en jetant la lettre aux flammes.

Il a compris qu'elle avait tout préparé pour cela sur la table. Une feuille vierge, ses crayons. Elle s'assoit devant, trace un grand rectangle. Au milieu elle place un crâne étincelant. Elle ajoute une lampe en forme de coupe dans sa mâchoire disloquée. Une lampe qui ne s'éteint jamais. Puis en haut, elle écrit D. M. Et en bas :

BIANCA LUCIA.

Michel Nostradamus se hâte de plier le feuillet et de le glisser dans sa large aumônière.

— Se sachant perdue, ta mère aurait détruit ce grimoire elle-même si elle avait souhaité qu'il le fût. Mais ta prescience est juste, Bianca. Elle a peut-être laissé un indice, quelque part, qui permettrait à Claude de Guise[1] *de remonter sa trace, tôt ou tard. Je connais un endroit où il sera en absolue sûreté. Acceptes-tu que je l'y déplace ?*

Elle hoche la tête.

— Tu sais ce que cela signifie, n'est-ce pas ? Que je dois partir. Et que nous ne nous reverrons pas avant que Matteo Dandolo ait fini son mandat.

Elle dessine un « oui » avec sa bouche, même si des larmes lui piquent les yeux.

Il l'embrasse sur le front.

— Je le devinais depuis notre première rencontre. C'est ton mutisme qui t'a sauvée, mon enfant. On imagine souvent qu'il est synonyme de sottise, d'incohérence. Pas un instant ce chien n'a pensé que tu savais. Alors apprends. Apprends à mentir sur ce que tu es, ce que tu sais, ce que tu vois. Cela devra rester notre secret. Quant à la cache du grimoire, je vais concevoir

1. Duc d'Aumale.

un code, qui nous sera propre, afin que tu puisses y accéder. Chacune des lettres que je t'adresserai en contiendra un fragment. Tu sauras le reconstituer. Cela fait, détruis mes missives, puis recopie ce code dans quelque chose que tu pourras transmettre à ta lignée. Peut-être dans une gravure, qui représenterait l'un de tes dessins. À toi d'en juger.

Elle se jette contre lui. Elle est soulagée. Infiniment soulagée.

— Indique-moi, de la manière la plus anodine qui soit, où le grimoire est caché. Ensuite, ma chère enfant, nous prendrons le temps de nous dire adieu, tremble la voix de Michel Nostradamus.

Alors elle s'écarte et fouille dans son aumônière. Ce dessin-là, comme le chagrin qui lui succéderait, elle l'a déjà préparé.

16 juillet 1556
Château de Saint-Germain-en-Laye

Aujourd'hui n'est pas un jour comme les autres. Elle fête ses onze ans. Mais ce n'est pas pour ça qu'elle s'applique à sa révérence devant Catherine de Médicis. Matteo Dandolo vient de signer son acte d'adoption devant le notaire, en présence de la reine et de plusieurs témoins.

Elle est contente de cet honneur. Et triste à la fois. Le mandat de l'ambassadeur touche à sa fin. Demain, ils vont tous partir pour Venise.

Elle a prévenu Michel Nostradamus, mais son fils est malade et il s'est excusé. Elle ne lui en veut pas. Leurs échanges sont devenus plus riches depuis que l'écrit supplée à sa voix perdue.

La reine Catherine la relève délicatement.

Elle la trouve belle aujourd'hui avec ses longues boucles d'oreilles et sa rivière de diamants. Dommage qu'elle continue à se coincer le menton sous sa collerette !

— Ce nouveau nom te convient-il ? lui demande la reine.

Elle hoche la tête, même si elle préférait celui d'avant. Celui de son papa, César Maggi, dit César de Naples.

Elle lui tend un vélin sur lequel elle s'est représentée agenouillée devant le trône. Elle y a ajouté ces mots : « Bianca Dandolo vous sera à jamais reconnaissante, Votre Majesté. »

La reine l'embrasse.

— Ce dessin rejoindra les autres. Ils resteront chers à mon cœur.

Combien de paysages, d'images pieuses aura-t-elle semés à la cour de France depuis que Michel Nostradamus lui a conseillé de taire les autres ?

Même le duc d'Aumale et Face de Lune en ont été bernés, eux qui, revenus bredouilles de campagne, avaient espéré ressusciter la nigramente[1] *en elle.*

La dernière fois qu'ils lui ont demandé ce qu'elle « voyait », elle a tendu son index en direction de la fenêtre et du gros chat enroulé devant. Elle a aussi montré le singe du jeune prince François et les grimaces du petit Claude.

La reine Catherine s'est mise à rire devant leur piteuse mine.

— Vous vouliez me ramener une sorcière ? Vous n'avez réussi qu'à faire naître un prodige ! Cette petite a un talent certain et je doute, au vu du dessin de ses anges magnifiques, qu'il soit inspiré par autre que le divin.

Pour remercier la reine de tout, elle lui a préparé un cadeau d'adieu. Elle attend qu'ils soient tous sortis, même Matteo Dandolo qui ne comprend pas qu'elle refuse de quitter la pièce.

1. Nécromancienne. Qui communique avec les morts.

— Solliciterais-tu une audience privée, mon enfant ? lui demande la reine, amusée, interdisant à l'ambassadeur de la gronder.

Elle sourit en grand.

Matteo Dandolo est prié de les laisser en tête à tête. Elle attend qu'il n'y ait plus qu'elles dans le cabinet de la reine. Alors, elle sort le médaillon qu'elle a caché dans sa manche et le lui tend.

Elle voit son visage qui s'éclaire devant.

— Un talisman. Destiné à repousser le destin funeste de mes fils, je suppose.

Elle opine. Même si c'est plus que cela. Un éclat de la lumière du grimoire. Le moyen de le déchiffrer. Personne ne songera à le prendre à son cou.

— Merci, chère enfant. Je regrette que nous nous soyons rencontrées dans de si terribles circonstances. Puissent-elles n'entacher ton devenir d'aucune ombre, trémule la voix aux accents chantants de la reine.

Elle veut lui offrir une dernière révérence, mais Catherine de Médicis le lui interdit en l'attirant dans ses bras.

Et soudain son cœur s'emplit de tristesse. Elle la voit porter d'autres enfants, dont un garçon. Mais comme ses frères, son règne sera aussi court qu'un feu de paille...

3 juillet 1566
Muran. Palais Dandolo

Michel Nostradamus est mort hier. J'ai cueilli son dernier soupir. Comme si j'étais là, près de lui.

Pourtant il s'est éteint à Salon-de-Provence, alors que j'habite la république de Venise, chez mon époux, Alessandro Dandolo. Ce frère de circonstance devenu homme.

Je ne suis plus une enfant. J'ai appris à faire d'« elle », moi. Seulement, moi, Bianca Dandolo, détachée enfin d'hier pour être capable d'écrire à la première personne.

Je ne suis plus une enfant, mais je pleure.

Je pleure, en silence puisque c'est mon fardeau, cet homme bon, généreux, droit qui n'a cessé de complexifier ses quatrains pour qu'on ne l'accuse pas de sorcellerie.

Je ne l'ai pas revu depuis nos adieux à Paris, mais il m'écrivait régulièrement. De longues lettres où il parlait de sa Provence, des cinq enfants qui ont suivi César, de son épouse chérie, de sa certitude de mourir de la goutte, de sa volonté d'être enterré debout pour ne pas être piétiné.

Je pense à ses trois filles, qui, comme moi, grandiront sans père. La plus jeune, Diane, lui ressemble, m'a-t-il dit. Trois ans à peine et déjà des visions. Il lui a appris à les cacher, mais elle est si jeune, si fragile. Et sa mère est impuissante devant ce don qu'elle ne maîtrise pas plus qu'elle ne le comprend. J'ai promis de veiller sur elles quand la mort le cueillerait, comme il a, lui, veillé sur moi, tout au long de ces années et malgré la distance qui nous séparait. Il va me manquer. Il me manque déjà. Alors comment ne pas ressentir le désarroi de ses propres enfants ?

J'aimais quand il parlait de tout et de rien, car, entre ces lignes, s'inscrivait ce qui nous avait rapprochés, unis. Grâce à ce lien, jamais je ne me suis sentie seule. Il était le compagnon de mes silences, de mon esprit.

J'ai fait ce qu'il m'a demandé. J'ai appris le code, brûlé ses lettres. Dans quelques semaines, Alessandro et moi partirons pour Anvers. On m'a assuré que cette cité compte d'illustres graveurs. Tandis que mon époux vaquera à ses affaires, je mènerai les miennes. Je lui ai dit désirer plusieurs gravures illustrant les âges de la vie. J'en ai dessiné les motifs. L'une d'elles, celle sur laquelle figurent le grimoire, Michel Nostradamus, la reine Catherine et moi, accueillera le code. Ainsi l'enfant que je porte, une fille, je le sens, saura le retrouver si nécessaire.

Il me suffit bien, quant à moi, d'avoir récupéré le crâne de ma mère que son assassin avait précieusement conservé. Dieu me pardonne, l'homme que je lui ai envoyé pour le reprendre a vengé les miens en lui arrachant le cœur, voici trois ans.

Michel Nostradamus a eu la délicatesse de ne pas craindre pour ma lumière intérieure. De fait, elle n'a vacillé qu'un moment. Je crois que le besoin de vengeance nourrissait mes Ténèbres plus sûrement que son accomplissement.

J'en tiens pour preuve un étonnant miracle. Ce crâne sur lequel persistaient quelques cheveux change depuis que je prie devant. L'os devient plus clair. Non pas qu'il ait perdu sa matière, au contraire, elle est plus dure. Elle semble juste gagner en transparence. Comme si la magie que maman m'avait léguée voulait ressusciter en elle. Bien entendu, Alessandro ne sait rien de tout cela. Ni lui ni les siens.

Ce secret m'appartient parce qu'il est tout ce qu'il reste de celle que je fus autrefois, de cette petite fille arrachée à sa vraie famille. Il comprendrait. Il m'a vue pleurer souvent. Retourner à Ulpian. Il m'a même promis d'y faire rebâtir le palais, en hommage à mes parents. Mais ce fardeau est le mien. Il ne doit plomber ni cette enfant à venir ni la bonté de son père. Il m'aime avec ma fêlure. À quoi servirait de lui révéler un gouffre ?

Mes écrits, mes dessins, sont dans une cache protégée par la magie. Elle est puissante en moi. Voici pourquoi je la contiens et me l'interdis. En faire usage autrement que pour protéger sa seule présence pousserait d'autres démons à la désirer, à s'en emparer.

Qu'ils restent en enfer.

Quant à toi, mon vieil ami, mon presque père, puisse la lumière des anges caresser ta joue barbue comme ta main caressa la mienne, ravagée de larmes.

Elles coulent à nouveau, mais à l'inverse d'hier, mon chagrin n'est pas désespérance.

Il n'est qu'un coucher de soleil sur le mot « destin ».

Alors je n'écrirai plus. Plus rien dans ce livre.

Il faut qu'un autre jour se lève...

Pour suivre l'actualité de Mireille Calmel
et en savoir plus sur ses ouvrages :

mireillecalmel.com

facebook.com/mireillecalmelofficiel

DU MÊME AUTEUR
CHEZ LE MÊME ÉDITEUR

Le Lit d'Aliénor, 2002

Le Bal des louves, 2003
* *La Chambre maudite*
** *La Vengeance d'Isabeau*

Lady Pirate, 2005
* *Les Valets du roi*
** *La Parade des ombres*

La Rivière des âmes, 2007

Le Chant des sorcières, tomes I à III, 2008-2009

La Reine de lumière, 2009-2010
* *Elora*
** *Terra incognita*

Aliénor, 2011-2012
* *Le Règne des Lions*
** *L'Alliance brisée*

Richard Cœur de Lion, 2013-2014
* *L'Ombre de Saladin*
** *Les Chevaliers du Graal*

La Marquise de Sade, 2014

Aliénor, un dernier baiser avant le silence, 2015

Les Lionnes de Venise, tome 1, 2017

DU MÊME AUTEUR

Les Tréteaux de l'enfance, 2004, Elytis

Crédits des illustrations

Crédits des illustrations

Pour le plan pages 10 et 11 :
Plan de Paris en 1615. Gravure de Mathieu Merian, XVIIe siècle.
© Photo Josse/Leemage.

Pour la reproduction de la gravure page 492 :
© Michel de Nostredame, consulté sur le destin
des sept enfants de Catherine de Médicis et Henri II
– École française/Bibliothèque Nationale,
Paris/Bridgeman Images.

Pour la reproduction du médaillon page 498 :
© D.R.

Composition et mise en pages
Nord Compo à Villeneuve-d'Ascq

Achevé d'imprimer
sur Roto-Page
par l'Imprimerie Floch
à Mayenne
en juillet 2018

N° d'édition : 3794/02 – N° d'impression : 92995
Dépôt légal : novembre 2017

Imprimé en France